London – eine Stadt im Bann der Bücher. Mercy Amberdale ist in Buchläden und Antiquariaten aufgewachsen. Sie kennt den Zauber der Geschichten und besitzt das Talent der Bibliomantik. Für reiche Sammler besorgt sie die kostbarsten Titel, pirscht nachts durch Englands geheime Bibliotheken.
Doch dann folgt sie der Spur der Bücher zum Schauplatz eines rätselhaften Mordes: Ein Buchhändler ist inmitten seines Ladens verbrannt, ohne dass ein Stück Papier zu Schaden kam. Mercy gerät in ein Netz aus magischen Intrigen und dunklen Familiengeheimnissen, bis die Suche nach der Wahrheit sie zur Wurzel aller Bibliomantik führt.

KAI MEYER, geboren 1969, ist einer der wichtigsten deutschen Phantastik-Autoren. Er hat über fünfzig Romane veröffentlicht, Übersetzungen erscheinen in dreißig Sprachen. Seine Geschichten wurden als Film, Hörspiel und Graphic Novel adaptiert und mit Preisen im In- und Ausland ausgezeichnet.
www.kaimeyer.com
www.facebook.com/KaiMeyerFanpage

Weitere Informationen finden Sie auf *www.fischerverlage.de*

KAI MEYER

DIE SPUR DER BÜCHER

ROMAN

FISCHER Taschenbuch

Aus Verantwortung für die Umwelt hat sich der S. Fischer Verlag
zu einer nachhaltigen Buchproduktion verpflichtet.
Der bewusste Umgang mit unseren Ressourcen, der Schutz unseres Klimas
und der Natur gehören zu unseren obersten Unternehmenszielen.

Gemeinsam mit unseren Partnern und Lieferanten setzen wir uns für eine
klimaneutrale Buchproduktion ein, die den Erwerb von Klimazertifikaten zur
Kompensation des CO_2-Ausstoßes einschließt.

Weitere Informationen finden Sie unter: *www.klimaneutralerverlag.de*

MIX
Papier aus verantwortungsvollen Quellen
FSC® C083411
www.fsc.org

2. Auflage: März 2022

Erschienen bei FISCHER Taschenbuch
Frankfurt am Main, April 2020

Hedderichstr. 114, D-60596 Frankfurt am Main
Dieses Werk wurde vermittelt durch die
Michael Meller Literary Agency GmbH, München

Satz: Dörlemann Satz, Lemförde
Druck und Bindung: CPI books GmbH, Leck
Printed in Germany
ISBN 978-3-596-29648-4

Aus: *Bücher wie Sterne – Ein Libropolis-Führer*
London – Libropolis 1998, 7. erweiterte Auflage

PENNY DREADFUL Im viktorianischen England Schmähwort für billige Hefte, in denen Fortsetzungsromane für die Unterschicht veröffentlicht wurden. Gedruckt in hohen Auflagen auf schlechtem Papier. Verwandt mit dem deutschen *Groschenheft* und dem amerikanischen *Pulp-Magazine*.

Antiquarisch zu finden in vielen Buchhandlungen überall in Libropolis. Warten Sie geduldig, bis Sie der einzige Kunde sind, und geben Sie sich als Sammler zu erkennen. Sprechen Sie leise. Besonders schockierende Titel werden unter der Theke aufbewahrt. Preise sind selten verhandelbar. Lesen Sie Penny Dreadfuls nicht in der Öffentlichkeit. Schämen Sie sich für Ihre Vorlieben.

PROLOG

Das Ende der Turpin Brigade

1

Sie wünschte sich den Geruch der Geschichten zurück, die Behaglichkeit der engen Buchläden ihrer Kindheit. Das Gefühl der Einbände unter ihren Fingerspitzen, wenn sie an den Regalreihen vorüberstrich. Die Gewissheit, dass ein einziger Griff genügte, um in eine andere, eine sichere Welt zu entfliehen.

Aber Mercy Amberdale war eine Gefangene, und der einzige Buchgeruch an diesem Ort ging von ihrem Körper aus. Sie war eine Bibliomantin und ganz allein verantwortlich für ihre missliche Lage.

»Wer bist du?«, rief Madame Xu in den Schacht hinab. »Und vor allem, *was* bist du?«

»Keine Ahnung, was Sie meinen«, erwiderte Mercy aus der feuchtkalten Dunkelheit.

»Hast du einen Namen?«

»Clara«, sagte Mercy. »Clara Plumpton.«

»Ich kann spüren, wenn du mich belügst.«

»Deshalb sag ich ja die Wahrheit.« Der Trick war natürlich, mit jedem einzelnen Satz zu lügen, dann gab es kein verräterisches Zaudern. Mercy hatte während dieses Gesprächs noch kein einziges Mal die Wahrheit gesagt. Sie spielte auf Zeit. Zeit, die sie ihren Freunden verschaffte. Nur darauf kam es jetzt an.

Madame Xu hatte die Hände hinter ihrem Rücken verschränkt, während sie um den runden Schacht wanderte und aus pechschwarzen Augenschlitzen auf ihre Gefangene blickte. Die alte Chinesin schien die Füße nicht zu heben, während sie sich um das Loch bewegte; sie glitt im Kreis wie eine Aufziehfigur auf einer Spieldose. Dabei strich der Saum ihres goldbestickten Gewandes an der Kante entlang und funkelte im Schein einer Gaslaterne.

Mercy war siebzehn und schon seit drei Jahren Trägerin ihres Seelenbuchs. Sie stand auf dem Grund des Schachts und drehte sich auf der Stelle, um Madame Xu nicht aus den Augen zu verlieren. Immer wieder wischte sie dunkelrote Strähnen aus ihrem Gesicht, die Haare klebten auf ihrer schweißnassen Haut.

Das Loch, in das sie gestürzt war, musste an die zwei Mannslängen tief sein. Die Wände waren glatt, nur ganz oben, außerhalb ihrer Reichweite, ragte das Ende eines rostigen Eisenrohrs aus dem Gestein. Zähe Tropfen aus dunklem Schlamm hingen daran. Immer, wenn die Chinesin das Rohr passierte, löste sich einer davon und fiel zu Mercy in den Schacht.

»Wer hat dich geschickt?«

»Niemand.«

»Du magst noch jung sein, aber bist du wirklich so dumm, auf eigene Faust bei mir einzudringen?«

»Ich stecke in Ihrer Falle fest. Entscheiden Sie.«

Madame Xus trockenes Lachen klang wie das Knirschen von Sand zwischen Glasscheiben. Über ihr wölbte sich ein Ziegeldach, kupfergolden beschienen von der zuckenden Flamme der Gaslaterne. »Du bist in ein Loch gefallen, das ist richtig. Aber vorher hast du dich an vier anderen Fallen vorbeigestohlen. Für ein Mädchen wie dich ist das keine schlechte Leistung.«

»Für ein Mädchen? Sie haben es als Frau an die Spitze von Chinatown geschafft. Sie herrschen über Limehouse – und wahrscheinlich über halb London. Ich glaube nicht, dass Sie einem Mädchen weniger zutrauen als einem Mann.«

»Und das beeindruckt dich?«

»Ja, natürlich.« Mercy hatte die Worte kaum ausgesprochen, als sie begriff, dass sie soeben in die zweite Falle getappt war. Und anders als bei der ersten war es diesmal nicht absichtlich geschehen.

»*So* also fühlt es sich an, wenn du die Wahrheit sagst.« Madame Xu blieb stehen. Ihr kleines, faltiges Gesicht hellte sich auf. Es sah aus, als würde zerknülltes Pergament glattgezogen. »Du bist keine schlechte Lügnerin, mein Kind. Aber nun warst du zum ersten Mal aufrichtig, und das rückt alles, was du vorher gesagt hast, in ein neues Licht.«

Mercy biss sich auf die Unterlippe, bis es weh tat. Madame Xu mochte geahnt haben, dass sie bislang belogen worden war, aber jetzt wusste sie es mit absoluter Gewissheit. Mercy selbst hatte ihr den Maßstab geliefert, indem sie dieses eine Mal die Wahrheit gesagt hatte. Denn es stimmte – sie *war* beeindruckt von dem, was die Chinesin erreicht hatte. In ganz London gab es vermutlich nur zwei Frauen, deren Befehle ohne Zögern befolgt wurden. Die andere war Königin Victoria.

Madame Xu war die unumschränkte Regentin von Chinatown, und mit den Kräften, die man ihr nachsagte, hatte sie bereits viele Viertel der englischen Hauptstadt unterwandert. Sie war wie eine dürre, unscheinbare Pflanze, deren wahre Größe sich unter der Oberfläche verbarg, ein Netz aus Wurzelsträngen, das von Temple Park bis zu den Royal Docks, von den Hackney Marshes bis Kensington reichte.

Mercy war sicher, dass sie Madame Xu noch immer überlisten konnte, auch wenn ihr Selbstbewusstsein gerade einen kräftigen Dämpfer bekommen hatte. Xu mochte gewisse Fähigkeiten besitzen, aber Mercy war eine Bibliomantin, eine begabte noch dazu. Sobald sie den richtigen Zeitpunkt für gekommen hielt, würde sie aus diesem Loch schweben und sich mit Hilfe ihres Seelenbuchs einen Fluchtweg bahnen. Je länger Xu sie für ein dummes Ding hielt, das mit mehr Glück als Verstand in ihr Hauptquartier gestolpert war, desto besser.

Besser für Mercy und erst recht für den Rest der Turpin Brigade, der gerade durch einen anderen Winkel dieses Gemäuers schlich. Falls alles nach Plan lief, mussten Grover, Philander und Tempest jetzt kurz vor ihrem Ziel sein. Aber noch waren sie auf Mercys Ablenkungsmanöver angewiesen.

Die Chinesin beugte sich unmerklich vor, während wieder ein Schlammtropfen aus dem Eisenrohr zu Mercy in die Tiefe fiel. Plötzlich befanden sich ihre Hände nicht mehr hinter dem Rücken, sondern vor ihrer Brust. Mercy hatte die Bewegung nicht wahrgenommen. Madame Xu riss ein Streichholz an und warf es brennend in den Schacht. Mercy fing es mit Daumen und Zeigefinger an der sicheren Seite auf, sie war gut in so was.

»Schau dich um«, sagte Xu. »Zu deinen Füßen.«

Mercy zögerte kurz, dann ging sie langsam in die Hocke und schwenkte die Streichholzflamme in einem Halbkreis über den Boden des Schachts.

Im ersten Moment glaubte sie, zwei Flusskrebse wären aus

dem Rohr hinunter auf die raue Oberfläche gestürzt. Große Exemplare, die mit den Beinen nach oben leblos auf ihren Rückenpanzern lagen.

Es waren Hände. Finger, die zu Krallen gekrümmt aus dem getrockneten Schlamm ragten.

Mercy hatte den Boden für Zement gehalten, aber nun begriff sie: Dieser Schacht, vielleicht ein alter Brunnen, war einmal sehr viel tiefer gewesen. Madame Xu musste nur den Zulauf öffnen lassen, dann wurde er mit Schlamm vom Grund der nahen Themse geflutet. Unter Mercys Füßen befanden sich vermutlich mehrere ausgehärtete Schichten, jede mannshoch, und in allen waren Menschen eingeschlossen wie Insekten in Bernstein.

Menschen wie Mercy. Einbrecher in Madame Xus Hauptquartier, die leichtsinnig genug gewesen waren, ihr in die Falle zu gehen.

Langsam richtete Mercy sich auf. Am Rand des Rohrs glitzerte ein neuer Tropfen, wurde zu einem zähen Faden, baumelte wie eine vollgefressene Spinne, ehe er abriss und fiel.

»Ich frage dich noch einmal.« Madame Xu setzte sich wieder in Bewegung, glitt geisterhaft um die Öffnung. »Wer hat dich zu mir geschickt? Irgendwer hat es auf etwas abgesehen, das mir gehört. Und du sollst es ihm bringen.«

Xu war keine Bibliomantin, sonst hätte Mercy ihre Aura wahrgenommen. Bibliomanten spürten einander, sobald sie sich nahe kamen. Ahnte die Chinesin trotzdem, wer da in ihrer Falle saß?

Mercy versuchte, sich ihre Verunsicherung nicht anmerken zu lassen. Ihre rechte Hand schob sich in die Tasche ihrer

Jacke, und ihre Finger berührten den Einband ihres Seelenbuchs. Der Titel lautete: *Mother Damnables Geschenk an das junge Frauenzimmer*. Bibliomanten suchten sich ihre Seelenbücher nicht aus. Mercys war zumindest handlich.

»Keiner hat mich geschickt«, log sie, änderte dann ihre Taktik und versuchte, Madame Xu mit einem Teil der Wahrheit zu verwirren: »Ich war neugierig. Ich wollte wissen, wie es ist, als Frau so viele Männer zu befehligen. Wie lebt jemand wie Sie? Und kann man selbst so jemand werden?«

Xu war immun gegen Schmeicheleien. »Du willst etwas stehlen. Aber kein Geld, glaube ich – so eine bist du nicht.« Ihre Runde hatte sie wieder in den Lichtschein geführt, und nun sah Mercy ihr böses Lächeln. »Es ist das Kapitel, nicht wahr? Du hast es auf mein Kapitel des Flaschenpostbuchs abgesehen.«

Mercy wollte etwas antworten, aber die Chinesin ließ sie nicht mehr zu Wort kommen. »Der Auftraggeber ist ein Buchhändler oder Antiquar, möchte ich wetten. Aus der Holywell Street oder dem Cecil Court.«

Das waren die beiden alteingesessenen Straßen der Buchhändler in London. Mercy gab sich alle Mühe, durch keine Regung zu verraten, dass Madame Xu ins Schwarze getroffen hatte.

Mister Ptolemy von *Quijote's Curiosities* am Cecil Court hatte ihr einen gewissen Betrag geboten. Einen Betrag, der ausreichte, um die lebensnotwendigen Medikamente für ihren Ziehvater Valentine zu kaufen. Valentine war ebenfalls Buchhändler am Cecil Court und hatte Mercy in seinem Laden großgezogen. Er ahnte nicht, dass sie diesen Handel mit seinem Konkurrenten Ptolemy eingegangen war, sonst hätte er alles getan, um sie davon abzuhalten. Selbst seinen sicheren Tod hätte Valentine in Kauf genommen, um Mercy vor Schaden zu bewahren.

»Holywell Street«, wiederholte Madame Xu in lauerndem Tonfall, »oder Cecil Court?«

»Kenn ich nicht.« Diesmal fand sie selbst, dass die Lüge kläglich misslang. Etwas ging hier gehörig schief. Nicht einmal die Berührung ihres Seelenbuchs spendete Trost.

Xu verschwand hinter der Kante, nur um im nächsten Augenblick wieder aufzutauchen. Jetzt hielt sie in der linken Hand einen Vogelkäfig, geformt wie eine Pagode, und ließ ihn über dem Abgrund baumeln, während sie mit rechts die winzige Gittertür öffnete. Etwas raschelte im Inneren.

»Sieh her.«

Sie schwenkte den Käfig kurz hin und her, dann packte sie ihn mit beiden Händen und schüttelte seinen Inhalt über Mercy aus.

Ein einzelnes Origami fiel aus der Öffnung und stürzte hinab in den Schacht. Mercy wollte herumwirbeln und es auffangen, stolperte aber über eine der totenstarren Hände und fiel auf die Knie. Das Origami landete vor ihr im Halbdunkeln, federleicht und unversehrt: eine winzige Echse, gefaltet aus blütenweißem Papier. Es hob den spitzen Kopf und schien zu ihr aufzublicken, obwohl es keine Augen besaß. Dass es sehen konnte, verdankte es der Bibliomantik, die seinen zarten Körper mit Leben erfüllte.

Sie weiß es, dachte Mercy. Xu hat die ganze Zeit über gewusst, dass ich eine Bibliomantin bin.

Wäre ihr Leben jetzt noch etwas wert gewesen, dann hätte

sie es darauf verwettet, dass die Chinesin alle notwendigen Vorkehrungen getroffen hatte.

»Und nun«, sagte Madame Xu genüsslich, »da wir einen leeren Käfig haben, können wir uns daranmachen, deine drei Freunde einzufangen.«

2

Die Tür da vorne muss es sein.« Grover beschleunigte seine Schritte, während Philander und Tempest aufholten. Der kräftige, dunkelhaarige Junge lief voraus durch das Zwielicht des Korridors, ein zusammengerolltes Penny-Dreadful-Heft wie einen Schlagstock in der rechten Hand.

»Ich weiß nicht«, flüsterte Philander, als alle drei vor der Tür zum Stehen kamen. »Müssten wir es nicht irgendwie … stärker spüren?«

»Nicht unbedingt«, sagte Tempest. »Hier gibt es noch was anderes, das die Bibliomantik überlagert.« Ihr schwarzes Haar war noch immer kurzgeschoren, obwohl die letzte große Läuseplage in den Armenquartieren von St Giles drei Monate zurücklag. Philander kannte niemanden in den Krähennestern, der derart auf Sauberkeit bedacht war wie Tempest. Darum versuchte auch er, sich jeden zweiten Tag zu waschen und am Morgen den Mund auszuspülen.

»Dann ist Madame Xu also wirklich eine Hexe«, raunte Grover.

»Vielleicht keine echte Hexe«, sagte seine jüngere Schwester leise. »Aber ihr spürt es doch auch, oder?«

Die beiden Jungen sahen einander an und nickten.

Jeder der drei verstand sich auf Bibliomantik, wenngleich auf die denkbar schwächste Weise. Sie schöpften ihre Kraft nicht aus Büchern, sondern aus zerfledderten Penny Dreadfuls, Romanheften aus dünnem Zeitungspapier, was sie aus Sicht der versnobten Bibliomanten zu Dilettanten machte. Mercy war die einzige Bibliomatin, die sich mit ihnen abgab, doch Philander war nie ganz sicher, ob nicht sogar sie insgeheim ein wenig auf ihre drei Freunde herabsah.

Die Turpin Brigade war Mercys Idee gewesen, benannt nach Dick Turpin, dem kühnsten aller Romanhelden aus den Penny Dreadfuls, und obgleich Grover als Anführer der vierköpfigen Truppe galt, war es oft genug Mercy, die die Entscheidungen traf. Möglicherweise weil Grover und sie … Nun, es war ein wenig kompliziert.

Was den Einbruch ins Reich von Madame Xu anging: Philander zweifelte an Mercys Plan, und das schon seit sie ihn der Turpin Brigade zum ersten Mal unterbreitet hatte. Nur damit Tempest ihn nicht für einen Feigling hielt, hatte er sich mit Einwänden zurückgehalten.

Tempest war erst fünfzehn, die Jüngste von ihnen, und sie war zum ersten Mal bei einer Unternehmung der Turpin Brigade dabei. Die beiden Jungen glaubten aus ganz unterschiedlichen Gründen, sie beschützen zu müssen. Dabei sprach einiges dafür, dass die Bibliomantik des Mädchens die ihre bald übertreffen würde; womöglich würde Tempest eines Tages die Penny Dreadfuls hinter sich lassen und ihre Macht aus echten Büchern schöpfen.

Grover ließ seine kleine Schwester nicht aus den Augen. Mit seinen achtzehn Jahren war er der Älteste, Philander war zwei Jahre jünger. Während Grover sich als Bruder für Tempest verantwortlich fühlte, hatte Philander sie insgeheim auf andere Weise gern und hätte sie am liebsten auf der Stelle in Sicherheit gebracht. Der Gedanke, dass ihr etwas zustoßen könnte, ließ ihm keine Ruhe, seit sie Madame Xus Hauptquartier durch einen Abwasserkanal zur Themse betreten hatten.

Grover legte eine Hand auf die Tür, deren Farbe abgeblättert war, schüttelte schließlich den Kopf und gab Tempest einen Wink. »Versuch du's mal.«

Sie schob sich zwischen Grover und Philander hindurch, das schmale Gesicht zur Tarnung mit Ruß und Kohlenstaub beschmiert. Ihre hellblauen Augen leuchteten darin wie zwei Monde. Die primitive Bemalung wäre nicht nötig gewesen, denn nach der Kletterpartie durch den Kanal sahen die drei aus wie die bedauernswerten Schornsteinfegergehilfen, die von ihren brutalen Meistern durch Londons Schlote gejagt wurden. Gegen deren Martyrium glich selbst die Arbeit als Straßenverkäufer von Zeitungen und Penny Dreadfuls, der die drei tagsüber nachgingen, einem Sonntagsspaziergang im Park. Oder was sie sich darunter vorstellten.

Tempest schloss die Augen, während sie beide Hände an die Eichentür legte, die linke gespreizt, die rechte um ihr Heft geballt. Philander warf Grover einen Blick zu, aber der ältere Junge ließ seine Schwester nicht aus den Augen. Beim ersten Anzeichen einer bibliomantischen Attacke würde er sich zwischen sie und die Tür drängen. Vorausgesetzt, Philander kam ihm nicht zuvor.

Endlich schlug Tempest die Augen wieder auf und nickte langsam. »Da sind Menschen auf der anderen Seite. Eine Menge Menschen. Aber sie fühlen sich so … beschäftigt an. Vielleicht kommen wir an ihnen vorbei, ohne dass sie uns bemerken.«

»Und das Kapitel?«, fragte Grover.

»Die Richtung stimmt. Aber im nächsten Raum ist es noch nicht, glaube ich.«

Philander fluchte leise. Der anonyme Käufer, der den Buchhändler Ptolemy beauftragt hatte, das Kapitel für ihn zu besorgen, hatte einen Lageplan zur Verfügung gestellt, eine ungenaue Skizze, angeblich von einem Spitzel in Xus Organisation. Darauf hatte es ausgesehen, als befände sich die Kammer, in der das Kapitel des Flaschenpostbuches aufbewahrt wurde, am Ende dieses Korridors.

»Gehen wir weiter?«, fragte Tempest.

»Mercy kann Xu nicht ewig ablenken«, gab Grover zu bedenken. Die Sorge um sie schien die Rußflecken um seine Augen noch dunkler zu machen. »Wir müssen entweder sofort weiter oder die ganze Sache abbrechen.«

Weder wussten sie, wie erfolgreich Mercy in ihrem Versuch war, die Aufmerksamkeit der Chinesin auf sich zu lenken, noch wie viel Zeit sie den dreien dadurch verschaffte. Sie waren Fallen und Wachtposten ausgewichen – alle zuverlässig auf der Karte markiert –, aber sie zweifelten nicht daran, dass es noch mächtigere Gegner in diesem Gemäuer gab. Von Madame Xu ganz zu schweigen.

»Alles war umsonst, wenn wir jetzt nicht weitergehen«, sagte Grover, und seine Schwester nickte.

Philander fügte sich in sein Schicksal. Wäre es nötig gewesen, hätte er Tempest bis auf den Mond begleitet.

»Dann los«, sagte Grover und drückte vorsichtig die Klinke hinunter.

Vor ihnen lag eine riesige Halle, durchzogen von Schwaden weißen Wasserdampfes und einem Gewirr von Lauten, die wie

Weinen und Wehklagen klangen. Nachdem sich ihre Augen an die nebelhafte Umgebung gewöhnt hatten, erkannten sie, dass die Tür auf eine umlaufende Balustrade im oberen Teil der Halle führte. Auf langen Stuhlreihen, gut drei Mannslängen unter ihnen, saßen Dutzende Frauen, gekleidet in graue Arbeiterkluft. Man hätte meinen können, dass es sich um eine der zahlreichen Kleiderfabriken handelte, die seit einigen Jahren in ganz London aus dem Boden schossen. Doch vor den Frauen standen keine Tische mit Nähzeug. Tatsächlich gab es überhaupt keine Utensilien oder Werkzeuge. Die Frauen saßen nur da, heulend und schluchzend, und tupften sich die Tränen mit weißen Tüchern von den Wangen. Eine Aufseherin, ungemein groß und breit für eine Chinesin, wanderte durch die Reihen und verteilte Hiebe mit einer Rute, wenn eine der Frauen nicht heftig genug weinte. Sie trug das Haar zu einem schweren Zopf geflochten, nach vorn über die Schulter gelegt und geformt wie der Schwanz eines Skorpions.

Handlanger wuselten geduckt zwischen den weinenden Frauen umher, sammelten die tränengetränkten Tücher ein und verteilten trockene. Die benutzten trugen sie in jenen Teil der Halle, wo in gewaltigen Kesseln eine zähe Masse kochte. Die Tücher wurden hineingeworfen, gleichmäßig verteilt auf alle Kessel. Später würde man den Inhalt zu Papier trocknen. Denn Papierherstellung nach chinesischer Tradition war die legale Fassade, hinter der Madame Xu ihre kriminellen Geschäfte verbarg.

»Was, verdammt …«, begann Grover.

»Sie mischen dem Papier Tränen bei«, sagte Philander. »Für Liebesromane. Das verstärkt die Wirkung.« Er wedelte mit dem

Penny Dreadful, das er in seiner Linken trug. Längst spürte er kaum noch etwas von der kläglichen bibliomantischen Macht, die den Seiten des Heftes innewohnte. Es mochte wohl wahr sein: Penny-Dreadful-Bibliomanten wie er waren nichts als Amateure, gerade mal gut genug, um kleine Kunststücke zu vollführen, aber weit davon entfernt, es mit jemandem wie Mercy oder gar den Agenten der Adamitischen Akademie aufnehmen zu können.

Penny Dreadfuls waren größer als Bücher, aber kleiner als Zeitungen, mit wenigen engbedruckten Seiten, auf denen nur zwei Arten von Geschichten erzählt wurden: Abenteuer voller Mord und Totschlag oder schwülstige Romanzen.

Tempest runzelte beim Anblick der weinenden Frauen die Stirn und sprach aus, was auch Philander durch den Kopf ging: »Hoffen wir mal, dass sie nur Papier für Schmonzetten produzieren. Und nicht auch Menschenblut beimischen.«

Grover deutete auf eine Tür auf der anderen Seite der Halle, ebenfalls oben auf der Balustrade. »Könnte es dort sein?«

»Merkwürdiger Ort, um etwas so Wertvolles aufzubewahren«, sagte Philander.

Tempest aber nickte. »Fühlt sich gut an. Ich glaube, da müssen wir hin.«

Hier war vermutlich ihre letzte Chance kehrtzumachen, aber keiner der drei sprach es aus. Irgendwo in diesem Gemäuer hielt Mercy gerade den Kopf für sie hin, und sie hatten ihr das Versprechen gegeben, sich nicht ohne das Kapitel aus dem Staub zu machen.

Grover zeigte auf einen Gittersteg, der oberhalb der dampfenden Kessel von einer Seite der Halle zur anderen führte und die Längsseiten der Balustrade miteinander verband. Wahrscheinlich wurden von dort Arbeiter herabgelassen, um die leeren Kessel zu reinigen. Jetzt aber boten die dichten Dampfschwaden von unten einen passablen Schutz, um ungesehen auf die andere Seite zu gelangen – falls sie unterwegs nicht bei lebendigem Leib gedünstet wurden.

Gebückt eilten sie los, erreichten unbemerkt den Steg und schlichen darüber hinweg. Der Dampf, der durch breite Öffnungen im Dach abzog, hüllte sie ein und schien sie nicht mehr loslassen zu wollen. Die Hitze war kaum zu ertragen. Innerhalb von Sekunden fühlte es sich an, als wären sie von Kopf bis Fuß in kochend heiße Tücher gewickelt. Ohne nachzudenken, nahm Philander Tempest bei der Hand, und erst als sie sicher das andere Ende des Stegs erreicht hatten, wurde ihm bewusst, dass sie seine Finger mindestens so fest umklammerte wie er die ihren.

Unter ihnen schrie die Aufseherin mit dem Skorpionzopf eine jammernde Frau an und schlug ihr unbarmherzig mit der Rute ins Gesicht. Dabei wandte sie den dreien den Rücken zu. Jetzt erst bemerkte Philander, dass an den Ausgängen hinter den Stuhlreihen Wächter postiert waren, ein halbes Dutzend Chinesen mit Knüppeln und langen Messern.

Grover erreichte die Tür als Erster und nickte zufrieden. Sie alle konnten es spüren. Die Luft war mit Bibliomantik gesättigt wie die Läden am Cecil Court mit Bücherduft.

Philander behielt die Aufseherin im Blick, während Grover die Tür vorsichtig öffnete. Alle drei schlüpften in den Raum dahinter, der Dampf blieb zurück. Tatsächlich fühlte sich die

Luft hier vollkommen trocken an. Einer von Madame Xus Tricks, vermutete Philander, damit ihre Schätze keinen Schaden nahmen.

»Niemand hier«, flüsterte Tempest.

»Ganz sicher?«

»Ja, kein Mensch hier oben.«

Die Wände des Zimmers waren mit weinrotem Samt verhängt. Philander ließ die Tür in seinem Rücken angelehnt. Er hatte Vitrinen mit Kostbarkeiten erwartet oder Truhen voller Gold, womöglich Schränke mit Porzellanfiguren, Schmuck aus Jade, Elfenbein und Alabaster, unbezahlbare Kleinode aus aller Herren Länder. Stattdessen stand in der Mitte des Raumes nur eine einzelne Kiste.

»Es ist da drin«, sagte Tempest. »Ich kann's spüren.«

Bisher hatte sie immer richtiggelegen, aber das änderte nichts an der Tatsache, dass Philander misstrauisch blieb. Sie war begabt, aber sie war nicht Mercy. Womöglich lag das Kapitel des Flaschenpostbuchs tatsächlich in dieser Kiste. Die allerletzte Gewissheit würden sie erst haben, wenn sie es mit eigenen Augen sahen.

»Bisschen zu einfach, das alles«, sprach Grover aus, was auch Philander dachte. Trotzdem ging er auf die Kiste zu und legte beide Hände auf den Deckel.

Tempest blieb stehen. Sie schlug ihr Penny-Dreadful-Heft auf und brachte eine Seite dazu, sich stocksteif aufrecht zu stellen. Das Papier spaltete sich und schälte sich auseinander. Zwischen den beiden Lagen strahlte flirrender Lichtschein empor, ein unstetes, flackerndes Seitenherz. Tempest las murmelnd die geheimen Zeilen zwischen den Seiten vor. Philander vermutete, dass sie mit Hilfe der Bibliomantik den Raum nach Fallen absuchte.

Grover aber, den wohl die Sorge um Mercy unvorsichtig machte, hob bereits den Deckel.

»Nicht!«, rief Tempest.

Philander zog gerade noch sein Messer, eine kleine, ungemein scharfe Klinge, mit der er Holzspielzeug schnitzte, wenn er sich nicht gerade auf der Straße verteidigen musste.

Grover öffnete den Mund, als er ins Innere der Kiste blickte. Auch Philander konnte die bauchige Flasche aus trübem Glas sehen, die darin stand. In ihr steckte ein gerolltes Bündel Papier.

Nur war das nicht alles.

Drei Bücher lagen in einem Halbkreis um die Flasche, und als Licht auf sie fiel, wölbten sich ihre Lederdeckel nach oben. Drei Spitzen wuchsen daraus hervor.

Tempest fluchte wie ein Matrose.

Im nächsten Augenblick verfiel die Trilogie von Schnabelbüchern in kreischendes Alarmgeschrei.

3

Mercy wollte sich gerade bücken, um das verängstigte Origami vom Boden aufzuheben, als oberhalb des Schachts metallisches Klappern ertönte.

Sie blickte auf und sah die Scheren.

Madame Xu war einen Schritt zurückgetreten. Wo sie eben noch gestanden hatte, marschierte eine Kompanie blitzender, gekreuzter Klingen auf. Mercy zählte sechs Scheren, die sich auf ihren Spitzen bewegten wie auf Beinen, jede gut einen Fuß hoch. Dabei erklangen leises Quietschen und Schleifen, als würden rasierklingenscharfe Messer gewetzt.

Wie sechs silberne Soldaten standen sie dort oben in einem Halbkreis um den Schacht. Offenbar kontrollierte Madame Xu die Scheren kraft ihrer Gedanken, und so scharrten sie ungeduldig auf dem Steinboden und erwarteten ihre Order.

»Tun Sie das nicht!«, rief Mercy, doch ein schneidender Befehl der Chinesin übertönte ihre Worte.

Alle sechs Scheren machten gleichzeitig einen Schritt über die Kante und fielen senkrecht in die Tiefe. Mercy sprang mit einem Aufschrei zurück, als sich die Spitzen fingerbreit in den getrockneten Boden rammten. Ruckelnd befreiten die Scheren ihre Messer aus der Erde und formierten sich erneut zu einem Halbrund, diesmal um das verängstigte Origami. Zitternd hockte es da, drehte noch einmal das spitze Köpfchen zu Mercy empor, dann sackte es mit einem Rascheln in sich zusammen. Ehe Mercy einschreiten konnte, fielen die Scheren über das kleine Wesen her, ein klappernder Wirbel aus Klingen, beinahe zu schnell für das menschliche Auge. Papier flog in alle Richtungen, und schon im nächsten Moment war von dem Origami nichts übrig außer winzige Schnipsel.

Mercy holte mit dem Fuß aus und trat die vorderste Schere mit aller Kraft gegen die Wand. Die gekreuzten Klingen prallten dagegen und brachen auseinander. Die fünf übrigen aber rückten nun auf Mercy zu, die sogleich das Buch aus ihrer Tasche zog, um ein Seitenherz zu spalten.

Ihre Augen hatten sich längst an die Dunkelheit hier unten gewöhnt, aber das wäre nicht nötig gewesen, um zu erkennen, dass sie getäuscht worden war. Was sie da in Händen hielt, war nicht ihr Seelenbuch. Chinesische Schriftzeichen bedeckten die Seiten. Sie meinte ein hämisches Lachen zu hören, doch als sie hasserfüllt nach oben blickte, sah sie in das ernste, verschlossene Gesicht der alten Frau.

Madame Xu hielt ebenfalls ein Buch, ein kleiner, schmaler Band mit abgegriffenem Leinen. Sie schlug ihn auf und las den Titel vor: »*Mother Damnables Geschenk an das junge Frauenzimmer.* Gewiss eine höchst erbauliche Lektüre für eine heranwachsende Dame wie dich. So vieles, das es zu lernen gilt, nicht wahr? So viele Dummheiten, die zu vermeiden wären. So viele Fehler.«

Mercy wollte zu ihr hinaufschweben, endlich aus diesem elenden Loch verschwinden, aber ohne Seelenbuch war das so gut wie unmöglich. Zudem fehlte ihr die nötige Konzentration, der letzte Rest Bestimmtheit, den sie brauchte, um sich in die Luft zu erheben. Sie hatte es geübt, unter Valentines Aufsicht in dem winzigen Hof hinter dem Laden, aber sie konnte nur daran denken, was Madame Xu ihrem Seelenbuch antun würde, und das war, als wollte sie ihr den rechten Arm abschneiden. Ein Seelenbuch und sein Träger waren eins, sie gewaltsam voneinander zu trennen war eine Katastrophe.

Die Sohlen von Mercys groben Schnürschuhen hoben sich ein Stück weit vom Boden, dann sanken sie wieder zurück.

Madame Xu hielt das aufgeschlagene Buch mit beiden Händen, als wollte sie es hoch über Mercys Kopf zerreißen. »Weißt du, wer diese Mother Damnable war?«

»Eine Hexe.« Mercy stand Schweiß auf der Stirn, und ihre Unterlippe bebte. *Nicht das Buch!*, schrie es in ihren Gedanken, aber sie hatte sich gerade noch genug in der Gewalt, um die Worte nicht laut zu brüllen. »Eine Hexe hier in London, irgendwann im sechzehnten Jahrhundert. Am Ende hat sie der Teufel geholt.«

»Man hört, dass es manchen Hexen so ergeht. Glaubst du an Hexen, meine Kleine?«

Mercy sah aus dem Augenwinkel die Scheren näher kommen. »Ist das wichtig? Am Ende erinnern sich die Leute ohnehin nur an sie, weil irgendwer ein Pub nach ihnen benennt.«

Die Chinesin klappte das Buch wieder zu. Aber sie behielt es weiterhin in der Hand, die Drohung blieb unmissverständlich. »Ich sollte dich auf der Stelle töten.«

Die Scheren klapperten voller Vorfreude.

»Aber ich muss wissen, wer dich zu mir geschickt hat«, fuhr Madame Xu fort. »Wenn ich dich in Streifen schneide wie das arme Ding da unten, dann wird derjenige es wieder versuchen. Und beim nächsten Mal wird er vielleicht keine dummen Kinder schicken, sondern jemanden, der weiß, was er tut.«

Aus dem Rohr fiel ein großer Batzen Schlamm.

»Ich könnte dafür sorgen, dass dir der Morast bis zum Hals steht und dann einfach warten, bis du gesprächiger wirst. Nur erscheint mir das wie Zeitverschwendung, wenn es doch andere Mittel und Wege gibt, dich zum Sprechen zu bringen.«

Mercy hielt nicht viel von ihrem Auftraggeber Ptolemy, er war ein verknöcherter Geizkragen, und sie war sicher, dass er reden würde, sobald Xus Leute in seinem Laden auftauchten. Sie würden herausfinden, dass Mercy in Valentines Haus lebte, und dann würden sie sich auch ihn vorknöpfen. Dabei war sie doch hier, um Valentine zu retten, nicht um ihm noch größere Schwierigkeiten zu bereiten.

»Hast du gewusst, dass das Papier, das euch Bibliomanten so viel bedeutet, in China erfunden wurde?«, fragte Xu, als wäre das mit einem Mal von allergrößter Wichtigkeit.

Mercy schüttelte den Kopf, obwohl sie es *selbstverständlich* wusste. Sie musste unbedingt Zeit gewinnen, um zurück zu ihrer Konzentration zu finden. Xu wusste Bescheid über Grover und die anderen, und das bedeutete aller Wahrscheinlichkeit nach, dass Mercy die Einzige war, die sie alle vielleicht noch hier rausholen konnte.

Schweiß lief ihr in die Augen, während sie zu der Chinesin hinaufsah und sich Mühe gab, die fünf Scheren zu ignorieren.

»Es wird niemals einen besseren Träger für das geschriebene Wort geben als Papier«, sagte Madame Xu. »Philosophien, Religionen und wissenschaftliche Ideen sind auf Papier entwickelt und verbreitet worden. Jede Kultur, die sich in den letzten zweitausend Jahren mit einer anderen vermischt und dabei eine neue hervorgebracht hat, hat das mit Hilfe von Papier und Tinte getan. Seine Geschichte beginnt im China der Han-Dynastie, dann gelangte es nach Arabien und schließlich über Spanien nach Europa. Ohne seinen Erfinder Cai Lun gäbe es keine Bücher, keine Bibliomanten, wahrscheinlich nicht einmal dich.«

Red du nur, dachte Mercy, ehe sie begriff, dass auch dieser Gedanke sie ablenkte. Ihre Sohlen hoben sich wieder leicht, doch schon im nächsten Augenblick machte eine der Scheren einen Schritt und stach eine Spitze in Mercys Fuß. Der Schmerz raste an ihrem Bein herauf, und sie sackte zu Boden.

Madame Xu tat, als hätte sie es nicht bemerkt. »Dabei ist das Wunderbarste an einem Buch gar nicht, dass wir die Ideen und Gedanken darin studieren können – nein, wir können sie *besitzen*, auf dass sie für alle Zeiten uns gehören.« Sie presste Mercys Seelenbuch an ihre flache Brust. »Wir können einem Buch einen ganz besonderen Platz in unserem Leben einräumen. Wir können darin blättern, wann immer wir wollen, und bewundern, wie das Licht die Struktur des Papiers zum Vorschein bringt, mal fein und glatt, mal grob und faserig. Papier ist kostbarer als Gold, kostbarer als Menschenleben. Macht über Papier bedeutet Macht über die Welt. Aber du bist Bibliomantin. Du weißt, wie kostbar ein Buch sein kann, nicht wahr?«

»Lassen Sie es in Frieden!«, schrie Mercy den Schacht hinauf. Plötzlich hatte sie keinen Zweifel mehr, dass in den dürren Armen der Frau genug Kraft steckte, um das geschlossene Buch entzweizureißen.

Die Scheren stoben auseinander und liefen wie schwerelos an der senkrechten Wand hinauf, bis sie sich auf Höhe von Mercys Gesicht befanden. Zwei stießen sich ab und landeten mit den Spitzen auf ihren Schultern, ritzten ihre Haut unter dem einfachen Wollkleid. Mercy konnte die Kälte des Stahls an ihren Ohren spüren. Vor ihr an der Wand tänzelte eine dritte Schere auf einer Spitze, spreizte ihre eisernen Schenkel wie zum Spagat und zeigte mit der zweiten Klinge fast waagerecht auf Mercys Augen.

»Blindheit ist der größte Feind der Bibliomanten«, sagte Madame Xu. »Du musst die geheimen Worte im Seitenherz lesen können, um deine Bibliomantik zu wirken. Die Vorstellung, dein Augenlicht zu verlieren, muss dir große Angst machen.«

»Ich fürchte mich nicht vor Ihnen!« Das war keine bewusste Lüge mehr, nur noch Trotz. Wie vermessen war es gewesen zu glauben, dass sie mit ihren kaum erprobten Fähigkeiten gegen jemanden wie Madame Xu bestehen könnte.

Die Chinesin schüttelte fast mitleidsvoll den Kopf und schnippte einmal mit den Fingern. Hinter ihr erklangen hastige Schritte. »Es ist an der Zeit, dass wir beide uns endlich näher kennenlernen.«

4

Die drei Schnabelbücher schrien wie am Spieß, ein hoher, durchdringender Ton. Aus ihren Einbänden ragten dünne Schlangenhälse, an deren Enden augenlose Köpfe mit Schnäbeln saßen. Man hätte sie für alberne Handpuppen halten können. Philander wollte eines am Hals packen und aus der Kiste zerren, aber sogleich stieß einer der anderen Schnäbel vor und hackte ihm mit aller Kraft in den Finger. Fluchend zog er den Arm zurück.

»Zur Seite!«, rief Tempest. Licht fiel aus dem Seitenherz ihres Penny-Dreadful-Hefts, gleich darauf bewegte sie lautlos ihre Lippen. Dort, wo sich das Blatt gespalten hatte, war eine bläuliche Schrift erschienen. Sie war nicht so deutlich wie in einem echten Buch, die Worte nicht so machtvoll, doch Tempest gelang es, die Kraft zu bündeln und als Druckstoß gegen die Schnabelbücher zu schleudern. Die drei elastischen Hälse wurden von einer unsichtbaren Faust nach hinten geschleudert und krachten gegen die Holzkante der Kiste. Benommen sackten sie in sich zusammen, nur einer der Schnäbel wimmerte leise.

Auch die Flasche, in der das gerollte Kapitel steckte, war von dem Stoß erfasst worden, allerdings nur gegen die drei Bücher geprallt und dadurch unversehrt geblieben.

»Gut gemacht!« Grover streckte die Hand nach der Flasche aus, als Schritte über den Steg draußen in der Halle polterten. Madame Xus Schergen ließen nicht lange auf sich warten.

Philander wollte ein eigenes Seitenherz spalten, doch das hätte zu viel Zeit in Anspruch genommen – er war darin längst nicht so gut wie Tempest und Grover. Stattdessen ließ er sein Messer von einer Hand in die andere springen, so wie er es tat, wenn ihn draußen die Kerle von Rudelkopfs Bande in die Zange nahmen.

Als er die schiere Menge an Männern sah, die durch die schmale Tür in den Raum strömte, wusste er, dass sie verloren waren.

»Die haben gewusst, dass wir kommen!« Grover hielt sein flatterndes Heft aufgeschlagen in der linken Hand. Er schleuderte einen Druckstoß in den Pulk ihrer Gegner und schnaubte vor Genugtuung, als gleich zwei von ihnen durch die Tür gefegt wurden, gegen andere draußen auf der Balustrade prallten und sie über die Brüstung hinab in die Halle stießen.

Tempest tat es ihm gleich, während Philander sein Bestes gab, um die Männer abzuwehren, die das Mädchen packen wollten. Gleich darauf wurden die Chinesen von Tempests Attacke nach hinten geworfen, stürzten übereinander und rissen weitere mit sich zu Boden.

Trotzdem drängten immer noch mehr Männer herein, allesamt wortlos, nicht einmal Drohungen kamen über ihre Lippen. Ihre Gesichter zeigten keine Mimik, selbst die Wucht der Druckstöße nahmen sie ohne erkennbare Regung hin. Einige trugen lange Messer an ihren Gürteln, manche Revolver, doch sie schienen den Befehl zu haben, die Waffen nicht einzusetzen.

Grover sprengte mit einem weiteren Druckstoß eine Gasse durch den Wall aus Angreifern. Er packte Tempest an der Hand und rief Philander zu: »Jetzt! Komm!«

Alle drei gelangten hinaus auf den Steg. Philander sah erstaunt, dass Tempest das Flaschenpostbuch in einer Hand hielt. Es erschien ihm sonderbar, dass sie tatsächlich noch vollenden könnten, weswegen sie hergekommen waren. Zwei, drei Atemzüge lang machte ihm diese Vorstellung neuen Mut.

Tempest war die Erste, die eingefangen wurde. Ein Mann entriss ihr die Flasche, ein anderer packte sie am Hals. Philander stürzte sich mit einem Aufschrei auf ihn. Dann sah er nur noch eine Wand aus Körpern und spürte ein Trommelfeuer aus Fäusten. Er hörte Tempest schreien, eher zornig als verzweifelt – Gott, sie war so mutig –, und er meinte noch zu sehen, wie Grover sich brüllend über das Geländer schwang und in der Tiefe verschwand, aber dann kamen sie endgültig über ihn und erstickten seinen Widerstand.

5

Mercy war blind.

Sie konnte ihre Umgebung riechen – feuchte, kalte Kellerluft –, und sie nahm die Ausdünstungen der Männer wahr, die sie aus dem Schacht gezerrt und durch eine Tür in ein anderes Gewölbe gestoßen hatten. Aber sie vermochte nichts zu sehen, nur Schwärze, weil sie ihr etwas über die Augen gezogen hatten, das sich wie zwei Schalen an einem Lederband anfühlte.

Erst nach ein paar Sekunden nahm sie am unteren Rand Helligkeit wahr, konnte sogar ein Stück vom Boden erkennen. Was immer sie ihr da übergestreift hatten, es war nicht vollkommen blickdicht.

Kräftige Hände hielten ihre Arme fest.

»Zum letzten Mal«, erklang Madame Xus Stimme, jetzt viel näher und ohne Widerhall von den Schachtwänden. »Wer hat euch zu mir geschickt?«

»Was ist mit den anderen?«

»Sie haben sich tapfer geschlagen. Ich war mir sicher, dass sie in einer meiner Fallen landen würden, aber sie haben mich überrascht. Dabei bist du ihnen weit überlegen. Es war mutig von dir, dich gefangen nehmen zu lassen, um mich von ihnen abzulenken. Mutig und sehr unvernünftig.«

»Was haben Sie mit Ihnen gemacht?«

»Ich habe sie bis ans Ziel kommen lassen, weil sie mich amüsiert haben. Zumindest haben sie bis zuletzt geglaubt, dass es ihr Ziel sei. Aber das echte Kapitel haben sie nie zu Gesicht bekommen – nur eine Attrappe, gewürzt mit einer Prise Bibliomantik. Hast du wirklich geglaubt, es gäbe niemanden von deiner Sorte, der bereit wäre, für mich zu arbeiten?«

Sie hatten nie eine Chance gehabt. Madame Xu hatte gewusst, dass sie kommen würden. Wer auch immer hinter Ptolemys Auftrag steckte, würde es bei einem erneuten Versuch sehr viel schwerer haben. Xu war jetzt gewarnt, und sie würde jedes Mittel einsetzen, damit Mercy ihr einen Namen nannte.

Und wenn Mercy es nicht tat, dann eben einer der anderen. Ihr wurde siedend heiß, als sie an Grover dachte. Mercy hatte ihn und die beiden anderen in dieses Schlamassel hineingeritten, weil sie so sicher gewesen war, Xu überlisten zu können. Ihre Selbstüberschätzung war ebenso anmaßend wie arrogant gewesen.

Sie haben mich amüsiert, hatte Xu gesagt. Wie konnte sie hier bei Mercy sein und gleichzeitig wissen, was anderswo geschah? Es waren wohl genau solche Rätsel, denen Madame Xu ihren Ruf verdankte. Möglich, dass sie nur bluffte. Es spielte keine Rolle mehr.

»Ich weiß nicht, von wem der Auftrag kam«, sagte Mercy. »Und das ist die Wahrheit.«

»Dann nenn mir den Mittelsmann. Jemand hat euch vier angeheuert, ich will seinen Namen.«

Mercy schwieg. Wieder dachte sie an Valentine, der um nichts auf der Welt in diese Katastrophe hineingezogen werden durfte. Valentine hatte sie als kleines Mädchen bei sich aufgenommen, hatte ihr alles beigebracht, was er über Bücher wusste, und durch ihn hatte sie viele glückliche Jahre in den Buchläden am Cecil Court verbracht. Die Krankheit setzte ihm bereits genug zu, und viel schlimmer als jeder Schmerz, den Madame Xu ihr zufügen konnte, war die Gewissheit, dass sie ihm jetzt nicht mehr würde helfen können. Ohne Ptolemys Bezahlung würde Valentine sterben, und es war dieser Gedanke, der sie beinahe in die Knie zwang. Ihre Beine gaben nach, aber sie wurde sofort an den Armen wieder nach oben gerissen. Dabei hätte ihr einer der Kerle fast die linke Schulter ausgekugelt.

»Du willst es nicht anders«, sagte Madame Xu. Ihren Lakaien befahl sie: »Bringt jetzt die Käfer!«

Schritte entfernten sich und kehrten zurück.

»Ich werde dir erklären, was nun geschieht. Die beiden Schalen auf deinen Augen sind Muscheln, ausgesprochen schöne Exemplare. Beinahe schade, dass du sie nicht sehen kannst.«

Die Hände um Mercys Oberarme griffen noch fester zu, die Männer rückten näher. Von hinten packte jemand ihren Schädel und hielt ihn fest, so dass ihr Gesicht starr nach vorn zeigte.

Finger machten sich an der rechten Muschel zu schaffen, hoben sie kurz an und schoben etwas darunter. Noch ehe Mercy klarwurde, was es war, wiederholte sich der Vorgang an der Muschel vor ihrem linken Auge. Instinktiv kniff sie die Lider zusammen. Etwas bewegte sich, krabbelte mit dünnen Beinen über die empfindliche Haut.

»Megalorrhina Acidumi«, erklärte Madame Xu, »eine Käferart aus Borneo. Jeweils einer ist jetzt unter jeder Muschel

gefangen. Es sind harmlose Tiere, sie beißen nicht und besitzen keinen Stachel. Aber wenn sie in Panik geraten – und du wirst bald wissen, was wahre Panik ist, mein Kind –, stoßen sie ein Sekret aus, dessen Geruch ihre Gegner abschrecken soll. Unglücklicherweise ist diese Flüssigkeit das pure Gift für deine Augen. Sobald du ein Brennen spürst, bleibt dir noch eine halbe Minute, um sie auszuwaschen.«

Jemand plätscherte demonstrativ in einer Wasserschüssel. Wahrscheinlich der Laufbursche, der die Tiere gebracht hatte.

»Alles ist vorbereitet«, sagte Madame Xu. »Nenn mir nur einen Namen, dann befreien wir die Käfer aus ihrer misslichen Lage und tun, was möglich ist, um deine Augen zu retten. Wir sprachen ja vorhin schon darüber: Was taugt eine Bibliomantin, die nicht mehr lesen kann?«

Mercy hörte kaum noch, was die alte Frau sagte. Das hektische Krabbeln auf ihren Augenlidern beherrschte ihre ganze Wahrnehmung. Sie spürte die Hände der Männer nicht mehr, konnte nicht mehr klar denken und hatte plötzlich Mühe, Luft zu holen. Ihr Herz pochte rasend schnell, ihre Kehle zog sich zusammen. Sie hatte das Gefühl, jedes der winzigen Glieder einzeln zu spüren, hauchzarte Bewegungen, gefolgt von einem leichten Ziehen, wenn sich die Beine mit ihren Widerhaken an ihrer Haut festklammerten. Es fühlte sich an, als rollten Kletten über ihre geschlossenen Augen, eine Berührung, die nicht schmerzhaft war, nur ganz und gar nicht dorthin gehörte.

»Noch suchen die Käfer nach einem Ausweg«, sagte Madame Xu, »aber bald werden sie erkennen, dass es keinen gibt.«

Mercy setzte sich abermals mit ihrem ganzen Körper zur

Wehr, warf sich hin und her, schrie Verwünschungen und Beleidigungen, aber es half alles nichts.

»Nur einen Namen«, sagte die alte Frau.

Ptolemy!, brüllte Mercy in Gedanken, brachte die Silben aber nicht über ihre Lippen. Sie konnte den Buchhändler nicht einmal ausstehen, und nun sollte sie für ihn ihr Augenlicht verlieren? Es wäre so leicht gewesen, wenn sie die Gewissheit hätte verdrängen können, dass Ptolemy Madame Xus Leute zu Valentine führen würde. Einfach so zu tun, als ginge es gar nicht um ihn, nur für ein paar Sekunden lang. Aber Mercy liebte Valentine wie einen Vater, und lieber starb sie vor ihm, hier in Limehouse, als dass sie zuließ, dass er in den wenigen Monaten, die ihm noch blieben, in die Hände der Chinesin fiel.

Sie hatte noch nie die Last einer solchen Verantwortung gespürt, nicht nur für Valentine, sondern auch für Grover und die anderen. Sie war so dumm gewesen, so engstirnig im Stolz auf ihre Bibliomantik.

Das Krabbeln wurde schneller, immer wieder stießen die Käfer gegen die Muschelschalen, rasten kreuz und quer auf Mercys Lidern umher.

»Es ist nur ein Wort«, sagte Madame Xu fast hypnotisch. »Nur ein Name, der euch alle rettet.«

Das war eine Lüge. Mercy spürte es, noch während die Chinesin sprach. Bisher hatte Xu stets die Wahrheit gesagt, doch nun klang sie anders, beschwörend, weil sie ganz genau wusste, dass sie die vier Diebe niemals gehen lassen würde. Mercy würde das hier nicht überleben, ganz gleich, wessen Namen sie nannte, und sie würden auch Grover, Tempest und Philander töten.

Noch einmal dachte sie kurz an ihr Seelenbuch, versuchte, in Gedanken danach zu tasten, aber es gelang ihr nicht, weil zu viel auf sie einstürmte.

»Du armes Kind«, sagte Madame Xu, und da spürte Mercy, dass etwas unter den Muschelrändern hervor über ihre Wangen rann, zu zäh und klebrig für Tränen.

Im selben Augenblick begann das Brennen.

6

Philander blickte von oben in die Halle hinab, während die Männer ihn und Tempest zurück auf den Gittersteg über den kochenden Kesseln trieben.

Keine Spur von Grover. Er war entkommen, zumindest fürs Erste, und Philander spürte bei diesem Gedanken eine Mischung aus Erleichterung und Enttäuschung. Grover würde nichts unversucht lassen, um seine Schwester und Philander zu befreien. Zugleich aber hatte er die Befürchtung, dass es zu spät war und dass einzig Mercy stark genug wäre, um es mit einer solchen Übermacht aufzunehmen. *Vielleicht* wäre sie stark genug. Sicher war das keineswegs, zumal er keine Ahnung hatte, wo sie steckte.

»Mercy wird uns bestimmt zu Hilfe kommen«, raunte er Tempest zu, die auf dem Gittersteg hinter ihm ging. Man hatte ihnen die Hände auf den Rücken gebunden. Er spürte, dass Tempest versuchte, Bibliomantik zu wirken, aber mehr als ein Pulsieren ihrer bibliomantischen Aura brachte sie bei all der Anspannung und ohne ihr Penny Dreadful nicht zustande. Die Hefte hatten die Männer ihnen als Erstes weggenommen und vor ihren Augen in Stücke gerissen.

Philander und Tempest wurden von sechs Chinesen über den Steg gedrängt. Einer von ihnen hatte den Revolver im Anschlag, die anderen die Messer blankgezogen. Vor ihnen stand der heiße Dampf wie eine graue Wand, es stank erbärmlich nach der kochenden Papiermasse in den Kesseln. Die Frauen, die unten in der Halle saßen, weinten nicht mehr, sondern sahen mit starren Blicken zu den Gefangenen hinauf.

Die Aufseherin mit dem Skorpionzopf war verschwunden, doch schon einen Augenblick später entdeckte Philander sie auf einer Treppe, die herauf zum Steg führte. Sie betrat ihn auf halbem Weg zwischen ihnen und dem Wall aus Dampf, eine wuchtige Erscheinung, deren Lächeln keinen Zweifel daran ließ, dass sie diesen Auftritt genoss.

»Wir sind in einen der Romane geraten«, sagte Tempest hinter ihm, und die Hilflosigkeit, die er bei ihren Worten verspürte, zerriss ihm das Herz. »Das alles hier ist wie in den Heften. Wir haben immer gedacht, wir verkaufen den Leuten nur alberne Geschichten über Schurken und Liebespaare. Dabei gibt es das alles wirklich. Es ist alles wahr.«

Schurken. Und Liebespaare.

Philander drehte sich um, ignorierte das Geschrei der Wächter und suchte Tempests Blick. Ihr kurzes Haar glänzte vor Schweiß, und der Ruß war in schwarzen Bahnen über ihr Gesicht gelaufen. Doch ihre Augen leuchteten so hellblau wie immer, und er wusste im selben Moment, dass sie ihre Worte mit Bedacht gewählt hatte. Sie war erst fünfzehn, doch manchmal sagte sie Dinge, die ihn verblüfften. Er hätte sie so gern in die Arme genommen.

»Tempest, ich –«

Eine Hand riss ihn herum. Er blickte in das Gesicht der Aufseherin und stellte verblüfft fest, dass der Zopf selbst aus der Nähe noch aussah wie der Schwanz eines schwarzen Riesenskorpions, so kunstfertig war er geflochten.

Die Aufseherin sagte etwas auf Chinesisch. Sie schlug sich die Rute in die linke Hand, dann trat sie beiseite und gab den Männern einen Wink. Philander und Tempest wurden an ihr vorbei nach vorn gestoßen, weiter den Steg entlang, auf die kochenden, stinkenden Kessel zu.

»Papier für Liebesromane«, raunte die Frau ihm in akzentfreiem Englisch zu. »Ihr beiden seid die perfekte Zutat. Eine herzzerreißende Romanze, die in Tragik und Tod enden muss.«

7

Innerhalb von Sekunden wurde das Brennen unerträglich. Mercy schüttelte sich, um die Muscheln zu lockern und den Käfern einen Fluchtweg zu bahnen, doch es war längst zu spät. Sie hatten ihr Sekret bereits abgesondert, in ihrer Panik stießen sie es mit ihren Insektenbeinen noch tiefer zwischen Mercys Augenlider. Der Schmerz wurde immer entsetzlicher, aber er war nicht das Schlimmste. Erst jetzt wurde ihr bewusst, wie sehr sie sich vor Blindheit fürchtete, vor einer Welt ohne Licht, ohne Farben, ohne Bücher.

Die Käfer bewegten sich hektischer, klebten in ihren eigenen Säften fest, wehrten sich dagegen und strampelten. Mercy spürte keinen Ekel, nur noch Angst. Die Panik war so überwältigend, dass sie im ersten Moment gar nicht wahrnahm, wie ihr rechter Arm freikam. Gleich darauf der linke.

Mehrere Stimmen brüllten durcheinander, ein Schuss wurde abgefeuert, dann ertönte die Stimme von Madame Xu, die etwas auf Chinesisch rief, immer wieder und wieder, in einem Tonfall, den Mercy von ihr noch nicht kannte – maßlose Wut.

Mercy riss die Hände vors Gesicht und zerrte sich die Muscheln mit den Käfern herunter. Um sie herrschte Chaos, Körper flogen umher, Männer rannten vorwärts und wurden wieder zurückgeschleudert. Mercys Sicht war verschwommen, sie konnte vor lauter Brennen die Augen kaum offen halten. Sie suchte das Wasser, dessen Plätschern sie vorhin gehört hatte.

Ihre Hoffnung, dass die Schale in all diesem Trubel nicht umgestoßen worden war, schwand mit jedem Atemzug.

»Mercy!«

»Grover?« Sie traute ihren Ohren kaum. »Grover, hier!«

Natürlich musste er sie längst sehen. Der Raum war nicht groß, das hatte sie bemerkt, ehe sie ihr die Muschelbinde übergezogen hatten. Jemand rannte an ihr vorbei, stieß sie fast um und wurde im nächsten Moment zurück in die entgegengesetzte Richtung geworfen. Erneut peitschten Schüsse, jemand schrie auf – *Nicht Grover! Lass es nicht Grover sein!* –, gefolgt von chinesischen Rufen, dann einem Stöhnen. Mercy konnte nichts davon zuordnen, selbst die Richtungen gerieten in ihrer Wahrnehmung durcheinander. Ein goldener Schemen huschte vorüber und verschmolz mit dem unscharfen Hintergrund, eine Tür schlug zu, ein Riegel wurde vorgeschoben. Beide Geräusche wiederholten sich. Gab es zwei Zugänge und waren jetzt beide verschlossen?

Und wo war die verdammte Schale?

Madame Xu hatte die Kammer mit ihren unverletzten Gefolgsleuten verlassen. Zugleich war es sehr viel dunkler geworden, nur durch senkrechte Schlitze in den Wänden schien schwaches Licht. Mercy ließ sich auf alle viere fallen und tastete blind über den Boden. Das Brennen tat furchtbar weh, aber sie zwang sich, die Augen aufzureißen, um wenigstens Umrisse zu erkennen, Hindernisse und Gegner. Sie berührte einen zuckenden Körper, ein Verwundeter vermutlich, und zog die Finger gleich wieder zurück. Grover rief, sie solle zu ihm kommen, dann fluchte er und geriet in ein Handgemenge.

Ihre Finger stießen auf Holz, das Bein eines Schemels, und darauf, dem Himmel sei Dank, die Wasserschüssel.

Jemand packte ihren Unterschenkel und riss sie zurück. Beinahe hätte sie dabei den Schemel umgestoßen, hörte die Schale wackeln, dann trat sie mit aller Kraft nach hinten und spürte ein Nasenbein unter ihrer Ferse brechen, ein Gefühl, als hätte sie in einen Haufen Hühnerknochen getreten. Die Hand an ihrem Bein löste sich, aber sie trat sicherheitshalber ein zweites Mal zu.

Ein Schnaufen ertönte wie von einer Dampfmaschine, gefolgt von einem Klirren, als würden schwere Ketten gestrafft. Rumpelnder Lärm setzte ein, grollte kontinuierlich aus allen Richtungen zugleich. Der Boden bebte, als wollte sich Madame Xus Hauptquartier aus seinen Fundamenten erheben.

Drei Schüsse krachten.

»Grover?«

Sie robbte wieder vorwärts, ertastete den Schemel und tauchte beide Hände ins Wasser. Ihre obere Gesichtshälfte schien in Flammen zu stehen, und im ersten Moment spürte sie keine Linderung. Erst als sie mehr Wasser gegen ihre Augen klatschte und mit den Fingern darin rieb, ließ das Brennen etwas nach. Sie konnte etwas sehen, nach wie vor verschwommen, aber sie erkannte die reglosen Körper auf dem Boden und dann auch eine hockende Gestalt, leicht vorgebeugt, mit dunklem Haar. In der linken Hand hielt Grover etwas Helles, sein Penny-Dreadful-Heft, in der anderen einen Revolver. Sie hätte nicht gedacht, dass er mit vier Männern gleichzeitig fertigwerden konnte, aber irgendwie hatte er es geschafft.

Sie taumelte auf ihn zu, rief seinen Namen, doch er reagierte nur verlangsamt, so als wären sie unter Wasser. Stockend hob er den Kopf.

»Sie haben Tempest«, keuchte er. »Philander auch.« Er verstummte, röchelte kurz und setzte dann hinzu: »Du musst ihnen … helfen …«

Noch immer auf den Knien erreichte sie ihn endlich. Sie konnte sein Gesicht kaum erkennen, erahnte es nur wie durch blindes Glas.

»Bist du verletzt?«

Er zögerte einen Herzschlag zu lang. »Geht schon.«

»Wo?«

»Schusswunde, irgendwo hier …«

Sie konnte nicht sehen, worauf er zeigte.

»Wo sind die anderen?«

»Halle … nur den Gang runter … aber die Türen …«

»Die haben uns eingesperrt.«

»Ja«, flüsterte er schwach. »Tempest … Philander kann sie nicht beschützen und –«

»Tempest ist stark genug, sie kann auf sich selbst aufpassen«, schwindelte sie, um ihn zu beruhigen. Sie wollte aufstehen und ihn auf die Beine ziehen, stemmte sich hoch – und stieß sich den Kopf.

»Was, zum Henker –«

Der Maschinenlärm. Zahnräder und Ketten. Das Beben des ganzen Raums. Jetzt ergab alles einen Sinn.

Die Decke senkte sich herab. Eine weitere von Madame Xus perfiden Fallen.

»Müssen raus …«, stöhnte Grover vornübergebeugt. Mercy

war nicht einmal sicher, ob er bemerkt hatte, was da von oben näher kam.

Gebückt stolperte sie zum Eingang, nur wenige Schritte von Grover entfernt. Die Tür war aus Metall und gab keinen Fingerbreit nach, als sie die Klinke nach unten riss. Zweimal warf sie sich mit der Schulter dagegen, ehe sie einsah, dass sie nur Zeit verschwendete. So schnell sie konnte, lief sie zurück zu Grover, nahm sein Gesicht in beide Hände und half ihm, sie anzusehen.

»Liegt hier irgendwo mein Seelenbuch?«

»Deine Augen sind … rot …«

»Das Buch, Grover! Ich kann es ohne dich nicht finden.« Sie ließ seinen Kopf los, und er blickte sich tatsächlich um. Schon nach wenigen Sekunden wurde er fündig.

»Warte.« Er kroch an ihr vorbei, über eine Leiche hinweg, dann hielt er etwas hoch, nur ein dunkler Fleck in Mercys Wahrnehmung. Sie folgte ihm, war gleich darauf an seiner Seite und nahm ihr Seelenbuch entgegen. Madame Xu musste es einem ihrer Lakaien zur Aufbewahrung anvertraut haben. Vermutlich dem Mann, der jetzt leblos vor ihnen beiden am Boden lag.

Das Stampfen des Deckenmechanismus und das Reiben von Stein an Stein übertönten Grovers Worte, nicht weil der Lärm lauter wurde, sondern seine Stimme immer leiser.

»Leg dich flach hin«, sagte sie und zog ihn mit sich auf den Rücken. Dabei lehnte sie ihren Kopf und die Schultern gegen den toten Chinesen und legte ihr aufgeschlagenes Seelenbuch vor sich auf den Bauch. Wärme durchströmte sie, das Buch und sie erkannten einander, und das verlieh ihr neue Kraft.

»Kannst du … es aufhalten?«, fragte Grover, als er neben ihr lag.

»Ich versuch's.«

Sie jagte einen Druckstoß in Richtung der verriegelten Tür und hörte das Metall im Rahmen scheppern, wenn auch nicht nachgeben.

Grover schlug mühsam sein Heft auf, sie hörte das Flattern des Papiers. »Probieren wir's zusammen.«

Sie bezweifelte, dass er noch genügend Kraft aufbrachte, aber sie nickte ihm zu und zählte von drei rückwärts. Ein Seitenherz zu spalten war auch halbblind kein Problem, aber sie hätte die Schrift darin nicht lesen können, deshalb verschwendete sie keine Zeit mit dem Versuch. Ihr blieb nichts anderes übrig, als die wenige Bibliomantik einzusetzen, die sie auch ohne die Unterstützung des Seitenherzens einsetzen konnte.

Der zweite Stoß fiel bereits schwächer aus als ihr erster, aber mit Grovers Unterstützung wuchs er doch noch zu einer gewaltigen Druckwelle an, die einen der Körper aus dem Weg schleuderte und gegen die Tür krachte. Wieder schepperte es, diesmal kräftiger, gefolgt von einem Quietschen. Das mussten die Scharniere gewesen sein.

»Nicht … geklappt«, sagte Grover. Es versetzte ihr einen Stich, wie schwach er klang. Sie wollte nicht daran denken, dass er womöglich gerade verblutete oder an inneren Verletzungen starb. Sie musste sich konzentrieren, weil ohne ihre Hilfe auch ihre beiden Freunde getötet würden.

»Noch mal«, sagte sie verbissen, aber erst streckte sie im Liegen einen Arm nach oben aus und spürte die Decke an ihren Fingerspitzen. Nicht mehr weit über ihnen.

Grover schwieg.

»Grover?« Sie drehte sich zu ihm um und packte ihn energisch am Arm. Tränen spülten noch mehr von dem Käfersekret aus ihren Augen. »Grover, verdammt!«

»Ich … bin noch da …« Es gelang ihm, ein Lächeln in den Ton seiner brüchigen Stimme zu legen, und da endlich gestand sie sich ein, wie gern sie ihn hatte.

Er hatte das Heft auf seiner Brust liegen und tatsächlich ein Seitenherz gespalten. Das Dröhnen der Decke übertönte die Worte, die er fast lautlos vorlas. Plötzlich geriet das gleichmäßige Rattern und Schmirgeln ins Stocken, hörte kurz auf, setzte dann wieder ein. Staub rieselte an den Wänden herab.

»Ich versuche … dass es langsamer wird«, sagte er angestrengt zwischen zwei bibliomantischen Beschwörungen. »Du … die Tür …«

Verbissen schleuderte sie einen weiteren Druckstoß gegen den Ausgang und hörte das Metall kreischen. Die verdammte Tür hielt noch immer stand. Mercy konnte sie jetzt deutlicher sehen, die Tränen wuschen die Blindheit aus ihren Augen. An der Seite, wo die Scharniere saßen, war ein Spalt entstanden. Aber das genügte nicht, und Mercy war zu schwach für einen weiteren Stoß.

Der ohrenbetäubende Lärm stoppte. Begann von neuem. Stotterte. Hielt inne. Und setzte abermals ein.

Das Licht aus dem Seitenherz von Grovers Penny Dreadful erlosch. Das aufgerichtete Blatt neigte sich und fiel langsam zur Seite.

»Grover?« Ihr Seelenbuch rutschte von ihrer Brust, als sie sich herumrollte und ihn schüttelte. »Grover, bleib bei mir!

Du stirbst jetzt gefälligst nicht! Ich muss dir noch was sagen, und … und …« Ihre Stimme wurde zu einem heiseren Schluchzen, als sie spürte, dass sich seine Brust nicht mehr hob.

Mercy schrie ihre Wut und Verzweiflung der Decke entgegen, bis ihre Stimme sie im Stich ließ. Dann schmiegte sie sich an ihn und wartete darauf, ihm zu folgen.

8

Philander warf sich gegen einen seiner Bewacher, wenige Schritte bevor die Männer ihn und Tempest durch den heißen Dampf in die Kessel stoßen konnten. Der Gittersteg verschwand vor ihnen in einem Wall aus wabernden Schwaden, schien sich in Dampf aufzulösen wie die gesamte Umgebung, je näher sie den Kesseln kamen.

Der Mann, dem Philander seine Schulter vor die Brust rammte, schrie wütend auf, geriet auf dem nassen Gitter ins Rutschen, wollte sich festhalten, griff ins Leere und glitt unter dem Geländerlauf hindurch in die Tiefe. Kopfüber schlug er vor dem ersten Kessel auf, das Knacken seines Genicks musste in der ganzen Halle zu hören sein. Die Handlanger, die die Tränentücher der Frauen eingesammelt hatten, huschten geduckt auf den Toten zu, während oben auf dem Steg zwei neue Bewacher nachrückten und den fluchenden, um sich schlagenden Philander überwältigten.

Tempest schrie zornig auf, als die Männer ihn an ihr vorbeischoben, um ihn in einen Kessel zu stoßen. Philander sah ihr Gesicht im Dampf vorüberschweben und hielt zugleich den Atem an, damit so wenig wie möglich von der heißen Luft in seine Lungen gelangte. Bis zuletzt versuchte er, Blickkontakt zu Tempest zu halten, aber die Männer rissen ihn herum, drängten ihn mit vor Hitze schmerzverzerrten Gesichtern weiter, bis sie sich unmittelbar über einem der gewaltigen Kessel befanden.

Die riesige runde Öffnung war nur zu erahnen, ein finsterer Schlund im Dampf, aus dem grauenvoller Gestank aufstieg. Die kochende Masse brodelte und blubberte, ein Sumpf aus morastigem Papierschlamm.

Hinter ihnen hatte sich die Wand aus Grau wieder geschlossen. Obwohl die Aufseherin, Tempest und die übrigen Chinesen nur wenige Schritte entfernt standen, schien es Philander, als wäre er allein mit den drei Bewachern, die ihn in dieses Inferno bugsiert hatten. Er wehrte sich noch immer, deshalb packten sie ihn jetzt kurzerhand an seinen Armen und Beinen und hoben ihn vom Gitter.

Etwas traf einen der Männer hart ins Kreuz. Er wurde gegen Philander geworfen und ließ zugleich dessen Beine los. Die beiden anderen Chinesen verloren ihren Halt, und bald lagen alle vier in einem Knäuel auf dem Gittersteg. Jeder versuchte panisch, sich irgendwo festzuhalten, um nicht unter dem Handlauf hindurch in die Tiefe zu stürzen.

Alles war so schnell gegangen, dass keiner bemerkt hatte, was den ersten Mann von den Beinen gerissen hatte. Doch schon im nächsten Augenblick erschien eine Gestalt in einem lackschwarzen Umhang mit weiter Kapuze. Ein Schleier verbarg das Gesicht darunter, und noch während Philander inmitten des Tumults um sein Leben kämpfte, erkannte er, dass es sich um eine Frau handelte.

Wie ein schwarzes Gespenst huschte sie über den schmalen Steg, riss einen Mann nach dem anderen von Philander fort und warf sie wie Puppen in die Tiefe. Zwei verschwanden kreischend im Kessel, ein dritter krachte auf den breiten Eisenrand, ehe auch er in der kochenden Masse versank.

»Lauf!«, rief die Frau Philander zu und deutete hinter sich zum Ende des Stegs, fort von den Silhouetten außerhalb des Dampfes.

»Nein, Tempest ist noch –«

»Überlass sie mir!«

»Ich kann sie nicht –« Er brachte den Satz nicht zu Ende, denn da wurde er schon auf die Beine gezerrt und in die entgegengesetzte Richtung gestoßen. Die Frau brüllte eine Warnung, dann drängten weitere Männer durch den Dampf auf sie zu, gefolgt von der Aufseherin.

»Philander!«, schrie Tempest jenseits des Qualms, und auch er rief ihren Namen, damit sie wusste, dass er am Leben war.

Im nächsten Moment prallten die Gegner aufeinander. Die vermummte Frau raste in den heranstürmenden Pulk, eine verheerende Gewalt, die wie ein Tornado auf ihre Feinde traf.

Philander hielt die Hitze kaum aus, aber er würde nicht ohne Tempest gehen. Der schwarze Schemen prellte die Gegner rechts und links vom Steg, überall stürzende Leiber, überall Geschrei, dazu hysterisches Heulen und Kreischen von den Frauen unten auf den Stuhlreihen, als sie erkannten, was hier oben vor sich ging.

Philander wollte irgendetwas tun, konnte nicht einfach nur zusehen, doch die Fremde ließ ihm keine Chance. Innerhalb von Sekunden hatte sie die Welle der Angreifer gesprengt, und nun stand einzig die Aufseherin zwischen ihr und Tempest.

Philander hielt es nicht länger aus, die Hitze schien ihm die Haut vom Körper zu schälen. Er kam nicht an den beiden Kontrahentinnen vorbei, also lief er in die andere Richtung, bis er die Kessel hinter sich gelassen hatte. Dort glitt er unter dem Geländer hindurch und sprang in die Tiefe, landete hart auf Händen und Füßen. Schmerz explodierte in seinen Gelenken, doch er nahm ihn kaum wahr, kam auf die Beine und rannte humpelnd in einem Bogen um die Kessel, bis er die Stelle auf der anderen Seite erreichte, wo der Mann lag, den er vom Steg gestoßen hatte. Nur wenige Schritte entfernt führte die Treppe nach oben, die vorhin die Aufseherin benutzt hatte. Die Frauen und Tränentuchsammler strömten den Ausgängen entgegen, während Philander die Stufen hinaufrannte. Endlich sah er Tempest, noch immer in der Gewalt zweier Männer, die sich mit ihr in Richtung der Balustrade zurückzogen.

Weiter vorn im Dampf schrie eine Frauenstimme hasserfüllt auf, dann erleuchteten bibliomantische Energien die Schwaden wie ferne Blitze eine Wolkenwand. Gleich darauf ertönte ein Aufschlag im kochenden Inneren eines Kessels. Noch ehe Philander den Steg erreichte, riss die Verschleierte Tempest aus den Händen ihrer Bewacher und stieß sie in Philanders Arme. Er hielt sie verzweifelt fest, während er um sein Gleichgewicht kämpfte, damit sie nicht rückwärts die Treppe hinabstürzten.

Innerhalb weniger Augenblicke war es vorbei. Die Schleierfrau hatte die letzten Gegner in die Tiefe gestoßen oder mit Druckstößen außer Gefecht gesetzt. Einige lagen wimmernd am Boden der Halle, andere regten sich nicht mehr.

»Wer ist das?«, flüsterte Tempest.

»Ich hab keine Ahnung.« Philander hielt sie fest umschlungen und konnte nur daran denken, dass sie noch lebte, dass sie *beide* noch lebten, und die Heftigkeit, mit der sie sich an ihn presste, ließ ihn den Schmerz vergessen. Selbst das Zittern in seinen Knien verebbte.

Die Frau eilte auf sie zu. »Kennt ihr den Weg nach draußen?«

Philander nickte.

»Dann verschwindet! Rennt, so schnell ihr könnt!«

Tempest löste sich von ihm und wirbelte herum. »Mein Bruder ist noch irgendwo hier drinnen. Erst müssen wir ihn –«

»Ich kümmere mich darum.«

»Mercy ist bei ihm«, sagte Philander, »unsere Freundin. Sie ist –«

»Ich weiß. Und nun *lauft*!«

Die Frau stürmte die Treppe hinunter, mit aufgebauschter Kapuze und wehendem Umhang, und Philander meinte zu sehen, dass ihre schwarzen Stiefel dabei nicht die Stufen berührten, so als benutzte sie eine unsichtbare Rampe über der Treppe.

Kurz erwog er, mit Tempest über den Steg zum Ausgang zu laufen, noch einmal durch den furchtbaren Dampf, dann hinaus ins Freie. Aber er wusste auch, dass Tempest ihm das nie verzeihen würde. So wechselten sie einen kurzen Blick, nickten in stummer Übereinkunft und folgten der Fremden die Treppe hinab. Als sie am Boden der Halle ankamen, waren nicht nur die weinenden Frauen und die Tränensammler fort, sondern auch ihre Retterin.

Es gab nur einen Ausgang, den sie von der Treppe aus nicht im Blick gehabt hatten, einen offenen Rundbogen, hinter dem ein düsterer Korridor lag. Tropfende Rohre verliefen entlang der Wände. Nach wenigen Schritten versperrte ein zischendes Dampfleck die Sicht, und in der Ferne dröhnte Lärm – das Mahlen mächtiger Räder und das Knirschen rostiger Kettenzüge.

9

Mercy hatte Grover von dem toten Chinesen gezogen, damit er flach auf dem Rücken ruhen konnte. Sie selbst lag ausgestreckt neben ihm, starr vor Trauer und Hilflosigkeit, bis endlich ein Rest ihrer alten Stärke gegen das Unvermeidliche aufbegehrte.

Sie blinzelte, rieb sich die Augen, doch ihre Sicht war noch immer nicht klar genug, um die Schrift im Seitenherz zu entziffern. Die Decke hing nur noch einen Fußbreit über ihnen und kam mit knirschenden, rumpelnden Lauten näher. Mercys Brustkorb fühlte sich an wie unter Steinen begraben, so als gäbe ihr Körper ihr bereits einen Vorgeschmack auf das, was unmittelbar bevorstand.

Es war ein Fehler gewesen, kein Sprungbuch mitzunehmen. Die drei anderen waren nicht stark genug für einen Sprung, und Mercy, die erst einen hinter sich gebracht hatte, hatte das nie wieder erleben wollen. Bis heute hatte sie keine schlimmere Erinnerung als die an den Sturz durch die Seiten der Welt. Andere Menschen hatten Angst vor Höhen, vor der Dunkelheit oder tiefen Gewässern. Mercy wurde in freiem Fall von heilloser Panik heimgesucht, ganz gleich, ob es nur ein Sprung von einer Mauer war oder der Sturz durch das goldene Nichts zwischen den bibliomantischen Refugien.

Mit einem zornigen Aufschrei rollte sie sich herum, das Gesicht dem Ausgang zugewandt. Sie war bereit für einen letzten

Versuch, einen Druckstoß mit all der Kraft, die sie noch aufbringen konnte.

Doch wo eben die verriegelte Tür gewesen war, gähnte jetzt eine Öffnung, ein niedriger, horizontaler Spalt. Eine Gestalt sank davor auf den Boden und streckte einen Arm zu ihr herein.

»Mercy!« Die Stimme einer Frau. »Komm zu mir, schnell!«

Sie sah kein Gesicht, nur einen schwarzen Umriss, und sie dachte, dass dies eine neue List von Madame Xu sein musste, ein weiterer sadistischer Versuch, ihren Willen zu brechen.

Ihr blieben nur Sekunden. Sie rollte sich herum, packte Grover am Oberarm und versuchte, ihn von der Stelle zu bewegen, hinüber zum rettenden Ausgang. Doch er war jetzt so schwer wie Blei und rührte sich nicht von der Stelle.

»Mercy, gottverdammt!«

»Nicht ohne ihn«, presste sie hervor und zerrte weiter an Grovers Arm.

Ein leises Keuchen kam über seine Lippen.

»Er lebt noch!«, brüllte sie zum Ausgang hinüber, und ihre Stimme überschlug sich vor Erleichterung.

Die Decke befand sich nur noch eine Handbreit über ihrem Kopf, kam unaufhaltsam näher und näher.

»Lass ihn zurück und komm her!«, rief die Frau im Spalt.

Aber Mercy gab nicht auf, zog ihn jetzt ein Stück mit sich, vielleicht einen Fuß weit, vielleicht zwei. Es *musste* zu schaffen sein, irgendwie, weil es nicht fair war, einfach nicht fair.

»Mercy! Es ist zu spät für ihn!«

Sie wollte das nicht hören. Gleichzeitig spürte sie, wie sich ihr Oberkörper verkrampfte, weil die Belastung zu groß wurde. Ihre Muskulatur gehorchte ihr nicht mehr, ihr ganzer Leib begehrte auf. Die Decke hatte sie fast erreicht.

Plötzlich wurde sie von einer unsichtbaren Hand gepackt.

»Nein!«

Ihr blieb kaum genug Zeit, um zu begreifen, was geschah, als sie mit einem gewaltigen Ruck von Grover fort und auf dem Bauch Richtung Ausgang gezogen wurde.

»Nein, nicht …!« Sie schrie vor Verzweiflung und Wut, fühlte, wie ihre Wange an der Decke entlangschrammte und die Haut dabei aufriss. Stein senkte sich auf ihren Rücken herab, ihre Fersen wurden von dem Gewicht niedergepresst.

»Grover lebt noch! *Er lebt noch!*«

Dann war ihr blutiger Kopf im Freien, doch ihre Hüfte wurde eingequetscht, genau wie die Beine, und die Decke senkte sich weiter. Sie wurde unter den Achseln gepackt, jetzt von Händen aus Fleisch und Blut, und dann war es, als würde ihr Körper entzweigerissen.

»Grover … *bitte* …!«

Die Decke berührte donnernd den Boden der Kammer und begrub alles, was jetzt noch darin war.

Eine schwarze Gestalt beugte sich über Mercy, strich ihr übers Gesicht wie ein Geist und verschwand aus ihrem Blickfeld. Dann hörte sie Schritte heranstürmen, hörte Tempest schreien und Philanders beschwörenden Tonfall, ohne zu verstehen, was er sagte.

»Grover«, wimmerte sie nur. Immer wieder seinen Namen.

Sie wurde gepackt und auf die Beine gezogen, fiel zurück und wurde abermals hochgerissen.

»Mercy! Wir müssen hier raus!«

Schließlich lief sie tatsächlich, schlingernd und stolpernd, und irgendwann rannte sie, rannte mit den beiden anderen davon, verfolgt von Grovers letztem Blick und Tempests verzweifeltem Schluchzen.

ERSTER TEIL

Club der Ambassadoren · Der Besserwisser erwacht · Flammen, die kein Papier verbrennen · Die Geheimnisse des Mister Malahide · Stimmen im Nebel · Florence Oakenhurst und ein Blick durch das Schlüssellochglas · Madame Xu schickt eine Warnung · Der Tunnel unter der Themse

10

Zwei Jahre später

Mercy nahm in einem hohen Ledersessel Platz, zupfte ihr grünes Kleid zurecht und blickte hinüber zur offenen Tür des Salons. Männerstimmen drangen aus dem getäfelten Raum. Jemand entkorkte eine Flasche, ein anderer klapperte mit Teegeschirr. Zigarrenrauch umwölkte die Gaslampen an den Wänden, sogar hier draußen im Foyer des Hotels Savoy, wo Mercy auf ihre Verabredung wartete, umgeben von Messingleuchtern und Marmorsäulen, Eichentäfelung, roten Teppichen und schweren Vorhängen mit Goldkordeln.

»Miss Amberdale, wie schön!«

»Mister Sedgwick.«

Sie hatte erwartet, dass er aus dem Salon treten würde, doch stattdessen stand er mit einem Mal neben ihr und roch dezent nach Büchern. Er war hochgewachsen und sehr viel älter als sie, ein gesetzter Gentleman, perfekt gekleidet in dunklem Anzug mit Weste, das weiße Haar gescheitelt, die Manieren vorbildlich. Er hatte eine längliche Ledertasche dabei, wie Ärzte sie benutzten. Sedgwick war kein Arzt.

Er schüttelte ihr die Hand und deutete eine Verbeugung an, erkundigte sich nach ihrem Wohlbefinden und setzte sich schließlich in den Sessel ihr gegenüber. Gott sei Dank. Sie hatte schon befürchtet, sie bekäme einen steifen Nacken, wenn sie noch länger zu ihm aufblicken musste.

Am anderen Ende des Foyers begann jemand, leise Klavier zu spielen.

Phileas Sedgwick trug ein teures Halstuch unter dem bestickten Kragen seines Hemdes, aus seiner Westentasche hing eine goldene Uhrkette. Mercy nahm an, dass er sie bereits im Foyer erwartet hatte. Wahrscheinlich war er schon seit geraumer Zeit hier und hatte sie aus einer der Ecken beobachtet, um sicherzugehen, dass sie mitgebracht hatte, was sie ihm versprochen hatte.

»Ich freue mich, dass wir uns sehen«, sagte er.

»Sie freuen sich, *das* hier zu sehen«, entgegnete sie lächelnd und deutete auf ihre Tasche. Sie stand neben ihrem Sessel auf dem Boden. Mercy hatte ihren kleinen, grünen Hut darauf abgelegt.

Eine freundliche Rüge lag in seinem Blick, als er sagte: »Sie wissen, dass das nicht wahr ist. Ein Mann meines Alters zeigt sich gern in Begleitung einer bildhübschen Rothaarigen, erst recht an einem Ort wie diesem.«

Sie war nicht bildhübsch. Gerade mal passabel, dachte sie, ohne größere Entstellungen, abgesehen von der silbrigen Narbe auf ihrer Wange. Sie fand ihr Gesicht zu rund für ihren schmalen Körper – erst recht in dem vermaledeiten Korsett –, ihre Nase zu groß, ihren Hals zu lang. Ihre Sommersprossen traten stets in Schwärmen auf, und ihr Mund hatte einen überaus trotzigen Zug, der sie im Spiegel manchmal selbst erschreckte. Es mochte keine soziale Ächtung nach sich ziehen, mit ihr gesehen zu werden, aber gewiss entsprach sie nicht dem Ideal, mit dem reiche Gentlemen seines Kalibers gern vor ihren Freunden prahlten.

Phileas Sedgwick war Mitglied im Club der Ambassadoren, einer Vereinigung hochgestellter Bibliomanten, die einen Salon im Erdgeschoss des Savoy unterhielten. Wie in allen Herrenclubs der besseren Gesellschaft war Frauen der Zutritt untersagt. Vereinzelte Fetzen von Gesprächen wehten mit dem Geruch von Zigarrenrauch aus dem Inneren herüber. Für einen Club von Bibliomanten hatten diese Männer erstaunliche Ansichten. Gerade eben war es um die verderbliche Wirkung des Lesens auf das Weibsvolk gegangen, um Bücher als Ursache versäumter Pflichten.

»Sie arbeiten nun schon seit anderthalb Jahren für mich, Miss Amberdale«, sagte Sedgwick, und sie war froh, dass er sie von dem Gerede im Salon ablenkte. Der Portier an der Tür warf ihr finstere Blicke zu, weil sie so oft hinübersah. »Aber in all der Zeit haben Sie mir nie verraten, welche Art von Büchern Sie selbst gerne lesen.«

»Privat liegt mir nicht viel an Büchern«, sagte sie steif.

Sedgwick hob eine Augenbraue, während seine Stimme zu einem Raunen wurde. »Meine liebe Miss Amberdale, Sie sind eine Bibliomantin. Sie verdienen Ihren Lebensunterhalt damit, Sammlern wie mir gewisse Bücher zu beschaffen. Und trotzdem lesen Sie nicht?«

»Keine Zeit«, log sie. »Und andere Interessen.« Tatsächlich hatte sie seit den Ereignissen in Limehouse außerhalb ihrer Arbeit kein Buch mehr aufgeschlagen. Nicht einmal ihr Seelenbuch trug sie bei sich. Sie hatte ihre Bibliomantik zuletzt vor zwei Jahren eingesetzt, als sie Tempest und Philander einen Weg aus Chinatown gebahnt hatte. In ihrer Verzweiflung und Rachsucht hatte sie mehrere von Madame Xus Handlangern getötet. Erst nachdem sie die beiden in Sicherheit gebracht hatte, hatte sie sich geschworen, niemals wieder ein Seitenherz zu spalten. Die Bibliomantik hatte sie beinahe ins Verderben gerissen, Grovers Tod war ihre Schuld. Seither hatte sie ihren Eid kein einziges Mal gebrochen. Weil sie sich von Berufs wegen mit Büchern abgeben musste, mochte ihr Talent nicht völlig verkümmert sein, aber überprüft hatte sie das nie.

»Trotzdem besorgen Sie Bücher für mich und andere«, sagte er. »Wie passt das zusammen?«

»Ich würde Juwelen besorgen, wenn die genauso schlecht bewacht wären.«

Sedgwick lachte herzlich, was ihr vor Augen führte, wie kindisch es war, ihn provozieren zu wollen. Womöglich trug gerade seine hohe Stellung außerhalb der bibliomantischen Welt zu seiner Erheiterung bei. Er kam ihr vor wie ein Mann, der eine Rolle spielte, während er sich selbst von außen belustigt dabei zusah. Etwas an ihm, das sich nicht greifen ließ, beunruhigte sie, und sie beeilte sich stets, ihre Transaktionen zu einem raschen Abschluss zu bringen.

»Sie haben es also wieder einmal hinbekommen«, stellte er fest, und ein Funkeln trat in seine grauen Augen. »Würde es Ihnen etwas ausmachen …?«

»Sind Sie sicher, dass dies ein guter Ort dafür ist?«

»Niemand ist hier, der nicht mein Freund ist.«

Sie blickte sich im Foyer um, und es war tatsächlich *niemand* mehr da. Die Halle war völlig menschenleer, selbst die Rezeption war verlassen. Der Portier des Clubs der Ambassadoren hatte sich in den Salon zurückgezogen.

»Wie haben Sie das gemacht?«

Er zuckte mit den Achseln. »Reiner Zufall, nur ein günstiger Moment. Wenn ich also bitten dürfte ...«

Sie nahm ihren Hut von der Tasche, öffnete sie und hob einen Gegenstand heraus, der in zerknüllte Seiten des *Evening Standard* eingeschlagen war.

»Das Kapitel aus der Abteibibliothek von Snagsby«, sagte sie, als sie ihm das Paket reichte und er das Papier zurückschlug. Darunter kam eine braunstichige Flasche zum Vorschein, in der gerollte Buchseiten steckten. Es handelte sich um eines von acht bekannten Kapiteln des Flaschenpostbuches. Vier hatte sie Sedgwick während der vergangenen achtzehn Monate besorgt, zwei weitere hatte er schon zuvor besessen. Das hier war demnach sein siebtes. Nur ein einziges fehlte noch in seiner Sammlung.

Bereits zu Beginn ihrer Geschäftsbeziehung hatte Mercy klargestellt, dass sie nicht diejenige sein würde, die das letzte Kapitel für ihn beschaffte. Sie würde nie wieder einen Fuß nach Chinatown setzen. Das war der zweite Schwur, den sie in jener Nacht geleistet hatte.

Der Glanz in Sedgwicks Augen wurde intensiver, während er die Flasche drehte und das eingerollte Papier darin von mehreren Seiten betrachtete. Seine Miene erinnerte sie an einen Weinkenner, der den Geruch eines besonders edlen Tropfens prüfte.

Nach einer Weile seufzte er zufrieden. »Haben Sie einen Blick auf die Seiten geworfen?«

Sie hob abwehrend beide Hände und ärgerte sich zugleich, dass er sie zu einer so impulsiven Reaktion provozierte. »Sie fragen mich das jedes Mal, Mister Sedgwick. Und jedes Mal antworte ich mit nein.«

»Es wäre ihr gutes Recht. Es kann nicht leicht gewesen sein, an diese Flasche heranzukommen. Macht Sie das kein bisschen neugierig?«

»Eine Auftragsdiebin hat kein Anrecht auf ihre Beute. Glauben Sie mir, es ist mir völlig egal, was da geschrieben steht. Die Seiten gehören jetzt Ihnen. Werden Sie glücklich damit.«

Es stimmte, sie hatte kein Wort davon gelesen und hätte die Geheimschrift auch gar nicht entziffern können. Sie hatte die Seiten nur kurz aus der Flasche geholt, um sicherzugehen, dass sie mit den gleichen mikroskopischen Zeichen bedeckt waren wie die übrigen Kapitel. Gewiss, sie kannte die Gerüchte über das Flaschenpostbuch. Aber um den Code zu entschlüsseln, benötigte Sedgwick alle acht Kapitel. Ehe er sie nicht beisammen hatte, konnte er den Text ebenso wenig verstehen wie sie.

Und falls er doch bereits einen Weg gefunden hatte – nun, es ging sie nichts an. Sie spürte seltene Ausgaben und Einzelexemplare für Sammler auf und hatte sich innerhalb kurzer Zeit einen exzellenten Ruf erarbeitet. Dass sie dabei keine Bibliomantik einsetzte, verblüffte manch einen. Die Wahrheit war jedoch, dass die meisten bibliophilen Schätze weder besonders geschickt versteckt noch gut gesichert waren. Jeder talentierte Einbrecher hätte mühelos in die besten Bibliotheken eindringen können, hätte er denn gewusst, wie wertvoll manche Bücher waren. Das war Mercys Vorteil. Sie verstand sich auf den Umgang mit Dietrich und Brecheisen genauso gut wie auf das Studium vergilbter Bücherkataloge und halbvergessener Bibliothekskarteien. Und sie kannte die richtigen Leute.

Herauszufinden, dass Phileas Sedgwick der anonyme Auftraggeber war, für den Ptolemy das Kapitel der Madame Xu hatte besorgen sollen, war ihr nicht schwergefallen. Sie hatte lediglich nachts in Ptolemys Laden einsteigen und das Geheimfach durchsuchen müssen, in dem er die Aufzeichnungen über seine diskreteren Geschäfte aufbewahrte. Vermutlich hatte der Buchhändler nicht einmal bemerkt, dass jemand in seinen Unterlagen gestöbert hatte. Als sie bald darauf Sedgwick aufgesucht und ihm geradeheraus angeboten hatte, alle Kapitel direkt für ihn zu beschaffen – alle, bis auf das eine –, da war er ein enormes Risiko eingegangen. Zumindest dafür verspürte sie ihm gegenüber eine gewisse Dankbarkeit, erst recht wenn sie sich rückblickend die Szene in Erinnerung rief: Ein junges Mädchen, damals noch siebzehn, erscheint vor einem Ambassador der Adamitischen Akademie und schlägt ihm ein Geschäft vor, das sie beide ins Gefängnis bringen konnte. Bis heute verstand sie nicht recht, was ihn dazu gebracht hatte, ihr zu vertrauen.

Sedgwick öffnete seine Ledertasche und zog einen Umschlag heraus, dazu eine unscheinbare Pappschachtel, so groß wie ein Aktenordner. Beides legte er auf den Beistelltisch. Dann verstaute er die Flasche samt Zeitungspapier in der Tasche und stellte sie zwischen seine Füße.

»Ihre Bezahlung.« Er reichte ihr den Umschlag.

Sie nahm ihn entgegen, sah aber dabei auf die graue Pappschachtel. »Ist er das?«

Sedgwick nickte.

Mercy warf einen kurzen Blick auf das Bündel Pfundnoten im Umschlag und steckte es ein.

Er ließ eine Hand auf der Schachtel liegen. »Es war nicht ganz einfach, an einen heranzukommen. Der hier stammt aus den Refugien.«

Es gelang ihr kaum, ihre Aufregung zu überspielen. »Haben Sie ihn geöffnet?«

»Nein. Und das sollten Sie auch erst tun, wenn Sie zu Hause sind. Man hat mir versichert, dass es sich um ein authentisches Exemplar handelt.« Er strich mit den Fingern über den Pappdeckel. »Ein echter Veterator. Es gibt nicht mehr viele davon.«

»Sie haben tatsächlich einen Besserwisser aufgetrieben«, sagte sie leise. »Ich bin beeindruckt.«

»Ich habe Ihnen mein Wort gegeben.« Er wollte ihr die Schachtel reichen, hielt aber noch einmal inne. »Verraten Sie mir etwas?«

Ungeduldig runzelte sie die Stirn.

»Sie behaupten, dass Sie keinerlei Bibliomantik mehr nutzen. Trotzdem haben Sie darauf bestanden, dass ich Ihnen als Teil Ihrer Bezahlung das hier besorge.« Er klopfte auf den Deckel, zog die Hand aber gleich wieder zurück, als erwartete er, dass etwas von innen darauf antworten könnte.

»Man benötigt keine eigene Bibliomantik, um ihn zu benutzen«, sagte sie. »Das wissen Sie.«

Belustigung funkelte in seinen Augen. »Und das verstößt trotzdem nicht gegen Ihre Regeln? Das Ding ist ein bibliomantisches Wunderwerk erster Güte.«

»Ich habe gesagt, dass ich selbst keine Bibliomantik mehr anwenden werde. Aber das heißt nicht, dass ich ihr aus dem Weg gehe. Sonst säßen wir beide nicht hier.«

Sedgwicks Mundwinkel zuckten. »Vielleicht werden Sie es

sich eines Tages anders überlegen. Ich hätte dann eine Aufgabe für Sie.«

»Wir hatten eine Abmachung. Ich beschaffe Ihnen sieben der acht Kapitel. Sie werden schon jemanden finden, der Ihnen das letzte aus Madame Xus Hauptquartier holt.«

»Aber ich kenne niemanden, der einen so guten Grund wie Sie hätte, nach Limehouse zu gehen und dieser Hexe eins auszuwischen. Ganz abgesehen von Ihren Talenten, Miss Amberdale, bringen Sie eine persönliche, sagen wir, Überzeugung mit, die hilfreich sein könnte. Eine Motivation, die über schnöde Bereicherung hinausgeht.«

Die Erinnerung an Grover blitzte vor ihren Augen auf. Auch nach zwei Jahren zog sich sofort ihr Brustkorb zusammen, und sie hatte plötzlich Mühe zu atmen. In ihrem Haaransatz sammelte sich eiskalter Schweiß.

»Sie finden jemanden«, wiederholte sie, und um sich abzulenken, nahm sie die Schachtel in die Hände. Sie war ganz leicht, doch ihre bibliomantische Ausstrahlung war beträchtlich. Mercy verstand, was er gemeint hatte. Der Besserwisser war pure Bibliomantik. Sie hatte selten eine Aura von solcher Intensität gespürt.

Sedgwick beobachtete sie. »Sie könnten es weit bringen, vielleicht bis nach Unika. Die Adamitische Akademie ist immer auf der Suche nach –«

»Die Adamitische Akademie hat Männer wie Sie, Mister Sedgwick. Das sollte für ihre Zwecke ganz und gar genügen.«

»Es gibt auch Posten für Frauen in Unika.«

»Als Dienstmädchen? Köchinnen?«

»Seien Sie nicht so verbiestert.«

Mit einem Schulterzucken ließ sie das Thema fallen. Die Akademie regierte die bibliomantische Welt seit über vierzig Jahren, seit dem Sturz des Scharlachsaals. Sie tat es nur deshalb unangefochten, weil sie ihre Reihen mit Männern füllte, denen jeder Preis recht war, um die Macht der Drei Häuser zu erhalten und auszubauen. Männer vom Schlage eines Phileas Sedgwick.

Sie schob die Schachtel in ihre Tasche und bemerkte, dass plötzlich wieder Menschen das Foyer bevölkerten. Der Chefportier hielt Gästen die Glastür auf, ein Page schob einen goldenen Wagen mit Koffern durch die Halle. Auch der Mann vor dem Salon der Ambassadoren war an sein Stehpult zurückgekehrt. Im Inneren war die Diskussion der Clubmitglieder nur kurz zum Erliegen gekommen, jetzt sprach man wieder lautstark über Ehefrauen und die lächerlichen Romane, mit denen sie ihre Zeit verschwendeten.

»Wir haben sie erfolgreich von den Wahlurnen ferngehalten«, sagte eine Stimme. »Wie schwer kann es da sein, ihnen zu verbieten, ihre Nasen in Bücher zu stecken?«

»All die dummen Ideen, auf die sie das bringt«, sagte ein anderer seufzend. »Es wäre amüsant, wenn es nicht so ermüdend wäre.«

Jemand rief »Cheers, alter Knabe!«, woraufhin für einen Moment Ruhe herrschte, während wohl alle ihre Gläser hoben.

»Entschuldigen Sie mich!« Mercy sprang auf, packte ihre Tasche und ging energisch an Sedgwick vorbei in Richtung des Salons.

Der Portier sah von einer Liste auf, schien aber nicht ernsthaft zu glauben, dass diese rothaarige, sommersprossige Person ungebeten einen Gentlemen's Club betreten würde. Das war schlichtweg undenkbar.

Sedgwicks Hand schnellte vor und hielt sie im letzten Moment zurück.

Mercy blieb stehen, blickte aber nicht ihn an, nur seine Finger auf ihrem Unterarm.

»Entschuldigen Sie bitte.« Er zog die Hand wieder zurück. »Aber geben Sie nichts auf das Gerede dieser Narren.«

»Das sind Ihre Freunde, Mister Sedgwick.«

»Nein, Miss Amberdale. Ich habe keine Freunde.« Er sagte das mit solchem Ernst, dass es sie innerlich frösteln ließ. »Einer der Gründe dafür ist, dass ich mich nicht scheue, Ratschläge zu geben, die andere nicht hören wollen. Darum rate ich Ihnen: Tun Sie's nicht. Wahrscheinlich kämen Sie an dem Türsteher vorbei, und ich bin sicher, Sie hätten den Herren dort drinnen ein paar passende Worte zu sagen. Aber Sie würden es im Nachhinein bedauern. Es ist nie von Vorteil, vor zu vielen Menschen sein wahres Gesicht zu offenbaren. Und Sie sind gerade drauf und dran, genau das zu tun.«

Sie schaute am argwöhnischen Portier vorbei in die offene Tür, roch gewachstes Leder und Möbelpolitur.

»Sie besitzen Talente, Miss Amberdale, wirklich enormes Potential. Aber ohne Masken werden Sie es nicht ausspielen können. Seien Sie nicht immerzu Sie selbst, das macht Sie berechenbar und verletzlich. Sie brauchen mich nicht zu mögen, aber respektieren Sie diesen einen Rat. Wenn ich Sie durchschauen kann, dann können andere das auch. Und Sie wollen gewiss nicht, dass jedermann die Wahrheit über Mercy Amberdale erfährt.«

Noch einmal blickte sie von ihm zum Salon. Der Portier machte ein Gesicht, als ballte er hinter seinem Pult die Hände zu Fäusten. Einen Moment lang schien die Luft zwischen ihnen zu knistern.

Mercy zwang sich zu einem Lächeln. Erst zu ihm hinüber, dann etwas bemühter hinab auf Sedgwick. Obwohl er zu ihr aufsehen musste, kam er ihr drei Köpfe größer vor als sie selbst. Er schmunzelte auf jene undurchsichtige Weise, von der sie eine Gänsehaut bekam.

»Leben Sie wohl, Mister Sedgwick.«

»Auch für Sie alles Gute, Miss Amberdale.«

Sie ging durch das Foyer zum Ausgang und war sich jedes einzelnen Schritts bewusst, so als blieben alle Gäste und Angestellten hinter ihr stehen und starrten ihr nach.

Erst auf der Straße atmete sie tief durch. Die Tasche mit dem Besserwisser presste sie auf dem ganzen Weg nach Hause fest an ihre Brust.

11

Das winzige Quartier, das Mercy als Büro und Wohnung diente, befand sich im dritten Stock eines Hauses hinter Covent Garden. Selbst durch das geschlossene Fenster drang Tag und Nacht der Geruch von vermodertem Gemüse. Sie hatte sich daran gewöhnt, so wie an die zugige Tür, die knarrenden Dielen und die Selbstgespräche des alten Schotten hinter der Wand zur Nachbarwohnung.

In einem kupfernen Vogelkäfig hüpften zwei Origamivögel von Stange zu Stange und begrüßten sie mit aufgeregtem Flattern ihrer Papierflügel.

Mercy packte den Veterator aus und legte ihn auf den Schreibtisch. Er sah aus wie eine abgegriffene Lederkladde, in die man eine Handvoll Blätter gelegt hatte. Am rechten Rand war ein kleiner Verschluss aus Messing angebracht. Mercy hatte gehört, dass ein Besserwisser äußerlich nicht viel hermachte – sie hatte keine goldenen Intarsien erwartet –, aber es weckte ihr Misstrauen, dass er so wenige Seiten hatte. Sie wollte ihn aufschlagen, hielt dann aber inne. Erst zog sie Hut und Mantel aus und warf beides auf das ungemachte Bett in der Ecke.

Schließlich stützte sie sich mit beiden Händen auf den Schreibtisch, blickte auf den dunkelbraunen Buchdeckel – und wurde abermals abgelenkt.

An der gegenüberliegenden Wand hing eine große Karte der Britischen Inseln. Mehrere Nadeln mit kleinen Papierfähnchen waren darüber verteilt. Mercy seufzte leise, trat um den Tisch herum und zog eine Nadel nach der anderen aus der Karte. Sie begann bei den beiden, die am weitesten von London entfernt steckten, eine in einem kleinen Ort in West Country, eine andere in Edinburgh. Eine dritte ragte aus einer leeren Fläche in Sussex – das Landgut, in dem sie eines der Kapitel gefunden hatte, war auf keiner Karte verzeichnet –, die übrigen befanden sich in dem dunklen Fleck namens London. Mercy entfernte alle Nadeln, bis nur eine einzige übrig war, unweit einer scharfen Biegung der Themse, mitten im O von Limehouse. Sie zögerte kurz, holte tief Luft und zog das Fähnchen heraus. Das gewellte Papier wölbte sich ihr mit einem leisen Ploppen entgegen. Der gebogene Limehouse-Schriftzug inmitten der Gassen und Kanäle sah aus wie ein Grinsen.

»Du mich auch«, flüsterte sie, packte die Karte am oberen Rand und riss sie mit einem einzigen Ruck herunter. Einen Moment lang schien es ihr, als wäre ein Abdruck des Londoner Labyrinths auf der gekalkten Wand zurückgeblieben wie der Schatten eines Spinnennetzes. Sie knüllte die Karte zusammen und warf sie in die Richtung des Mülleimers. Die Papierkugel prallte vom Rand ab und rollte unters Bett. Eines der Origamis im Käfig schlug schadenfroh mit den Flügeln.

»Und nun zu dir«, sagte sie, als sie wieder hinter den Schreibtisch trat und den Veterator betrachtete.

Seit sie vor fast zwei Jahren dieses Quartier bezogen hatte, hatte es hier nichts gegeben, das eine stärkere bibliomantische Aura besaß als sie selbst. Nicht einmal die Flaschen mit den Kapiteln hatte sie hier gelagert – viel zu gefährlich, falls doch einmal jemand ihre Spur zurückverfolgt hätte. Es gab ein kleines Regal mit Nachschlagewerken, Bücher, die sie für ihre Arbeit benötigte, aber keinen einzigen Roman. Ihr Seelenbuch hatte sie in Valentines Wohnung über dem Laden zurückgelassen. Seither war sie nur ein einziges Mal zum Cecil Court zurückgekehrt, am Tag von Valentines Tod vor knapp zwanzig Monaten.

»Keine Ausreden mehr«, sagte sie und strich über das unbeschriftete Leder. Ihre Fingerspitzen registrierten jeden Kratzer, jede Kerbe. Die Kladde schien mit Bibliomantik geradezu durchtränkt zu sein.

Sie ließ sich auf ihren Stuhl fallen und schob ihn ein Stück zurück, bis sie gerade noch mit ausgestrecktem Arm an den Veterator herankam. Mit dem Zeigefinger löste sie den Haken des Verschlusses und warf den Buchdeckel auf.

Es war, als platzte eine übervolle Kiste, deren Inhalt sich schlagartig ins Freie ergoss. Buchseiten explodierten aus dem Umschlag, eine Flut aus Papier häufte sich innerhalb weniger Herzschläge auf. Hunderte, dann Tausende Seiten bildeten auf dem Schreibtisch erst einen Hügel, dann einen zunehmend spitzeren Gipfel. Dabei glitt kein einziges Papier zu Boden, sie alle wurden von der Bibliomantik zusammengehalten.

Nach nicht einmal einer halben Minute erhob sich auf dem Tisch eine Pyramide aus Buchseiten, zigtausende davon, und sie wuchs immer noch steiler in die Höhe, bis das Gebilde einer umgedrehten Zuckertüte ähnelte, kaum höher als ein Regenschirm, nahezu symmetrisch, wenn auch hier und da ein paar Ecken hervorragten, manchmal ganze Seiten.

Zuletzt wölbten sich die Lagen aus Buchseiten unterhalb der Spitze und formten ein Gesicht, wie es ein Puppenbauer aus Papier und Leim modelliert hätte, mit runder Stirn, breiten Wangenknochen und einer beachtlichen Knollennase. Als der Besserwisser die Augen aufschlug – sie waren gelblich wie alte Zeitungsseiten –, war ihr Schielen nicht zu übersehen.

»Du brauchst eine Brille«, sagte Mercy, die weit hinten auf ihrem Stuhl saß, als wäre sie mit einer Kanone hineingeschossen worden.

»Und Sie, Mylady, haben ein Doppelkinn, wenn Sie so verkniffen dasitzen. Wenn ich mir die Bemerkung erlauben darf.«

Sie schluckte und reckte den Kopf nach vorn. »Ehrlichkeit weiß ich zu schätzen.«

»Dann, mit Verlaub, sollten Sie Ihr Haar in Ordnung bringen und davon absehen, an Ihren Nagelbetten zu kauen.«

»Nicht *so* viel Ehrlichkeit.«

Es raschelte am unteren Rand des Papierzipfels, als sich sechs dicke Zehen darunter hervorschoben, drei an jedem Fuß des Besserwissers.

»Die einzigen Füße auf diesem Schreibtisch sind meine«, sagte Mercy.

»Ich bitte um Verzeihung.« Mit einem umständlichen Hüpfer sprang der Veterator zu Boden und stand nun leicht schwankend vor Mercy; der Buchdeckel blieb dabei unsichtbar an seiner breiten Unterseite haften. Das Wesen besaß keine Arme und Beine, und sie war froh darüber, sonst hätte es womöglich wie eine Kammerzofe an ihren Haaren herumgefummelt.

»Du bist größer, als ich dachte«, sagte sie.

Da sie noch saß, befanden sich seine Augen auf einer Höhe mit ihren. Das zerknautschte Gesicht war mit Schrift bedeckt, kreuz und quer, wo sich wahllos Seiten überlappten. Auf seiner breiten Nase stand das Wort *Zentrifugalkraft*, aber das würde nicht von Dauer sein. Jedes Mal, wenn ein Besserwisser aus seinem Buchdeckel auftauchte, setzte er sich aus neuen Seiten zusammen.

»Sedgwick hat also Wort gehalten«, murmelte sie.

»Ein Gentleman dieses Namens ist mir nicht bekannt.«

»Ich sollte mir wohl die Selbstgespräche abgewöhnen.«

»Ich bin äußerst verschwiegen. Niemand wird je erfahren, worüber wir miteinander sprechen. Oder Sie mit sich selbst.«

»Ich dachte eigentlich, du gibst mir nur Auskunft, wenn ich Fragen stelle. Wie ein Lexikon.« Sie blickte auf seine runden Zehen. »Eines mit Füßen.«

»Selbstverständlich.« Er sprach mit dem gespreizten Tonfall eines Butlers. »Wenn Mylady eine Auskunft wünschen, dann werde ich umgehend –«

»Die Lieblingsspeise einer Schwarzen Witwe.«

Er hustete einmal heftig, dann schob sich eine lose Buchseite aus der Vorderseite seines Körpers und segelte zu Boden. Mercy hob sie auf. Es handelte sich um eine Seite aus einem Nachschlagewerk, nach wenigen Zeilen begann ein neuer Absatz mit der fettgedruckten Überschrift *Latrodectus tredecimguttatus – Europäische Schwarze Witwe*. Darunter befand sich ein staubtrockener wissenschaftlicher Text, und noch ehe Mercy ihn auch nur überfliegen konnte, sagte der Besserwisser: »Sie frisst Käfer. Gelegentlich auch kleine Eidechsen.«

Mercy nickte und presste die Seite zurück auf seinen Papierkörper. Sie wurde sofort absorbiert, als sich andere Blätter mit leisem Knistern darüberschoben.

»Wenn Sie es wünschen, kann ich das noch genauer ausführen, Mylady.«

»Ich bin keine Lady.«

»In meinen Augen schon, Mylady.«

»Weil du schielst.«

Wieder hustete er, dann fiel eine weitere Seite von ihm ab und landete vor Mercys Füßen. *Veterator, im Volksmund Besserwisser*, stand da geschrieben, gefolgt von einer Art Pflegeanleitung. Sie überflog die Sätze, dann drückte sie auch dieses Blatt auf seinen Körper und sah fasziniert zu, wie es unter neuen Lagen verschwand.

»Nun gut«, sagte sie. »Ich kann dich also alles fragen, was ich wissen möchte.«

»Das will ich meinen.«

»Und du spuckst mir dann eine Seite mit der entsprechenden Information vor die Füße.«

»Ich würde es nicht *spucken* nennen, Mylady. *Bereitstellen* wäre zu bevorzugen, gerne auch *anreichen*. Außerdem bin ich natürlich in der Lage, Ihnen das Gewünschte mündlich mitzuteilen. Gelehrte Vorträge gehören zur Wesensart eines Veterators.«

Sie nickte langsam und fühlte sich bereits überfordert von seiner Anwesenheit und seinem hochgestochenen Redefluss. Seit sie dem Cecil Court den Rücken gekehrt hatte, war sie Gesellschaft nicht mehr gewöhnt.

»Augenscheinlich leben Sie hier allein«, stellte der Besserwisser mit einem Naserümpfen fest.

»Kannst du putzen und aufräumen?«

»Ihnen dürfte aufgefallen sein, dass ich keine Hände habe,

Mylady. Aufmerksamkeit gehört zur Wesensart eines Veterators, und ich weise gern darauf hin, wenn ein gewisses Maß an Hygiene –«

»Keine Sprüche über ungemachte Betten, herumliegende Unterröcke und Essensreste.«

»Wie Sie wünschen. Solange es in meiner Nähe keine klebrige Marmelade und Getränkepfützen gibt. Beides bekommt mir nicht gut.«

»Dann sind wir uns einig.«

Er deutete eine Verbeugung an. »Ich freue mich, in Ihren Diensten zu stehen, Lady … nun, Lady …«

»Mercy Amberdale. Für dich nur Mercy.«

»Mylady Mercy, also.«

Noch einmal betrachtete sie ihn von oben bis unten. Die Zehen seines rechten Fußes wippten ungeduldig auf und ab.

»Was?«, fragte sie stirnrunzelnd.

»Welche Auskunft benötigen Sie noch?«

»Oh … Ich wollte nur … Also, eigentlich brauche ich gerade keine –«

Ein Klopfen an der Wohnungstür ließ sie verstummen. Obwohl sie unangekündigten Besuch verabscheute, war sie fast ein wenig erleichtert über die Unterbrechung. Die Origamis sprangen auf und ab.

»Falls Sie meine Dienste nicht länger benötigen, müssen Sie nur –«

»Ich weiß«, sagte sie rasch, räusperte sich und befahl: *»Veterator recedite!«*

Augenblicklich schoben sich neue Seiten über das Gesicht wie ein Vorhang, der Besserwisser schrumpfte in sich zusammen, wurde regelrecht aufgesaugt, als hätte sich unter ihm ein Strudel im Boden aufgetan. Innerhalb von Sekunden lag da nur noch der offene Buchdeckel mit wenigen, akkurat gestapelten Seiten. Wie von Geisterhand klappte er zu.

Das Klopfen wiederholte sich. »Mercy? Ich weiß, dass du da bist. Ich hab deine Stimme gehört.«

Mit bebenden Fingern hob sie die Lederkladde auf und ließ sie in der Scheibtischschublade verschwinden.

Der Mann klopfte zum dritten Mal. »Ich bitte dich, Mercy. Mach schon auf.«

Widerstrebend erhob sie sich, ging zur Tür und blickte durch das Guckloch hinaus ins dunkle Treppenhaus.

12

»Es ist etwas passiert«, sagte der Mann mit den langen grauen Haaren, nachdem Mercy die Tür einen Spaltbreit geöffnet hatte. Er war außer Atem, sein Gesicht rot angelaufen.

Es gab eine Reihe von guten Gründen, Arthur Gilchrist abzuweisen. Am Ende lief es auf den einen, den wichtigsten hinaus: Valentine war tot, und sie trug die Schuld daran. Sie hatte in Madame Xus Hauptquartier versagt, hatte Grover verloren und das Geld für Valentines Medizin nicht auftreiben können. An nichts davon wollte sie erinnert werden. Schon gar nicht von Gilchrist.

»Du musst nach Hause kommen, Mercy.« Er stützte sich mit einer Hand am Türrahmen ab. Er war alt geworden, fand sie. Früher hätten ihm die paar Stufen nicht so viel ausgemacht. »Zurück zum Cecil Court«, sagte er, als hätte sie womöglich vergessen, was er mit *nach Hause* meinen könnte.

Gilchrist war so etwas wie der inoffizielle Bürgermeister der Buchhändlerstraße, der Mann, zu dem alle mit ihren Sorgen und Nöten kamen. Er schlichtete Streit, organisierte Versammlungen und hielt die Konkurrenten von der Holywell Street auf Abstand. Schon lange vor Mercys Auszug hatte es Gerüchte gegeben, die alten Häuser des Cecil Court sollten abgerissen und durch einen neuen Straßenzug ersetzt werden, so wie es in vielen Vierteln der Innenstadt bereits geschehen war. Seither führte Gilchrist die Verhandlungen mit dem Besitzer, dem Earl of Salisbury, und hatte einmal sogar den weiten Weg zu dessen Wohnsitz Hatfield House in Hertfordshire auf sich genommen.

»Herrje, Arthur.« Mercy trat zur Seite. »Du klingst, als würde dich gleich der Schlag treffen.«

»Ich bin nur ein wenig … außer Atem.«

Als er an ihr vorbeiging, sah sie, dass er eine blutende Wunde am Hals hatte. »Was, zum Henker … Ist das ein Schnitt?«

Sie schob ihn ins Zimmer und schloss die Tür. Dann lief sie zum Schrank und nahm eines der kleinen Leinentücher heraus, die sie dort aufbewahrte. Er musste nicht wissen, wofür sie die sonst benutzte.

»Hier, drück das fest dagegen.«

»Das ist nichts. Nur ein Kratzer.« Trotzdem tat er, was sie sagte. »Und deswegen bin ich auch nicht hier.«

»Wer war das?«

»Ein paar Kerle aus Rudelkopfs Bande. Ich bin ihnen auf dem Weg hierher begegnet, und sie haben sich einen Spaß daraus gemacht, mir einen Schrecken einzujagen.« Gilchrist war immer ein robuster Mann gewesen, groß und kräftig wie ein Hafenarbeiter. Die meisten Leute ahnten nicht, wie viele schwere Kisten ein Buchhändler am Tag durch die Gegend schleppte. Die Tatsache, dass er in den letzten zwei Jahren schneller gealtert war, machte noch lange kein leichtes Opfer aus ihm. Vermutlich hatten sie ihn von hinten angegriffen.

»Ich dachte, Rudelkopf hätte es aufgegeben, Schutzgeld von euch zu erpressen.«

Er nickte, während er die Wunde abtupfte. Tatsächlich blutete sie kaum noch. »Er hat begriffen, dass mit Büchern nicht viel zu verdienen ist. Manchmal bringt er sich in Erinnerung, dann geben wir ihm ein bisschen was. Aber das hier waren nur ein paar übermütige Jungs. Sie hatten Spaß daran, mit ihren Messern anzugeben, das ist alles.«

Mercy bedachte die Mistkerle mit jedem Schimpfwort, das ihr in den Sinn kam. Gilchrist lächelte, während sie mit erhitztem Gesicht im Zimmer auf und ab lief und Rudelkopf zum Teufel wünschte.

»Du weißt schon, dass du jetzt wie Valentine klingst, nicht wahr?«

Sie war erst drei gewesen, als Valentine sie bei sich aufgenommen und damit alle Buchhändler des Cecil Court zu ihrer Familie gemacht hatte. Ganz selbstverständlich hatte sie einige seiner Wesenszüge angenommen; es fiel ihr selbst auf, erst recht, seitdem er nicht mehr da war.

Gilchrist wollte sich setzen, fand aber nur einen Hocker, auf dem eine halbe Pastete von vorgestern lag. Er nahm sie mit spitzen Fingern herunter und ließ sich nieder. »Bis zuletzt hat er gehofft, dass du seinen Laden übernimmst.«

Sie baute sich vor ihm auf, die Hände in die Hüften gestemmt. »Tut mir leid, dass ich so eine Enttäuschung für euch bin«, sagte sie kühl. »Du kannst bleiben, bis du zu Atem gekommen bist, und dann geh bitte wieder.«

Er schüttelte den Kopf. »Ich bin nicht hier, um dir ins Gewissen zu reden. Und ich will auch wegen der paar Tropfen Blut kein Mitleid.«

Das graue Haar fiel ihm weit über die Schultern und dünnte am Scheitel aus. Mercy sah Altersflecken auf seiner Kopfhaut und musste daran denken, dass Valentine nicht der Einzige bleiben würde, den sie verlor. Dabei hatte sie doch in Wahrheit längst jeden von ihnen verloren, damals, als sie sich mit eingezogenem Kopf davongemacht hatte. Sie hatte in ihrem Leben schon einige Fehler begangen, aber der größte war die Annahme gewesen, sie könnte nach ihrer Niederlage in Limehouse vor Valentines Sterben davonlaufen. Als hätte es ihn retten können, wenn sie nicht mehr in seiner Nähe war. Kurz darauf hatte sie die Nachricht von seinem Tod erhalten, und die ganze kindische Illusion, diese fixe Idee, dass sie ihm Unglück brächte, war in sich zusammengestürzt wie die maroden Bruchbuden von St Giles.

Trotzdem konnte sie nicht mehr zurück. Ihr ganz persönlicher Stadtplan von London hatte zwei weiße Flecken, um die sie tunlichst einen Bogen machte: Limehouse und die Gegend um den Cecil Court. Was auch immer Gilchrist ihr mitzuteilen hatte, würde daran nichts ändern.

»Ptolemy ist tot«, sagte er.

Sie trat hinter ihren Schreibtisch und ließ sich auf ihren Stuhl fallen. Sie war überrascht, aber keineswegs betroffen. Es war nicht Ptolemys Schuld gewesen, dass die Turpin Brigade seinen Auftrag in den Sand gesetzt hatte. Und doch lag sein Schatten über allem, das Mercy mit den Ereignissen von damals verband.

»Du erwartest nicht, dass mir die Tränen kommen, weil es den alten Geizhals erwischt hat, oder?«

Gilchrist schien für einen Moment widersprechen zu wollen, aber dann sah er sie nur mit einer Mischung aus Resignation und Trauer an. Er trauert um mich, dachte sie unbehaglich, nicht um den Toten.

»Es geht nicht so sehr darum, *dass* er gestorben ist«, sagte Gilchrist, »sondern wie.«

Abwartend hielt sie seinem Blick stand, was ihr hätte leichter fallen müssen, doch sie fühlte sich wieder wie ein kleines Mädchen. Sie war froh, dass der Schreibtisch eine gewisse Distanz zwischen ihnen erzwang.

»Ptolemy ist verbrannt«, sagte Gilchrist. »Und zwar mitten in seinem Laden. Die haben seine Leiche heute Morgen gefunden, unten im zweiten Kellergeschoss. Der Rauch und der Gestank … Es war nicht ganz einfach, überhaupt da runterzugehen.«

Die Häuser im Cecil Court waren eng aneinandergebaut und bestanden aus Holz und uralten Ziegelsteinen. Wo die Wände nicht aus Mauerwerk errichtet worden waren, hatte man sie mit Stroh ausgestopft, um Kälte und Feuchtigkeit fernzuhalten. Sobald ein Feuer ausbrach, wurden die überbevölkerten Viertel im Herzen von London zu Todesfallen. Die Häuserreihen brannten wie Zunder, und ihre Bewohner fanden oft keinen Fluchtweg. Wenn also ein Brand in Ptolemys Laden ausgebrochen war, dann mussten auch die benachbarten Buchhandlungen in Mitleidenschaft gezogen worden sein. Ein Wunder, dass nicht das ganze Viertel in Flammen aufgegangen war.

»Wie geht es Jeremy und Silas?«, erkundigte sie sich besorgt nach Ptolemys unmittelbaren Nachbarn.

»Silas hat ihn gefunden, und der Schrecken ist ihm ziemlich in die Knochen gefahren. Aber ansonsten sind die beiden unversehrt, genau wie ihre Geschäfte.«

»Wie kann das –«

»Ptolemy ist verbrannt, und zwar mitten in seinem Bücherlager im Keller. Das Feuer hat ihn übel zugerichtet, war kein schöner Anblick. Aber die Regale mit den Büchern, all das Papier … Nun, nicht ein Stück davon hat gebrannt. Kein einziges Buch ist auch nur angekohlt.«

Sie sah ihn eindringlich an und fragte sich, ob er sie aus der Reserve locken wollte. Was er da erzählte, war ganz und gar unmöglich. Sie kannte Ptolemys Laden, auch seinen Keller. Wie alle Geschäfte am Cecil Court waren die Räume eng, die Gänge zwischen den Regalen gerade mal breit genug, um hindurchzugehen. Ein Funke genügte, um eine Katastrophe auszulösen. Ein offenes Feuer, ein *brennender Mensch* musste in Windeseile den ganzen Häuserblock in Brand setzen.

»Sieh mich nicht an, als wollte ich dir einen Bären aufbinden«, fuhr Gilchrist sie an, noch ehe sie etwas entgegnen konnte. »Das ist kein Spaß. Ein Mann ist heute ums Leben gekommen, verbrannt bis auf die Knochen. Und selbst Bücher, die nur eine Handbreit von ihm entfernt lagen, sind vollkommen unversehrt geblieben. Der Ruß hat ihnen zugesetzt und, weiß Gott, den Gestank werden sie nie wieder los – aber die Flammen haben nicht eine Seite zerstört.«

»Bibliomantik«, sagte Mercy. »Das meinst du doch.«

»Falls Bibliomantik im Spiel ist, dann keine, von der ich je gehört habe. Das Ganze ist mir ein Rätsel. Ein Unglück für den armen Ptolemy, natürlich, und ein gottverdammtes Wunder.«

»Warum kommst du damit zu mir?«

»Du bist der einzige Mensch, den ich kenne, der so was wie ein Detektiv ist.«

»Ich spüre Bücher auf, keine Mörder.«

»Kannst du dich nicht wenigstens mal bei ihm umschauen?«

»Warum ich?«, fragte sie noch einmal. »Ihr alle habt Ptolemy seit Jahrzehnten gekannt. Wenn er Feinde hatte, dann wisst ihr viel eher darüber Bescheid als ich. Herrgott, Ptolemy war ein geldgieriger Mistkerl, auf den wahrscheinlich eine Menge Leute nicht gut zu sprechen waren.« Allen voran Madame Xu, dachte sie beklommen, nach deren Handschrift das alles aussah.

»Du bist damals bei ihm eingebrochen, Mercy. Er hat's mir erzählt. Du weißt, wo er seine geheimen Papiere aufbewahrt hat. Du hast schon einmal darin herumgeschnüffelt, und ich möchte, dass du das wieder tust. Vielleicht finden wir so eine Spur zu demjenigen, der ihm das angetan hat.«

»Das ist fast zwei Jahre her.«

Er lächelte müde, und nun wirkte er auf eine Weise erschöpft, die sie schmerzte. »Du hast sein Geheimfach gefunden und seine Unterlagen durchwühlt. Da waren Namen und Gott weiß, was noch. Willst du abstreiten, dass du ihm damit gewisse Kunden abspenstig gemacht hast?«

»Nur einen einzigen.« Sie verschränkte die Arme. »Und wenn schon. Mit all dem Geld, das ihm dieser Kunde bezahlt hat, hätte er Valentine retten können, wenn er nur nicht so ein elender –«

»Du weißt es wirklich nicht, oder?«

Mit gerunzelter Stirn starrte sie ihn an. »Was?«

»Wann bist du zuletzt am Cecil Court gewesen?«

»Einen Tag nach Valentines Tod.«

»Was, glaubst du, ist seitdem aus eurem Laden geworden?«

Sie hatte keine Ahnung. »Du wirst es mir verraten, nehme ich an.«

»Der Laden ist unversehrt. Er ist verschlossen und ziemlich

eingestaubt, aber er wartet nur darauf, dass jemand heimkehrt und ihn wieder mit Leben füllt.«

Mercys Oberkörper schnellte vor, ihre Ellbogen knallten hart auf den Schreibtisch. »Das ist unmöglich. Valentine hatte Mietschulden beim Earl. Die hätten doch sofort nach seinem Tod – «

»Ptolemy ist für alle Schulden aufgekommen«, fiel Gilchrist ihr ruhig ins Wort. »Für jede einzelne Guinee. Er hat die Schuldscheine beim Earl ausgelöst, und er hat bis zum heutigen Tag die Miete für euren Laden weitergezahlt.«

»Das ist nicht dein Ernst!«

»Doch, Mercy. Und das ist noch nicht alles. Nachdem du fort warst, hat Ptolemy Valentine jegliche Medizin gekauft, die ihm der Arzt empfohlen hat. Jedes Mittel, das ihm hätte helfen sollen.«

In Mercys Mund machte sich ein bitterer Geschmack breit.

»Am Ende war alles nutzlos«, fuhr Gilchrist fort. »Die Medizin hat ihn nicht retten können.« Sein Blick streifte die Origamis im Käfig, dann sagte er: »Und all das wüsstest du, wenn du nicht einfach verschwunden wärest.«

Der Vorwurf traf sie, aber sie konnte damit umgehen. Es verging kein Tag, an dem sie ihn sich nicht selbst machte. Sie lebte seit zwanzig Monaten mit ihrem schlechten Gewissen, nahm irrwitzige Aufträge an, die sie mehr als einmal fast das Leben gekostet hätten. Die Trauer konnte sie betäuben, aber nicht ihre Schuldgefühle.

Nach Valentines Tod hatte sie sein Haus nur das eine Mal betreten. Damals hatte sie Gilchrist gebeten, Valentines Bücher unter den übrigen Händlern am Cecil Court aufzuteilen, und er hatte widerwillig zugestimmt. Sie hatte nicht schnell genug vor der Vergangenheit fliehen können, vor ihren Versäumnissen, und sie hatte den Blick nicht vergessen, mit dem er sie damals bedacht hatte.

»Das wusste ich nicht«, sagte sie tonlos.

»Nein, natürlich nicht. Du warst ja auch viel zu beschäftigt damit, dir selbst leidzutun.« Jedes Wort war wie eine Ohrfeige, und zweifellos war er sich dessen bewusst. »Und jetzt kannst du mich rauswerfen, Mercy, falls es dir damit dann bessergeht. Oder aber du stellst dich endlich allem, was war, und gestehst dir ein, dass du dich geirrt hast. Ptolemy mag kein angenehmer Mensch gewesen sein, aber er war nicht der Schurke, den du aus ihm machen willst. Er hat versucht, Valentine zu retten. Er hat euer Geschäft vor den Geldeintreibern des Earl bewahrt. Und er hat mir gesagt, für *wen* er das alles getan hat.«

Sie presste die Lippen aufeinander, spürte jedes Widerwort auf ihrer Zunge zerfallen.

»Und nun ist er tot«, sagte Gilchrist, »und jemand hier hat, zum Teufel nochmal, eine ganze Menge gutzumachen.«

13

Der Nebel war dichter und schwefelgelb geworden, als sie Gilchrist durch die engen Gassen zum Cecil Court folgte. Erst vor ein paar Monaten waren innerhalb einer Woche anderthalbtausend Menschen in London an Erkrankungen der Atemwege gestorben, eine Folge der schädlichen Dämpfe, die all die neuen Textilfabriken und Hinterhofmanufakturen ausspien. Der Nebel, der die Straßenmaler zu romantischem Ölfarbennepp der London Bridge im Morgendunst inspirierte, war in Wirklichkeit eine drückende Giftwolke, die jeden Tag Menschen das Leben kostete.

Cecil Court war eine schmale Gasse am Rand von Soho, nur wenige hundert Yards nördlich des Trafalgar Square. Sie verlief schnurgerade von West nach Ost, die Fassaden waren schmal, manche beugten sich bedenklich vornüber. In nahezu jedem Haus befand sich eine Buchhandlung, alles in allem fast zwanzig. Die einzige Ausnahme war ein Pub auf der Hälfte der Gasse, *The Ham*, in dem am Abend nicht nur viele Buchhändler ihr Ale tranken, sondern auch Gesindel aus den Armenquartieren östlich der St Martin's Lane und hochnäsige Bedienstete aus den Stadtvillen am Leicester Square.

Einige der Häuser besaßen vorgebaute Erker aus Glas, in denen die Händler ihre Bücher drapierten, andere mussten sich mit kleinen Schaufenstern zufriedengeben. Auf der Straße roch es wie überall in London nach schmutzigem Regen, verdorbenen Lebensmitteln und dem Kot der Kutschpferde und streunenden Katzen. Der Nebel hing wie eine Glocke über den Dächern und hielt den Gestank zwischen den Häusern fest. Nur wenn Mercy an der offenen Tür einer Buchhandlung vorüberkam, wurden die üblen Ausdünstungen für wenige Augenblicke von wohligem Bücherduft verdrängt.

Die Namen aller Läden hatten ihren Ursprung in der Literatur. Da gab es *Prospero's Isle* nach Shakespeare und das *Margites*, benannt nach dem verschollenen Werk von Homer. Das Geschäft nebenan hieß *Aristotele's Cave*, ein anderes *Temple of Serapis* wie der kleinere Ableger der Bibliothek von Alexandria. Ein Laden nannte sich *Gargantua & Pantagruel*, weil in diesem Werk von Rabelais die sagenhafte Saint-Victor-Bibliothek auftauchte, bestückt mit den absurdesten Titeln. Der Preis für den obskursten Namen aber gebührte jenem Geschäft, über dessen Tür in leuchtendem Rot die Zahl *2440* stand. Sie bezog sich keineswegs auf die Hausnummer 24, in der es sich befand, sondern auf den Roman *Das Jahr 2440* aus dem 18. Jahrhundert, in dem Bibliothekare alle überflüssigen Bücher verbrannten, um fortan einzig der wahrhaftigen Literatur zu huldigen. Kein Wunder, dass Mercy den versnobten Besitzer schon als Kind nicht hatte leiden können.

Alle Geschäfte öffneten morgens um acht Uhr, an sechs Tagen in der Woche, und schlossen erst gegen zehn am Abend. Nach Sonnenuntergang hatten sie ihre besten Einnahmen, während es tagsüber oft ruhig blieb. Bis vor einigen Jahrzehnten hatten sich nur Reiche gebundene Bücher leisten können, viele Werke waren damals in teuren Kleinstauflagen und in mehreren Bänden erschienen. Mittlerweile aber kosteten die meisten Bücher nicht mehr als eine halbe Guinee und warfen kaum Gewinn ab. So lebten die Läden am Cecil Court vor allem vom Geschäft mit antiquarischen Ausgaben, für die Sammler und Bibliomanten aus ganz England nach London reisten.

Während Mercy mit Gilchrist an den Läden vorüberging, läuteten immer wieder die Glöckchen über den Türen. Die Buchhändler eilten heraus, um sie zu begrüßen. Nicht wenige umarmten Mercy wie eine verlorene Tochter, gaben ihr Küsse auf Stirn und Wangen und taten so, als wäre sie von einer langen Reise heimgekehrt. Mercy war all die Aufregung unangenehm, auch wenn sie merkte, dass sie die meisten dieser Leute sehr gernhatte. Am liebsten wäre sie inkognito gekommen. Gilchrist beobachtete sie unverhohlen und amüsierte sich darüber, wie sie von so viel unverhoffter Zuneigung überrumpelt wurde.

Am schlimmsten fühlte sie sich, als sie an dem Haus vorbeikamen, in dem sie aufgewachsen war. Über dem Schaufenster von Valentines Geschäft stand in goldenen Lettern *Liber Mundi*, ein Name, der auf das okkulte *Buch M* zurückging, eine der verlorenen Schriften des Königs Salomon. Manche behaupteten, darin sei die Zukunft festgeschrieben. Der Legende nach wurde es von einem geheimen Bund gehütet, dem einst auch der berüchtigte Doctor Dee angehört hatte, der Leibmagier der englischen Königin. Neugierige, die versucht hatten, einen Blick in das Buch zu werfen, waren auf Nimmerwiedersehen verschwunden. Als Mercy ihren Ziehvater einmal gefragt hatte, warum er seinen Laden ausgerechnet nach solch einem Werk benannt hatte, hatte er gelächelt und gesagt, die

Bedeutung sei nur symbolisch. *Liber Mundi* stehe für die Geheimnisse, die in allen Büchern schlummerten.

Regen und Nebel hatten graugelbe Schlieren auf dem Schaufenster hinterlassen. Die Auslage war dieselbe wie am Tag von Valentines Tod, Mercy erinnerte sich an jedes Buch. Sie musste sich zusammenreißen, um nicht ihre Stirn gegen die Scheibe zu pressen. Als Kind hatte sie sich oft vorgestellt, wie es sein würde, wenn sie den Laden irgendwann einmal selbst führen würde. Das *Liber Mundi* war ihre Zukunft gewesen, ihre ganz persönliche Bestimmung.

Sie konnte erst wieder durchatmen, nachdem sie zwei weitere Häuser hinter sich gelassen hatten. Jetzt nahm sie vage einen Geruch wie von verbrannter Hühnersuppe wahr. Jemand rief einen Gruß, der krumme Jeremy, dem der Laden gleich neben Ptolemys Buchhandlung gehörte. Er war noch verstört von den Ereignissen, aber sie wechselte ein paar höfliche Worte mit ihm und ging schließlich weiter, bis sie und Gilchrist eine trübe Glastür mit der Aufschrift *Quijote's Curiosities* erreichten. Die Polizei hatte den Eingang mit einem Wachssiegel versehen und ein welliges Dokument an den Rahmen geheftet. Gilchrist, der sich als höchste Autorität dieser Straße verstand, brach mit einem ungehaltenen Knurren das Siegel und schob den Schlüssel ins Schloss.

Als die Tür nach innen aufschwang, sah Mercy, dass noch immer Rauch zwischen den Regalen hing. Es stand zu befürchten, dass keines der Bücher zu retten war.

Man hatte die Fenster im ersten und zweiten Stock aufgerissen und wohl auch eines zum Hinterhof, ein kühler Luftzug wehte durch den verräucherten Laden. Es gab einen Tresen voller Bücher und ein überfülltes Hinterzimmer, in dem eine eiserne Wendeltreppe in den Keller und Holzstufen hinauf zur Wohnung führten.

Ptolemy hatte einmal erklärt, dass er den Namen seines Ladens in Anlehnung an das sechste Kapitel des *Don Quijote* gewählt hatte: Darin wurde die Bibliothek voller Ritter- und Schäferromane erwähnt, deren Lektüre den unglückseligen Quijote in den Wahnsinn getrieben hatte.

»Lass mich vorgehen«, sagte Gilchrist und stieg die Treppe hinab. »Halt dir den Ärmel vor die Nase, da unten wird's nicht besser.«

Der obere Keller ähnelte dem Erdgeschoss, zum unteren aber war Kunden der Zugang verwehrt. Hier befand sich, wie in den meisten Läden am Court, das labyrinthische Bücherlager des Ladens. Außerdem standen hier ein Schreibtisch, ein Aktenschrank und eine Kommode, alles unter losem Papier begraben, unter Dokumenten, handgeschriebenen Bestellscheinen und – natürlich – noch mehr Büchern.

Der schmale Gang zwischen den Regalen, in dem Ptolemy ums Leben gekommen war, war kaum breiter als Mercys Schultern. Ein schwarzer Fleck am Boden verriet, wo der Buchhändler gelegen hatte. Mercy hatte angenommen, dass sich ein brennender Mensch in seinen letzten Momenten zusammenkrümmte, aber dafür war hier kein Platz gewesen. Ptolemy war lang ausgestreckt gestorben und hatte im Todeskampf zahlreiche Bücher aus den Fächern gerissen. Nicht eines davon hatte Feuer gefangen, nur ein paar Regalbretter waren angekohlt.

»Was sagt die Polizei?« Mercy gab es auf, durch den Ärmel zu atmen. Viel angenehmer wurde es dadurch ohnehin nicht.

Gilchrist schnaubte verächtlich. »Die meinen, die Ofenklappe habe offen gestanden, es hätte wohl Funkenflug gegeben, und der müsste dann –«

»Der Ofen steht am anderen Ende des Kellers«, fiel sie ihm ins Wort. »Die Funken müssten um zwei Ecken geflogen sein, ohne unterwegs ein Stück Papier zu entzünden, und dann zielsicher Ptolemy angesteuert haben.«

»So in etwa, ja.«

»Das ist lächerlich.«

»Wir sind in Soho. Die Polizei hat hier anderes zu tun, als sich um einen vermeintlichen Unfall in einer Buchhandlung zu kümmern. Das Geld war noch in der Kasse, und es ist nichts verwüstet worden. Ob sonst irgendwas fehlt, weiß nur der Allmächtige. Abgeschlossene Schubladen sind unversehrt, auf den ersten Blick wurde nichts angerührt. Die haben ein paar Zeugenaussagen aufgenommen, ein paar Abmessungen gemacht, eine Zeichnung angefertigt und dann erklärt, sie würden sich melden. Das Ganze hat nicht mal zwei Stunden gedauert, und ich geb eine Runde im *Ham* aus, falls wir jemals wieder von ihnen hören sollten.«

»Vielleicht war es wirklich ein Unfall, und sie täuschen sich nur, was die Art und Weise angeht.«

»Du meinst, ein bibliomantischer Unfall? Irgendein Experiment, dass Ptolemy durchgeführt hat?«

»Wie ambitioniert war er?«

»Du hast ihn doch gekannt. Ptolemys größtes Vergnügen war es, sein Geld zu zählen. Er hat viel gelesen, natürlich, aber ich habe nie erlebt, dass er irgendwelche Bibliomantik gewirkt hätte, die über seine Arbeit hinausging. Vielleicht hat er mal einen Kunden beeinflusst, um einen besseren Preis herauszuholen. Aber das dürfte auch schon das Verwegenste gewesen sein, an dem er sich versucht hat.«

Mercy nickte nachdenklich. Das alles musste nicht bedeuten, dass Ptolemy keine Geheimnisse gehabt hatte, aber sie hielt es für wenig wahrscheinlich, dass er sich ausgerechnet im schmalsten Gang seines Kellers mit lebensgefährlicher Buchmagie beschäftigt hatte.

»Hatte er Streit mit jemandem? Probleme mit der Konkurrenz? Vielleicht mit irgendwem aus der Holywell Street?«

»Nicht, dass ich wüsste. Und dann käme jeder von uns in Frage. Ärger gibt es immer wieder mal. Aber das zumindest hat die Polizei geklärt: Alle waren zum Zeitpunkt des Feuers in ihren Läden. Das war um kurz nach neun, jeder hatte schon geöffnet. Die meisten haben in den Türen gestanden und palavert, du weißt doch, wie es hier morgens zugeht.«

»Und keiner hat was bemerkt?«

»Doch, da war dieser Junge. Aber das war viel früher, kurz vor sieben, als die Läden noch geschlossen hatten. Magpie und Dumarest wollen gesehen haben, wie dieser Zeitungsjunge aus Ptolemys Laden kam. Ptolemy selbst hat hinter ihm wieder abgesperrt. Magpie sagt, der Kerl hatte ein Paket dabei, na ja, ein Buch, sollte man annehmen. War in Papier eingeschlagen.«

»Ein Zeitungsjunge kauft Bücher? Um diese Uhrzeit?«

»Ein Freund von dir, sagt Dumarest. Hat euch früher zusammen gesehen. Zwischendurch war er öfter mal hier und hat auf der Straße Penny Dreadfuls verhökert. Irgendwer hat ihn immer wieder verjagt. Die Leuten sollen hier Bücher kaufen, keine Schundhefte.«

»Philander?« Sie seufzte. »Was hatte der mit Ptolemy zu schaffen?«

»Wenn du's nicht weißt.«

Sie schüttelte den Kopf. »Ich hab ihn seit zwei Jahren nicht gesehen. Keine Ahnung, was er heute treibt. Aber anscheinend hat sich bei ihm nicht viel getan, wenn er nach wie vor Hefte verkauft.« War Philander nach ihrem Verschwinden vom Cecil Court zu Ptolemy gegangen und hatte ihm seine Dienste angeboten? Mit seiner schwachen Penny-Dreadful-Bibliomantik wäre er kaum ein Ersatz für Mercy gewesen. Tempest, vielleicht, aber Philander allein – schwer vorstellbar, dass Ptolemy sich darauf eingelassen hatte.

»Kannst du nicht mal mit ihm sprechen?«, fragte Gilchrist.

Sie trat aus dem Gang zwischen den Regalen und ging zum Schreibtisch hinüber. »Philander und ich sind nicht gerade im Guten auseinandergegangen. Ich glaube nicht, dass er Lust hat, mit mir zu reden.«

In Wahrheit war es wohl eher umgekehrt. Es gab Gründe, warum sie den Kontakt zu den anderen abgebrochen hatte. Sie machte sich selbst schon genug Vorwürfe wegen dem, was mit Grover geschehen war.

»Wahrscheinlich hat Philander nur Botengänge für Ptolemy erledigt«, mutmaßte sie. »Er und seine ältere Schwester Jezebel haben davon geträumt, irgendwann aus London fortzugehen, raus aufs Land. Dafür haben sie jeden Penny gespart. Wahrscheinlich nimmt er noch immer jede Arbeit an, die er finden kann. Und du sagst ja selbst, dass Ptolemy noch am Leben war, als Philander den Laden verlassen hat.«

»Dumarest hat Ptolemy an der Tür gesehen. Aber könnte doch trotzdem sein, dass der Junge was weiß, oder?«

»Herrje, Arthur, ich bin kein Inspector von Scotland Yard. Habt ihr denen nichts von Philander erzählt?«

»Was glaubst du denn? Aber wie groß sind wohl die Chancen, dass sie halb London nach einem dahergelaufenen Zeitungsjungen durchforsten? Von denen gibt es an jeder Straßenecke ein halbes Dutzend. Und keiner hier weiß, wo er wohnt.« Der Blick, mit dem er sie musterte, sagte deutlich: *Keiner außer dir.*

Sie stemmte sich mit dem Rücken gegen die Wand und schob mit beiden Armen den schweren Schreibtisch ein Stück weiter in den Raum hinein. Unter den Schubladen auf der linken Seite kam eine Klappe im Boden zum Vorschein, zwei Handspannen im Quadrat. Mercy zog ein Bund mit Dietrichen aus ihrer Tasche, kniete sich hin und machte sich damit am Schloss des Geheimfachs zu schaffen.

»Das hat die Polizei nicht gefunden?«, fragte sie, ohne aufzusehen.

»Die haben nicht mal die Papiere auf dem Schreibtisch durchgesehen.«

Sie brauchte keine zwei Minuten, um den Mechanismus zu knacken. Es war noch dasselbe Schloss wie damals, als sie unter dieser Klappe die Unterlagen mit Sedgwicks Namen gefunden hatte. Offenbar hatte Ptolemy nicht damit gerechnet, dass Mercy noch einmal hier auftauchen würde.

Sie hob einen Stapel Papier aus der Öffnung im Boden und machte sich damit auf den Weg nach oben. »Ich muss raus aus diesem Gestank.«

Sie gingen nicht hinaus auf die Straße, wo zu viele Menschen waren, sondern in den kleinen Hinterhof. Das Tageslicht hatte jetzt die Farbe von eingetrocknetem Senf.

Sie teilten die Dokumente untereinander auf, setzten sich auf eine Kiste und suchten nach möglichen Hinweisen. Gilchrist klemmte sich eine Lesebrille auf die Nase, während Mercy sich die Papiere nah vor die Augen halten musste.

Er warf ihr einen belustigten Blick zu.

»Was?«, fuhr sie ihn an. »Hier ist es zappenduster. Und seine Handschrift ist winzig.«

Gilchrist lächelte und nickte.

So saßen sie eine Weile da, bis Mercy triumphierend eines der Blätter schwenkte. »Das hier ist ein Beleg dafür, dass Philander heute morgen ein Buch in Empfang genommen hat. Ich schätze mal, wir können davon ausgehen, dass es nicht für ihn selbst war.«

»Also wirklich ein Botengang.« Gilchrist klang fast ein wenig enttäuscht. »Das bringt uns nicht weiter, oder?«

»Was für eine Sprache ist das?« Langsam las sie den Titel vor, den Ptolemy säuberlich und in voller Länge abgeschrieben hatte: *»Der Scharfrichter von Venedig. Moritat über die Hinrichtung eines unschuldigen Mädchens, Racheschwur, Kindsraub, Verbrecherjagd, Schiffsuntergang, Ehebruch und Giftmord. Erster Teil.«*

»Das ist Deutsch«, sagte Gilchrist.

»Siebenstern«, las sie den Namen des Autors. Er kam ihr vage bekannt vor, aber ihre Erinnerung kehrte erst zurück, als Gilchrist murmelte:

»Haus Rosenkreutz.«

Mercy nickte. Das Haus Rosenkreutz war eine der fünf Familien, die vor fast fünfzig Jahren den Scharlachsaal gegründet hatten, den Vorgänger der Adamitischen Akademie. Irgendwann war es zum Streit gekommen, schließlich zu einer Blutfehde. Die Häuser Antiqua und Rosenkreutz hatten die bibliomantischen Ideale verraten, hieß es, und sich allerlei scheußlicher Vergehen schuldig gemacht, woraufhin sie ausgestoßen und bestraft worden waren. Die verbliebenen Gründerfamilien Cantos, Himmel und Lohenmut hatten daraufhin den Scharlachsaal aufgelöst und die Adamitische Akademie ins Leben gerufen, die bis zum heutigen Tag die Geschicke der bibliomantischen Welt bestimmte.

Siebenstern war einer der Rosenkreutz-Söhne gewesen, ein Autor von Abenteuerromanen. Nur eine Handvoll davon war ins Englische übersetzt, die meisten als Fortsetzungsgeschichten in Penny Dreadfuls veröffentlicht worden. Valentine, der einiges über diese Art von Romanen gewusst hatte, hatte Siebenstern auf Deutsch gelesen, was Mercy stets ein wenig verblüfft hatte, gab es doch genug Vergleichbares von englischen Autoren. Aber Valentine hatte neben der deutschen auch die italienische Sprache beherrscht, sogar ein wenig Spanisch.

»Ptolemy hat Philander also ein Buch für einen Kunden anvertraut«, sagte sie, »das ein Mann geschrieben hat, der vor Jahrzehnten von den Drei Häusern getötet wurde.«

»War ein ziemliches Blutbad«, sagte Gilchrist. »Die Rosenkreutz und die Antiquas sind massakriert worden, heißt es. Aber das sollte man nicht allzu laut sagen, die Akademie hat ihre Ohren überall.«

Mercy fand, dass er es mit seiner Vorsicht übertrieb. Das

alles war lange her. Die Adamitische Akademie war umstritten, aber auf den Alltag der meisten Bibliomanten nahm sie keinen spürbaren Einfluss. »Könnte das ein Grund sein«, fragte sie und wedelte mit dem Beleg, »einen Mann bei lebendigem Leib zu verbrennen?«

Gilchrist zuckte mit den Schultern. »Siebensterns Bücher sind weder besonders selten noch gesucht. In Deutschland dürfte es genug davon geben, und hier bei uns tauchen immer mal welche auf. Ich müsste auch noch zwei oder drei irgendwo im Keller rumliegen haben.«

Gleich darauf fand er einen Zettel, auf dem untereinander sieben Titel notiert waren, augenscheinlich in deutscher Sprache. *Der Scharfrichter von Venedig* war der letzte auf der Liste. Alle sieben waren durchgestrichen.

»Das dürfte wohl bedeuten, dass er sie verkauft hat«, vermutete Gilchrist.

Mercy fand ein weiteres Blatt, auf das Ptolemy den Namen einer Bibliothek geschrieben hatte: *Eagle Street Library*.

»Sagt dir das was?« Sie zeigte ihm das Papier.

»Das war eine öffentliche Bibliothek in Holborn. Vor ein paar Wochen ist sie abgerissen worden, um Platz für die Untergrundbahn zu schaffen. Ist nichts davon übrig geblieben, nur ein Trümmerfeld.« Er rümpfte die Nase, wie es alle Londoner taten, wenn die Rede auf die neue, unterirdische Bahn kam. Ganze Straßenzüge wurden dafür dem Erdboden gleichgemacht. Und noch wusste niemand, wozu das Ganze eigentlich gut sein sollte, schließlich kam man ja auch zu Fuß oder mit der Droschke überallhin.

»Ein paar von uns haben vor dem Abriss Bücher aus dem

Bestand aufgekauft«, fuhr er fort. »Er wird's genauso gemacht haben.«

Gilchrist und sie schauten den Rest der Papiere durch, fanden sonst jedoch nichts, das ihnen bemerkenswert erschien.

»Hat er wirklich versucht, Valentine zu helfen?«

»Ich schwör's dir.«

Sie standen auf und durchquerten den verräucherten Laden. Mercy warf einen kurzen Blick hinter den Tresen. Dort hingen an Haken mehrere Schlüssel. An einem war ein Streifen Papier befestigt, auf den Ptolemy mit schwarzer Tinte eine Vierzehn geschrieben hatte. Sie streckte zögernd die Hand danach aus, spürte Gilchrists Blick in ihrem Rücken und nahm den Schlüssel schließlich vom Haken.

Cecil Court 14. Valentines Haus.

Draußen auf der Straße, kurz bevor sie zurück in ihre Vergangenheit trat, fragte Gilchrist: »Wirst du mit dem Jungen reden?«

»Die Frage ist, ob er mit mir reden wird.«

Zum Abschied berührte sie ihn an der Hand, blieb noch einen Moment unschlüssig stehen, dann fasste sie sich ein Herz und ging hinüber zum *Liber Mundi.*

14

Sie betrat den Laden und schloss die Tür hinter sich ab, damit niemand auf die Idee kam, ihr zu folgen. Einige Buchhändler standen vor ihren Geschäften und warfen neugierige Blicke in ihre Richtung. Sie nahm es ihnen nicht übel.

Der Verkaufsraum des *Liber Mundi* besaß an drei Wänden deckenhohe Regale. In der Mitte standen Tische, die jemand mit Laken abgedeckt hatte. Als Mercy die Tücher niesend herunterzog, glichen die Bücherstapel darunter antiken Metropolen: hohe Türme und Pyramiden, Paläste aus Enzyklopädien und Gesamtausgaben, breite Prachtstraßen, wo die Bände mit dem Rücken nach oben aufgereiht waren.

Die Theke war viel kleiner als die in Ptolemys Laden, eher ein Stehpult und reiner Notbehelf, um in den Fächern dahinter Tintenfass und Feder, Papier und andere Utensilien aufzubewahren. Die meiste Zeit hatte Valentine in einem mächtigen Ledersessel gesessen, während er auf Kundschaft gewartet hatte. Auch seinen Schreibkram hatte er dort erledigt, auf einem Brett auf seinem Schoß. Er führe eine Buchhandlung, keinen Gemüseladen, hatte er immer gesagt, und ein wahrer Buchmensch benötige einen bequemen Platz zum Lesen, keinen Tresen wie ein Bierwirt. Als Kind hatte Mercy trotzdem gern hinter dem Pult gestanden, auch weil es die übrigen Händler am Cecil Court genauso machten. Damals hatte sie nicht nachvollziehen können, warum Valentine sich von den anderen unterscheiden wollte; erst als sie älter geworden war, hatte sie ihn verstanden. Heute wünschte sie sich, dass sie ihm das noch gesagt hätte. Das und eine Menge mehr.

Der Gestank aus Ptolemys Keller hing in ihrer Kleidung und ihren Haaren, und doch empfand sie hier den angenehmen Duft der Bücher ebenso intensiv, wie sie ihn in Erinnerung gehabt hatte. Es war der Geruch, den sie mit ihrer Kindheit verband, und es kam ihr vor, als hätte sie das alles vor einer Ewigkeit aufgegeben, nicht erst vor knapp zwei Jahren.

Im Hinterzimmer herrschte Halbdunkel, das einzige Fenster zum Hof war zur Hälfte von einem Bücherregal verdeckt. Langsam stieg sie die knarrende Holztreppe hinauf in die Wohnräume. Während sich ihre Augen an die Düsternis gewöhnten, bemerkte sie Fußspuren im Staub auf den Stufen. Vielleicht war Ptolemy hier gewesen. Sie fragte sich, ob er Bücher mitgenommen und in seinem Laden verkauft hatte, aber ihr waren keine offensichtlichen Lücken aufgefallen. Vielleicht war dies das Erstaunlichste an Ptolemys wundersamer Wandlung zum Wohltäter.

Auch in den winzigen Räumen im ersten Stock war das Fachwerk der Wände hinter all den Buchrücken kaum noch zu sehen. Sie stieg die nächsten Stufen hinauf und erreichte den Dachboden. Der größte Teil wurde von einem zerklüfteten Gebirge aus Bücherstapeln eingenommen, ein Himalaya aus Gipfeln und steilen Schluchten, manche verschüttet unter papiernen Lawinen und Felsrutschen – ein Lagerraum, den Valentine trotz der zwei Kelleretagen bitter nötig gehabt hatte.

Mercys Schlafecke unter der hinteren Schräge, mit Bett, Kleiderkiste und einem eigenen Regal, war unberührt. Nach ihrem Auszug hatte Valentine nichts verändert, als hätte er bis zuletzt auf ihre Rückkehr gewartet. Ihre Augen brannten, als sie vor der Kiste in die Hocke ging.

Mit einem tiefen Seufzen klappte sie den Deckel auf. Da lagen zwei säuberlich gefaltete Kleider, nicht der letzte Schrei, aber gut genug, um den Gestank von brennendem Mensch loszuwerden. Sie hob beide heraus, dazu noch weitere Kleidungsstücke, zwei Unterröcke, einen Schal und eine gestrickte Mütze, die sie zuletzt mit zehn getragen hatte. Darunter ruhte der wahre Schatz dieser Truhe – ein flaches Holzkästchen mit geschnitztem Deckel. Mercy nahm es heraus, wog es unentschlossen in den Händen und war drauf und dran, es ungeöffnet zurückzulegen.

Schließlich aber schaute sie zögernd hinein. Da lag ihr Seelenbuch, *Mother Damnables Geschenk an das junge Frauenzimmer*. Ein Anflug von Euphorie loderte durch ihren Körper, als sie es vorsichtig mit den Fingerspitzen berührte. Sofort krochen die Erinnerungen an Limehouse aus den Schatten, die verdrängten Schrecken von Chinatown. Die unerbittliche Decke, die sich auf sie herabgesenkt hatte. Grovers Tod. Immer wieder Grovers Tod.

Sie wollte den Deckel schon schließen, als sie den weißen Stoff bemerkte, der unter dem Buch hervorschaute. Behutsam zog sie daran. Es handelte sich um zwei weiße Seidenhandschuhe. Mercy mochte elf oder zwölf gewesen sein, als Valentine begonnen hatte, sie beim Lesen zu tragen. Die Handschuhe waren bibliomantische Wunderwerke, die durch ein Tauschgeschäft zu ihm gelangt waren. Sie speicherten die aus Büchern gewonnenen Kenntnisse ihres Trägers und gaben sie an denjenigen weiter, der sie überzog. So hatte Valentine einen Fundus an Informationen für Mercy angesammelt, um sie auf seine Nachfolge vorzubereiten. Hätte sie die Handschuhe jetzt übergestreift, dann hätte sie damit ein Wissen erlangt, das vom Inhalt drittklassiger Räuberromane bis hin zu obskurer Lyrik reichte.

Der Haken war, dass sich die Handschuhe mit Mercys Bibliomantik verknüpfen würden. Valentine hatte es gutgemeint, aber die Benutzung widersprach ihrem Schwur, nie wieder eigene Buchmagie einzusetzen, ganz gleich wie geringfügig.

Sie legte die Seidenhandschuhe auf ihr Seelenbuch, klappte das Kästchen zu und deponierte es wieder in der Kiste. Dann streifte sie ihre Sachen ab und zog eines ihrer alten Kleider über. Es roch muffig, passte aber wie angegossen.

An der Pumpe im Hinterhof wusch sie sich das Haar mit einem Stück Seife und bürstete es aus, bis ihr die Kopfhaut weh tat. Ein wenig vom Geruch des Todes haftete noch immer an ihr, doch so konnte sie wenigstens wieder unter Menschen gehen.

Sie wollte durch den Laden zurück auf den Cecil Court, als ihr wieder die Fußspuren im Staub auffielen. Sie führten nicht nur nach oben, sondern auch hinab in den Keller. Neugierig geworden folgte sie ihnen mit einer Öllampe die Treppe hinunter.

Auch hier: Bücher und noch mehr Bücher. Dann, im zweiten Untergeschoss, eine Überraschung. Wo früher die Stapel so eng beieinandergestanden hatten, dass selbst die Mäuse keinen Weg mehr hindurch gefunden hatten, war eine kleine Fläche frei geräumt worden, mit einer Achtsamkeit, die verriet, dass hier wohl ein Bibliomant, zumindest aber ein Buchliebhaber am Werk gewesen war. Vermutlich der großherzige, selbstlose Mister Ptolemy.

Unter den Büchertürmen war eine Falltür zum Vorschein gekommen, groß genug, dass ein einzelner Mensch hindurchsteigen konnte. So erfuhr Mercy, dass sich unter dem zweiten Kellergeschoss noch etwas anderes befand, ein tieferer Ort, den Valentine nie erwähnt hatte.

Sie öffnete die Klappe mit einem Haken, der gleich daneben am Boden lag. Ihre Öllampe beschien eine Leiter an der gemauerten Schachtwand. Sie würde hinuntersteigen müssen, wenn sie herausfinden wollte, was sich unter den Fundamenten des *Liber Mundi* verbarg.

Beherzt schwang sie sich auf die Sprossen und kletterte abwärts. Es war kein Geheimnis, dass Londons Untergrund von einem Netz aus Kanälen und Tunneln durchzogen war. Manche dieser Passagen und Hohlräume gingen bis auf die Römer zurück, die im 1. Jahrhundert nach Christus die Stadt Londinium gegründet hatten. Im Laufe der Jahrhunderte waren viele dieser Schächte in Vergessenheit geraten und neue dazugekommen. Mehrere Flüsse waren unterirdisch umgeleitet worden und strömten unsichtbar zwischen uralten Ziegelmauern durch die Wurzeln der Stadt. Beim Bau der Untergrundbahn stießen Arbeiter immer wieder auf vergessene Hohlräume, die sie sprengen, auffüllen oder abstützen mussten. Dabei schreckten sie nicht nur Ratten auf.

Mercy horchte auf Geräusche in der Dunkelheit. Noch hatte sie die Hoffnung, dass es sich nur um noch einen weiteren Keller handelte. Doch als sie bald darauf den Boden erreichte, stellte sie fest, dass sie in einem halbrunden Gang aus grobgebrannten Ziegeln stand. Die Luft roch nach feuchtem Gestein.

Willkürlich wandte sie sich in eine der beiden Richtungen und wünschte, sie hätte eines von Valentines Küchenmessern eingesteckt. Stattdessen hatte sie nur die Öllampe bei sich, deren zuckender Schein groteske Schatten schuf und immer wieder Nischen aus der Dunkelheit riss, in denen Spinnen und Mäuse hausten.

Die Mauern ringsum warfen das hohle Echo ihrer Schritte zurück. Bald hörte sie ein Rauschen, was ihren Verdacht bestätigte, sich einem unterirdischen Fluss zu nähern. Soweit sie wusste, war der nächstgelegene der Fleet, doch der verlief viel weiter östlich. Nie hätte sie ihn in so kurzer Zeit erreichen können.

Allerdings gab es auch Gerüchte von einem schmaleren Wasserlauf, dem Cranbourn, vielleicht nur eine lokale Legende, denn niemand wusste, wo er entsprang oder mündete. Manchmal hörten die Menschen ihn hinter Kellerwänden oder unter Sohos Gassen fließen, aber dafür mochte es ein Dutzend Erklärungen geben. Allgemein galt der Cranbourn als Phantom, und Mercy hatte bis zum heutigen Tag keinen Grund gehabt, daran zu zweifeln.

Langsam pirschte sie vorwärts, trat platschend in Wasserpfützen und lauschte einem fernen Flattern, das nach verirrten Raubvögeln klang. Oder nach sehr großen Fledermäusen. Sie fragte sich, ob es auch in Ptolemys Keller einen solchen Zugang zum Untergrund gab und ob der Mörder des Buchhändlers womöglich von hier unten gekommen war.

Wie angewurzelt blieb sie stehen.

Da war eine bibliomantische Präsenz. Unmittelbar vor ihr.

In der Schwärze war ein Bogen zu erkennen, eine Öffnung in der linken Wand. Von dort kamen das Rauschen und Plätschern.

Am liebsten hätte sie auf der Stelle kehrtgemacht. Valentine hatte ein Geheimnis gehabt, na und? Sie hatte auch Geheimnisse vor ihm. Ein wenig beklommen setzte sie ihren Weg fort, Schritt für Schritt, bis sie nur noch den linken Arm hätte ausstrecken müssen, um den Rand des steinernen Torbogens zu berühren.

Etwas Schwarzes schoss daraus hervor. Ein wehender Umhang. Ein blasses Gesicht. Dunkle Augen hinter einem Schleier.

Sie sah das alles vor sich, sah es ganz genau, und dann war es doch nur ihr eigener Schatten, der unglücklich über die Kante des Bogens gefallen und zur anderen Seite hinübergehuscht war. Das Wasserrauschen klang jetzt wie Flüstern, und sie begann, ihren Namen zu hören, wie hingehaucht inmitten all des Plätscherns und Gluckerns.

Mercy! Mercy, lauf weg!

Etwas berührte sie. Ein Flattern von Stoff, kaum greifbarer als der kalte Luftzug der tiefen Schächte und Kammern. Dann eine Hand.

»Kehr um, und komm nie wieder!«

Das war nicht die Stimme in ihrem Kopf.

Sie warf sich herum und rannte. Später würde sie wütend auf sich sein, aber damit kannte sie sich aus. Sie rannte vor dem Wispern und der Kälte davon, vor den Silhouetten fließender Schatten, vor einer Leere, die sich fester anfühlte als die schimmeligen Ziegelwände. Vor einer Stimme, die sie nicht zum ersten Mal gehört hatte.

Sie ließ die Lampe am Boden zurück, packte eine Leitersprosse und zog sich nach oben. Ihre Füße trafen auf Widerstand, kletterten so flink und geschwind wie nie zuvor. Sie erreichte den dunklen Keller, stemmte sich aus dem Schacht und warf die Falltür hinter sich zu. Stolperte blind weiter, die Stufen hinauf, fiel beinahe über die Schwelle zum Laden und blieb erst wieder stehen, als sie die Tür zur Straße erreichte.

Das Rauschen war ihr gefolgt, fauchte in ihren Ohren, doch das war nur ihr eigenes Blut. Ihr Puls pochte dumpf wie Trommelschlag, jeder Atemzug fühlte sich an wie zerstoßenes Eis.

Sie hatte etwas von dort unten mitgebracht, und in ihren Gedanken folgte es ihr noch immer, als sie das *Liber Mundi* hinter sich ließ, den Cecil Court und die verwunderten Blicke aus Ladentüren.

15

Hast du denn wirklich alles vergessen? Wie Pa damals fortging, um Schnaps zu holen, und nicht mehr wiederkam? Wie Ma ihm hinterher ist, zwei Wochen später, und ich mit dir allein in diesem gottverdammten Drecksloch saß? Bei der Gnade des allmächtigen Herrgott, Philander, hast du unseren *Traum* vergessen?«

Er saß am einzigen Tisch ihres winzigen Quartiers, starrte auf das Buch, das zwischen seinen Händen lag, und versuchte, nicht auf die Vorwürfe seiner Schwester zu achten. Jezebels Stimme hatte jetzt diesen *Ton*, diesen einen ganz bestimmten Klang, den sie nur zustande brachte, wenn sie wirklich, wirklich böse war.

»Wie lange erledigst du jetzt Botengänge für Mister Malahide?«, fragte sie. »Acht Monate? Neun?«

»Fast ein Jahr. Und das weißt du genau.«

»Könnte ja sein, dass ich mich irre. So wie ich wahrscheinlich eure Absprache falsch in Erinnerung habe. Soweit *ich* weiß, hat er dir gesagt, du sollst die Bücher unbedingt auf dem schnellsten Weg zu ihm bringen. Immer auf dem schnellsten Weg, Philander! Dafür bezahlt er gutes Geld. Geld, das wir dringend brauchen, um aus dieser Scheißstadt zu verschwinden. Du und ich – und zur Not auch deine kleine Freundin!«

Sein Kopf ruckte hoch, er sah ihr jetzt direkt in die blauen Augen. »Lass Tempest aus dieser Sache raus!«

Mit einem leisen Seufzen setzte sie sich ihm gegenüber an den Tisch. Jezebel war dreiundzwanzig, fünf Jahre älter als er. Sie hatte ihr blondes Haar hochgesteckt und ein bisschen Puder auf die blassen Wangen gestäubt, damit sich zur Abwechslung einmal Männer nach ihr umschauten, die vielleicht nett zu ihr sein würden. Nicht solche, die hier in St Giles als gute Partien gehandelt wurden, Rudelkopfs Bandenführer und andere Schläger. Vor ein paar Jahren war Jezebel ein hübsches Mädchen gewesen, und sie hätte heute eine schöne Frau sein können, wären da nicht all die Verbitterung, all die Enttäuschung, die sie mit jedem Winter schneller altern ließen. Philander fürchtete, dass auch er eine Mitschuld daran trug, und immer wenn er sich das eingestand, wurde ihm klar, dass er seine große Schwester weit mehr liebte, als sie annahm.

Sogar jetzt, da sie wieder mal nur an das Geld dachte, das ihnen entging, falls Philander die Sache mit Mister Malahide vergeigte. Wenn er sich nicht an die Regeln hielt, die Malahide ihm eingebläut hatte.

»Wahrscheinlich wird er es gar nicht erfahren«, sagte er ruhig, bevor der Streit aus dem Ruder laufen konnte, weil es plötzlich wieder um Tempest ging. Dabei war es nicht einmal so, dass Jezebel Tempest nicht mochte –, sie wollte sie nur nicht dabeihaben, wenn Philander und sie sich aus London verdrückten und endlich hinaus aufs Land zogen.

Aufs Land. Als wäre das ein konkretes Ziel, so wie man sagte: Ich nehme den Abendzug nach Birmingham. Dabei hatten sie weder einen Anlaufpunkt noch einen Plan. Immer hatte es nur geheißen: Wir gehen aufs Land. Raus aus London, raus aus dem Schmutz und der bitteren Armut.

Doch dafür reichte ihr knappes Erspartes nicht aus. Darum hatte Jezebel recht: Sie brauchten Malahides Bezahlung. Einen Teil davon zum Überleben, den anderen, um eines Tages fortgehen zu können.

Nur dass Philander niemals ohne Tempest gehen würde. Und das wusste Jezebel nur zu gut.

»Du solltest das Buch bei Ptolemy abholen und zu Malahide bringen.« Jezebel stützte die Ellbogen auf und rieb sich erschöpft durchs Gesicht. »Das ist nicht kompliziert, oder? Also, mir kommt es nicht besonders kompliziert vor.«

»Ich hab Tempest versprochen, sie heute Nachmittag auf ihrer Runde zu begleiten. Sie muss heute die Tour bis zur Waterloo Bridge machen, und ich will nicht, dass sie da allein rumläuft.«

»Dieses Mädchen kann verdammt gut auf sich selbst aufpassen! Sie hat diese ... diese Zaubertricks auf Lager, und sie ist darin so viel besser als du.« Jezebel war keine Bibliomantin, sie las überhaupt nie irgendetwas, und selbst Philanders schwaches bibliomantisches Talent war ihr unheimlich.

»Hier geht es gar nicht um Tempest«, sagte er, »sondern wieder mal nur um Malahides Geld.«

Jezebels Brauen schnellten vor Wut steil nach oben. »Zum Kuckuck, mach es doch nicht schwieriger, als es ist!«

Tatsächlich war Philanders Auftrag so simpel wie immer gewesen: Er hatte das Buch zu Mister Malahide in dessen Quartier in der Fetter Lane bringen sollen. Weil er alle Schleichwege durch Soho kannte, war das Risiko überschaubar, Rudelkopfs Handlangern zu begegnen und sich von ihnen ausrauben zu lassen. Auch deshalb verließ Malahide sich auf ihn.

Nur war heute alles anders gekommen. Wie immer hatte er von Malahide die strenge Order erhalten, nicht vor der Dämmerung bei ihm aufzukreuzen. Da Philander das Buch dieses eine Mal aber schon am Morgen bei Ptolemy abgeholt hatte, musste er es den Tag über irgendwo aufbewahren. Damit verstieß er gegen Malahides oberste Regel. Was der allerdings nie erfahren hätte, wäre Ptolemy nicht ermordet worden.

»Die anderen Buchhändler haben mich vor dem Laden gesehen. Die kennen mich und können mich nicht ausstehen, weil ich manchmal meine Hefte in ihrer Straße verkaufe. Ganz sicher haben sie der Polizei von mir erzählt. Und wenn das so ist, dann werde ich gerade gesucht. Dann ist das hier« – er klopfte auf das eingepackte Buch – »so was wie meine Lebensversicherung. Das ist der Beweis, dass ich nur als Bote dort war und nicht, um den alten Kerl abzufackeln oder sonst was anzustellen. Ich kann das Buch nicht zu Malahide bringen, bevor nicht geklärt ist, wer Ptolemy wirklich kaltgemacht hat.«

Jezebel schüttelte traurig den Kopf, so als verstünde er einfach nicht, was hier auf dem Spiel stand. Das Geld. Der Traum. Das *Land.*

Philander wandte sich von ihr ab und ließ seinen Blick über die Regalbretter wandern, die er an einer Wand des Raumes angebracht hatte. Seine Schwester und er teilten sich dieses Zimmer, seit ihre Eltern sie vor Jahren verlassen hatten, und Jezebel war so stolz auf ihn gewesen, als er mit den Schnitzereien begonnen hatte. Nun standen sie alle dort aufgereiht auf den Brettern, Abbilder von Männern und Frauen, die er auf der Straße beobachtet hatte, das ganze Panoptikum menschlicher Abgründe, das sich in den Gassen von St Giles und Soho versammelte. Jezebel glaubte, er wollte nur etwas Schönes erschaffen, und teilweise stimmte das wohl auch, doch die ganze Wahrheit war, dass er sich so die Dämonen ihres erbärmlichen Alltags austrieb. Wer einmal dort oben stand, nicht größer als sein Zeigefinger, der konnte ihm draußen auf der Straße nichts mehr anhaben. Das war der Grund, warum er niemals Tempest oder Jezebel schnitzen würde. Sie waren die Einzigen, die ihm etwas bedeuteten.

»Ich kann es ihm ja immer noch bringen«, sagte er. »Dann bekommt er es halt ein, zwei Tage später. Der Mann muss doch genug Bücher haben. Eines mehr oder weniger wird ihn nicht umbringen.« Ihn nicht, dachte er, aber vielleicht rettet es mich vor dem Galgen. »Aber das geht erst, wenn sie nicht mehr nach mir suchen.«

»Kein Mensch hält dich für einen Mörder.«

»Du nicht. Weil du meine Schwester bist. Aber das hilft mir herzlich wenig, wenn sie hier vor der Tür stehen und mich einkassieren.«

»Wenn Malahide dir keine Aufträge mehr gibt, dann war's das für uns.«

»Ich verkaufe immer noch Zeitungen und Penny Dreadfuls. Und du hast deine Arbeit im Waschhaus.«

»Das bringt uns gerade genug ein, um nicht zu verhungern.«

»Malahide wird es verstehen«, behauptete er. »Er ist hässlich, aber er ist kein schlechter Mensch.« In Wahrheit war Malahide der unheimlichste Mann, den er kannte. Sein Abbild stand dort oben auf dem Regal, in dreifacher Ausführung, weil eine einzige Schnitzerei nicht ausgereicht hatte, um Philanders Furcht vor ihm zu bannen. Seit ihrer ersten und einzigen Begegnung vor acht Monaten schob er die Bücher nur noch durch eine Klappe in der Wohnungstür und wartete, bis Malahide ihm seine Münzen auf demselben Weg hinaus ins Treppenhaus warf. Dann nahm er das Geld und lief hastig die Stufen hinunter, schaute sich niemals um, aus Angst, Malahide könnte oben am Geländer stehen und schweigend auf ihn herabblicken.

Philander fürchtete sich vor Malahide, da gab es nichts schönzureden, und dass er ihm das Buch vorerst nicht bringen würde, erfüllte ihn mit einem Grauen, das er nicht in Worte fassen konnte. Und doch nahm er lieber das in Kauf als den sicheren Tod am Galgen.

Jezebel ergriff über den Tisch hinweg seine Hände. Ihre Finger waren trocken und warm. Ganz gleich, wie heftig sie sich stritten, an ihrer Zuneigung füreinander gab es nie einen Zweifel. Jezebels Blick wurde mit einem Mal viel weicher und verständnisvoller.

»Na gut«, sagte sie mit einem resignierten Ausatmen, »das hier ist deine Entscheidung. Lieber hocke ich weiter in diesem Loch, als dich zu verlieren. Ich würde alles tun, damit es dir gutgeht. Das weißt du, oder?«

»Ja, ich weiß.« Ein Lächeln stahl sich auf seine Lippen, auch wenn er ihr lieber noch ein wenig länger böse gewesen wäre. »Ich will genauso sehr aufs Land wie du. Und eines Tages gehen wir von hier fort, das versprech ich dir. Es wird schneller so weit sein, als du denkst.«

Sie beugte sich über den schmalen Tisch hinweg und gab ihm einen Kuss auf die Stirn. »Ich koch uns eine Suppe. Kein Grund zu verhungern, nur wegen dem verfluchten Ding da.« Sie nickte hinüber zu dem Buch auf dem Tisch. »Hol du Holz rauf, und ich seh zu, was ich an Essbarem zusammenkratzen kann.« Sie waren bitterarm, aber hungern mussten sie nur selten. Wenigstens das.

Er sprang auf und umarmte sie, dann zog er sich seinen alten Gehrock mit den riesigen Taschen über und setzte den zerbeulten Zylinder auf, ohne den er niemals die Wohnung verließ. Tempest hänselte ihn oft deswegen, aber das war die eine Sache, bei der er nie nachgeben würde. Ein Mann musste nicht reich sein, um Stil zu zeigen, doch ohne Kopfbedeckung ging ein Gentleman nicht auf die Straße. Nicht mal zum Holzstapel im Hof.

Mit einem Blecheimer trat er hinaus ins Freie. Der Gang vor ihrem Quartier war zum Innenhof hin offen, ein wackeliges Geländer führte daran entlang. Das weitläufige Gebäude war früher ein Kutschhaus gewesen, drei Etagen rund um einen weiten Platz, auf dem die Pferde geschirrt worden waren. Heute standen dort unten Zelte und Hütten, weil die Quartiere im Haupthaus längst überfüllt waren.

Philander und Jezebel lebten im ersten Stock, Tempest mit ihrer Säufermutter im zweiten. Er hatte ihr noch nicht erzählen können, was passiert war, weil sie seit dem frühen Morgen rund um die Oxford Street Zeitungen verkaufte. Tempest war fleißig bis zur Erschöpfung, wie viele hier, die sich noch nicht aufgegeben hatten. Auch Philander hatte die halbe Nacht durchgearbeitet, sich in die exklusiveren Hinterzimmer der Pubs durchgeschlagen, wo mit Zeitungen und Heften ein besseres Geschäft zu machen war als draußen auf der Straße. Er hatte ein paar neue Prellungen und Schrammen, aber das gehörte dazu.

Unten im Hof nahm er einen Weg zwischen den provisorischen Unterkünften hindurch zu dem mannshohen Haufen aus Brennholz, der in einem der ehemaligen Ställe aufgeschichtet worden war. Holz war das Einzige, wovon sie hier genug hatten, ein Wohltätigkeitsverein aus Chelsea sorgte regelmäßig für Nachschub. Reiche Leute beruhigten so ihr Gewissen.

Als er ein paar Minuten später in ihr Quartier zurückkehrte, war Jezebel nicht da. Ihr Mantel und ihre Haube hingen nicht mehr am Haken.

Auf dem Tisch lag ein Zettel mit zwei Zeilen in gehetzter Handschrift: *Sei nicht böse. Ich geh zu Malahide und hole unser Geld. Hab dich lieb, Mistkerl. Jez.*

Das Buch war verschwunden.

Hinter ihm schlug die Tür zu. Außen wurde der Schlüssel herumgedreht und etwas unter die Klinke geschoben – der Stuhl der alten Miss Jenkins, der Tag und Nacht nebenan auf dem Gang stand.

»Jez!«, brüllte er und hämmerte gegen das Holz. »Jezebel, tu das nicht! Bitte!«

Aber ihre Schritte entfernten sich, die Bohlen knarrten unter ihren Füßen, und Philander überkam die entsetzliche Angst, dass dies das Letzte sein könnte, das er je von ihr hören würde.

16

Es dämmerte, als Mercy das ehemalige Kutschhaus erreichte. Der schäbige Bau lag an einer Kreuzung, an der die Leute bis vor kurzem noch Selbstmördern einen Pflock ins Herz getrieben und sie nach alter Sitte unter der Straße verscharrt hatten. Es gab viele Selbstmorde in St Giles. Und eine Menge mannsgroße Dellen im Pflaster.

Über dem Tor zum Innenhof hing noch immer das Schild der Gesellschaft, die das Anwesen betrieben hatte. Jemand hatte es als Zielscheibe für Messerwürfe benutzt, der Name darauf war vor lauter Kerben kaum mehr zu lesen.

Mercy ignorierte Zurufe und Gesten, als sie den Hof überquerte. Sie hatte Limehouse überlebt, hier jagte ihr niemand mehr Angst ein. Im Treppenhaus roch es nach gekochtem Kohl, und die Luft wurde auch dann nicht besser, als sie im ersten Stock auf den umlaufenden Gang trat. Links von ihr lag hinter dem Geländer das Hof-Karree mit seinen Notunterkünften, rechts reihten sich die Türen der Quartiere aneinander. Schon von weitem sah sie, dass unter der Klinke von Philanders Wohnung ein schwerer Holzstuhl klemmte. Ohne ihn wegzunehmen, klopfte sie an.

»Tempest?«, erklang es gedämpft im Inneren. Etwas polterte, dann näherten sich Schritte.

»Nein«, sagte sie, »ich bin's. Mercy.«

Zähes Schweigen.

»Philander?«

»Kannst du die Tür aufmachen?« Seine Stimme klang erschöpft.

Sie stellte den Stuhl zur Seite. Von innen wurde an der Klinke gerüttelt, aber die Tür war verschlossen.

»Bist du allein da drinnen?«

»Meine Schwester hat mich eingesperrt. Ich muss sie suchen.« Wieder rüttelte er an der Klinke.

»Warte.« Sie zog die Dietriche aus ihrer Tasche und wählte einen passenden aus. Das Türschloss war primitiv, aber irgendetwas schien im Inneren zu klemmen. Mercy hielt verblüfft inne. »Hat sie den Schlüssel abgebrochen, bevor sie weg ist?«

»Nein«, antwortete er, »ich hab versucht, die Tür mit Bibliomantik aufzubekommen, aber ich hab wohl alles nur noch schlimmer gemacht. Irgendwas verbogen oder so.«

Lächelnd schüttelte sie den Kopf. Penny-Dreadful-Bibliomantik wohnte etwas Wildes inne, das sich schwer kontrollieren ließ. Sie war so roh wie die Geschichten in den Heften. Filigrane Eingriffe wie der, den Philander versucht hatte, ließen sich damit nur schwerlich bewerkstelligen.

Sie versuchte es noch einmal mit dem Dietrich, musste dann aber aufgeben. »Der ganze Mechanismus ist hinüber. So wird das nichts.«

»Ich hab versucht, die Tür einzurennen, aber das hat keinen Zweck. Sie geht nach innen auf.«

Mercy blickte sich auf dem Gang um. Da war niemand, den sie hätte bitten können, die Tür mit Gewalt zu öffnen. Also blieb das wohl an ihr hängen.

»Bist du sicher, dass du nicht warten willst, bis Jezebel zurückkommt?«, fragte sie. »So ein Türrahmen ist teuer.«

»Scheiß auf den Rahmen. Hol mich raus! Ich muss sie suchen!«

Von früheren Besuchen wusste Mercy, dass das Zimmer der beiden Geschwister keine Fenster hatte. Philander war gefangen wie in einer Zelle.

Sie setzte ihren Hut ab, atmete tief durch und holte Schwung. Dann warf sie sich mit der linken Schulter gegen die Tür – und stieß einen wüsten Fluch aus, als das Holz keinen Fingerbreit nachgab, dafür aber ihr ganzer Oberkörper schmerzte.

»Noch mal!«, rief Philander.

»Ist ja nicht deine Schulter!«

»Hast du noch nie eine Tür aufgebrochen?«

»Nicht so.«

»Versuch's mit einem Druckstoß!«

Ganz sicher nicht, dachte sie. Sie trat zurück ans Geländer und stürmte von neuem los.

Diesmal riss sie der Schmerz fast von den Füßen. Das war eines dieser verdammten Dinge, die man in Büchern las – der wackere Held brach Türen im Handumdrehen auf –, aber niemand beschrieb die Prellungen, die man sich dabei zuzog.

Jetzt klaffte neben dem Schloss ein langer Riss im Rahmen.

»Du schaffst es!« Philander zog wieder von innen an der Klinke, die Tür erbebte, hielt aber stand.

»Warum hat sie dich überhaupt eingeschlossen?«

»Damit ich sie nicht davon abhalten kann, eine Riesendummheit zu begehen.«

»Ich wette, ursprünglich war das mal deine Riesendummheit.« Sie kannte ihn, daran änderte auch die Zeit nichts, die seit damals vergangen war. Philander war ein guter Kerl, aber er besaß das Talent, sich und andere in Schwierigkeiten zu bringen.

»Mercy?«

»Ich geh nicht weg.«

»Kannst du dich beeilen? Bitte?« Hier ging es nicht um irgendeinen lapidaren Streit mit seiner großen Schwester, das konnte sie jetzt hören. »Ich muss Jez finden. Ist es schon dunkel?«

»Wird gerade dämmerig.«

Er fluchte und rüttelte wieder an der Klinke.

»Geh zur Seite!« Sie nahm zum dritten Mal Anlauf und krachte mit aller Kraft gegen die Tür. Ein Stück des Rahmens zerbarst zu messerscharfen Splittern. Mercy flog mit dem Türblatt nach innen. Stolpernd lief sie ein paar Schritte weiter und wurde von Philander aufgefangen.

»Danke«, sagte er leise. Er hatte sie an den Schultern gepackt, was ihr Befinden nicht besserte. Ihre linke Seite fühlte sich an, als hätte jemand mit einem Knüppel auf sie eingeprügelt. Philander bemerkte es und zog die Hände zurück. »Tut mir leid. Wirklich. Aber ich muss los!«

Die Schatten um seine Augen waren dunkler als früher, sein blondes Haar viel länger. Aus dem Jungen war fast ein Mann geworden, auch sein Kreuz wirkte breiter, sogar in dem ausgebeulten Gehrock. Auf seinem Kopf saß ein Zylinder, der aussah, als behielte er ihn auch im Bett auf.

Philander hatte ihr gefehlt, das wurde ihr klar, als er sich an ihr vorbeidrängte und hinaus auf den Gang eilte. Zugleich machte er sie wütend, weil er sie einfach stehenließ.

»Nun warte wenigstens«, rief sie.

»Ich muss sie finden, bevor sie … ach, lange Geschichte.«

»Erzähl sie mir unterwegs.«

Sie eilten die Stufen hinunter, nicht zum Innenhof, sondern zu einem der Seitenausgänge des einstigen Kutschhauses. Das Gemäuer war so verwinkelt wie die Gassen des umliegenden Viertels.

»Was willst du hier?«, fragte er, als sie in eine schmale Straße einbogen, in der es nach Urin und Schlimmerem stank. Der Nebel war noch dichter geworden, die Sicht reichte keine zwanzig Schritt.

»Offenbar bin ich gerade rechtzeitig gekommen, um dir aus der Klemme zu helfen.«

»Ich hab Danke gesagt.«

»Ja, und so charmant.«

»Warum bist du hier?« Er verfiel jetzt in einen Laufschritt. Sie konnte mithalten, trotz der schmerzenden Schulter, aber es ärgerte sie, dass er kein bisschen Rücksicht darauf nahm.

»Kannst du dir das nicht denken?«

Er ächzte. »Ptolemy.«

»Was glaubst du? Dass ich mir zum Spaß den Schädel an fremder Leute Türen einschlage?«

»Du hättest das bibliomantisch lösen können. Das hätte dich nicht mehr als einen Wink gekostet.«

»Ich benutze keine Bibliomantik mehr.«

Er hielt kurz inne, ehe ihn die Angst um Jezebel weitertrieb. »Im Ernst?«

»Ja.«

»Seit damals? Wegen Grover?«

»Können wir lieber über Ptolemy reden?«

»Wie kann man ein solches Talent einfach wegwerfen?«

»Ich hab es nicht weggeworfen. Ich lasse einfach die Finger davon.«

Sie bogen um eine Ecke in die Drury Lane. Sie war breiter, aber auch dichter bevölkert. Wie alle Straßen war sie voller Schlamm, zerfurcht von den Rädern der Fuhrwerke. Die beiden mussten nah an den Häusern bleiben, um nicht überfahren zu werden.

»Was hattest du bei Ptolemy zu suchen?«, fragte sie.

»Ich war's nicht, der ihn verbrannt hat. Falls du das meinst.«

»Das weiß ich, Herrgott nochmal! Erzähl mir einfach, was du von ihm wolltest.«

»Ich hab ein Buch abgeholt. Für einen Kunden von ihm.«

»Was für ein Buch?«

»Was weiß ich. War eingepackt. Das sind sie immer. Ich hab manchmal Botengänge für ihn erledigt.«

»Für Ptolemy?«

Er schüttelte den Kopf. »Für den Kunden. Mister Malahide.«

Der Name sagte ihr nichts. »Hast du das Buch noch?«

»Jez hat es mitgenommen. Sie will es zu ihm bringen, weil ich ... Ich wollte es erst mal behalten, als Beweis dafür, warum ich bei Ptolemy war. Falls irgendwer auftaucht, der das wissen will.« Er warf ihr einen Seitenblick zu. »Mit dir hab ich nicht gerechnet. Ptolemy und du, ihr wart nicht gerade dicke Freunde, oder?«

»Und dieser Malahide hat sich öfter Bücher bringen lassen?«

»Ja. Seltene Sachen, glaube ich. Hat eine Menge Geld dafür ausgegeben.«

»Du musst ihn ziemlich gut kennen, wenn er sie dir anvertraut hat.«

»Jemanden wie ihn bestiehlt man nicht.«

»Gehen wir gerade zu ihm? Zu Malahide?«

Philander nickte.

»Warum hast du solche Angst um Jez?«

»Malahide ist ... er ist sonderbar. Ich musste ihm die Sachen immer erst nach Sonnenuntergang bringen. Tagsüber schläft er, sagt er, und arbeitet nachts.«

»Wie ein Vampir?«

»Er ist Schriftsteller. Schreibt für die Hefte, daher kannte ich ihn ja überhaupt. Eigentlich habe ich Botengänge für diese Verlegerin erledigt, Miss Oakenhurst. Ich hab für sie seine Manuskripte abgeholt und ihm dann sein Geld gebracht. An einem Abend hat er mich zu sich reingezogen und mir angeboten, für ihn zu arbeiten. Besser bezahlen wollte er mich auch, fast das Doppelte. Das war das einzige Mal, dass ich ihn gesehen habe. Aber ich hab mir später seine Geschichten angeschaut, ziemlich krankes Zeug. Noch blutiger als das meiste andere.«

»Deshalb wird er Jez nicht gleich in Stücke hacken.«

Er feuerte einen wütenden Blick auf sie ab. »Das ist nicht lustig.«

»Nein. Entschuldige. Sag mir einfach, warum du glaubst, dass sie in Gefahr ist.«

»Ich ... ich spüre das. Du hast ihn nicht erlebt. Er ist unheimlich, irgendwie ... monströs. Ja, das trifft es ganz gut.«

»Monströs.«

»Sein Gesicht. Und wie er sich bewegt.«

»Ein Krüppel?«

»Anders. Wie ein Tier.«

»Ist er Bibliomant?«

»Glaube nicht. Ich hab jedenfalls keine Aura gespürt. Ich werfe die Pakete immer durch eine Klappe in der Tür, und er schmeißt das Geld raus. Er will das so, und mir soll's nur recht sein.«

Natürlich war das merkwürdig, vielleicht auch verdächtig, aber es bedeutete nicht, dass dieser Malahide etwas mit Ptolemys Tod zu tun hatte. Ein exzentrischer Kunde, gewiss. Doch das Feuer, das den Buchhändler verbrannt hatte, musste einen bibliomantischen Ursprung gehabt haben.

»Was für Bücher hatte dieser Malahide in seiner Wohnung? Konntest du das sehen?«

»Kein einziges. Die Zimmer waren leer bis auf ein Schreibpult, einen Stuhl und einen Schrank. Sonst war da nichts. Nicht mal ein Bett. Deshalb glaube ich auch nicht, dass er wirklich dort wohnt. Er arbeitet da nur. Kommt abends und verschwindet morgens wieder, bevor es hell wird.«

»Oder er schläft tagsüber im Schrank.«

Eine Weile sprachen sie kein Wort mehr, bis Philander auf ein Straßenschild zeigte. *Fetter Lane.* Jemand hatte Schlamm dagegengeworfen, der nun wie eine Pestbeule an den Buchstaben hing.

Die Fetter Lane genoss bescheidenen Ruhm, weil hier im Jahr 1666 der Große Brand von London bezwungen worden war, nachdem er Tausende von Häusern verwüstet hatte. Damals hatte man ganze Straßenzüge gesprengt, damit die Flammen keine neue Nahrung fanden.

»Das Haus da vorne ist es«, sagte Philander. Er deutete auf ein unscheinbares Eckhaus. Graue Fassade, graue Fenster, verschwommen hinter Nebelschleiern, die von Gaslaternen trüb erleuchtet wurden.

Jezebel war nirgends zu sehen.

»Bei ihm brennt kein Licht«, sagte Philander heiser, während sie sich durch gelbe Schwaden dem Haus näherten. »Alles stockfinster.«

Der Nebel dämpfte ihre Schritte auf dem schmutzigen Pflaster. Es gab keine Sterne, keinen Mond. Ganz in der Nähe schlug eine Turmuhr. Um diese Zeit kriechen Ungeheuer aus ihren Verstecken, dachte Mercy, und Bibliomanten in ihre Lesesessel.

Und Mister Malahide verwandelte Tinte in Blut.

17

Ein Betrunkener, der neben dem Eingang saß, behauptete lallend, er habe keine junge Frau vor dem Haus gesehen. Ja, er sei schon seit Stunden hier. Nein, absolut sicher sei er nicht. Nur *einigermaßen* sicher. »Ihr habt nicht zufällig 'n paar Schilling übrig?«

Sie traten an ihm vorbei ins Gebäude, die Tür war nicht verschlossen. In dem schmalen Treppenhaus führten an der linken Wand Holzstufen nach oben. Es roch nach feuchter Wäsche und altem Pfeifenrauch. Vor einer Wohnungstür im Erdgeschoss, gleich neben der Treppe, stand ein verbrannter Schuh.

Mercy warf einen fragenden Blick darauf, aber Philander berührte sie am Arm und zeigte nach oben. »Zweiter Stock«, flüsterte er.

Die Stufen knarrten unter ihren Füßen und kündigten den Bewohnern an, dass jemand heraufkam. Im ersten Stock beobachtete sie ein Auge durch einen Türspalt, verschwand aber gleich, als Mercy in seine Richtung blickte.

Im obersten Geschoss gab es zwei Türen. Eine stand offen, dahinter führten weitere Stufen hinauf zum Dachboden.

Philander zeigte auf die andere Tür am Ende des kurzen Korridors. Eine Handbreit über dem Boden entdeckte Mercy die Bücherklappe, von der er gesprochen hatte. Philander hielt sein Schnitzmesser in der Hand, eine kurze Klinge mit einem Griff aus Horn. Er trug es also noch immer bei sich. Soweit sie wusste, hatte es seinem Vater gehört, das Einzige, was der Dreckskerl zurückgelassen hatte, bevor er sich bei Nacht und Nebel davongemacht hatte.

Während sie sich langsam den Gang hinunterbewegten, zog Philander ein gerolltes Penny Dreadful aus einer Tasche seines Gehrocks. Bibliomanten wie er besaßen kein Seelenbuch, aber meist gab es bestimmte Hefte, die ihnen viel bedeuteten. Philanders war abgegriffen und voller Eselsohren.

»Was ist mit deinem Buch?«, raunte er Mercy zu.

Sie schüttelte den Kopf.

»Du hast es nicht mal dabei?« Mit verächtlichem Ausdruck wollte er vorangehen und sie mit seinem albernen Messer beschützen, aber sie hielt ihn zurück und schob sich neben ihn. Schulter an Schulter gingen sie auf die Tür zu. Aus dem Inneren ertönte kein Laut, nur von unten im Haus drangen Stimmen herauf, so gedämpft, dass es wie verstohlenes Tuscheln klang.

Unmittelbar vor der Tür blieben sie noch einmal stehen, um zu horchen. Philander hob die Hand und wollte klopfen, aber Mercy hielt ihn im letzten Moment zurück. Wortlos ging sie in die Hocke, um einen Blick durch die Klappe zu werfen, stellte jedoch fest, dass die zu weit unten angebracht war und sie sich dafür auf den Bauch legen musste.

Mit stockendem Atem ließ sie sich weiter hinab, bis ihre Augen auf einer Höhe mit der Klappe waren. Ganz langsam schob sie die Abdeckung mit den Fingerspitzen nach innen. Die Scharniere quietschten erbärmlich.

Vorsichtig blickte sie durch die Öffnung. Im Zimmer brannte kein Licht, nur durch die Fenster fiel der schwache Schein einer Straßenlaterne. Er reichte gerade aus, um zu erkennen, dass der Holzboden hinter der Tür leer war. Kein eingeworfenes Buch.

Sie ließ die Klappe wieder nach unten sinken und stand auf. Philander sah sie fragend an. »Wahrscheinlich war Jezebel noch gar nicht hier«, wisperte sie kopfschüttelnd. »Wann taucht Malahide für gewöhnlich auf?«

»Könnte jeden Moment so weit sein.«

Mercy drückte behutsam die Klinke nach unten. Abgeschlossen.

Philander schlug das Heft auf und schien die Tür mit Bibliomantik öffnen zu wollen.

»Warte.« Mercy zog ihre Dietriche hervor und ging vor der Tür in die Hocke. Sie brauchte keine halbe Minute, dann klackte es im Schloss. »Na, also.«

Die Tür schwang nach innen. Draußen vor dem Fenster wogten Nebelschwaden. In den Winkeln des Zimmers hing undurchdringliche Schwärze, und erst nach einem Moment erkannte Mercy, dass sich links ein Durchgang zu einem zweiten Raum befand.

Philander ließ die Tür hinter ihnen einen Fingerbreit geöffnet, damit sie hören konnten, wenn jemand die Treppe heraufkam.

Das vordere Zimmer war leer, aber im zweiten standen ein hoher Kleiderschrank und ein Schreibpult mit Schemel. Mercy trat an das Pult und befühlte den Docht der einzigen Kerze, die neben einem Stapel leerer Blätter und einem Tintenfass stand. Er war kalt.

Philander näherte sich dem Schrank, einem schweren,

schmucklosen Möbelstück mit Doppeltür. Als Mercy gesagt hatte, Malahide schlafe vielleicht tagsüber darin, hatte sie das nicht ernst gemeint. Doch als Philander nun die Hand nach einem der Knäufe ausstreckte, sah sie ihm an, dass ihn genau dieser Gedanke beschäftigte.

»Ich mach das schon.« Schnell trat sie neben ihn. »Du hast ja das Messer.«

Er nickte und ging in eine Verteidigungsstellung, die er sich von Rudelkopfs Schlägern abgeschaut haben musste.

Mit einem Ruck riss Mercy beide Schranktüren auf. An der langen Stange hing eine einzige Anzuggarnitur mit weißem Hemd. Auf dem Boden stand ein Paar Schuhe.

Erleichtert schloss sie die Türen wieder. »Ich glaube, dass weder Jezebel noch dieser Malahide heute Abend hier gewesen sind. Vielleicht erledigt sie noch irgendwas, bevor sie herkommt. Dann brauchst du nur zu warten und sie unten abzufangen. Oder sie hat es sich anders überlegt.«

Im Halbdunkel blitzten Philanders Augen auf. »Wenn Jez sich einmal was in den Kopf gesetzt hat, überlegt sie es sich nicht mehr anders.«

Im Treppenhaus ertönten schwere Schritte. Stufen knarrten.

Mercy huschte durchs Vorzimmer zur Tür. Philander blieb unmittelbar hinter ihr und schlug noch im Laufen das Heft auf.

Jemand kam die untere Treppe zum ersten Stock herauf. Blieb kurz stehen, bewegte sich dann den Gang entlang. Mercy hörte auf zu atmen.

Wieder verharrten die Schritte. Vielleicht war Malahide doch ein Bibliomant und spürte Mercys Aura.

Ein Schlüsselbund klirrte, dann wurde eine Wohnung im

ersten Stock aufgeschlossen. Einen Augenblick später hörten sie, wie die Tür ins Schloss fiel.

Beide atmeten auf.

»Lass uns abhauen«, sagte sie leise. »Ich verstecke mich auf der anderen Straßenseite, um mir den Kerl anzusehen, sobald er auftaucht. Und du kannst zu Hause nachsehen, ob Jez wieder da ist.«

»Sie wäre nicht zurückgegangen, ohne vorher das Buch abzuliefern.«

Mercy zuckte mit den Schultern. »Dann bleib hier und beobachte mit mir das Haus.«

»Ich kann hier nicht einfach rumsitzen und nichts tun!«, fuhr er sie an. Sie war fast erleichtert, dass er das sagte. Am besten arbeitete sie noch immer allein.

Philander ließ nicht locker, wohl weil er hoffte, sie doch noch überzeugen zu können, ihre Bibliomantik einzusetzen. »Zusammen könnten wir die ganze Gegend nach ihr absuchen, jede Spelunke in Soho.«

Verlockende Aussichten, dachte sie. »Geht sie da hin? In Spelunken?«

»Manchmal. Sie sagt dann, sie muss auch mal mit anderen Menschen reden, nicht nur mit mir und den Frauen in der Wäscherei.«

»Verständlich.«

»Aber wenn sie morgens nach Hause kommt, bringt sie oft Geld mit. Mehr als sie mitgenommen hat.«

Philanders Schwester war eine erwachsene Frau, die wissen musste, worauf sie sich einließ. Mehr als Jezebels Umtriebe schmerzte Mercy das Elend, das in Philanders Tonfall mitschwang. Er wollte ihr Mitleid nicht, so gut kannte sie ihn, aber einen Moment lang hätte sie ihn dennoch am liebsten umarmt.

»Hätte sie das Buch mitgenommen, wenn sie heute so was vorgehabt hätte?«

»Bestimmt nicht.«

»Dann hat sie es vielleicht irgendwo deponiert.«

»Nein, Mercy!« Plötzlich war seine Stimme scharf, und seine Augen funkelten im Schatten. Das hier war der denkbar schlechteste Ort, um zu streiten, aber das schien ihn jetzt nicht zu kümmern. »Sie hätte es nicht *irgendwo deponiert*. Jez ist kein dummes Huhn. Sie ahnt, was das verflixte Ding wert ist.«

»Gut«, sagte sie, »dann warte zu Hause oder such sie und nimm Tempest mit. Wie auch immer.«

Er stieß ein leises Stöhnen aus. »Tempest! Ach, verdammt, ich ...« Er brach kopfschüttelnd ab. »Ich hab Tempest versprochen, sie heute Abend zur Waterloo Bridge zu begleiten. Da ist es gefährlich im Dunkeln.«

»Dann geh zu ihr«, sagte Mercy eindringlich, »und gib Jez ein paar Stunden Zeit.«

Er schien drauf und dran, sie einfach stehenzulassen, aber dann sah er sie noch einmal eindringlich an. »Du bist jetzt eine Detektivin, oder?«

»Zumindest werde ich für gewöhnlich bezahlt, wenn ich etwas suche.« Das war das Falscheste, was sie hatte sagen können, und sie wusste es, noch ehe sie die Worte zu Ende gesprochen hatte.

Philander starrte sie einen Augenblick lang wutentbrannt an, dann riss er die Tür auf und rannte den Gang hinab zur Treppe.

»Herrgott, Philander ...«, begann sie, aber er trampelte bereits die Stufen hinunter, nahm immer drei auf einmal, und als sie die Treppe erreichte, konnte sie ihn unten schon nicht mehr sehen, nur hören, wie er aus dem Haus auf die Straße stürmte.

Mit zusammengepressten Lippen stand sie da, wütend auf sich selbst, ihre Hände um das Geländer gekrallt.

18

Eine Stunde später war Philander sämtliche Wege, die Jezebel hätte nehmen können, zweimal abgelaufen. Nirgends fand er eine Spur von ihr. Er hatte in einigen Pubs nach ihr gesucht, aber längst nicht in allen, weil er wusste, wie gering die Chance war, sie in dem Gewimmel zu entdecken. Insgeheim hatte er vielleicht auch Angst davor, sie an einem Hinterausgang mit irgendeinem Kerl zu finden.

»Hey, Junge!«

Philander fuhr herum, gerade als er die Bow Street überqueren wollte. Fuhrwerke und Pferde ließen kaum eine Lücke, selbst um diese Uhrzeit. Fußgänger lebten gefährlich in London, und wurde man nicht angefahren, trafen einen die Schmutzfontänen, die unter Rädern und Hufen emporspritzten.

»Junge, hier!«

Er musste zweimal hinsehen, bis er den Mann entdeckte, der in einem der Hauseingänge saß und ihm zuwinkte. Er trug eine rote Jacke, darunter eine goldene Weste. Sein langes, schwarzes Haar war zu einem Pferdeschwanz gebunden, auf seinem Kopf saß ein abgewetzter Hut. Seine untere Gesichtspartie glänzte rosig von den vielen Verbrennungen, die er sich dort im Laufe der Jahre zugezogen hatte. Bartwuchs hatte er an den meisten Stellen längst keinen mehr.

Der Feuerschlucker Cristaldi war ebenso wenig Italiener wie Philander, beharrte aber darauf, ein waschechter Neapolitaner zu sein, »geboren von der schönsten aller Mütter, gezeugt vom stärksten aller Väter«. Philander hatte ihn bereits in allen möglichen Gemütslagen erlebt – ausgelassen, wenn eine Vorstellung ihm gutes Geld eingebracht hatte, todtraurig, wenn er volltrunken von einer Kindheit an der Amalfiküste erzählte, die es in Wahrheit nie gegeben hatte. Soweit Philander wusste, stammte der Fabelhafte Cristaldi aus der Gegend von Newcastle und hatte nie einen südlicheren Sternenhimmel gesehen als den von Deptford. Wenn er nachts an Straßenecken auftrat, benutzte er einen passablen italienischen Akzent, doch sobald sich die Menge zerstreute, löste sich auch sein charmanter Singsang in Wohlgefallen auf. Heute Abend klang er wie ein gewöhnlicher Londoner.

»Hab gehört, du suchst jemanden«, sagte er, als Philander vor ihm stehen blieb. Cristaldi musste zu ihm aufschauen, aber das schien dem Feuerschlucker nichts auszumachen. Neben ihm lag ein Beutel mit seinen Utensilien, ein brauner Flaschenhals ragte daraus hervor.

»Meine Schwester«, entgegnete Philander. »Jezebel.«

Cristaldi nickte. »Hübsches Ding, die Jezebel.«

»Was willst du?«

»Hab vielleicht einen Tipp für dich, ’n kleiner Dienst unter Freunden.«

Philander und Cristaldi waren keine echten Freunde, sie kannten sich nur vom Sehen und hatten dann und wann ein paar Worte gewechselt. Der Feuerschlucker mochte gut und gern doppelt so alt sein wie Philander, und wenn seine Show begann, taten alle Zeitungsverkäufer gut daran, mit ihren Bauchläden voller Papier das Weite zu suchen.

»Hast du Jez gesehen?«

»Das hab ich wohl. Glaub jedenfalls, dass sie's gewesen ist. Langes blondes Haar, bisschen zerzaust. Niedliches Gesicht, vor allem wenn sie lächelt. Manchmal hat sie mir zugesehen und mich angelächelt, hat sie wirklich. Aber nicht heute Abend. Da ist sie in 'ne Kutsche gestiegen.«

»Wo war das?«

»Gleich hier um die Ecke.« Cristaldi deutete nach rechts in den Nebel. Sein Atem roch nach Alkohol, was am Schnaps liegen mochte oder an der brennbaren Flüssigkeit, die er zum Feuerspucken benutzte. »Aber da wirst du sie jetzt nicht mehr finden. Irgendwer hat sie rangewunken, hab nur den Handschuh im Kutschfenster gesehen, und sie haben geredet. Dann ist sie mit weggefahren.«

Philander ballte die Hände zu Fäusten, bis die Fingernägel schmerzhaft in seine Handballen stachen. »Was für eine Kutsche war das?«

»'ne Mietdroschke. Davon gibt's Hunderte.«

»Hast du gehört, worüber sie geredet haben?«

»Nein, war zu weit weg. Kein Wort hab ich verstanden.«

Philander holte tief Luft. »In welche Richtung sind sie gefahren?«

»Da rüber. Ich fänd's auch nicht weiter ungewöhnlich, wenn's nicht deine Schwester gewesen wäre. Sie ist ein vernünftiges Mädchen, ich weiß das. Hab mal versucht, ihr den Hof zu machen, also mit allem Anstand und so, und sie hat mich auf die ganz feine Art abgewiesen. Nicht ausgelacht, wie die anderen Weiber, sondern freundlich. Hat Stil, die Jezebel. Hab sie gern, das musst du mir glauben.«

»Und du hast kein Gesicht im Fenster gesehen?«

»Keine Chance. Aber der Kerl muss nett zu ihr gewesen sein, hab sie lachen sehen. Wirklich sehr hübsch, wenn sie lacht.«

Philander wurde übel, auch weil ihm klar war, dass er Jezebel niemals finden würde, wenn sie das Viertel in einer Kutsche verlassen hatte. Nur ergab das überhaupt keinen Sinn. Sie hatte doch bloß zu Malahide gewollt.

»Wie spät war es da?«

»War nicht mal dunkel.«

Das war noch merkwürdiger. »Hatte sie irgendwas dabei? Ein Paket? Klein, flach, viereckig?«

»Wie 'n Buch, meinst du? Ja, das guckte aus ihrer Manteltasche. In braunes Papier eingepackt. Ist mir nur aufgefallen, weil sie die ganze Zeit eine Hand drauf liegen hatte, so als hätte sie Angst, dass es sich einer der Taschendiebe unter den Nagel reißt. Treiben sich ja genug hier rum.«

»Fällt dir noch was ein? Irgendwas?«

Cristaldi dachte nach und schüttelte den Kopf. »Sonst war da nichts.«

Philander ging in die Hocke, bis sie auf einer Augenhöhe waren. »Danke. Du hast was gut bei mir.«

Der Feuerschlucker winkte ab. »Wir auf der Straße müssen zusammenhalten. War mir 'ne Ehre.« Er tippte sich an die Hutkrempe. »Und wenn du sie findest, grüß sie von mir. Hab nicht vergessen, dass sie so freundlich zu mir war. Nicht wie die anderen. Gar nicht wie die anderen.«

Philander verabschiedete sich und lief zu der Ecke, an der Cristaldi Jezebel gesehen haben wollte. So als könnte es hier noch irgendein Lebenszeichen von ihr geben, ein Echo ihrer Anwesenheit.

Es gab keines.

Er rannte weiter, jetzt nach Osten in Richtung der Waterloo Bridge. Er kannte jede dieser Straßen und Gassen, auch alle Abkürzungen und Schleichwege durch die Hinterhöfe. In einer Toreinfahrt lungerten ein paar Männer aus Rudelkopfs Bande herum. Normalerweise wäre er ihnen ausgewichen, aber gerade war keine Zeit für Umwege. Also lief er schnurstracks an ihnen vorüber und holte erst wieder Luft, als er sie fünfzig Schritt hinter sich gelassen hatte.

Er fand Tempest oben auf der Brücke, unter einer der zischenden Gaslaternen. Im Hintergrund lag das nächtliche Panormama der Stadt, eine vernebelte Lichterzeile am Südufer der Themse. Der Strom der Kutschen und Pferde brachte die Brücke zum Vibrieren, was nur den Fußgängern auffiel, die sich zu beiden Seiten an den Geländern vorbeidrücken mussten.

Über das Pflaster pfiff ein eisiger Wind. Tempest trug eine viel zu große Jacke, deren Ärmel sie mehrfach umschlagen musste. Den dicken Wollkragen hatte sie aufgestellt und bis unters Kinn geknöpft. Ihr schwarzes Haar war noch immer sehr kurz, weil es besser war, wenn man sie draußen auf den ersten Blick für einen Jungen hielt. Das verringerte die Gefahr, Straßendiebe anzulocken, die sich vor allem bei Dunkelheit gern die Einnahmen der Zeitungsverkäufer unter den Nagel rissen. Tempests ungeschützte Ohren waren dunkelrot vor Kälte. Sie brauchte dringend eine Mütze, und Philander nahm sich vor, ihr eine zu besorgen. Er würde etwas von dem Ersparten abzweigen müssen, das Jezebel und er unter den Dielenbrettern versteckten, und ihr eine wirklich warme aus Fell kaufen.

Ihren Bauchladen hatte sie säuberlich zweigeteilt. In der einen Hälfte lag die Abendzeitung, in der anderen eine Auswahl von Penny Dreadfuls. Auf den kruden Titelbildern kämpften Helden gegen maskierte Verbrecher und Raubtiere.

Nachdem er sie mit einem Kuss begrüßt hatte, zog Tempest den Kopf wieder tiefer in den Kragen. »Hast nicht viel verpasst«, sagte sie. »Die Leute wollen Mord und Totschlag, nicht so was hier.« Sie klopfte auf die Schlagzeile der Zeitung. Der Premierminister Benjamin Disraeli hatte das Unterhaus aufgelöst und Neuwahlen angeordnet, weil er sich davon mehr Stimmen für seine konservative Partei erhoffte.

Philander erzählte ihr atemlos, was geschehen war, vom Mord am Cecil Court bis zu Jezebels Verschwinden in der Kutsche. Bei der Erwähnung von Mercys Namen verdüsterte sich ihre Miene, als hätte jemand der Lampe über ihnen das Gas abgedreht. Sie hatte nie einen Hehl daraus gemacht, dass sie Mercy die Schuld an Grovers Tod gab. Ihr und Ptolemy.

»Wie geht es ihr?«, fragte sie kühl.

»Hab sie nicht gefragt.«

»Ach, komm schon.«

Er steckte die Hände in die Jackentaschen, auch ihm war jetzt kalt. »Sie benutzt keine Bibliomantik mehr. Wegen Grover, glaube ich.«

Ganz kurz war ihr Gesicht noch stocksteif, dann hob sie eine Hand und strich ihm über die Wange. »Entschuldige. Wir müssen jetzt Jez suchen. Wen interessiert schon, was Mercy treibt.« Hinter ihr am Geländer lehnte die Abdeckung des

Bauchladens. Tempest legte sie auf den Kasten und sicherte sie mit wenigen Handgriffen. Dann nahm sie die Riemen von den Schultern und trug die flache Kiste am Handgriff wie einen Koffer. Grover hatte damals drei dieser Bauchläden gebaut, für jeden von ihnen einen.

»Ich weiß nicht mal, wo wir noch nach ihr suchen sollen«, sagte Philander, als Tempest kurzentschlossen seine Hand nahm und mit ihm zurück in Richtung Nordufer eilte. »Wir finden sie nie, wenn sie wirklich mit in diese Kutsche gestiegen ist.« Er griff nach ihrer Kiste. »Gib mir das Ding. Wir müssen es noch irgendwo unterstellen.«

Tempest schenkte ihm ein dankbares Lächeln. »Cristaldi meinte doch, sie hatte das Buch dabei. Malahides Geld wird sie sich nicht entgehen lassen.«

»Du willst zurück zu seiner Wohnung?«

»Ist der einzige Anhaltspunkt, den wir haben, oder? Früher oder später wird sie dort auftauchen.«

»Falls ihr nichts zugestoßen ist.«

Vor ihnen wich ein Fuhrwerk einem Schlagloch im Pflaster aus und geriet dabei auf den schmalen Streifen für Fußgänger. Sie mussten sich mit dem Rücken ans Geländer pressen, um dem Karren Platz zu machen. Tempest schrie dem Kutscher Beleidigungen hinterher, aber der winkte nur ab und schimpfte über »entbehrliches Gesindel«.

»Jez hat recht«, sagte Philander bitter. »Wir müssen schleunigst raus aus der Stadt.«

»Deshalb steigt sie mit Fremden in irgendwelche Kutschen«, sagte Tempest. »Aber ob es das wert ist?« Es war keine Frage, auf die sie eine Antwort erwartete.

Schweigend gingen sie weiter, bis sie das Ufer erreichten. Dort schlugen sie denselben Weg ein, auf dem Philander gekommen war. Nur um Rudelkopfs Spießgesellen machten sie diesmal einen großen Bogen. Die Nacht war kalt und feucht.

»Das muss aufhören«, sagte er. »Wenn das hier vorbei ist, rede ich mit Jez. Ich will kein Leben auf dem Land auf ihre Kosten.«

»Du verdienst doch auch Geld.«

»Längst nicht so viel wie das, was sie nach Hause bringt.« Er hatte die Wahrheit lange verdrängt, womöglich traf sie ihn gerade deshalb nun mit solcher Wucht. Jezebel hatte so viel geopfert, um ihnen irgendwann ein besseres Leben zu ermöglichen. Er hätte ihren Traum viel ernster nehmen müssen.

»Warte.« Er blieb stehen, stellte den verschlossenen Bauchladen ab und hielt Tempest zurück. »Ich muss dir noch was sagen.«

Als sie ihn mit ernstem Blick ansah, färbte das Licht einer Laterne ihre blauen Augen bernsteingelb.

»Mercy wird auch da sein«, sagte er. »Sie wollte warten, bis Malahide auftaucht.«

Tempest schwieg einen Moment. »Grover hat sie sehr gerngehabt.«

»Sie ihn auch, glaube ich.«

»Aber *er* hat es ihr gesagt. Kurz vor Limehouse hat er versucht, mit ihr darüber zu reden. Sie hat ihn einfach stehenlassen. Er hat's mir erzählt.«

Philander zog Tempest an sich und gab ihr einen Kuss. »Am Ende hätte das auch nichts geändert.«

Sie stieß scharf die Luft aus, und für einen Moment glaubte er, sie würde sich aus seiner Umarmung lösen. Doch dann legte sie die Wange an seine Brust. »Mein Bruder ist gestorben, weil er sie retten wollte. Und sie konnte ihm nicht mal sagen, dass sie ihn mag.«

»Vielleicht hat sie das versucht. Sie sagt, er ist in ihren Armen gestorben.«

»Sie hat ihn zurückgelassen!«

»Sie hatte doch keine Wahl. Die Frau mit dem Schleier hat sie rausgeholt.«

Die Frau mit dem Schleier. Sie hatten so oft über sie gesprochen, aber nie eine Antwort auf die Frage gefunden, wer sie gewesen war und warum sie ihnen das Leben gerettet hatte.

Tempest hob den Kopf und sah ihm in die Augen. »Ich hab dich sehr lieb. Das weißt du, oder? Und ich würde eher sterben, als dich irgendwo zurückzulassen, egal ob tot oder lebendig.«

»Dazu wird es nicht kommen.«

Sie stellte sich auf die Zehenspitzen und küsste ihn. Ihre Lippen waren warm, nur ihre Nasenspitze blieb eisig. Aus ihrem Mantelkragen stieg der wohlige Buchduft ihres Körpers auf, mit jedem Jahr ein wenig stärker. Immer wenn ihm das klarwurde, wollte er sie nur noch fester an sich ziehen und wusste zugleich, dass das ein Fehler gewesen wäre. Tempest ließ sich von nichts und niemandem einschüchtern, sah in jeder Schwierigkeit nur eine Herausforderung. Er hatte oft Angst um sie, aber sie hasste es, wenn man sich um sie sorgte.

Während sie sich küssten, gelang es ihm für einen Moment, nicht an Jezebel zu denken, nicht an seine Schuldgefühle. Sie standen im vernebelten Schein der Gaslaterne, in einem gelben Oval aus waberndem Licht, und was anderswo geschah, geschah eben anderswo, und ein paar Herzschläge lang war es nicht mehr Teil ihrer Welt.

19

Seit fast zwei Stunden beobachtete Mercy das Haus in der Fetter Lane. Sie wartete in der Mündung einer schmalen Gasse auf der gegenüberliegenden Straßenseite und achtete darauf, dass ihr die Ratten nicht zu nahe kamen, die in London oft so groß wie Katzen wurden. Der Nebel stand wie ein Wall zwischen ihr und dem Haus. Vage erkannte sie, dass der Betrunkene verschwunden war. Die Nachtluft roch nach Ammoniak und Schmieröl.

Dass plötzlich Kerzenschein hinter Malahides Fenster brannte, hätte sie in dem Dunst beinahe übersehen. Sie trat zwei Schritte vor, um ganz sicherzugehen. Durch die Haustür hatte Malahide das Gebäude nicht betreten, das hätte sie bemerkt.

Der Fuhrwerkverkehr auf der Fetter Lane war versiegt. Hin und wieder erklangen Stimmen im Nebel, einmal ein schrilles Lachen.

Mercy überquerte die Straße. Die Tür war nach wie vor angelehnt. Ungehindert betrat sie das Haus. Alles sah aus wie zuvor, und doch spürte sie eine Veränderung in der Atmosphäre. Der blasse Lichtstreifen, der von außen hereinfiel, beschien den verbrannten Schuh, den sie vorhin schon vor der Wohnungstür neben der Treppe bemerkt hatte. Der schmale Gang, der weiter ins Erdgeschoss führte, verlor sich in Schwärze. Sie fragte sich, ob Malahide von dort gekommen war. Ob er womöglich die ganze Zeit über im Haus gewesen war und längst wusste, dass sie sich Einlass zu seiner Wohnung verschafft hatten.

Sie wollte sich gerade an den Aufstieg machen, noch unsicher, was sie tun würde, wenn sie vor Malahides Quartier stand, als sie plötzlich etwas hörte. Das Scharren von Holz über Stein, eine Tür weiter hinten im Dunkel. Vielleicht ein Zugang zum Keller. Zugleich spürte sie die Ausläufer einer bibliomantischen Aura, die Gewissheit, dass da jemand näher kam, der die gleichen Fähigkeiten besaß wie sie.

Ihre Reaktion kam einen Augenblick zu spät. Sie öffnete den Mund, um den Fremden anzusprechen, hob noch beide Hände zur Abwehr, aber da raste er schon auf sie zu, eingehüllt von einer bibliomantischen Maskierung, einem künstlichen Schatten, der über seinen Zügen lag wie zuckendes schwarzes Gekritzel. Er riss sie herum und legte von hinten einen Arm um ihren Oberkörper. Zugleich presste er eine Hand auf ihren Mund, so fest, dass sie im ersten Moment auch durch die Nase keine Luft mehr bekam.

»Nicht –«, begann er, aber da riss sie beide Beine angewinkelt nach oben, stieß sich von der Wand ab und katapultierte sie beide rückwärts gegen die Tür neben der Treppe. Ihr Angreifer stolperte – womöglich über den verbrannten Schuh – und knallte gegen das Holz. Der Rahmen splitterte, als das Schloss herausbrach und sie beide hinterrücks in die fremde Wohnung stürzten.

Mercy fiel auf den Mann, strampelte und schlug nach ihm, aber selbst am Boden blieb sein Arm um sie geschlungen, und seine Hand drückte weiterhin auf ihren Mund. Seine Reaktionen waren blitzschnell, seine Aura schien zu pulsieren. Ehe er

Gefahr laufen konnte, die Kontrolle über Mercy zu verlieren, rollte er sich herum und lag im nächsten Augenblick auf ihr.

Er war ihr überlegen, körperlich und als Bibliomant, und noch dazu lag sie nun hilflos auf dem Bauch, sein Gewicht auf ihrem Rücken, sein rechter Arm unter ihr. Gleich würde er aufstehen, und dann würde ihm keine Wahl bleiben, als sie loszulassen.

So fest sie konnte, biss sie ihm in die Hand.

Er schrie auf und schlug ihr die Stirn gegen den Hinterkopf, was sie mit dem Gesicht hart auf den Boden knallen ließ. Für einige Sekunden war sie zu benommen, um zu realisieren, dass er seine Hand fortzog. Als sie schließlich begriff, dass sie um Hilfe schreien konnte – aber wollte sie das an diesem Ort? –, drückte er ihr ein Stück Stoff zwischen die Lippen und zog es hinter ihrem Kopf so straff, dass sie aufstöhnte. Der Laut wurde fast vollständig von dem Knebel geschluckt.

Noch einmal versuchte sie, sich unter ihm aufzubäumen, stieß sich so kräftig vom Boden ab, dass sie ihn beinahe abgeschüttelt hätte. Aber gleich darauf hockte er auf den Knien über ihr und riss sie herum. Sie bekam die linke Hand frei und packte blindlings zu, spürte seine Jacke zwischen den Fingern, dann einen festen Gegenstand. Ihre Finger ertasteten eine Art Griff. Sie hoffte, es wäre ein Messer, als er sie abschüttelte. Instinktiv hielt sie das Ding fest und zog es aus seiner Tasche; er schien den Verlust nicht zu bemerken. Im nächsten Moment schob sie es unter ihren Körper und war nun sicher, dass es sich nicht um ein Messer handelte – da war etwas Rundes am Ende des Griffs. Eine große Lupe, womöglich.

Ehe sie sich's versah, fesselte er ihr die Hände auf dem

Rücken, woher auch immer er den verdammten Strick nahm. Offenbar war er bestens ausgerüstet. Hatte er sie schon länger beobachtet?

Das schattenhafte Gewirbel lag noch immer vor seinen Zügen, hüllte seinen Kopf ein wie eine schwarze Nebelwolke. Er trug kein Seelenbuch in der Hand, das ihn unterstützte, sondern hielt die Illusion fast beiläufig aufrecht, scheinbar ohne Konzentration, denn er war vollends damit beschäftigt, Mercy wie ein Paket zu verschnüren. Seine Hände tasteten sie ab, wohl auf der Suche nach ihrem Seelenbuch. Als er keines fand, gab er sich zufrieden und stand auf.

Sie wollte ihn fragen, wer er war, ihn auffordern, augenblicklich ihre Fesseln zu lösen, aber der Knebel dämpfte die Worte zu einem unverständlichen Nuscheln. Vermutlich konnte sie sich glücklich schätzen, dass er ihr nicht gleich den Bauch aufgeschlitzt hatte.

Schweratmend stand er über ihr, in seinem Rücken die zerstörte Tür zum Treppenhaus. Hätte sich jemand in der Wohnung befunden, wäre der längst aufgetaucht. Es war finster hier drinnen und roch nach kaltem Rauch und schmutziger Wäsche.

Der Kopf hinter dem schwarzen Schattenwirbel ruckte herum, als oben im Treppenhaus Schritte erklangen. Mercy hatte den Angreifer erst für Malahide gehalten, aber nun war sie sicher, dass es sich nicht um ihn handelte. Malahide ging gebückt, fast bucklig, hatte Philander gesagt, und das traf auf ihren Gegner nicht zu.

Sie befanden sich im Eingang der Wohnung, unmittelbar neben der Treppe. Von außen fiel schwaches Licht herein. Wer immer da die Stufen herunterkam, würde sie auf der Stelle entdecken.

Mercy zog das rechte Bein an und trat nach dem Knie des Fremden. Zu seinem Glück bewegte er sich im selben Augenblick zur Tür, ihr Absatz streifte ihn nur. Er achtete nicht darauf, denn nun wurden die Schritte von oben schneller. Der Mann drückte die Tür zurück in den geborstenen Rahmen. Sie hatte sich verzogen, darum presste er die flache Hand dagegen.

Die Schritte kamen die letzte Treppe herab. Vielleicht hatte Philander übertrieben, denn sie klangen schnell und zielgerichtet, keineswegs wie die eines verwachsenen Menschen. Oder doch – da war eine Spur von Ungleichmäßigkeit, ganz schwach nur.

Mercy konnte ihren Gegner jetzt nicht mehr ausmachen, er war mit der Dunkelheit verschmolzen. Einzig der diffuse Spalt rund um die Tür war zu erkennen, deshalb sah sie deutlich, dass außen jemand vorüberging, nicht zum Hauseingang, sondern durch den Korridor tiefer ins Gebäude hinein.

Die Schritte hielten inne. Dann kehrten sie zurück zur Wohnungstür.

Er hat das zerbrochene Schloss gesehen, dachte Mercy. Vielleicht wäre es klüger gewesen, sich bemerkbar zu machen, doch etwas hielt sie davon ab. Ihre Hände waren fest verschnürt, ihr Mund geknebelt, und so misslich ihre Lage auch sein mochte, konnte sie sich doch beim besten Willen nicht vorstellen, dass es von Vorteil sein würde, wenn Malahide sie so fand.

Es war jetzt totenstill vor der Tür. Mercy hielt die Luft an, auch ihr Angreifer schien nicht mehr zu atmen.

Plötzlich setzte sich der Mann an der Außenseite wieder in

Bewegung. Er eilte den Gang hinab, wenige Sekunden später erklang das Scharren der Kellertür. Dann dumpfe Schritte auf Steinstufen, die sich hastig entfernten.

Mercys Gegner ließ von der Tür ab, die sofort wieder ein Stück nach innen schwang.

»Liegen bleiben«, flüsterte er gepresst. Noch immer war er im Dunklen fast unsichtbar. »Keinen Mucks, bis Sie mich nicht mehr hören können. Wenn Sie sich daran halten, schicke ich Ihnen in ein paar Stunden jemanden vorbei, der Sie befreit.«

In ein paar Stunden?, wollte sie ihn fassungslos anbrüllen, aber der Knebel schluckte die Worte zusammen mit ihrem Wutausbruch.

»Das heißt wohl, Sie sind einverstanden.«

Sie wünschte sich, er hätte vorhin nur einen Moment gezögert. Dann hätte ihr Tritt sein Knie zerschmettert. Sie stellte sich vor, wie sich das angefühlt hätte. Gar nicht mal übel.

»Ich lasse Sie jetzt allein. Immerhin, hier drinnen könnte es ungemütlicher sein.«

Er zog die Tür auf, horchte kurz.

Die Versuchung, Bibliomantik einzusetzen, um ihm weh zu tun, war groß. Aber da blieb ihr Schwur: Niemals wieder, nicht einmal jetzt. Zumal sie nicht sicher war, was sie ungeübt und ohne ein Buch zustande bringen würde.

Der Fremde trat hinaus auf den Gang und folgte den Schritten von vorhin die Kellertreppe hinunter. Mercy wartete, bis wieder Stille herrschte, dann begann sie zu zappeln und zu strampeln. Als Erstes musste sie den Knebel loswerden. Weil sie irgendeinen Widerstand brauchte, um ihn sich vom Gesicht zu streifen, schob sie sich mit den Füßen rückwärts tiefer in das dunkle Zimmer. Der Gegenstand aus der Jacke des Mannes befand sich noch immer unter ihr, drückte schmerzhaft in ihre Rippen und wurde mitgezogen. Bald spürte sie etwas hinter sich, ein Bettgestell aus Holz, darauf eine Matratze. Der Stoff darauf stank erbärmlich nach Schweiß. Doch ihr blieb keine Wahl. Stöhnend setzte sie sich weit genug auf, bis sie ihr Gesicht fest dagegendrücken konnte. Es war widerlich, erst recht, als sie begann, ihren Mund daran zu reiben, bis sich der Knebel allmählich lockerte.

Durch das Rascheln des Stoffs hätte sie fast die Schritte überhört, die mit einem Mal draußen im Flur erklangen. Als sie zum Türspalt blickte, sah sie zwei Gestalten auf der Treppe nach oben.

Philander. Und noch jemand.

Sie drehte das Gesicht wieder zur Matratze, presste den Mund noch heftiger dagegen. Es kostete sie Kraft, den Würgereiz zu unterdrücken, während sie den Knebel Stück für Stück über ihre Unterlippe schob.

»Philander!«, rief sie in den Stoff, aber es klang eher wie ein Krächzen.

Noch einmal ihr Mund an die Matratze – dann glitt das Tuch über ihr Kinn nach unten und hing lose um ihren Hals. Endlich.

»Philander!« Sie bekam einen Hustenanfall, glaubte schon, sich übergeben zu müssen, beherrschte sich aber im letzten Augenblick. »Philander! Ich bin hier unten, im Erdgeschoss!«

Stimmen im Treppenhaus, dann polternde Schritte auf den Stufen.

»Mercy?«

»Ich bin gefesselt!«

Zwei Silhouetten tauchten in der Tür auf. Die eine trug einen Zylinder, die andere war kleiner und schmaler. Tempest. Natürlich.

»War das Malahide?« Philander eilte heran, während das Mädchen draußen Wache hielt.

»Nein, irgendein anderer Kerl. Auf jeden Fall ein Bibliomant. Er hat es genauso auf Malahide abgesehen wie wir. Jedenfalls ist er ihm runter in den Keller gefolgt.«

Sie rollte sich auf den Bauch, damit er besser an ihre gefesselten Hände herankam. Er brauchte nur Sekunden, um die Knoten zu lösen.

»Danke!« Mercy sprang viel zu schnell auf und schwankte leicht, wischte sich ein paarmal mit dem Ärmel über den Mund und spuckte aus.

Eilig hob sie den Gegenstand aus der Tasche des Fremden auf. Es handelte sich tatsächlich um eine Lupe, ungewöhnlich schwer und fast so groß wie ein Handspiegel. Sie wirkte antik, aufwendige Verzierungen schmückten den angelaufenen Metallgriff.

»Was willst du damit?«, fragte Philander.

»Das gehört ihm. Gut möglich, dass er es wiederhaben will. Dann wird er sich wohl oder übel melden müssen.«

»Oder er bringt dich um.«

»Ja. Vielleicht.« Sie steckte das Ding in ihre Manteltasche und verließ die Wohnung.

»Tempest«, sagte sie, als sich das Mädchen zu ihr umdrehte.

»Mercy.«

Auf den ersten Blick hatte sie sich kaum verändert, trug das

Haar noch immer kurz und hatte schmale, hübsche Züge. Aber ihre Augen waren schattiger und ernster, und die Grübchen neben ihren Mundwinkeln ähnelten Falten. Es gehörte nicht viel dazu, in ihrer Miene zu lesen: Tempest war auch nach zwei Jahren noch auf der Flucht vor Trauer und Schmerz. Das verband sie mit Mercy, ob sie wollte oder nicht. Grovers Verlust verfolgte sie beide wie ein Geist, der ihnen unsichtbar im Nacken saß.

»Ich hatte gehofft, dass wir uns niemals wiedersehen«, sagte Tempest. Es war gut, dass sie ehrlich war – vielleicht ehrlicher als Philander –, denn damit waren die Fronten geklärt.

»Tut mir leid.« Mercy meinte eigentlich nur diese Begegnung, aber zugleich war es natürlich auch ein Ausdruck ihres ganzen Dilemmas: Ganz gleich, was sie sagte, es würde immer viel zu banal sein für das, was zwischen ihnen stand. Die Wunde, die Grovers Tod gerissen hatte, ließ sich nicht schließen.

»Muss ein verteufelt guter Bibliomant gewesen sein«, sagte Tempest, »wenn er dich so leicht überwältigen konnte.«

»Ich benutze keine –« Mercy unterbrach sich, weil ihr klarwurde, dass Tempest längst Bescheid wusste. Philander hatte es ihr gesagt. Sie nickte hinüber zum Ende des Korridors. »Sie sind beide runter in den Keller. Ich will wissen, wer das war, aber ihr braucht nicht mitzugehen.« Insgeheim jedoch gestand sie sich ein, dass sie Unterstützung bitter nötig hatte.

»Jez ist zu jemandem in eine Kutsche gestiegen«, sagte Philander. »Könnte das dieser Mann gewesen sein?«

»Vielleicht.« Mercy eilte bereits in Richtung Keller. »Malahide hätte sie jedenfalls nicht herumkutschieren müssen, um an das Buch zu kommen. Sie wäre freiwillig zu ihm gekommen.«

Auf der Treppe war es stockfinster. Tempest drängte sich nach vorn und spaltete ein Seitenherz ihres Penny Dreadfuls. Mercy staunte, wie leicht es ihr fiel. Die Aura des Mädchens war schon fast die einer vollwertigen Bibliomantin. Es würde nicht mehr lange dauern, bis sie stark genug war, echte Bibliomantik zu nutzen und ein Seelenbuch zu tragen.

Das dünne Papier schälte sich zu zwei hauchdünnen Schichten auseinander. Aus der Klammerbindung fiel schwache Helligkeit, reichte aber kaum bis zu den Wänden. Schon im nächsten Moment stieg eine glühende Kugel aus dem Seitenherz empor, wenig größer als eine Kirsche. Ihr Licht war stark genug, um die Treppe und einen kleinen Teil des Kellers zu erhellen.

Eng beieinander bewegten die drei sich die Stufen hinunter. Obwohl die Turpin Brigade für alle Zeiten Geschichte war, fühlte es sich für Mercy verwirrend vertraut an. Sie glaubte, dass Philander ähnlich empfand. Nur Tempest verschanzte sich hinter einem Panzer aus stoischer Abneigung.

Im einzigen Kellerraum stießen sie auf eine offene Falltür, nicht unähnlich jener in Valentines Haus. Wortlos machten sie sich auf den Weg in die Unterwelt.

20

Und wieder rauschten die geheimen Flüsse zwischen Londons Fundamenten. Mercy dachte unwillkürlich an die Erscheinung unter dem *Liber Mundi*, an wehenden schwarzen Stoff und die Ahnung eines bleichen Gesichts. An eine gewisperte Warnung.

Kehr um, und komm nie wieder!

Nun war sie doch wieder hier unten, viele Blocks entfernt vom Cecil Court und dem Einstieg in Valentines Keller. Trotzdem kam es ihr vor, als wäre sie ein paar Stunden in der Zeit zurückgereist, an den Ort, von dem sie Hals über Kopf geflohen war. Dasselbe halbrunde Ziegelgewölbe, die undurchdringlichen Nester aus Dunkelheit, der Geruch nach Rattendreck und verschimmelten Wänden.

Tempests Lichtkugel schwebte stabil über dem aufgeschlagenen Heft in ihrer Hand und warf Helligkeit auf die gemauerten Wände. Doch schon nach drei, vier Mannslängen schien sie auf einen Wall aus Schwärze zu stoßen, als wäre der Gang von etwas ausgefüllt, das langsam vor ihnen davonkroch.

»Wartet!«, flüsterte Mercy. »Nicht bewegen!«

Sie blieben stehen und lauschten voraus in die Finsternis jenseits des fahlen Lichtscheins. Da entfernten sich Schritte. Jemand rannte.

»Das sind sie.«

Sie setzten sich wieder in Bewegung, jetzt schneller, aber

auf der Hut vor jeder Nische, jedem möglichen Versteck eines Gegners. Wenn sie auf Kreuzungen stießen, horchten sie auf Schritte und entschieden erst dann, in welcher Richtung sie ihren Weg fortsetzten. Die Geräusche wurden leiser, zudem erschwerten die Echos hier unten die Orientierung. Ein paarmal strömten kleine Rattenrudel vor ihnen davon, und einmal meinte Mercy einen schwarzen Hund zu sehen, der sich blitzschnell ins Dunkel zurückzog.

»Hört ihr das?«, fragte Philander.

Mercy hielt widerstrebend inne. Ein Klopfen und Hämmern erklang in der Ferne, als wären Menschen hier unten lebendig eingemauert. »Das sind die Bauarbeiter der Untergrundbahn.«

Tempest atmete merklich auf. An diesem Ort wirkte jeder Laut alarmierend, jede Bewegung feindselig. Insgeheim hielt Mercy nach der Schleierfrau Ausschau und war doch nicht sicher, ob sie sich die Erscheinung unter dem *Liber Mundi* nicht nur eingebildet hatte. Es wäre nicht das erste Mal gewesen. Seit Limehouse war sie ihr immer wieder erschienen, im Schlaf und in Tagträumen. Oft hörte sie das Knirschen der Decke, die sich auf Grover herabsenkte, dazu die Stimme der Frau. Und ab und an sah sie die geisterhaften Züge hinter dem Schleier, so als blicke jemand aus einem dunklen Teich zu ihr herauf.

Durch die Mitte des breiten Tunnels floss Wasser, womöglich einer der Arme des Fleet. Sie mochten seit einer halben Stunde unterwegs sein oder auch doppelt so lange. Falls sie die Spur der Männer nicht verlören, würde sie das Labyrinth der Kanäle vermutlich in einem fremden Viertel Londons ausspucken.

Limehouse, dachte Mercy unwillkürlich. Chinatown.

Dafür gab es kein Indiz und keinen Grund. Andererseits wusste sie nicht, in wessen Auftrag ihr Angreifer handelte. Jeder konnte dahinterstecken, auch Madame Xu.

An einer Gabelung blieb Philander stehen. »Wir haben ihn verloren.«

Tatsächlich waren jetzt die einzigen Laute das ferne Rumoren der Bauarbeiten. Die Schritte waren nicht mehr zu hören.

»Vielleicht stellt er uns eine Falle«, sagte Tempest. Die Lichtkugel hüpfte einmal auf und ab, hing dann wieder reglos in der Luft über dem Penny Dreadful.

»Glaube ich nicht«, entgegnete Mercy. »Er war viel zu versessen darauf, Malahide zu verfolgen.« Sie lauschte angestrengt und deutete dann nach rechts. »Da entlang.«

Sie lief weiter, ohne auf die beiden zu warten, bis ihr bewusst wurde, dass sie auf Tempests Lichtschein angewiesen war. Schon nach wenigen Augenblicken holten das Mädchen und Philander auf.

Schließlich erreichten sie einen Schacht, in dem eiserne Sprossen aufwärtsführten. Frische Luft wehte von oben herab, und für einen Moment standen sie alle drei nur da und atmeten tief ein und aus.

Tempest ließ die Lichtkugel verglühen und steckte das Heft gerollt in ihre viel zu große Jacke. Sie wollte als Erste hinaufsteigen, aber Mercy hielt sie zurück.

»Du bist mutig«, flüsterte sie, »aber das hier ist meine Sache.«

»Wir alle stecken schon ziemlich tief in *deiner Sache*.«

»Ich weiß. Und das tut mir leid. Aber dieser Kerl hat mich angegriffen und –«

»Und das wird er wieder tun«, fiel Philander ihr ins Wort, »solange du keine Bibliomantik benutzt. Oder sonst irgendwer da ist, der dir aus der Patsche hilft.«

Mercy winkte ab und kletterte durch den Schacht nach oben. Die quadratische Öffnung lag unter einem sternenlosen Nachthimmel – sie konnte sich nicht erinnern, wann sie durch Londons giftige Nebel zuletzt die Sterne gesehen hatte –, aber von irgendwoher fiel ein schwacher Lichtschein auf das nasse Laub der Bäume, die ihre Zweige über den Ausstieg beugten.

Vorsichtig blickte sie über die Kante hinweg in einen weitläufigen Garten. Die Öffnung befand sich am Rand eines Rhododendrenbeetes. Daneben lag ein rostiger Metalldeckel. Das hier hätte einer der Londoner Parks sein können, hätte sich nicht zweihundert Yards entfernt ein frei stehendes Haus erhoben, drei Etagen hoch, ein Prachtbau voller Giebel und Schornsteinreihen. Große Fenster durchbrachen die weiße Fassade, hinter einigen brannte Licht. Der Schein fiel über eine weite Rasenfläche, reichte aber nicht bis zu Mercy, Philander und Tempest, die nacheinander aus der Öffnung im Boden kletterten.

»Wo sind wir hier?«, fragte Tempest. Vermutlich hatte sie noch nie einen solchen Garten gesehen.

»Ich hab keinen Schimmer.« Auch Mercy kannte derartige Anwesen erst, seit sie für reiche Sammler seltene Bücher aufstöberte. Ab und an hatte sie aus den Salons ihrer Villen einen Blick in private Parkanlagen werfen können, die dieser hier ähnelten.

Tempest hatte die Hände in den langen Ärmeln ihres Mantels versteckt und die Arme vor der Brust gekreuzt, als wollte sie ein Frösteln unterdrücken. Hätte man sie unverhofft zum Nordpol katapultiert, wäre ihr Erstaunen wohl kaum größer gewesen.

»Ich wüsste zu gern, was Malahide hier zu suchen hat«, sagte Mercy.

»Vielleicht ist er nur hochgeklettert, um den anderen Kerl loszuwerden«, entgegnete Tempest.

»Oder Malahide war niemals hier«, sagte Philander, »und wir sind deinem Freund nach Hause gefolgt. Könnte sein, dass er Malahide verloren und beschlossen hat, ins Bett zu gehen.«

Offenbar wollte Philander die Hoffnung nicht aufgeben, dass ihr Angreifer derselbe Mann war, zu dem Jezebel in die Kutsche gestiegen war. Jemand, der so wohnte, mochte dann und wann bedürftige Mädchen aus den schlechten Vierteln abschleppen. Man hörte so einiges über die Vorlieben der Reichen.

»Wir sollten einen Blick ins Haus werfen«, sagte Mercy.

Philander und Tempest wechselten einen Blick. Er gab ihr einen raschen Kuss, dann nickten sie einander zu.

»Gehen wir«, sagte Tempest zu Mercy und zog das Heft aus der Tasche. Sie schob einen Finger zwischen die Seiten.

Während sie geduckt am Rand der Beete Richtung Haus huschten, flüsterte Mercy: »Wir können nicht jedes einzelne Zimmer nach Jezebel durchsuchen.«

Sie befürchtete, dass genau das Philanders Plan war. Er würde jede denkbare Dummheit begehen, um seine Schwester wiederzufinden.

An der Rückseite des Anwesens befand sich eine Terrasse, umgeben von Rosenbeeten zwischen kniehohen Hecken. Eine breite Steintreppe führte hinauf zu einer gläsernen Flügeltür. Die Vorhänge waren zugezogen, aber Mercy erkannte durch einen Spalt einen großen Kronleuchter. Nichts bewegte sich dort drinnen.

Mit einem Mal stieß Tempest einen spitzen Laut aus. Mercy wirbelte herum und sah, wie das Mädchen nach hinten gerissen wurde. Ein Mann hatte einen Arm um ihren Hals gelegt, in der anderen Hand hielt er einen Schlagstock.

»Schön ruhig bleiben!«, befahl er. Er trug eine Uniform, die an die eines Polizisten erinnern sollte. Wahrscheinlich gab es noch mehr von seiner Sorte, die auf dem weitläufigen Grundstück patrouillierten.

Tempest röchelte und krallte ihre Hände in seinen Unterarm.

Der Wachmann versuchte, mit der anderen Hand an eine Trillerpfeife heranzukommen, die mit einem Band an seinem Gürtel befestigt war.

Tempest bekam keine Luft, sie trat nach hinten, aber je heftiger sie sich wehrte, desto unerbittlicher wurde der Griff des Mannes.

Philander stürmte in blinder Wut vorwärts. »Du tust ihr weh, verdammt!« Mit so viel Entschlossenheit schien der Wächter nicht gerechnet zu haben. Er versuchte noch, Tempest zwischen sich und seinen Gegner zu bringen, aber da traf ihn Philanders Faust schon ins Gesicht. Tempest kam frei, taumelte zwei Schritte vor und fiel hustend auf die Knie, während Mercy Philander zu Hilfe eilte. Der fing sich gerade einen Hieb mit dem Schlagstock ein und stolperte genau in Mercys Weg. Instinktiv packte sie zu und fing ihn auf. Für einen Moment stand der Wachmann wieder allein da, führte die Pfeife zum Mund – und hielt in der Bewegung inne, als plötzlich Helligkeit aufglühte.

Tempest kniete am Boden, das aufgeschlagene Heft auf dem Schoß. Weißes Leuchten schien aus dem Inneren eines Seitenherzens auf ihr Gesicht. Dann traf ein Druckstoß den Wachmann mit solcher Kraft, dass er weit nach hinten in eines der Rosenbeete geschleudert wurde. Der Stock landete im Gras.

»Bemerkenswert«, sagte Mercy.

Tempest schwankte, benommen von der Wucht ihres Angriffs. Am anderen Ende des Gartens wurden weitere Stimmen laut. Lichter näherten sich aus unterschiedlichen Richtungen.

Philander half Tempest auf die Füße, dann rannten sie am Haus vorbei Richtung Vorderseite, so eng an der Wand, dass die Helligkeit aus den Fenstern sie nicht erfasste. Irgendwo bellten Hunde.

Sie erreichten einen Gitterzaun und kletterten mit vereinten Kräften darüber. Philander sprang als Letzter auf den Bürgersteig, dann stürmten sie eine gepflasterte Straße hinab, unter gepflegten Bäumen hindurch, vorbei an noblen Fassaden.

Einmal blickte Mercy über die Schulter und sah aus einiger Entfernung die Front des Hauses, in dessen Garten sie die Kanäle verlassen hatten. Schon beim Blick in die Fenster war ihr ein Verdacht gekommen, aber nun wurde er zur Gewissheit: Sie war schon einmal hier gewesen, als Gast in diesem Anwesen, um ein Buch zu überbringen. Der Besitzer hatte sie mit ausgesuchter Höflichkeit begrüßt und großzügig entlohnt.

Edward Thorndyke, Londons bekanntester Literaturkritiker, war Bibliomant durch und durch. Seine Bibliothek umfasste mehrere Säle, sein Besitz ein halbes Dutzend Immobilien in den besten Lagen, dazu zwei Landhäuser in Surrey und Derbyshire.

Thorndyke war weder jung wie der Mann, der sie angegriffen hatte, noch bucklig wie Malahide. Zum ersten Mal kam Mercy der Gedanke, dass diese Sache weit größer war, als sie geahnt hatte. Dass sie sich mit Bibliomanten anlegte, denen sie nicht viel entgegenzusetzen hatte.

Fortan blieb sie schweigsam und in sich gekehrt. Während des Fußmarschs in Richtung Innenstadt warf Tempest ihr lange Blicke zu, und Mercy fragte sich, ob das Mädchen versuchte, ihre Gedanken zu lesen.

21

Am nächsten Vormittag machte sich Mercy auf den Weg zur Fleet Street, stieg schmale Treppen in einem Hinterhaus hinauf und läutete an einer Tür mit der Aufschrift *Oakenhurst Publishing Company, London – Hongkong – Bombay.*

»Was wollen Sie?«, rief eine weibliche Stimme, vermutlich die Empfangsdame. »Offene Rechnungen zahlen wir am Ersten jeden Monats. Also in drei Wochen.«

Mercy drückte die Klinke hinunter, aber die Tür war verschlossen. »Mein Name ist Mercy Amberdale. Es geht um einen Ihrer Autoren. Ich möchte Ihnen ein Geschäft vorschlagen.«

»Ein Geschäft, an dem Sie verdienen oder die Oakenhurst Publishing Company?«

»Wir beide, hoffe ich.«

»Können Sie später wiederkommen?«

»Ich hab einen ziemlich weiten Weg auf mich genommen, um mit Miss Oakenhurst zu sprechen.« Ihr dämmerte allmählich, dass sie eben dies gerade tat. Es gab viele Verlage für Penny Dreadfuls, aber nur wenige wurden so groß wie die Schundimperien von Charles Fox und den Emmett-Brüdern. Die kleineren konnten sich selten mehr als zwei, drei Angestellte leisten, und Mercy ahnte, dass Oakenhurst Publishing womöglich nur aus einer einzigen Person bestand. Florence Oakenhurst hatte das Geschäft vor drei Jahren von ihrem Vater geerbt und hielt sich seitdem gerade so über Wasser.

»Um welchen Autor geht es?«, erklang es durch die Tür.

»Um Mister Malahide.«

»Sie haben nicht vor, ihn mir auszuspannen, hoffe ich. Andernfalls sollten Sie nicht mit mir sprechen, sondern mit meinen Anwälten.« Malahide – der seine Geschichten nur mit dem Nachnamen unterzeichnete – war Oakenhursts beliebtester Autor und verantwortlich für einen beträchtlichen Teil der Auflage. Seine Fortsetzungsromane erschienen gleich in mehreren Heftreihen des Verlags.

Malahide war einer der Letzten gewesen, der Geschäfte mit Ptolemy gemacht hatte, und Mercy kam nicht los von dem Gedanken, dass es eine Verbindung zwischen dem Tod des Buchhändlers und den Siebenstern-Romanen gab. Siebenstern war, wie das gesamte Haus Rosenkreutz, von der Adamitischen Akademie geächtet worden. Und das alles – Ptolemys Ermordung, die Ereignisse der letzten Nacht, das Ende der Verfolgungsjagd im Garten eines steinreichen Bibliomanten – roch geradezu nach Verwicklungen der Akademie in diese Angelegenheit. Womit das Ganze einige Nummern zu groß für sie wurde. Dumm nur, dass gerade das Mercy reizte.

Es klackte im Schloss, dann wurde die Tür schwungvoll geöffnet. Florence Oakenhurst warf nur einen kurzen Blick auf ihren ungebetenen Gast, dann eilte sie zurück zu ihrem Schreibtisch vor dem offenen Fenster und bedeutete Mercy, auf einem Besucherstuhl ihr gegenüber Platz zu nehmen. Die bibliomantische Aura der Verlegerin war nicht übermäßig stark, aber deutlich genug, um sie über den Tisch hinweg wahrzunehmen.

»Setzen Sie sich. Wenn Sie ein paar Minuten warten, können Sie mir erklären, wie Sie uns beide zu reichen Frauen machen wollen.«

Das Büro war rundum mit Regalen zugebaut. Auf vielen Brettern standen gebundene Bücher, vor allem aber beherrschten Stapel aus Penny Dreadfuls den Raum. Dazu kamen zahllose Kisten, die von den dünnen Heften überquollen. Es roch intensiv nach billigem Papier.

Als Mercy die Tür schloss und sich dem Schreibtisch näherte, runzelte die Verlegerin die Stirn. »Herrgott, wie alt sind Sie? Fünfzehn?«

»Neunzehn. Gerade mal vier Jahre jünger als Sie, Miss Oakenhurst.«

Die Verlegerin hob verwundert eine Augenbraue. Sie war einen halben Kopf größer als Mercy und hatte ihr hellblondes Haar zu einem nachlässigen Knoten gebunden. Unter ihren Augen lagen tiefe Ringe, offenbar schlief sie wenig. Alles an ihr wirkte so fahrig wie ihre Frisur, von der hektischen Sprechweise bis hin zu ihrem ungebügelten Kleid.

»Und Ihr Name war noch mal?«

»Mercy Amberdale.«

»Mercy, so so. Ich bin Florence. Und ich kämpfe gerade an zwei Fronten. Die eine ist diese hier« – sie klopfte auf einen unvollendeten Brief auf der ledernen Unterlage – »und die zweite ist dieser *hirnlose Vollidiot dort draußen*!« Die letzten Worte brüllte sie durchs offene Fenster in den Hof hinaus, und als Mercy sich vorbeugte, entdeckte sie, dass auf der gegenüberliegenden Seite im selben Stockwerk ein Fenster offen stand. Dahinter saß, gleichfalls über einen Schreibtisch voller Papiere gebeugt, ein Mann mit geöltem Haar und Bleistift hinter dem Ohr. »Dieser *Fußabtreter des seriösen Verlagsgeschäfts* glaubt nämlich, mich ungestraft des unlauteren Wettbewerbs bezichtigen zu können!« Wieder galten ihre Worte weniger Mercy als dem Mann auf der anderen Seite des Hofs, der gelangweilt abwinkte. Im Hintergrund seines Büros erkannte Mercy hohe Stapel mit Heften. Offenbar ein konkurrierender Verleger.

Florence schnaubte abfällig, dann wandte sie sich wieder dem Brief zu. Das Ende ihres billigen Federhalters war angekaut, er hatte ein paar Tintenflecke auf dem Papier hinterlassen. »Hören Sie sich das an, und sagen Sie mir Ihre Meinung. *Meine sehr verehrten Herren* – gemeint sind diese räudigen Rufmörder, die sich Journalisten der *Times* schimpfen, diese arschnasige Saubande – *verehrte Herren, als Entgegnung auf Ihren unerfreulichen Artikel über die angeblichen Auswirkungen der Lektüre unserer erzieherisch wertvollen Publikationen, denen Sie nicht weniger als Anstiftung zu groben Missetaten, schlechte Sprache und Aufruf zur Rebellion gegen Elternhaus und englische Lebensart vorwerfen, möchte ich Folgendes richtigstellen, in der Hoffnung, dass mein Hinweis auf Ihren Irrtum Sie zu einer korrigierten Darstellung des Sachverhalts in Ihrer hochgeschätzten Zeitung veranlassen wird. Die zahlreichen Titel, die unter dem altehrwürdigen Dach der Oakenhurst Publishing Company mit großer Liebe zur Erzählkunst und Sinn für den feinen Unterschied erstellt werden, richten sich an das Mannsbild jeden Alters, das seine Bestimmung in großen Taten für seine stolze Nation und der Erfüllung persönlicher*

Wünsche sieht. In den Teehäusern Japans, im tiefsten Afrika, in den Minen Chiles und auf den Farmen von La Plata, an den Ufern des Mississippi und auf den Flussschiffen des Kongo ist die englische Sprache auf dem besten Wege, das beherrschende Idiom ganzer Völker zu werden, geeint unter der Krone unserer geliebten Königin Viktoria. An diesen und vielen anderen Orten erreichen unsere Publikationen die Kinder aller Kontinente, Religionen und Geisteshaltungen. Deshalb sehen wir es als unsere höchste Verantwortung an, nur das Beste im Manne zu schildern, um so ein Vorbild zu liefern für die künftige Gestaltung des Britischen Empires und der gesamten Welt.«

So ging es vollmundig mehrere Minuten weiter, in denen Florence Oakenhurst mit wachsendem Elan ihr Schreiben an die Redaktion deklamierte. Als sie atemlos zum Ende kam – das keineswegs das Ende des Briefes war, nur der Punkt, an dem Mercys Ankunft sie unterbrochen hatte –, ließ sie die Hände erschöpft auf den Schreibtisch fallen.

»Und, Mercy Amberdale, was sagen Sie?«

»Ich denke, Sie haben all die Vorzüge Ihrer Veröffentlichungen aufs deutlichste herausgestellt.«

»Ja, ja – aber packt es Sie auch? Erreicht die Aussage Ihr Herz?«

»Mein Herz?«

Florence beugte sich schwungvoll vor, als wollte sie Mercy am Kragen packen und schütteln. »*Fühlen* Sie, was ich sagen will? *Spüren* Sie, wie wichtig es ist, was mein Vater hier aufgebaut hat und ich nach bestem Wissen und Gewissen erhalten will?«

»Nun, ich glaube schon.«

»*Glauben*, sagt sie!« Florence rollte mit den Augen und warf die Arme in die Höhe. Dann erinnerte sie sich an ihren Widersacher auf der anderen Seite des Hofes. »Hörst du mich, du widerlicher Haufen am Fuß einer Laterne? Du hinterhältiger Verräter und Möchtegern-Thronräuber? Nichts ist so wichtig, wie die Gefühle der Menschen zu erreichen. Nicht ihr Gehirn und nicht ihren Geldbeutel. Ihr gottverfluchtes, pulsierendes, blutendes *Herz*!«

Wieder winkte er ab, als bekäme er ähnliche Tiraden stündlich zu hören. Mercy musste Florence Oakenhurst zugestehen, dass sie in Sachen Feindschaft keine halben Sachen machte.

»Der Bastard hat mich angezeigt«, sagte die Verlegerin wieder in ihre Richtung. »Er behauptet, ich würde bei den Gewinnspielen in meinen Heften Preise versprechen, die gar nicht existieren. Eine Lügnerin sei ich, sagt er, ein Schandfleck der Branche!«

»Und, existieren die Preise?«

»Natürlich nicht! Glauben Sie allen Ernstes, ich würde irgendeinem dahergelaufenen Straßenjungen eine verdammte Yacht hinterherwerfen, nur weil er ein paar Pennys für meine Hefte ausgibt? Glauben Sie, ich würde ein edles Ross aus dem Stall der Königin im tiefsten Spitalfields abliefern lassen, nur weil ein hirnloser Hilfsarbeiter ein paar Räubergeschichten gekauft hat?«

»Wo kämen wir da auch hin.«

»In der Tat.«

»Mir scheint«, sagte Mercy ernst, »das ist ein ganz legitimes Mittel, um das Ohr der breiten Masse zu erreichen.«

»Und ihr dreimal verfluchtes Herz!«

»Das sowieso.«

Ein Strahlen erschien auf Florence' übernächtigtem Gesicht. Sie sprang auf, knallte das Fenster zu, setzte sich wieder und verschränkte die Hände vor sich auf dem Schreibtisch. »Und was kann ich nun für Sie tun?«

»Ich möchte Sie um Ihre Hilfe bitten, Florence. Ich habe ein gewisses Interesse an Mister Malahide, und ich hatte gehofft, Sie könnten mich mit einigen Informationen unterstützen.«

»War nicht die Rede von einem Geschäft?«

»Ich bin Buchhändlerin am Cecil Court und möchte eine Edition eigener Bücher herausgeben. Eine Reihe mit Nachdrucken der besten Geschichten aus Heften aller« – sie unterbrach sich, als ihr Blick durchs Fenster fiel – »aus *Ihren* Heften. Die Amberdale-Oakenhurst-Edition.«

»Oakenhurst-Amberdale erscheint mir doch angebrachter.«

»Selbstverständlich«, sagte Mercy großmütig. »Zum Auftakt schwebt mir ein Band mit *Malahides maliziösen Moritaten* vor.«

»Soll das der Titel sein?«

»Von mir aus auch *Blut und Eingeweide*, wenn Ihnen das lieber ist.«

»Passt beides.«

»Das Problem ist, dass mir niemand sagen kann, wo dieser Mister Malahide anzutreffen ist. Und ob es sich bei dem Namen womöglich um ein Pseudonym handelt. Vielleicht von jemandem, der im wahren Leben ein überaus seriöses und unbeflecktes Leben führt.«

»Wenn ich's wüsste, würde ich's Ihnen sagen. Ich bekomme

seine Manuskripte von Botenjungen, und denen gebe ich auch das Geld mit. Offenbar kommt es bei ihm an, jedenfalls hab ich noch keine Beschwerden gehört.« Sie nickte hinüber zu dem Mann auf der anderen Hofseite. »Der Halsabschneider zahlt seinen Autoren für eine achtseitige Geschichte gerade mal zehn Schilling. Von mir bekommen die meisten fünfundzwanzig. Die allerbesten sogar zwei Guineen!«

»Autoren wie Malahide?«

Florence nickte. »Er und Benjamin Cutter sind meine besten Pferde im Stall.« Sie bemerkte wohl, dass der zweite Name Mercy nichts sagte, deshalb fügte sie hinzu: »Cutter ist vor vielen Jahren rüber nach Amerika gegangen. Säuft sich von Saloon zu Saloon und schickt mir alle zwei Wochen eine Geschichte über Revolverhelden im Grenzland. Die Jungs auf der Straße lieben ihn.«

»Und Sie wissen nicht, wohin die Boten Malahides Geld bringen?«

»Doch, selbstverständlich. Malahide unterhält ein Zimmer in Soho, angeblich sitzt er dort in den Nächten und schreibt das Zeug, das er eben schreibt. Aber tagsüber trifft man ihn dort nicht an, da verzieht er sich woandershin. Weiß der Teufel, wohin.«

»Sind Sie ihm mal begegnet?«

Florence schüttelte den Kopf. »Weder mein seliger Vater noch ich.«

Mercy gab sich zerknirscht. »Ich kann ihm also nur einen Brief schreiben, um ihm mein Anliegen zu schildern? Viel lieber würde ich das persönlich tun.«

Die Falte an der Nasenwurzel der jungen Verlegerin vertiefte sich. »Sind Sie wirklich eine Buchhändlerin, Mercy? Oder nicht vielmehr eine Verehrerin? Denn die hat er gewiss, glauben Sie mir. Nicht nur Männer lesen diesen frauenfeindlichen Unsinn.«

Mercy setzte sich empört aufrecht. »Mister Malahide erscheint mir nicht gerade wie ein Gentleman, dem man Auge in Auge gegenübersitzen möchte. Und doch würde ich das auf mich nehmen, wenn es der Sache dient.«

»Unserer Sache.«

»Unserem Geschäft, allerdings.«

Florence erhob sich hinter ihrem Schreibtisch. Jetzt wirkte sie noch größer und ein wenig mager. Sie nahm ein leeres Blatt und schrieb mit dem Federhalter jene Adresse in der Fetter Lane darauf, die Mercy bereits kannte. »Versuchen Sie's mit einem Brief, meine Liebe. Das scheint mir das probate Mittel zu sein. Wenn Sie allerdings versuchen sollten, Malahide abzuwerben … falls zum Beispiel so einer wie *er* sie geschickt hat« – sie deutete auf ihren Widersacher gegenüber –, »dann werde ich persönlich im Cecil Court erscheinen und Ihren Hintern bis zum Trafalgar Square treten, ein paar Runden um den guten Admiral Nelson und wieder zurück in Ihre Bücherbude. Haben wir uns verstanden?«

»Ganz und gar.« Mercy erhob sich mit einem Lächeln, nahm das Blatt mit der Adresse entgegen und verharrte kaum merklich, um Florence' Talent abzuschätzen. Sie war keine allzu mächtige Bibliomantin, vielleicht nutzte sie ihre Kräfte zu selten, und doch war ihre Aura intensiv und der Buchduft ihres Körpers so exotisch wie die Geschichten, die sie veröffentlichte.

»Moment noch«, sagte Florence, als sie Mercy zum Abschied die Hand schüttelte, »Sie haben was verloren.«

Auf Mercys Stuhl lag die Lupe des Maskierten. »Verzeihen Sie, das Ding muss mir aus der Tasche gerutscht sein.« Tatsächlich hatte Mercy sie mit voller Absicht dort platziert.

»Du liebe Güte«, sagte die Verlegerin. »Wissen Sie, was das ist?«

»Ein Familienerbstück.«

»Darf ich mal sehen?« Sie wartete nicht auf Mercys Antwort, sondern trat zum Stuhl hinüber und nahm die Lupe in die Hand. »Das tragen Sie einfach so mit sich herum? Und verlieren es im Büro von jemandem, der jede zweite Woche mit der Pleite kämpft?«

»Das ist nur eine alte Lupe.«

»Natürlich ist das *keine* alte Lupe, Dummerchen!« Florence drehte den Griff in der Hand und betrachtete die Verzierungen rund um das fingerdicke Glas. »Spüren Sie es denn nicht?«

Natürlich hatte Mercy die bibliomantische Energie gespürt. Aber es mochte von Vorteil sein, wenn Florence sie unterschätzte. »Ich hab mir nichts dabei gedacht.«

»Wollen Sie sie mir nicht verkaufen?« Florence' Blick bekam einen gierigen Glanz. »Ich biete Ihnen, sagen wir, fünf Pfund.« Was vermutlich bedeutete, dass sie sich von irgendjemandem fünfzig dafür erhoffte.

Mercy streckte die Hand danach aus. »Tut mir leid. Wie gesagt, ein Erbstück.«

Florence ignorierte die Geste und eilte zum Fenster. Ehe Mercy sie aufhalten konnte, zog sie den Vorhang vor. »Sie haben *wirklich* keine Ahnung, was das ist, oder?«

»Ein bibliomantisches Wunderwerk. Ich bin nur nicht sicher, was daran so wunderbar sein soll. Die Vergrößerung ist nicht mal besonders stark.«

»Das hier«, verkündete Florence, »ist ein Schlüssellochglas.« Etwas leiser sagte sie: »Jedenfalls nehme ich das an.«

Mercy blickte sie ratlos an. »Ein was?«

»Gott, was für eine Bibliomantin sind Sie?« Florence winkte sie heran. »Haben Sie durch das Glas mal ein Buch betrachtet? Oder so was hier?« Sie klopfte auf einen Haufen Hefte auf ihrem Schreibtisch.

Mercy schüttelte den Kopf. »Was macht so ein … Schlüssellochglas?«

»Wenn Sie damit einen Text lesen, offenbart Ihnen das Glas die wahre Absicht des Autors.« Florence richtete die Lupe auf das oberste Heft und betrachtete die Schrift. »Hmm«, machte sie unzufrieden. »Das kann nicht alles sein. Was für ein Wunderwerk soll das sein, das nur vergrößert?« Sie begann, Rand und Griff abzutasten und auf die Verzierungen zu drücken. »Vielleicht gibt es so was wie einen Schalter.«

»Geben Sie mal her«, sagte Mercy.

Florence reichte ihr die Lupe. Mercy schloss die Augen und ließ die Fingerspitzen langsam über den Rahmen wandern. Sie suchte nach Auffälligkeiten des Musters, die nur fühlbar, aber nicht sichtbar waren. Vergeblich.

»Probieren wir was anderes aus«, sagte Mercy. »Wie gut steht's denn um Ihre Geduld?«

»Geduld ist der Erzfeind meiner spontanen Wesensart.«

Mercy setzte sich auf die Schreibtischkante, schlug das oberste Heft auf und blickte durch das Glas auf den Text. Ein

Kerl namens Grant Gunderson kämpfte mit bloßen Fäusten gegen einen Grizzlybären, den es offenbar über den Atlantik bis nach London verschlagen hatte.

»Das hab ich gerade versucht«, sagte Florence zappelig.

Mercy ließ sich nicht beirren. »Meine Güte, wer schreibt so einen Blödsinn?«

»Ich. Vielen Dank.«

Mit einem Aufstöhnen griff Mercy nach einem anderen Heft. »So funktioniert das nicht. Ihre Intention kenne ich.«

»Was soll das denn heißen?«

»Sie wollen Geld sparen. Deshalb schreiben Sie den Kram selbst.«

»Das Schlüssellochglas funktioniert also doch!«

Mercy verdrehte die Augen, entdeckte eine Geschichte von Benjamin Cutter und versuchte es erneut. Nach einer halben Minute geschah etwas Sonderbares. Nicht die Schrift veränderte sich, sondern das Gefühl, das sie beim Lesen der Worte beschlich. Jemand galoppierte auf seinem treuen Gaul über die Prärie, um eine Farmerstochter aus den Fängen eines Rinderbarons zu befreien. Sprachlich war das akzeptabel, die Atmosphäre stimmte, die Worte beschworen einen angemessenen Eindruck von Weite herauf. Doch je länger Mercy die Buchstaben ansah, desto drängender wurde ihr Durst – auf eine große Flasche Gin.

Sie hatte in ihrem ganzen Leben noch keinen Gin angerührt.

»Von Saloon zu Saloon?«, fragte sie.

»Cutter ist dem Alkohol nicht abgeneigt.«

Mercy lächelte. »Er schreibt nur, um seinen nächsten Rausch

zu finanzieren.« Sie reichte Florence die Lupe. »Hier, versuchen Sie's.«

Florence setzte sich ebenfalls auf die Kante und blickte durch das Glas auf den Text. Ihr Fuß wippte nervös. Schließlich grinste sie. »Das ist phänomenal! Ich kann spüren, wie er beim Schreiben an die nächste Flasche denkt. Und daran, wie er Zeilen schinden kann, damit er auf die vollen acht Seiten kommt.«

Mercy blickte sich auf dem Schreibtisch um. »Geben Sie mir eine Geschichte von Malahide.«

Florence' Lächeln verblasste. »Wollen Sie das wirklich?«

»Warum nicht?«

»Er ist anders. Intensiver. Er gibt einem auch ohne Schlüssellochglas das Gefühl, dass er Freude daran hätte, einem Menschen all die Dinge anzutun, die er da beschreibt.«

»Lassen wir's darauf ankommen.« Mercy hatte ein Heft entdeckt, auf dessen Titelseite mit Malahides Namen geworben wurde. Die krude Illustration zeigte ein schreiendes Mädchen, über dessen üppiges Dekolleté der Schatten eines Fleischermessers fiel. Mercy legte das Heft auf Cutters Geschichte und schlug es auf. Malahides Machwerk begann gleich auf Seite zwei. Sie hielt die Lupe so über den Text, dass sie und Florence zugleich hindurchsehen konnten.

In knappen, kalten Sätze beschrieb Malahide einen Mord in einem Londoner Hinterhof aus der Sicht des Täters. Kein Wort über die Furcht und den Schmerz des Opfers. Im Vordergrund stand einzig die Lust am Töten.

Plötzlich zuckte Florence zusammen. Mercy spürte es einen Herzschlag später. Es begann mit einer Hitzewallung, die in ihrem Brustkorb explodierte. Schweiß trat ihr auf die Stirn, ihr Puls beschleunigte sich. Sie stöhnte auf, als in die Wärme ein Strom aus Kälte floss, ein Gefühl so abgrundtiefen Hasses, dass sie die Lupe auf das Heft fallen ließ und taumelnd vom Schreibtisch fortstolperte. Erst jetzt sah sie, dass Florence schon vorher das Weite gesucht hatte und bis ans Regal auf der anderen Seite des Zimmers zurückgewichen war.

»Ihr Autor!«, sagte Mercy. »Herzlichen Glückwunsch.«

»Heiliges Kanonenrohr«, flüsterte die Verlegerin.

»Vielleicht sollten Sie stattdessen noch ein paar Geschichten über Grant Gunderson und den Grizzly von Hampstead veröffentlichen.«

»Der bringt keine Auflage. Das hier schon.« Sie zeigte auf Malahides Text und machte ein Gesicht, als säße eine Tarantel auf den Seiten.

Mercy nahm das Schlüssellochglas und steckte es mit zitternden Fingern zurück in ihren Mantel. Sie konnte nur hoffen, dass der Fremde es bald vermissen würde. Deshalb trug sie gleich neben dem Glas einen handlichen Revolver in der Manteltasche.

»Und das ist wirklich ein Erbstück?«, fragte Florence, als Mercy sich verabschiedete und zur Tür ging.

»Vielleicht nicht ganz.«

Florence schüttelte langsam den Kopf. »Sie ahnen nicht, wie wertvoll es ist. Eine Menge Leute würden viel dafür geben.«

»Dann muss ich mich wohl auf Ihr Stillschweigen verlassen.«

Florence hob abwehrend beide Hände. »Ich will mit dem Ding nichts zu tun haben.«

Im Hinausgehen schenkte Mercy ihr ein Lächeln. »Ich danke Ihnen, Florence.«

»Treffen wir uns bei Gelegenheit mal zum Tee?«

»Ich könnte jetzt eher Cutters Gin gebrauchen.« Mercy nickte ihr zu, dann schloss sie die Tür hinter sich.

Eilig lief sie die Holzstufen hinunter und erreichte den düsteren Hinterhof. Ein schmächtiger Mann lud gerade einen Sack von seinem Rücken und ließ ihn klirrend auf den Boden neben dem Eingang fallen. Altmetallhändler durchstreiften London Tag und Nacht auf der Suche nach Brauchbarem. In dieser Stadt versuchte jeder, irgendwie über die Runden zu kommen.

Mercy atmete auf, als sie durch einen Torbogen auf die Fleet Street trat. Hinter den hohen Fassaden befanden sich die Redaktionen aller Zeitungen der Stadt, zudem eine Unzahl von Buchverlagen. Die Straße pulsierte nur so von Bibliomantik, und einen Moment lang brachte sie das fast wieder auf den Geschmack.

Sie hatte bereits einige Eingänge passiert, noch immer benommen von Malahides Hass und kranker Ekstase, als ein jäher Gedanke sie zum Stehen brachte. Abrupt fuhr sie herum und rannte, so schnell sie konnte, zurück.

Sie war kurz vor dem Torbogen, als der kleine Mann aus dem Hof trat und in die entgegengesetzte Richtung abbog. Sie erkannte gerade noch seine asiatischen Züge, ehe er in Laufschritt verfiel und zwischen den Passanten untertauchte.

Den Sack mit Metall hatte er nicht mehr dabei.

22

Ein Leinenknäuel lag am Fuß der unteren Treppe, kaum mehr als Sack zu erkennen. Etwas hatte den Stoff zerstückelt, ihn in kleinste Streifen geschnitten, als hätten Wahnsinnige sich mit Messern daran zu schaffen gemacht.

Weiter oben hörte Mercy es auf den Stufen klappern und klirren.

»Florence!«, brüllte sie über das Geländer nach oben. »Schieben Sie irgendwas vor die Tür! Sofort!«

Sie nahm die ersten Stufen und hörte, wie ein wildes Kratzen und Scharren begann. Ein feiner Niesel aus Holzspänen schwebte durchs Treppenhaus herab, während weiter oben wie rasend auf eine Tür eingehackt und eingestochen wurde.

Mercy zog den Revolver aus dem Mantel. Sie wusste, was sie auf Florence' Etage erwartete, noch ehe sie die letzte Biegung genommen hatte. Die Späne wirbelten jetzt wie Schnee umher, und die Bewegungen am Fuß der Bürotür waren beinahe zu schnell für ihre Augen. Ein silberner Tornado schien dort zu wüten, ein Chaos aus zuckendem Eisen.

»Florence! Können Sie aus dem Fenster klettern?«

Keine Antwort aus dem Inneren.

»Florence?«

Aus dem stählernen Wirbel lösten sich drei lange Scheren, deren Klingen aussahen wie gekreuzte Schlachtermesser. Auf ihren Spitzen rasten sie auf Mercy zu, die kurzerhand einen

Schuss darauf abfeuerte und mit mehr Glück als Verstand eine der drei Scheren traf. Die Kugel zersprengte sie in zwei Teile, die leblos zu Boden klapperten. Die beiden anderen Scheren aber kamen näher, waren nur noch eine gute Mannslänge entfernt.

Hinter Mercy wurde eine Tür aufgerissen.

»Rein hier!«, befahl Florence' Stimme.

Mercy blickte über die Schulter und sah die Verlegerin im Eingang einer Wohnung stehen. Es gab nur zwei Türen auf dieser Etage, offenbar belegte Florence das ganze Stockwerk. Es musste eine Verbindung zwischen ihrem Büro und der Wohnung geben. In einer Hand hielt Florence ihr Seelenbuch, doch es schien ihr kaum Zuversicht einzuflößen.

Wortlos drängte Mercy hinein und schlug die Tür hinter sich zu. Sie befanden sich in einem kurzen Flur. Links von ihr stand ein Schrank. »Schieben wir den davor!«

Draußen prallten die ersten Scheren gegen die Tür und machten sich an die Arbeit. Es war beängstigend, mit welcher Kraft und Schnelligkeit sie das Holz zerstörten.

Mercy und Florence versuchten, den Schrank an der Wand entlang bis zum Eingang zu schieben. Das massive Möbelstück war höllisch schwer. Schließlich gelang es ihnen, doch der Schrank verdeckte nur die halbe Tür und ließ sich in dem engen Gang nicht drehen.

»Wir müssen hier raus!«, sagte Mercy. »Über uns ist der Dachboden, oder?«

Florence nickte. Sie war kreidebleich, aber nur halb so erschüttert, wie sie in Anbetracht einer Armee aus lebenden Scheren hätte sein müssen.

»Madame Xu?«, fragte Mercy.

Wieder nickte die junge Frau. »Ich habe Papier von ihren Leuten bezogen. Besonderes Papier, das die Wirkung der Geschichten verstärkt. Aber ich war mit den Preisen nicht einverstanden … und vielleicht habe ich auch vergessen, ein paar Rechnungen zu bezahlen.« Während sie Mercy in einen kleinen Salon voller Bücher zerrte, fragte sie: »Woher kennen *Sie* Madame Xu?«

»Als Buchhändlerin hört man so einiges.«

»Ja. Sicher.«

Florence eilte an einer Chaiselongue vorbei zu einem Wandteppich mit der gestickten Darstellung einer Klosterruine im Abendrot. Achtlos riss sie ihn herunter. Dahinter kam eine Tapetentür zum Vorschein. Florence öffnete sie mit einem kräftigen Ruck.

»Die führt hoch aufs Dach.«

Hinter einer geschlossenen Verbindungstür zum Nebenzimmer schepperte es. Die Scheren mussten ins Büro eingedrungen sein. Auch die Wohnungstür am Ende des Flurs gab unter dem Stakkato der Stiche und Hiebe nach. Holz zerbarst, dann erklang das stählerne Trippeln des Scherenschwarms.

Mercy und Florence flohen durch die Tapetentür und zogen sie hinter sich zu. Die Scheren würden die dünne Holzplatte in Windeseile zerstören, trotzdem verschaffte sie den beiden einen Vorsprung.

Im Dunkeln führte Florence Mercy eine steile Treppe hinauf. Hinter ihnen ertönte das Kratzen und Schaben der Scheren, die sich wie wütende Termiten durch Tapete und Holz arbeiteten.

Nach zwei Dutzend Stufen erreichten sie eine grobe Holztür, durch deren Ritzen Tageslicht fiel. Florence rammte einen Riegel beiseite. Vor ihnen lag eine quadratische Fläche, umgeben von vier aufsteigenden Dächern, die weiter oben im Nebel verschwanden. Links stand ein verrotteter Taubenschlag, in dem wohl schon lange keine Vögel mehr lebten.

Mercy brach eine Holzlatte aus der maroden Konstruktion. Keine allzu wirkungsvolle Waffe, aber mit dem Revolver würde sie gegen einen Ansturm der Scheren nichts ausrichten können.

Florence versuchte hektisch, ein Seitenherz ihres Seelenbuchs zu spalten. Das Papier stellte sich aufrecht, zitterte aber so sehr, dass es sich nicht vollständig teilte. Fluchend versuchte sie es erneut, und diesmal gelang es.

»Haben Sie schon mal mit Bibliomantik gekämpft?«, fragte Mercy.

»Ich weiß jedenfalls, wie es geht.«

»Das macht Hoffnung.«

»Wo haben Sie Ihr Seelenbuch?«

»Hab's nicht dabei«, sagte Mercy.

»Wie –«

»Lange Geschichte.«

»Dann haben wir ja schon ein Gesprächsthema beim Tee.« Florence ließ das Buch sinken und deutete eine Schräge hinauf. »Dahinter liegt der Innenhof. Aber wenn wir es weiter rechts versuchen, schaffen wir es vielleicht aufs Vorderhaus. Falls Sie schwindelfrei sind.«

Mercy zeigte in die entgegengesetzte Richtung. »Was ist da drüben?«

»Noch ein Hof.«

»Keine Feuerleitern?«

»So was gibt's hier nicht.«

»Wie oft muss London noch abbrennen?« Mercy schaute sich um. »Sonst irgendein Weg nach unten?«

»Nur durch die Dachfenster im Vorderhaus.«

»Sie machen das hier nicht zum ersten Mal, oder?«

»Ich hab als Kind oft hier oben gespielt.«

Mercy fragte sich, ob die Fenster, von denen Florence sprach, groß genug für zwei erwachsene Frauen waren, entschied aber, dass das vorerst keine Rolle spielte. Hier konnten sie nicht bleiben.

Während sie die Schräge erklommen und zugleich den Scherenschwarm auf der letzten Treppe heranklappern hörten, fiel ihr etwas ein. »Können Sie schweben? Mit Bibliomantik, meine ich.«

»Seh ich aus wie die verdammte gute Fee?«

Hinter ihnen gab die Außentür nach. Mercy warf einen Blick zurück und sah mindestens ein Dutzend Scheren ins Freie staksen. Sofort nahmen sie die Witterung der beiden auf und folgten ihnen die Schräge hinauf. Auf den Ziegeln hatten sie Mühe, Halt zu finden, und mussten ihre Spitzen tief in den gebrannten Ton rammen. Auch Mercy und Florence fiel es nicht leicht, den steilen Anstieg zu bewältigen, immer wieder rutschten sie auf den feuchten Oberflächen ab.

Auf dem Dachfirst schälte sich eine Reihe Schornsteine auf einem gemauerten Sockel aus dem Nebel. Weiter rechts würden sie daran vorbeiklettern und, wenn die Scheren sie nicht einholten, über einen der Seitenflügel zum Vorderhaus balancieren können.

Endlich erreichten sie den höchsten Punkt des Daches und blickten durch den Dunst zurück auf ihre Verfolger. Mercy hatte sich getäuscht. Es waren nicht weniger als zwanzig Scheren und jede war so lang wie ihr Unterarm. Vielleicht wurden in Madame Xus Papiermühle damit die großen Bögen geschnitten, vielleicht dienten sie auch keinem anderen Zweck als der Menschenjagd. Die vorderen waren nur noch vier Schritt entfernt, sie bewegten sich jetzt immer schneller.

»Dort entlang!« Florence deutete auf einen schmalen Steg, gerade mal einen Fuß breit, der über den First des Seitenflügels zum Vorderhaus führte. Dessen Dach war höher als die der hinteren Anbauten und besaß im unteren Teil eine Reihe von Luken.

Mercy hielt Ausschau nach einem anderen Weg, doch weit und breit war keine Leiter oder Treppe zu sehen, erst recht keine Tür. Sie konnten nur versuchen, über den Dachfirst zu laufen, um dann auf der glitschigen Schräge eine der Luken zu erreichen.

Hastig bewegten sie sich auf allen vieren weiter, bis sie die Stelle erreichten, wo der First des Seitenflügels im rechten Winkel auf das Dach des Hinterhauses stieß. Schwankend richtete Florence sich auf. Der Wind blähte ihr Kleid und drohte, sie in die Tiefe zu reißen, aber Mercy konnte gerade noch ihre Hand packen.

Die Scheren kamen klappernd und quietschend näher.

Mercy fluchte und erhob sich. Nun war es Florence, die ihr Halt gab, bis sie einigermaßen sicher stand. Der Steg auf dem Dachfirst war breit genug, um die Füße nebeneinanderzusetzen. Sie musste die Höhe ausblenden, sich einzig auf das schmale Band vor ihr konzentrieren und dabei die mörderischen Scheren ignorieren, die in einer langen Reihe über den First des Hinterhauses marschierten und sich im Stechschritt näherten.

»Weiter!«, rief Florence. Sie ließ Mercy los, presste ihr Kleid an die Oberschenkel und machte den Anfang. Mercy folgte ihr widerwillig.

Sie waren noch keine fünf Yards weit gekommen, als die ersten Scheren den Steg erreichten. Mit unverminderter Geschwindigkeit staksten sie hinter ihnen her.

»Wir schaffen es nicht bis zum Vorderhaus«, stellte Mercy fest und drehte sich um.

»Was tun Sie denn da?« Florence konnte auf dem engen Raum keinen Druckstoß aus ihrem Seelenbuch schleudern, ohne Mercy zu treffen. Und wer wusste schon, ob ihr Talent dafür überhaupt ausreichte.

Mercy packte die Holzlatte mit beiden Händen wie ein Schwert. »Ich probier's mal mit dem einzigen Vorteil, den wir haben. Diese Dinger sind nicht besonders schlau.«

Und damit trat sie den Scheren entgegen, die noch einmal schneller wurden, um ihre Opfer endlich in Stücke zu schneiden. Die vordere hob eine ihrer Spitzen, richtete sie auf Mercy, schien sich mit der anderen abstoßen zu wollen – und wurde im nächsten Moment vom Dachsims gefegt. Mercys Schlag erfasste auch die zweite und dritte Schere. Sie verloren ihren Halt, schlitterten über die Ziegel in die Tiefe und zerschellten scheppernd im Innenhof.

Mercys Triumph währte nur kurz, als der Schwung ihres Hiebs sie fast mit sich riss. Es hätte nicht viel gefehlt, und sie wäre den Scheren in den Abgrund gefolgt, doch Florence bekam sie von hinten zu fassen. Beide kämpften verzweifelt um ihr Gleichgewicht – und übersahen dabei fast die nächsten Scheren, die hirnlos den ersten folgten.

Wäre es ihnen möglich gewesen, Mercy und Florence einzukreisen, hätten die beiden keine Chance gehabt. Aber Mercy stabilisierte ihren Stand und schwang das Holz erneut, holte diesmal nicht ganz so weit aus, und schlug weitere Scheren vom Dach. Noch in der Luft klapperten sie zornig auf und zu, dann verblassten sie im Nebel.

Ermutigt von ihrem Erfolg machte Mercy einen Schritt und fegte die nächsten Scheren beiseite. Stumpfsinnig rückten die Klingenwesen weiter vor und marschierten in ihr Verderben. Mercy hörte sie im Hof zerspringen, bis zuletzt nur noch eine Handvoll übrig war. Eine Schere hielt inne – vielleicht hatte sie einen Ruf erhalten, ein Signal zum Rückzug.

Doch so leicht wollte Mercy es ihnen nicht machen. Erneut trat sie vor, schlug zu, jetzt wieder kräftiger, steigerte sich in einen regelrechten Rausch, in dem all die Wut lag, die sich seit der Begegnung mit Madame Xu in ihr aufgestaut hatte, all der Zorn über Grovers Tod, all die Trauer.

Zuletzt standen nur noch Florence und sie auf dem Dachsims, atemlos und ausgelaugt, und dann stürzte Mercy beinahe doch noch, so erschöpft war sie von ihrer Raserei und all den Gefühlen, die in ihr aufgestiegen waren.

Florence hielt sie fest, umarmte sie dort oben über dem Abgrund und führte sie schließlich zurück auf das Dach des Hinterhauses, hinab in das Ziegeltal mit dem Taubenschlag und durch die Tapetentür in die Geborgenheit ihres Salons.

23

Und wenn Jez allein aus London fortgegangen ist?«, fragte Philander.

Tempest starrte ihn an. »Das glaubst du nicht wirklich!«

»Wie gut kenne ich sie eigentlich?«

»Meine Güte, Philander, hör dir mal zu! Jez hat dich großgezogen, so gut sie das eben konnte, und dabei herausgekommen ist nicht das Allerschlechteste.« Sie versuchte es mit einem Lächeln, aber das wollte ihr nicht so recht gelingen. »Sie wäre niemals ohne dich abgehauen.«

»Ich glaube, sie hat eine Menge Dinge getan, über die sie niemals gesprochen hat.«

»Na und? Erzählst du ihr vielleicht alles, was du so treibst?«

»Du weißt, was ich meine.«

»Und gerade das hätte ich an ihrer Stelle auch nicht mit meinem kleinen Bruder besprochen.« Sie packte ihn an den Schultern, als wollte sie ihn daran hochheben, obwohl er doch fast einen Kopf größer war als sie. »Hör auf, die Schuld bei ihr zu suchen. Sie lässt dich nicht einfach im Stich.«

»Wir haben uns gestritten, gestern.«

»Wie so viele Male vorher. Und hat sie sich da vielleicht aus dem Staub gemacht?«

Betreten schüttelte er den Kopf. Möglicherweise suchte er nur nach dem einfachsten Ausweg. Wäre Jezebel aus freien Stücken verschwunden, hätte er das akzeptieren können. War ihr hingegen etwas zugestoßen, würde er sich sein Leben lang Vorwürfe machen.

Sie standen unter dem Torbogen, der von der Straße auf den Innenhof des ehemaligen Kutschhauses von St Giles führte. Es war später Vormittag, auf dem Hof herrschte reges Kommen und Gehen. Viele, die hier ihre Quartiere hatten, arbeiteten in den giftverseuchten Hinterhoffabriken der Innenstadtviertel. Der Rest verbummelte den Tag auf der Straße, manche saßen stundenlang auf Stufen und in Hauseingängen und tranken sich langsam um den Verstand. Jene, die in den Zelten im Hof hausten, hatten oft nicht mal genug Geld für den billigsten Fusel.

Und doch war dies der Ort, den Philander und Tempest von Kind an kannten, und die Vorstellung, irgendwann von hier fortzugehen, fühlte sich unwirklich an. Gerade jetzt fiel es Philander schwer, sich die Wahrheit einzugestehen: Sie gehörten hierher. Das hier war ihre Welt. Und was immer Jezebel getan hatte, um ihnen den Zugang zu einer anderen zu ermöglichen, hatte einen viel zu hohen Preis.

»Wir suchen weiter nach ihr, und wir finden sie«, sagte Tempest. Sie hatte die Nacht bei ihm verbracht, eng an ihn geschmiegt, während sie beide wachgelegen und auf Jezebels Schritte draußen auf dem Gang gehofft hatten. Erst im Morgengrauen war Philander für kurze Zeit eingeschlafen.

»Gehen wir zur Polizei«, schlug Tempest vor.

»Als ob die sich für eine verschwundene Hure interessieren.« Da war das Wort, das er all die Stunden, Tage, Wochen immer vermieden hatte. Es klang so hässlich, aber einmal musste er es aussprechen, und wenn auch nur in dem Versuch, das Gespenst zu vertreiben, das ihm seit gestern auf Schritt und Tritt folgte.

Manchmal waren Menschen erst dann wirklich präsent, wenn sie nicht mehr da waren.

»Wir könnten der Polizei erzählen, was der Feuerschlucker gesehen hat«, sagte Tempest.

»Dem sie sicher jedes Wort glauben werden, weil er ja ein so zuverlässiger Zeuge ist.« Philander schüttelte den Kopf. »Sie ist noch nicht mal einen Tag weg. Kein Polizist wird auch nur einen Finger rühren.«

Er war gleich am Morgen in die Wäscherei gegangen und hatte Jezebel krankgemeldet. Einen Tag lang würde man ihr das durchgehen lassen, mit sehr viel Glück zwei. Am dritten würde eine andere Frau ihren Platz an der Mangel einnehmen, und die Vorarbeiterin würde sich nicht mal mehr an Jezebels Namen erinnern.

»Ich hab eine Idee«, sagte Tempest. »Wir müssen gar nicht auf die Wache gehen. Es gibt hier draußen genug Polizisten, die wir fragen können.«

»Das hat doch keinen –«

»Bounderby«, fiel sie ihm ins Wort.

Er presste die Lippen aufeinander und dachte nach.

Sie stupste ihn am Kinn. »Sag: Tempest, das ist eine wirklich tolle Idee!«

»Bounderby ist der faulste, nichtsnutzigste Polizist zwischen Dover und Edinburgh.« Und das auch nur, weil ihm gerade keine Stadt weiter nördlich einfallen wollte.

Sergeant Rupert Bounderby saß den lieben langen Tag mit seinen drei Zentnern Lebendgewicht in einem Pub drei Straßen weiter und nahm dort die Anzeigen all der Säufer und Nichtsnutze entgegen, die sich von irgendjemandem schlecht behandelt fühlten. Weil er zu nichts anderem taugte – am wenigsten zum Streifegehen, denn Fortbewegung war keine Stärke des schwergewichtigen Sergeanten Bounderby –, hatten ihn seine Vorgesetzten dort aufs Abstellgleis geschoben. Offiziell galt er als eine Art Vertrauensperson für den Pöbel von St Giles, doch nahmen ihn nur jene ernst, die längst keinen klaren Gedanken mehr fassen konnten. Da zumindest Alkohol nicht zu seinen Schwächen gehörte, vertrieb er sich die Zeit mit der Lektüre von Penny Dreadfuls – die er mit Vorliebe von Tempest kaufte, an der er einen Narren gefressen hatte.

»Jeder weiß«, sagte Philander, »dass er all die Anzeigen am Abend einfach fortwirft, sobald er sich auf die andere Seite der Oxford Street geschleppt hat.«

»Mag ja sein.« Tempest blieb ungebremst in ihrem Enthusiasmus und zerrte ihn an einer Hand mit sich. »Aber Bounderby *weiß* Dinge. Er hört morgens die Neuigkeiten auf der Wache und den Tag über all die Geschichten der Spinner und Durchgedrehten. Falls Jezebel irgendwo aufgetaucht ist, dann erfährt er es als einer der Ersten.«

Keine zehn Minuten später saßen sie Bounderby gegenüber, der sich äußerst erfreut zeigte, die hübsche Tempest zu sehen, und merklich weniger erfreut über Philanders Begleitung. Dabei war Bounderby keiner dieser Kerle, die jungen Mädchen nachstellten. Philander bezweifelte, dass Bounderby auf irgendetwas anderes Appetit hatte als auf dampfende Pasteten und gebratene Blutwurst. Womöglich wünschte er Tempest tatsächlich nur das Beste, doch das Beste schien ihm keineswegs in Gestalt eines abgerissenen Jungen mit löchrigem Gehrock und verbeultem Zylinder daherzukommen.

Tempest verwickelte ihn in ein kurzes Gespräch über den Mord an Ptolemy und erkundigte sich, ob die Polizei schon eine Spur habe, ehe sie auf den eigentlichen Grund ihres Besuchs zu sprechen kam. Bounderby saß auf seinem Platz am Fenster zur Brownlow Street, hatte die Finger über seinem Wanst verschränkt und nickte bedächtig. Erst als ihm bewusst wurde, dass Philander der Bruder der Gesuchten war, verfinsterte sich sein Blick.

»Ihr kennt doch den Fußgängertunnel unter der Themse«, sagte er zögernd.

»Den kennt jeder«, entgegnete Tempest.

Der Tunnel war vor fast vierzig Jahren durch das Gestein unter dem Fluß geschlagen worden, ein Jahrhundertbauwerk und das erste seiner Art in London. Doch als man ihn 1843 eröffnet hatte, war bald klar geworden, dass die Bevölkerung sich vor dem dunklen, stickigen Schlauch fürchtete. Anfangs hatten nur die sittsamen Bürger den Tunnel gemieden, dann auch die weniger ehrbaren. Bald hatten die Stadtväter einsehen müssen, dass niemand freiwillig den Weg unter dem Fluss hindurch nahm, und so war der Tunnel geschlossen und vor gut zehn Jahren an die Eisenbahngesellschaft übergeben worden. Die wollte ihn für die neue Untergrundbahn ausbauen, doch bislang waren nicht einmal Schienen verlegt worden. Offiziell blieb der Tunnel ungenutzt und verbarrikadiert, auch wenn in Wahrheit allerlei Gesindel darin Unterschlupf suchte. Alle anderen machten einen großen Bogen um die verwahrloste Rampe, die hinunter zum Eingang führte.

Bounderby blickte von Tempest zu Philander, dann richtete er das Wort wieder an das Mädchen. Die Geringschätzung für

Philander war aus seiner Miene gewichen, vielmehr schien er es nun kaum übers Herz zu bringen, ihm in die Augen zu sehen. »Heute Morgen haben sie dort eine Tote gefunden. Blond war sie, auch mal hübsch, sagen die Kollegen, aber übel zugerichtet. Das Alter könnte hinkommen. Die Kleidung auch.«

Um Philander schienen der Raum, die Straße, sogar Tempest und Bounderby zu wabern und zu zerfließen, als verschmelze die Wirklichkeit zu einer diffusen Schattenwelt.

Er hörte nicht, was sie ihm nachriefen, sah nur aus dem Augenwinkel, wie Tempest beim Aufstehen ihren Stuhl umwarf und ihm besorgt ins Freie folgte. Er lief, ohne sich umzusehen, lief durch die Gassen zur Themse und hinab zum Tor in die Unterwelt.

24

Während sie zu ihrem Quartier im dritten Stock hinaufeilte, entdeckte Mercy winzige Stichspuren im Holz der Treppe. Gleich darauf sah sie das zerfetzte Loch in der Tür am Ende des Gangs. Feine Späne bedeckten den Boden wie Sandverwehungen.

Sie schloss auf und drückte die Überreste des Türflügels nach innen. Das Zimmer war übersät mit Papierfetzen, auch ihre Matratze war regelrecht ausgeweidet worden. Der Vogelkäfig war zu Boden gestürzt, beim Aufprall hatte sich die Gittertür geöffnet. Die Streben waren übersät mit Kratzern und Dellen, als hätte jemand Dutzende Male mit einem Messer auf das Metall eingestochen.

»O nein«, flüsterte sie, ging neben dem Käfig in die Hocke und suchte verzweifelt nach den Überresten der Bewohner. Der Boden war übersät mit Papier, viele Schnipsel waren so klein wie Konfetti. Die Scheren hatten alles zerstört, was sie an losen Blättern hatten finden können. Von den Origamis fand Mercy keine Spur mehr.

Plötzlich aber hörte sie es zaghaft rascheln, blickte auf und sah die beiden Papiervögel eng aneinandergepresst auf dem höchsten Regal sitzen. Aufgeregt wippten sie mit den spitzen Köpfen. Dort oben hatten die Scheren sie nicht erreichen können.

Mercy seufzte erleichtert auf, redete ihnen gut zu und ging

hinüber zum Schreibtisch. Als sie die Schublade aufzog, lag die dunkelbraune Kladde des Besserwissers unversehrt an Ort und Stelle.

Sie wischte Papierschnipsel vom Stuhl, setzte sich und legte den Veterator auf den Tisch. Hier hatten die Scheren ganze Arbeit geleistet, nicht ein Blatt war heil geblieben.

Nach kurzem Zögern öffnete sie den Verschluss des ledernen Buchdeckels. Sie hatte ihn kaum einen Daumenbreit gehoben, da wurde er ihr schon aus den Fingern gerissen und klappte zur Seite um. Mercy wäre beinahe mit dem Stuhl nach hinten gekippt, als sich tausende Seiten in Windeseile übereinandertürmten und einen Kegel aus Papier bildeten. Oben entstanden die knollennasigen Gesichtszüge, die sie bereits kannte, am unteren Rand krochen sechs dicke Zehen hervor. Diesmal dauerte es nur Sekunden, dann stand der Besserwisser vor ihr, schnappte aufgeregt nach Luft und rollte mit den Augen.

Mit einem Hopser sprang er vom Tisch und landete vor Mercy.

»Mylady! *Mylady!*«, rief er eine Handbreit vor ihrem Gesicht. Instinktiv rutschte sie mit dem Stuhl zurück, bis die Lehne gegen die Wand stieß. Viel Platz verschaffte ihr das nicht. »Was ist denn nur geschehen, Mylady? Ich hörte ein Schaben und Scharren und Kratzen, ein ganz fürchterliches Getöse überall um mich herum.«

Sie wollte antworten, aber er gab ihr keine Gelegenheit dazu.

»Eine schlimme Situation war das, ich bin noch immer ganz verstört!« Der schielende Blick des Veterators irrlichterte durch den Raum und erfasste die Verwüstung. »Du liebe Güte!

Wer wird das alles aufräumen? Ein Pech, dass ich keine Hände habe, um Sie tatkräftig zu unterstützen.«

Wenn sie etwas gerade nicht brauchte, dann sein Gezeter oder gar seinen guten Rat. Aber sie wollte jetzt nicht allein sein. Die letzte Stunde hatte sie stärker mitgenommen, als sie wahrhaben wollte. Zwei Jahre lang hatte sie Limehouse gemieden, und nun war Limehouse zu ihr gekommen.

»Ich sitze in der Patsche, fürchte ich.«

Der Besserwisser machte ein Geräusch, als zöge er Buchstaben durch seine Nase hoch. »Das tut mir sehr leid, Mylady.«

»Dich hätte es auch erwischt, wenn du nicht in der Schublade gelegen hättest.«

»Ein herber Verlust wäre das gewesen.«

»Das hier war nur eine Warnung, sonst hätten sie auf mich gewartet.«

»Dann empfehle ich, von allem abzulassen, das diese Herrschaften noch mehr verärgern könnte.«

»Madame Xu war verdammt schnell«, sagte sie grübelnd. »Sie muss gewusst haben, was passiert ist, noch ehe ich mich auf den Heimweg gemacht habe.«

»Wer ist Madame Xu, wenn die Frage gestattet ist?«

»Ich dachte, du weißt alles.«

»Nur, was in Büchern steht«, entgegnete er verschnupft. »In der schriftlichen Überlieferung der chinesischen Geschichte gibt es dreiundfünfzigtausendsiebenhundertzwölf Personen dieses Namens, aber ich nehme doch an, dass wir es hier mit einer höchst gegenwärtigen Gefahr zu tun haben.«

Mercy stöhnte auf. »Xu ist die Graue Eminenz der Londoner Unterwelt.«

»Und Sie haben Streit mit ihr?«

»So könnte man das nennen.«

»Wie unerfreulich.«

Mercy raufte sich die Haare.

»Ich verstehe«, sagte der Veterator. »Vielleicht wird meine Anwesenheit hier gerade nicht benötigt.«

»Das entscheide ich!«

»Sehr wohl, Mylady.«

»Hast du Zugriff auf Schriften der Adamitischen Akademie?«

»Nun«, sagte er gedehnt, »ich will nicht behaupten, dass meine Kenntnisse lückenlos sind, aber sie sind zweifellos vollständiger als die der meisten nichtbibliomantischen Bibliotheken.«

»Was ist mit Personalien? Kannst du mir sagen, in welcher Beziehung ein gewisser Edward Thorndyke zur Akademie steht?«

Wenige Augenblicke vergingen, dann rümpfte der Besserwisser seine große Nase. »Der Literaturkritiker Edward Thorndyke hat vier Bücher veröffentlicht, Sammelbände von Rezensionen in kleiner Auflage. Drei davon sind in Verlagen erschienen, die Unika nahestehen. Das Refugium Unika ist der Sitz der Adamitischen Akademie und –«

»Ja, ja, das weiß ich«, fiel sie ihm ins Wort. »Aber Thorndyke hat keinen offiziellen Posten inne?«

»Zumindest keinen, der in einem Buch aufgeführt wird.«

»Was ist mit einer Florence Oakenhurst?«

Wieder verstrichen einige Augenblicke, dann sagte der Besserwisser: »Es gibt eine Romanfigur, die so heißt, in einem unbedeutenden Werk von einem –«

»Die meine ich nicht. Eine Verlegerin. Die Besitzerin der Oakenhurst Publishing Company.«

»Ich finde in keinem Buch eine Spur von ihr.«

Sie rieb sich mit den Händen durchs Gesicht und überlegte. Womöglich würde Madame Xu sie in Frieden lassen, wenn sie sich zukünftig von Florence fernhielt und sich nicht in den Streit der beiden einmischte. Dass Xu es bei einer Warnung belassen hatte, mochte ein Hinweis darauf sein, dass sie keinen neuen Konflikt wünschte. Die Chinesin hätte sie längst aufspüren und töten können, und Mercy fragte sich nicht zum ersten Mal, ob diese erstaunliche Zurückhaltung etwas mit dem Erscheinen der Schleierfrau zu tun hatte.

Ihr Blick fiel auf einen Briefumschlag zwischen den verwüsteten Papieren am Boden. Er war in zwei Hälften geschnitten worden, doch das Wachssiegel war unversehrt. Sie war sicher, dass der Brief noch nicht hier gewesen war, als sie am Morgen aufgebrochen war. Jemand musste ihn später unter der Tür hindurchgeschoben haben.

Sie hob die beiden Teile des Umschlags vom Boden auf und zog die Hälften des Schreibens heraus. Ungeduldig drängte sie den Besserwisser beiseite und legte die Stücke auf dem Schreibtisch aneinander. Im Kuvert steckte noch ein zweites, sehr viel größeres Blatt, ebenfalls zerschnitten.

Bei dem Brief handelte es sich um eine handschriftliche Einladung zum Tee am heutigen Nachmittag, kurz und knapp formuliert, höflich, aber auf eine Weise, die keine Absage duldete. Darunter stand:

Mit ergebenen Grüßen
Ihr Edward Thorndyke

Das zweite Blatt war vergilbtes Zeitungspapier und entpuppte sich als Artikel aus der *Times*, eine von Thorndykes frühen Rezensionen. Darin kritisierte er einen Band, der damals gerade in englischer Übersetzung erschienen war.

Siebensterns *Scharfrichter von Venedig*. Das letzte verkaufte Buch des ermordeten Ptolemy.

Der Roman, den Jezebel zu Malahide bringen wollte, bevor sie spurlos verschwunden war.

25

Die Leiche war längst abtransportiert worden, aber noch immer stand ein Pulk von Schaulustigen an der Absperrung aus dicker Kordel. Zwei Polizisten befragten eine Gruppe von Männern und Frauen, die aussahen, als verbrächten sie den größten Teil ihres Lebens dort unten im Tunnel – abgerissene Gestalten mit bleichen, ausgezehrten Gesichtern.

Philander bekam kaum Luft, als er das Ende der Rampe erreichte. Der halbrunde Torbogen zum Tunnel war einmal zugemauert worden, doch schon vor Jahren hatte jemand mit der Spitzhacke neue Zugänge geschaffen. Die Bahngesellschaft hatte die Öffnungen mit Holzplatten und Balken vernageln lassen, aber Obdachlose und lichtscheues Volk hatten neue Kriechlöcher hineingesägt. Jez hatte diesen Ort und seine Bewohner gefürchtet. Nie im Leben wäre sie freiwillig hergekommen.

»Weiß man, wer die Frau war?«, mischte Philander sich in das Gespräch eines Polizisten mit einem schmutzigen Kerl, der abseits der Gruppe stand und erbärmlich nach Schnaps stank.

Der Polizist ignorierte ihn und setzte seine Befragung über das Absperrseil hinweg fort. Philander stieß den anderen Mann kurzerhand beiseite. Da zückte der Polizist seinen Knüppel. »Hey! Was unterstehst du dich?«

»Wer war die Tote?«

»Wer will das wissen?«

Philander nannte seinen Namen. Noch immer bekam er kaum Luft. »Meine Schwester ... sie ist verschwunden. Jezebel. Sie war –«

»Dann geh zur Wache und melde sie als vermisst. Jemand wird deine Sache zu Protokoll nehmen. Wir ermitteln hier in einem Mordfall, Junge, da haben wir keine Zeit für –«

»Sie ist meine Schwester!«, schrie Philander den Mann an. »Und sie ist fort! Sie ist zu jemandem in eine Kutsche gestiegen und keiner weiß, wo sie ... wo sie ...« Er brach ab, als ihm mit der Luft auch die Worte ausgingen, wollte neu ansetzen, aber der Polizist hob eine Hand.

»Wie alt ist deine Schwester?«

»Dreiundzwanzig.«

»Haarfarbe?«

»Blond.«

»Irgendwelche besonderen Merkmale? Muttermale, so was in der Art?«

»Ihr fehlen zwei Backenzähne, einer rechts, einer links.«

»Der Frau, die wir gefunden hatten, fehlen eine ganze Menge Zähne, mein Junge. Und sie sind ihr nicht von selbst ausgefallen.« Er beobachtete genau Philanders Reaktion, um auszuschließen, dass der sich nur wichtigmachte. Philanders schockierter Blick schien ihn ein wenig milder zu stimmen. »Sonst irgendwelche Besonderheiten? Vielleicht an den Beinen?«

Philander schluckte. »Eine Narbe wie ein Z, am linken Oberschenkel. Von einem Unfall in der Wäscherei, vor drei Jahren.«

Das Gesicht des Polizisten blieb wie aus Stein, aber Philander registrierte, dass er diesmal ganz kurz zögerte, ehe er die nächste Frage stellte. »Und verschwunden ist sie seit wann?«

»Gestern Abend.«

Der Mann musterte ihn noch einmal von oben bis unten, dann nickte er knapp. »Rühr dich nicht von der Stelle.«

Er ging zu seinem Vorgesetzten, der in Zivil weiter hinten an der Tunnelbarriere stand und einige Männer instruierte, die offenbar den Auftrag erhalten hatten, ins Innere vorzudringen. Einige trugen Gewehre, andere Fackeln und Öllampen.

Der Mann, mit dem Philander gesprochen hatte, sagte etwas und deutete in seine Richtung. Der Vorgesetzte warf einen kurzen Blick zu ihm herüber, nickte kurz und setzte seine Rede fort.

Philander wollte schon ungeduldig über das Seil klettern, als sich eine schmale Hand von hinten um seinen Unterarm schloss.

»Nicht«, sagte Tempest, ebenso erschöpft wie er, aber mit einer Härte in der Stimme, die ihn tatsächlich innehalten ließ. »Die suchen nach einem Verdächtigen. Gib ihnen keinen Grund, dich festzunehmen.«

»Aber –«

»Die wissen, dass die Wahrscheinlichkeit viel größer ist, von jemandem ermordet zu werden, den man kennt, als von irgendeiner dieser Ratten aus dem Tunnel.« Sie wies auf die versammelten Obdachlosen, von denen sich einige kaum auf den Beinen halten konnten. »Wenn sie glauben, dass du sie gekannt hast und nicht beweisen kannst, wo du warst, als sie getötet wurde, dann sperren sie dich ein. Und du kannst ihnen kaum erzählen, dass du dich in der Kanalisation rumgetrieben hast und dann in den Garten eines ehrbaren Bürgers eingedrungen bist.«

»He, Junge.« Der Polizist kam zurück. »Du wartest hier. Sobald der Trupp im Tunnel ist, kommt der Inspektor rüber und redet mit dir.«

»Ist sie es? Die Frau, die sie gefunden haben … ist das Jezebel?«

»Es dauert nur noch ein paar Minuten.« Der Blick des Uniformierten fiel auf Tempest. »Und wer bist du?«

»Tempest.«

»Tempest – und weiter?«

Sie erfand einen Nachnamen.

»Bist du seine Freundin?«

»Ja.«

Unter den Obdachlosen entstand Aufruhr, als einer mit einer Flasche ausholte und sie auf den Trupp an der Barrikade warf.

Der Polizist fluchte lauthals. »Nicht von der Stelle rühren. Alle beide.«

Eine Trillerpfeife ertönte. Jemand rief Verwünschungen, andere fielen in Schmähparolen ein.

Philanders Hand schoss über das Seil nach vorn und packte den Polizisten an der Uniformjacke, als der seinen Kollegen zu Hilfe eilen wollte.

»Sagen Sie's mir! Haben Sie meine Schwester gefunden?«

Ganz kurz schien der Mann zu erwägen, Philander mit dem Knüppel Manieren beizubringen. Doch dann sah er Tempest an, besann sich eines Besseren und tippte nur mit Nachdruck auf Philanders Hand an seinem Ärmel. »Wir werden so tun, als wäre das nie passiert, mein Junge. Und das auch nur, weil ich sehen kann, dass du nicht ganz bei Sinnen bist vor Sorge.«

Philander ließ los. »Hatte sie eine Narbe am Bein?«

»Bitte«, sagte Tempest zu dem Polizisten, »Sie müssen es uns sagen.«

Der Mann holte tief Luft. »Ja, die hatte sie.«

Aus dem Aufruhr wurde eine Schlägerei. Der bewaffnete Trupp stürmte herüber, als das Gesindel das Absperrseil niedertrampelte. Der Polizist wandte sich endgültig von den beiden ab und lief zu den anderen.

Philander ergriff Tempests Hand und zog sie herum. »Glaubst du, dass die sich wirklich für Jez interessieren?«, fragte er, und die Stimme, die das sagte, klang kaum wie seine eigene.

»Ich weiß nicht. Vielleicht –«

»Dann komm!« Er rannte los, die Rampe hinauf, und sie folgte ihm.

»Was hast du vor?«

»Jez und ich haben gespart.«

»Um aus London zu verschwinden, ich weiß.«

»Ich hole alles aus dem Versteck, und dann bezahle ich jemanden, damit er die Wahrheit herausfindet.«

»Jemanden?« Ihr Blick verdüsterte sich. »Mercy?«

»Sie hat Geld verlangt, um mir zu helfen. Also soll sie Geld bekommen. Aber dafür wird sie mir den Mann bringen, der das getan hat.«

Hinter ihnen peitschte ein Warnschuss. Der Tumult explodierte, Geschrei folgte ihnen gellend die Rampe herauf.

»Und wenn ich weiß, wo er ist, dann gnade ihm Gott.«

ZWEITER TEIL

Die Loge des erlesenen Geschmacks · Bibliomanten und Bibliolithen · Marquis de Astarac · Unter Toten · Die Flamme und der Feuerschlucker · Schleierfrau · Der Hass des Monsieur Absolon · Verrat unter Verbündeten · Ein Seitenherz erstrahlt

26

»Es ist ein Trugschluss«, sagte Edward Thorndyke, »dass Menschen ihre Kriege um Land und Rohstoffe führen. In Wahrheit kämpfen sie immer nur um die beste Geschichte.«

Er und Mercy nahmen ihren Tee im zweiten Stock der Bibliothek ein, einem der beiden Flügel von Thorndyke House, die vom Keller bis zum Dach mit Büchern gefüllt waren. Mercy hatte den Verdacht, dass der Rest des Anwesens ähnlich aussah und nur in Thorndykes Augen nicht die Bezeichnung Bibliothek verdiente, weil es dort auch Schlafzimmer, Bäder und eine Küche gab.

»Kriege um die beste Geschichte«, fuhr er fort, »sind zum Beispiel Kriege um Religionen. Oder Kriege um Ehre und Rasse und Blutsverwandtschaft. Kriege um Lügen, mit denen die Massen aufgewiegelt werden. Die eine Seite behauptet, ihre Geschichte sei die einzig wahre, und die andere widerspricht und pocht auf ihre Version. Deshalb, Miss Amberdale, vergessen Sie alles, was Sie über Kriege um Gold und Land und weiß der Teufel was gehört haben. Der Kern allen Konflikts ist eine Geschichte. Nur leider ist es nicht immer die beste, die gewinnt.«

Sie nippte an ihrem Tee und rückte sich auf dem Samtbezug ihres Sessels zurecht. Sie saß kerzengerade am vorderen Rand der Sitzfläche und hatte die Knie fest aneinandergepresst. Eine der ersten Lektionen, die sie im Umgang mit vermögender

Kundschaft gelernt hatte, war, dass diese Menschen Wert auf Umgangsformen legten. Und dass man ihnen geduldig zuhören musste. Stundenlang, falls nötig.

Auch Thorndyke hatte augenscheinlich das Bedürfnis, ihr seine Ansichten zu allem und jedem mitzuteilen. Zweifellos wäre er sonst kein Kritiker geworden.

»Wenn doch einmal die bessere Geschichte siegt, dann ist es meist keine wahre«, fuhr er fort. »Die Wahrheit ist oft unbeliebt. Nichtsdestotrotz müssen wir beide uns heute damit auseinandersetzen.«

Er war ein großer Mann Ende fünfzig, trotz seines Alters von schlanker Statur und mit der Haltung eines ehemaligen Soldaten, auch wenn er seine Kämpfe längst mit Tinte und Druckerschwärze ausfocht. Seine bibliomantische Aura war durchschnittlich, aber das genügte Mercy, um sich vor ihm in Acht zu nehmen. Grauhaarig und glattrasiert, in feinsten Zwirn gekleidet, galt Thorndyke als überaus streitbar. Er wirkte wie jemand, der es genoss, mit seinen Kritiken über Wohl und Wehe einer künstlerischen Laufbahn zu entscheiden. Tatsächlich hätte er als Richter mit Talar und Perücke recht stattlich ausgesehen, als Verkünder von Kerkerhaft und Todesstrafe.

Mercy sah ihm in die Augen. »Was kann ich für Sie tun, Mister Thorndyke? Warum bin ich hier?«

»Mir ist zu Ohren gekommen, dass es im Cecil Court einen Vorfall gegeben hat. In der Vergangenheit habe ich gelegentlich Bücher beim armen Mister Ptolemy gekauft. Ich kann nicht behaupten, dass ich ihn besonders mochte, aber er verstand etwas von seinem Beruf. Sein Tod ist ein herber Verlust für den Cecil Court und für Londons Bibliophile.«

Mercy stellte ihre Tasse ab. Selbst dieser Laut wirkte in so gediegener Umgebung ungehörig.

»Des Weiteren hörte ich, dass Sie in dieser Sache Nachforschungen anstellen«, sagte Thorndyke. Er saß vor einem offenen Kamin, dessen Inneres schneeweiß gestrichen war. Ein Feuer hatte darin noch nie gebrannt. »In diesem Zusammenhang haben Sie ein gewisses Interesse an einem Individuum namens Malahide gezeigt. Ich will nicht um den heißen Brei herumreden, Miss Amberdale. Dieser Mister Malahide, dem Sie letzte Nacht offenbar bis in meinen Garten gefolgt sind, ist mein Cousin. Mütterlicherseits. Und ich wäre froh, wenn es anders wäre.«

»Lieber väterlicherseits?«

»Machen Sie sich nicht lustig, ich bin auch so gestraft genug. Malahide ist ein Schandfleck auf meinem Revers. Eine Gefahr für meinen Ruf.«

»Ihre Wächter haben mich in der Nacht erkannt«, stellte sie fest. »Ich muss mich entschuldigen, dass ich –«

Er wischte ihre Worte mit einer Handbewegung beiseite. »Die Männer haben mir nur gemeldet, dass eine rothaarige junge Dame mit zwei verwahrlosten Begleitern aus der Kanalisation emporgestiegen ist, ein wenig Ärger gemacht hat und verschwunden ist. Weil Sie Recherchen im Fall des armen Ptolemy anstellten, war mir klar, dass es nur eine Frage der Zeit wäre, bis mein unseliger Cousin Sie hierherführen würde. Ich weiß um seine Angewohnheit, wie eine Ratte den Weg durch die Unterwelt zu nehmen. Er kann nicht anders, fürchte ich. Schmutz ist das Metier seiner Wahl. Vermutlich wissen Sie ja, was er zu Papier bringt.«

»Sie haben keine hohe Meinung von ihm.«

»Man kann sich seine Verwandtschaft nicht aussuchen. Gewisse erbrechtliche Umstände zwingen mich, ihm Logis in meinem Haus zu gewähren, wenn er sich in London aufhält. Er bewohnt eines der Gästezimmer im hinteren Flügel, wobei er die Nächte meist in seiner Behausung in der Fetter Lane verbringt. Auch tagsüber ist er selten hier. Dem Himmel sei Dank dafür.«

»Ich könnte verstehen, wenn Sie ungehalten wären über mein Eindringen in Ihren Garten, Mister Thorndyke. Sie müssen mir glauben, dass ich nicht die geringste Ahnung hatte, wohin Malahide unterwegs war.«

»Sie sind eine kluge junge Frau, Miss Amberdale. Sie haben mir die Bibel des Robertus Stephanus besorgt und die *Emblemata* von Plantin, daran sind andere vor Ihnen gescheitert. Ich bin sicher, Sie hätten ohnehin bald die richtigen Schlüsse gezogen. Wie nah sind Sie meinem Cousin gekommen?«

»Nicht sehr nah. Ich habe kaum mehr als seine Silhouette gesehen.«

»Nun, das dürfte genügen, um zu erkennen, dass sein Erscheinungbild der Qualität seiner literarischen Fabrikationen entspricht. Das alles ist mir äußerst unangenehm. Darum möchte ich Ihnen einen Vorschlag unterbreiten.«

Sie erinnerte sich an seine Wächter im Park. Vermutlich gab es auch welche im Haus. Wenn Thorndyke sie zum Schweigen bringen wollte, hätte er ihr dafür nicht zwangsläufig Geld bieten müssen.

»Ich möchte Sie bitten, die familiären Verstrickungen zwischen Malahide und mir nicht weiterzuverfolgen. Ich kann

Ihnen versichern, dass er an Ptolemys Tod ganz und gar unbeteiligt war.«

»Wenn Sie das sagen.«

»Ich geben Ihnen mein Wort darauf, Miss Amberdale. Malahide war hier im Haus, als den armen Ptolemy sein Schicksal ereilt hat. Gestern Morgen hatten mein Cousin und ich eine unserer üblichen Meinungsverschiedenheiten. Er ist gegen vier Uhr in der Früh betrunken und mit unerträglichem Getöse hier eingefallen, ich hörte ihn noch stundenlang rumoren und mit Flaschen hantieren, und als ich ihn bei Sonnenaufgang zur Rede stellte, war er kaum in der Lage, sich an seinen Namen zu erinnern, geschweige denn sich zum Cecil Court zu bewegen und dort unbemerkt einen Menschen zu ermorden. Ganz abgesehen davon ist er kein Bibliomant. Es besitzt nicht den Hauch eines Talents. Selbst wenn er gewollt hätte, hätte er kein Verbrechen begehen können, bei dem eindeutig Bibliomantik im Spiel war.«

»Offenbar wissen Sie einiges über den Hergang.«

»Ich erfahre Dinge. Das sollte Sie nicht überraschen.« Thorndyke beugte sich vor. »Ich appelliere nicht an Ihr Verständnis. Vielmehr möchte ich Ihnen etwas anbieten.«

Abwartend erwiderte sie seinen Blick.

»Zwei Dinge, genau genommen. Das erste ist meine Hilfe, denn die werden Sie brauchen. Ich kann Ihnen verraten, was es mit dem Siebenstern-Buch auf sich hat, das Malahide von Ptolemy erworben hat. Möglicherweise wird Sie das ein gutes Stück weiterbringen.«

Damit hatte er sie am Haken, doch sie blieb kühl. »Und Ihr zweites Angebot?«

»Ein Auftrag. Lukrativ genug, aber ich werde Ihnen nicht grundlos Geld hinterherwerfen. Damit würde ich Sie beleidigen, und das liegt nicht in meiner Absicht. Sie werden für mich arbeiten und etwas für mich herausfinden. Und Sie werden feststellen, dass Sie damit nicht nur mir weiterhelfen, sondern auch Ihrem eigenen Ziel einen gehörigen Schritt näher kommen.«

»Das klingt überaus rätselhaft, Mister Thorndyke.«

Er erhob sich und bot ihr seinen Arm an. Nach kurzem Zögern stand sie auf und hakte sich bei ihm unter. Aus unmittelbarer Nähe war der Buchduft seines Körpers stärker, als sie erwartet hatte.

So wanderte sie an seiner Seite von einem Bibliothekssaal zum nächsten, stieg regalgesäumte Treppen hinauf und fand sich erneut in Räumen wieder, die bis zum Bersten mit Büchern gefüllt waren. In den Ecken standen Wasserbehälter mit armlangen Spritzen, Vorkehrungen für den Fall eines Feuers.

»Sie scheinen große Sorge zu haben, dass es hier brennen könnte«, sagte sie und spürte, wie sich sein Arm versteifte.

»Die Leute haben keine Vorstellung, wie oft es in London zu Feuersbrünsten kommt. Jedermann denkt immer nur an den Großen Brand von 1666 und sagt sich, das sei lange her, heute könne so etwas nicht mehr passieren. Aber das ist ein Trugschluss. Jedes Jahr brennt es in London im Durchschnitt fünfhundertmal. Fünfhundert Feuer, meine Liebe!« Nun war er selbst fast so fahl wie Asche. »Die meisten Brände brechen im Dezember aus. An einem Freitag. Um zehn Uhr abends.«

»Das Thema scheint Sie zu beschäftigen.«

»Wir sind beide Bibliomanten, Miss Amberdale. Ihnen sollte genauso viel an der Bewahrung von Büchern liegen wie mir.«

»Ihnen ist bewusst, dass wir gerade eben über einen verbrannten Buchhändler gesprochen haben, nicht wahr? Und jetzt reden wir über Ihr Interesse an Feuer. Wäre ich von der Polizei, müsste ich Sie verdächtigen.«

»Ich würde mich eher in der Themse ertränken, als in einer Buchhandlung Feuer zu legen«, sagte er ernst. »Auch kein bibliomantisches.«

»Ist ein Grund für die Abneigung, die Sie Ihrem Cousin entgegenbringen, vielleicht die Tatsache, dass er mit Feuer leichtfertiger umgeht als Sie?«

Thorndyke lächelte. »Ich weiß, ich verlange viel von Ihnen, wenn ich Sie bitte, mir zu glauben, dass mein Cousin unschuldig ist.«

»Wo steckt er überhaupt? Ist er hier?«

»Nein, ich habe ihn heute Morgen fortgeschickt. Er ist für einige Tage in den Norden gefahren. Ich denke, dort ist er besser aufgehoben. Zumindest falls er sich zur Abwechslung einmal an das hält, was ich ihm geraten habe.«

»Sie haben ihn ziemlich eilig aus der Schusslinie genommen.«

»Für mich steht eine Menge auf dem Spiel.«

Der Geruch des Papiers erinnerte sie so sehr an ihre Kindheit im *Liber Mundi*, dass sie sich allmählich fragte, ob er nicht viel raffinierter vorging, als ihr nur einen gutbezahlten Auftrag anzubieten.

»Haben Sie einmal von der Loge des erlesenen Geschmacks gehört?«, fragte er.

Sie nickte. »Eine Vereinigung von Kritikern und Rezensenten. Sie sind seit vielen Jahren ein angesehenes Mitglied, das ist kein Geheimnis. Gelegentlich taucht die Loge in der Zeitung auf.«

»Dann wissen Sie, wie elitär dieser Zirkel ist. Und wie unerbittlich, wenn eines der Mitglieder sich etwas zuschulden kommen lässt.«

»Von welcher Art Schuld sprechen wir?«

Er lachte ohne jeden Humor. »Ich könnte ein Dutzend Buchhändler bei lebendigem Leib verbrennen, und man würde mich nicht aus der Loge werfen. Aber ein Vergehen an der Literatur … das ist eine andere Sache.«

»Ein Vergehen wie das, einem berüchtigten Schundautor Unterschlupf zu bieten?«

»Allein die Blutsverwandtschaft würde genügen, um mich in Schimpf und Schande auszustoßen.«

Mercy blieb stehen. »*Darum* geht es Ihnen?«

»Ich sagte doch, mein guter Ruf steht auf dem Spiel. Wer würde noch meine Kritiken lesen, wenn mich die Loge des erlesenen Geschmacks ausschließt? Innerhalb weniger Wochen würde keine Zeitung mehr meine Texte veröffentlichen.«

»Das alles hier sieht nicht so aus, als wären Sie auf das bisschen Honorar angewiesen.«

»Meine Liebe, ich muss Ihnen wohl nicht erklären, dass es mir keineswegs ums Geld geht!«

»Verzeihen Sie.« Sie hakte sich wieder bei ihm unter und ließ sich weiter durch seine atemberaubende Bibliothek führen. »Sie wollen Malahide entlasten, damit er nicht öffentlich an den Pranger gestellt wird und Sie mit ihm untergehen.«

»Ja. Aber das ist noch nicht alles.«

Sie erreichten das Ende des Seitentrakts und stiegen eine schmale Treppe hinab, von der aus es keine Zugänge in die anderen Stockwerke gab. Die Wände waren fensterlos, auch hier waren Regale angebracht.

Als sie das Ende der Stufen erreichten, sagte Thorndyke: »Ich werde Ihnen etwas zeigen, das bislang nur enge Vertraute gesehen haben.«

Falls sie sich nicht täuschte, befanden sie sich jetzt im Keller. Das gefiel ihr nicht. Auch hier gab es keine Fenster und nirgends Türen nach draußen.

»Ich hoffe, Sie sind ein Gentleman, Mister Thorndyke.«

»Und ich hoffe, Sie wissen zu schätzen, was Sie gleich zu sehen bekommen.«

Sie betraten einen geräumigen Gewölbekeller mit einer schweren Eisentür an der Stirnseite. Ein imposantes Vorhängeschloss schützte Thorndykes Geheimnisse vor Eindringlingen.

»Vielleicht sollten Sie hier lieber Ihren Cousin unterbringen.«

»Ich habe darüber nachgedacht. Und weil er das ahnt, würde er mir niemals hierherfolgen.«

In ihrem Mantel steckte der kleine Revolver, den sie nun sicherheitshalber immer bei sich trug. Aber den Mantel hatte ihr Thorndykes Butler abgenommen, und sie hatte die Waffe nicht vor seinen Augen herausnehmen können. Sie war eine begabte

Einbrecherin, aber an ihrer Selbstverteidigung musste sie noch arbeiten.

Weil sie nicht aus ihrer Haut konnte, prägte sie sich genau ein, was Thorndyke tat, während er einen schweren Schlüssel in das Schloss schob. Sie war sicher, dass es sich dabei nur um eine Ablenkung handelte. Die wahre Sicherung dieser Tür war bibliomantischer Natur, und nun sah sie auch, wie er mit dem Finger verstohlen ein paar Buchstaben in die Luft neben dem Schloss schrieb. Einem ungeübten Auge wäre die Bewegung nicht aufgefallen.

Gleich darauf zog er die Tür auf. Es knisterte elektrisch, dann gingen mehrere Lampen an.

Auf zwei Dutzend schwarzen Marmorsockeln, verteilt über einen weiten Saal, erhoben sich runde Glaskuppeln. Wie in einem Museum waren darunter Objekte ausgestellt, gewellte Platten und Rollen. Alle waren grau und porös.

»Sind das Bücher und Schriftrollen?«, fragte sie.

»Es waren einmal welche. Haben Sie jemals von Bibliolithen gehört?«

Sie schüttelte den Kopf.

»Bibliolithen sind Schriften, die nach einem Vulkanausbruch von der Asche begraben und zu Stein gepresst wurden. Vor ein paar Jahren gab es hier in London eine Ausstellung mit den Lavaleichen von Pompeji; man hat eine Menge Aufhebens darum gemacht. Meinen Bibliolithen ist etwas ganz Ähnliches passiert. Dies alles hier sind Bücher und Pergamente, die unter Asche und Lava versteinert sind.« Er schenkte ihr ein rätselhaftes Lächeln. »Bücher, die immun sind gegen jede Art von Feuer.«

Ihr Blick wanderte über einige der Steingebilde. »Die Sache mit dem Lesen dürfte schwierig sein.«

»Das bedeutet nicht, dass sie ihre bibliomantische Macht verloren haben. Wir mögen ihre Seitenherzen nicht mehr spalten können, doch die Magie steckt immer noch in ihnen.«

Langsam näherte sie sich den vorderen Bibliolithen. Ihre bibliomantische Ausstrahlung war in der Tat beträchtlich.

»Viele wurden bei den Ausgrabungen einer Synagoge in Ostia entdeckt«, erklärte er, »andere stammen aus dem gesamten Mittelmeerraum. Die Schriftrollen wurden vermutlich bei Vulkanausbrüchen auf Santorin verschüttet, gut tausendsiebenhundert Jahre vor Christus. Wie sie in die Synagoge gelangt sind, weiß niemand mehr. Und es gab dort eine beachtliche Menge davon.«

Mercy war beeindruckt. »Es dürfte auf der Welt nicht allzu viele Sammlungen wie diese geben.«

Zum ersten Mal lachte Thorndyke auf eine Weise, die fast herzlich erschien. »Meine Liebe, das hier ist keine Sammlung! Es ist eine Sicherung. Ein Schutzwall! Niemand, der nicht selbst über eine bibliomantische Aura verfügt, kann diesen Raum unbeschadet durchqueren.«

Er deutete nach vorn, und jetzt erst erkannte sie, dass es im hinteren Teil des Saales eine weitere Tür gab, ähnlich groß wie die erste, jedoch aus grauem Stahl.

»Was ich Ihnen zeigen möchte … das, was die Bibliolithen bewachen … Es befindet sich hinter dieser Tür.«

Er ging voran, und diesmal gab es kein Vorhängeschloss. Mercy spürte ein Kribbeln auf ihrer Haut, während sie durch die unsichtbaren Membranen aus Bibliomantik zwischen den

Marmorsockeln trat. Buchstaben und Hieroglyphen flackerten durch ihre Gedanken, eine Flut von Zeichen wie tausend Nadelstiche. Ein Mensch ohne bibliomantischen Schutz hätte darüber womöglich den Verstand verloren.

»Was ist dahinter?«, fragte sie, als sie die Tür erreichten.

Thorndyke zeigte ein rasiermesserscharfes Lächeln. »Warum schauen Sie nicht nach?«

27

In der Tür befand sich ein winziges Guckloch, kaum größer als ein Fingernagel. Vorsichtig trat Mercy heran, presste eine Hand auf das kühle Metall und schob ihr rechtes Auge vor die Öffnung.

Auf der anderen Seite lag eine düstere Kammer. Das einzige Licht ging von einer daumenhohen Flamme aus. Sie brannte in einer halbrunden Schale, die wiederum auf einem Marmorsockel in der Mitte des Raumes stand. Ihr Schein reichte schwach bis zu den kahlen Wänden.

»Was sehen Sie?«, fragte Thorndyke in ihrem Rücken.

»Eine Feuerschale.« Sie versuchte, mehr von der Kammer zu erfassen, aber durch das winzige Guckloch war ihr Sichtfeld begrenzt. »Ist da drinnen jemand eingesperrt?« Als sie sich umdrehte, bemerkte sie, dass Thorndyke nur noch einen Schritt hinter ihr stand.

»Wie man's nimmt«, sagte er. »Das da ist nicht Blaubarts geheime Folterkammer, und ich halte auch keine Menschen gefangen.«

»Was dann?« Nach kurzer Überwindung wandte sie ihm erneut den Rücken zu und blickte durch die Öffnung. Falls sich jemand in der Kammer befand, musste er rechts oder links der Tür stehen.

Ein heftiges Dröhnen ließ sie zusammenzucken. Thorndyke hatte mit dem Siegelring an seiner Hand dreimal fest gegen die

Tür geschlagen, nur eine Handbreit neben ihrem Kopf. Die Laute hallten wie Glockenschläge durch den Keller.

»Verzeihen Sie«, sagte er. »Ich muss ihn wohl erst einmal aufwecken.«

»Also doch ein Gefangener.«

»Schauen Sie einfach.«

Die Flamme in der Schale loderte höher, wuchs zum Vielfachen ihrer bisherigen Größe an, als hätte jemand eine verborgene Gasleitung im Sockel geöffnet. Sie gabelte sich wie ein Ypsilon, die beiden Schenkel wurden länger und bogen sich nach unten. Inmitten der Verzweigung entstand ein glühender Feuerball. Dann sah es aus, als würden die beiden Arme auf dem Rand der Schale aufgesetzt und stemmten eine annähernd menschliche Gestalt aus dem Behälter, eine Strichfigur aus Flammen, mit vier Gliedern, einem spindeldürren Rumpf und einem Glutball als Kopf. In einer gleitenden Bewegung sank sie vom Sockel zu Boden, wuchs weiter an und stand schließlich breitbeinig da, ein zuckendes, mannshohes Feuerwesen, das gesichtslos zur Tür herüberblickte.

»Was zum Henker –«

»Gestatten, Fornax«, sagte Thorndyke »Er selbst nennt sich gern die Alexandrinische Flamme. Und noch manches mehr.«

»Er *selbst*?«

»Er spricht. Recht enthusiastisch sogar. Durch die Tür können Sie ihn nicht hören, aber ich bin ziemlich sicher, dass er uns gerade einen Vortrag darüber hält, auf welche Art und Weise er uns zu Asche verbrennen wird, sobald wir ihm die Gelegenheit dazu geben.«

»Was ist eine alexandrinische Flamme?« Sie wandte ihren

Blick wieder Thorndyke zu, der sich zwei Schritte von der Tür entfernt hatte und vor einem der Sockel mit Glaskuppel stehen geblieben war. Darunter lag eine steinerne Tafel. Mercy trat neben ihn.

»Das hier ist der kostbarste Bibliolith, den ich besitze. Mit seiner Hilfe wurde Fornax vor vielen Jahren gebändigt.«

Mercy warf einen Blick darauf und sah vertikale Reihen aus Keilschrift. »Können Sie die lesen?«

»Nein, aber derjenige, von dem ich ihn habe, hat mir verraten, was da geschrieben steht.« Die Tafel war doppelt fingerdick und nicht größer als Briefpapier. Ihre Ränder waren eingekerbt, die Ecken abgebrochen. Die Beschriftung war jedoch vollständig erhalten. »Nicht, dass der Text heute noch eine Rolle spielt. Es gibt vermutlich andere Hilfsmittel, um eine Kreatur wie Fornax zu bannen, aber dies hier ist das älteste. Es war Fornax, der die große Bibliothek von Alexandria niedergebrannt hat, damals im antiken Ägypten. Er ist noch heute ungeheuer stolz darauf, deshalb nennt er sich die Alexandrinische Flamme. Überhaupt ist er ein ziemlicher Prahler. Auch der Große Brand von London war sein Werk.«

Mercy blickte von Thorndyke zurück zur Eisentür. Das Guckloch glühte wie ein Lavatropfen, Fornax musste direkt dahinter stehen. Vielleicht würde sie in sein loderndes Auge blicken, wenn sie jetzt hindurchsähe.

»Wie ist er zu Ihnen gekommen?«

»Ich habe ihn einem Bibliomanten abgekauft, der vor fast vierzig Jahren die Verbindung erkannt hat zwischen dieser Tafel und all den Feuern, die immer wieder unvermittelt in London ausbrachen. Damals waren es fast dreimal so viele wie heute. Er jagte Fornax und bannte ihn schließlich mit Hilfe der Inschrift in der Metallschale. Fonax kann sich nicht allzu weit von ihr fortbewegen, und wer sie besitzt, dem muss er gehorchen.«

»Er ist verantwortlich für Tausende von Feuern – und er muss tun, was *Sie* ihm befehlen?«

Thorndyke nickte. »Ich habe kein Interesse daran, diese Macht zu missbrauchen. Ganz im Gegenteil. Der einzige Grund, warum ich ihn gefangen halte, ist, um die Welt vor ihm zu schützen. Ich würde ihn löschen wie ein Strohfeuer, wenn ich könnte, aber nicht einmal der Mann, der ihn gebannt hat, kannte einen Weg, das zu tun. Wir können Fornax nicht zerstören, wir können ihn nur einsperren und bewachen.«

»Und da halten sie ihn ausgerechnet unter ihrer Privatbibliothek fest? So nah bei den Büchern, die Ihnen so viel bedeuten?«

»Oh«, sagte er, »verzeihen Sie, ich sollte Ihnen noch etwas erklären. Fornax kann Städte und Menschen verbrennen, vielleicht könnte er ganze Landstriche unbewohnbar machen oder Kontinente verwüsten. Nur Papier und Pergament sind immun gegen seine Flammen. Setzen Sie ihn in einer Bibliothek aus, und kein einziges Buch würde auch nur den geringsten Schaden nehmen. Beim Untergang der Bibliothek von Alexandria hat er sich überfressen an Literatur. Oder er wurde von einem der Bibliothekare mit einem Fluch belegt, wer kann das schon genau wissen.«

»Er könnte also keine Buchhandlung verbrennen?«

»Er könnte den Buchhändler verbrennen, aber nicht seine Bücher.«

»Sie behaupten, Ptolemy ist von diesem Ding getötet worden?«

»Fornax hat es gewiss nicht aus freien Stücken getan. Aber wenn Sie annähmen, dass ein Mensch, ein Bibliomant, Fornax als Waffe missbraucht haben könnte, um Ptolemy zu beseitigen, dann würde mir das unter den gegebenen Umständen durchaus einleuchten.«

»Und wer käme da Ihrer Meinung nach in Frage?«

»Damit kommen wir zum zweiten Teil meines Anliegens. Zu dem Auftrag, den ich Ihnen geben möchte. Vor zwei Tagen ist jemand hier unten eingedrungen, hat den Schutzwall der Bibliolithen überwunden und Fornax samt seiner Schale und der Tafel entwendet. Das wirklich Verstörende aber ist, dass er ihn gestern Nacht, Stunden nach Ptolemys Tod, unbemerkt wieder zurückgebracht hat.« Thorndyke sprach langsam, als wollte er sichergehen, dass Mercy ihm folgen konnte. »Verstehen Sie, Miss Amberdale? Ein Bibliomant hat Fornax gestohlen, hat ihn auf den armen Ptolemy gehetzt und anschließend zurückgebracht. Und nun sagen Sie mir, welchen Sinn das ergeben soll. Fornax ist eine der zerstörerischsten Mächte, die man sich nur vorstellen kann, vielleicht kostbarer als die Kronjuwelen im Tower, wenn man den richtigen Käufer findet – und dieser Bibliomant gibt ihn nach getaner Arbeit einfach zurück wie ein Buch, das er sich von mir ausgeliehen hat!«

»Und Sie haben keine Ahnung, wer das gewesen sein könnte?«

Thorndyke schüttelte den Kopf. »Ich komme nicht täglich hier herunter. Mir ist erst aufgefallen, dass jemand hier gewesen ist, nachdem Fornax bereits wieder zurück war.«

»Woher wissen Sie, dass er überhaupt fort war?«

»Weil er es mir gesagt hat, Miss Amberdale. Ich hörte von den ungwöhnlichen Umständen, unter denen Mister Ptolemy ums Leben kam – dass er völlig verbrannt war, aber kein Buch dabei beschädigt wurde –, und natürlich dachte ich gleich an Fornax. Ich vermutete, dass es vielleicht einen zweiten wie ihn geben könnte, deshalb stieg ich herunter, um ihn zu befragen. Ich bemerkte gleich, dass etwas anders war als sonst. Die Position der Tafel auf dem Sockel war verändert, das Glas um eine Winzigkeit verrückt worden. Nur geringfügige Abweichungen, aber verräterisch genug. Es gab keine Spuren an den Türen, weder an der vorderen mit dem Schloss noch an dieser hier. Der Bibliomant, der das getan hat, muss überaus talentiert sein und sehr diskret vorgegangen sein.«

»Und Ihr Cousin Malahide kommt nicht in Frage?«

»Ich sagte Ihnen doch schon, er ist kein Bibliomant. Welche zweifelhaften Talente er auch immer besitzen mag, Bibliomantik gehört nicht dazu.«

»Was spräche dagegen, dass Sie selbst es waren?«

»Hätte ich Sie dann gerufen? Würde ich Sie in all das einweihen?«

»Was mich zu meiner nächsten Frage bringt: *Warum* weihen Sie mich ein?«

»Ich habe Erkundigungen über Sie eingeholt, Miss Amberdale. Ich weiß, was Ihnen vor zwei Jahren in Limehouse zugestoßen ist, und dass Sie der Bibliomantik abgeschworen haben. Sie mögen vorgeben, kein Interesse mehr an Büchern zu haben, aber natürlich ist das reiner Selbstbetrug … Warten Sie, lassen Sie mich ausreden … Auch heute noch bewegen Sie sich in bibliomantischen Kreisen, suchen Bücher für Ihre Kunden, und nun sind Sie hier, um den Mörder eines Buchhändlers zu finden. Möglicherweise haben Sie ein schlechtes Gewissen, weil Ptolemy der heimliche Wohltäter Ihres Ziehvaters Valentine war. Aber das geht mich nichts an. Vielleicht glaube ich einfach an das Gute in Ihnen, Miss Amberdale.«

»Und Sie erwarten, dass ich herausfinde, wer Fornax gestohlen und anschließend zurückgebracht hat?«

»So wie die Dinge liegen, würden Sie damit auch Ptolemys Mörder finden. Sie schlagen zwei Fliegen mit einer Klappe.«

Mercy blieb misstrauisch. »Was ist Ihnen wichtiger – den Namen des Diebes zu erfahren oder mich durch diesen Auftrag zum Schweigen zu verpflichten, damit keiner von der Verwandtschaft zwischen Ihnen und Malahide erfährt?«

»Entscheiden Sie selbst, Miss Amberdale.«

»Haben Sie einen Verdacht, wer es gewesen sein könnte?«

»Es gibt einen engen Kreis von Verdächtigen. Allesamt Männer, die hier im Haus aus und ein gehen. Einige von Ihnen wussten, was ich hier unten aufbewahre.«

»Sie haben den anderen Mitgliedern der Loge davon erzählt?«

»Ich fürchte, ich war unvorsichtig. Vielleicht zu stolz und eitel. Ja, ich habe einen Fehler gemacht.«

»Haben Sie jemanden Bestimmten im Auge?«

»Es kämen einige in Frage, aber ich misstraue vor allem einem jungen Franzosen, der erst vor kurzem in unseren Kreis aufgenommen wurde. Ein Korrespondent des *Figaro* hier in London, der sich auch als Literaturkritiker versucht. Nicht sehr überzeugend. Seine Familie verfügt über ein beträchtliches Vermögen, und man dürfte ihm seinen Posten gekauft haben. Ein paar der anderen Logenbrüder schätzen ihn, aber ich halte seine Ambitionen für äußerst dubios.«

»Inwiefern?«

»Ich glaube, dass er ein Agent der Adamitischen Akademie ist. Die haben ihn aus irgendeinem Grund bei uns eingeschleust, vielleicht weil Sie jeder Gruppierung misstrauen, die sich nicht offen zur Akademie bekennt. Sein Name ist Cedric Sebastien de Astarac. Marquis de Astarac.« Er trat vor und ergriff ihre Hand. »Ich möchte Sie bitten, an einer unserer Zusammenkünfte teilzunehmen, um sich selbst ein Bild von ihm und den übrigen Logenmitgliedern zu machen. Ich könnte Sie als meine Nichte vorstellen.«

»Man würde mich für Ihre Geliebte halten.«

Das nötigte ihm nur ein Schulterzucken ab. »Viele der Gentlemen unterhalten Bekanntschaften zu jungen Damen. Niemand würde Verdacht schöpfen, so oder so.«

»Und wann findet diese Zusammenkunft statt?«

»Heute Abend, hier bei mir im Haus. Ihnen bleibt genug Zeit, ein hübsches neues Kleid zu kaufen und sich ein wenig herauszuputzen.« Er hob abwehrend eine Hand, als sie sich empören wollte. »Sie sehen ganz bezaubernd aus, Miss Amberdale, gar keine Frage. Aber es gibt gewisse gesellschaftliche Zwänge. Und wir wollen die Logenbrüder doch davon überzeugen, dass ich Ihr Gönner bin.«

»Mein Onkel, sagten Sie.«

»Gewiss.«

Sie wandte sich erneut zur Tür. »Kann ich mit Fornax sprechen?«

»Das halte ich für keine gute Idee. Er ist gefährlich.«

»Er sollte uns doch verraten können, wer ihn gestohlen hat.«

»Als hätte ich ihn danach nicht längst gefragt. Aber er ist ein *Feuer*, kein Kind, das man von der Straße entführt hat. Er ist ungeübt darin, Menschen voneinander zu unterscheiden. Seine Auffassungsgabe ist, wie sein ganzer Charakter, eher unsensibel. Zudem war der Dieb maskiert und nicht so höflich, sich vorzustellen.«

»Was für eine Maske hat er getragen?«, fragte sie ahnungsvoll.

»Eine bibliomantische.«

Thorndyke führte sie durch das fensterlose Treppenhaus zurück nach oben und am anderen Ende des Hauses über eine prächtige Freitreppe wieder ins Erdgeschoss. Der Butler reichte ihr den Mantel. Ihr Revolver steckte noch in der Tasche.

»Da ist noch etwas«, sagte sie, als Thorndyke und sie in der offenen Haustür standen. Der Butler hatte seinem Herrn etwas zugeflüstert und sich dann wieder zurückgezogen.

»Natürlich«, sagte Thorndyke. »Ptolemy und die Siebenstern-Bücher. Ich habe versprochen, Ihnen zu erzählen, was ich darüber weiß.«

Mercy blickte zurück in die leere Eingangshalle, dann den gepflasterten Weg durch den Vorgarten entlang zur Straße. Ein Kindermädchen zerrte einen kleinen Jungen den Bürgersteig hinunter. Ein Schirm verbarg ihr Gesicht, obwohl es nicht regnete. Gleich darauf waren beide hinter der Mauer verschwunden.

»Mister Ptolemy hatte hervorragende Kontakte zu wohlhabenden Sammlern«, sagte Thorndyke. »Angeblich haben sogar Angehörige des Königshauses durch Mittelsmänner bei ihm eingekauft, wie auch Mitglieder der Drei Häuser. Ich glaube nicht, dass er enge Beziehungen mit Unika und der Akademie gepflegt hat, aber Kontakte gab es gewiss. Als vor einigen Tagen die Nachricht die Runde machte, Ptolemy böte einige Siebenstern-Romane im deutschen Original an, mag das hier und da zu einem Stirnrunzeln geführt haben.«

»Warum sollte das Aufsehen erregen?«, fragte Mercy. »Siebenstern war in England nie besonders beliebt, und die meisten Übersetzungen sind als Fortsetzungen in Penny Dreadfuls erschienen. Die wenigen gebundenen Ausgaben findet man mit ein bisschen Mühe auch heute noch. Warum also so eine Aufregung um ein paar deutsche Originalausgaben?«

Thorndyke lächelte mit Verschwörermiene. »Vielleicht wissen Sie, dass Siebenstern diverse Mehrteiler geschrieben hat. Er war kein großer Schriftsteller, nur ein mittelmäßiger Abenteuerautor. Wenn sich eines seiner Bücher besonders gut verkaufte, schrieb er häufig eine Fortsetzung. Was Ptolemy da zum Kauf anbot, waren sieben erste Bände der unterschiedlichsten Reihen. Das Besondere daran war, dass sie alle voll mit handschriftlichen Anmerkungen waren: an den Seitenrändern, zwischen den Zeilen, sogar auf den Buchdeckeln. Notizen, die von Siebenstern selbst stammten. Er hat sie wohl hineingeschrieben, während er an den Fortsetzungen gearbeitet hat.«

»Dann stammten die Bücher aus Siebensterns privater Bibliothek?«

»Oder aus der seiner Familie. Und Sie wissen, von welcher Familie wir sprechen, nicht wahr?«

»Haus Rosenkreutz. Eine der beiden Familien, die von der Adamitischen Akademie wegen Hochverrats bestraft wurden. Vor über vierzig Jahren.«

»Abgeschlachtet würde es wohl eher treffen. Haus Antiqua wurde vollständig ausgelöscht, aber es halten sich Gerüchte, dass einigen Rosenkreutz die Flucht aus Deutschland nach England gelungen ist. Und dass sie hier unter anderem Namen ein neues Leben begonnen haben. Renegatenjäger der Akademie suchen heute noch nach ihnen.«

»Renegatenjäger?«

»Eine Einheit von Akademie-Agenten. Renegaten sind Abtrünnige, Verräter an der bibliomantischen Sache. Einige Agenten wurden von den Drei Häusern mit der Aufgabe betreut, Renegaten aufzuspüren und zu eliminieren.«

»Ptolemy ist also in den Besitz einiger Bücher gelangt, die früher einmal Siebenstern und dem Haus Rosenkreutz gehört haben. Offenbar hat irgendwer eine Möglichkeit gesehen, die Nachfahren der Rosenkreutz anhand dieser Bücher ausfindig zu machen.«

Thorndyke nickte. »Wahrscheinlich hat der Mörder es auf denjenigen abgesehen, der Ptolemy die Bücher verkauft hat. Wer immer das gewesen ist, hat möglicherweise Zugang zur Bibliothek der Rosenkreutz – oder wie auch immer sie sich heutzutage nennen mögen.«

»Vorausgesetzt die Bände sind vorher nicht schon durch diverse andere Hände und Sammlungen gewandert.«

»Auch das ist denkbar. So oder so setzt jemand alles daran,

die Spur der Bücher bis zu den Rosenkreutz zurückzuverfolgen. Glauben Sie mir, der Akademie ist kein Preis zu hoch, um ihre alten Widersacher ein für allemal auszurotten.«

»Sie haben keine hohe Meinung von der Adamitischen Akademie, Mister Thorndyke.«

Er senkte seine Stimme. »Ich bewundere durchaus ihre Effizienz.«

»Aber was hat Ihr Cousin Malahide mit all dem zu tun?«

»Der unselige Kerl sammelt Schund. Er war Stammkunde bei Ptolemy, und jenen mag das veranlasst haben, eines der sieben Bücher für Malahide zurückzulegen. Die übrigen sechs muss bereits ein anderer erworben haben.«

»Oder der Mörder hat sie gefunden und mitgenommen.«

»Soweit ich weiß, war *Der Scharfrichter von Venedig* der letzte Band, der noch übrig war. Die restlichen waren laut Malahide bereits verkauft. Ptolemys Mörder ist also zu spät gekommen. Falls es ihm wirklich darum geht, in den Besitz dieser Bücher zu gelangen, dann wird er mit einiger Sicherheit versuchen, den Käufer der übrigen sechs Bände zu finden. Bislang hat er ja nur Malahides Exemplar.«

»Hoffentlich nicht«, sagte Mercy mit trockener Kehle.

Thorndyke sah sie fragend an.

»Es ist wahr, dass das Buch nie bei Malahide angekommen ist«, erklärte Mercy. »Aber nicht, weil der Mörder es im Laden gefunden hat. Vielmehr ist es auf dem Weg von dort zu Malahide verloren gegangen.«

Sein Blick hellte sich auf. »Der Botenjunge? Malahide hat ihn mal erwähnt.«

»Das ist ein wenig kompliziert.« Mercy dachte an die unglückselige Jezebel, die ahnungslos mit einem Buch durch London gelaufen war, auf das es die Adamitische Akademie, ihre Renegatenjäger und ein gnadenloser Mörder abgesehen hatten. »Ich muss Sie jetzt verlassen, Mister Thorndyke.«

»Dann sehen wir uns heute Abend? Die Versammlung der Loge beginnt um acht Uhr. Seien Sie eine halbe Stunde früher da, wenn es sich einrichten lässt.«

Mercy nickte und wollte gehen, doch auf der Treppe vor dem Haus blieb sie noch einmal stehen. »Dieser Franzose, dieser Marquis de Astarac, ist er ein Renegatenjäger?«

»Das würde mich nicht überraschen.«

»Und von mir wollen Sie den Beweis, dass er Ptolemy umgebracht hat?«

»Ich wäre entzückt, wenn Ihnen das gelänge.«

»Aber in erster Linie erkaufen Sie mein Schweigen.«

»In erster Linie«, sagte er betont, »erkaufe ich mir, dass Sie um halb acht hier erscheinen. Ob Sie dann jemandem begegnen, den Sie mit dem Revolver in Ihrer Tasche erschießen möchten, bleibt Ihnen überlassen.«

28

Als Mercy am Abend zurückkehrte, waren alle Fenster von Thorndyke House hell erleuchtet. Der Weg von der Straße zum Eingang lag im Schein zischender Gaslampen, um die der Nebel wabernde Heiligenscheine legte. Mehrere Gentlemen mit schwarzen Mänteln und Zylindern wurden gerade eingelassen und vom Hausherrn begrüßt.

Thorndyke entdeckte Mercy, noch ehe alle anderen im Haus waren, und lächelte, als er ihr neues Kleid bemerkte. Einen Moment lang wirkte er tatsächlich wie ein reicher Onkel, der sich über die Ankunft seiner Nichte freute.

»Liebe Mercy, du bist pünktlich«, sagte er, als die Reihe an ihr war.

Natürlich musste er sie jetzt beim Vornamen nennen, um den Schein zu wahren. Trotzdem brachte sie kein »Onkel Edward« über die Lippen, sondern sagte nur: »Ich wollte mir keine Minute entgehen lassen.«

In der Eingangshalle verteilten der Butler und ein paar Bedienstete Getränke an zwei Dutzend grauhaarige Herren. Mercy erkannte, dass sie die einzige Frau unter den Anwesenden war. Je mehr neugierige Blicke sie trafen, desto häufiger entdeckte sie darin Spuren von Missbilligung.

»Sie denken jetzt«, flüsterte Thorndyke ihr zu, »dass es keine gute Idee war herzukommen.«

»Ich denke«, erwiderte sie, »dass Sie sehr genau wussten,

was mich hier erwarten würde. Und dass es Ihnen völlig egal war.«

»Sie werden anständig bezahlt«, sagte er mit einem Achselzucken.

Er stellte sie einigen der Anwesenden vor. Das Interesse, mit dem man ihr begegnete, blieb oberflächlich, und sehr schnell vertieften sich alle wieder in Gespräche über schlechte Bücher und ihre talentlosen Verfasser. Nur bei wenigen spürte Mercy eine bibliomantische Aura.

Nach einer halben Stunde – sie starb fast vor Langeweile – trafen nacheinander zwei jüngere Männer ein, beide wohl Mitte zwanzig. Der eine war gutaussehend auf eine etwas verträumte Weise, ein wenig linkisch und mit dunkelblondem Haar, kurzgeschnitten, damit die Locken nicht zu deutlich durchschlugen. Er lächelte flüchtig in ihre Richtung, doch dann wurde ihr bewusst, dass er Thorndyke meinte, der unbemerkt hinter sie getreten war.

»Percival Faerfax«, sagte er leise neben ihrem Ohr. »Ein hochintelligenter Bursche mit Potential, guten Manieren und einer scharfen Feder.« Kurz schien es, als wollte er etwas ergänzen – zweifellos etwas, das sein Lob relativierte, ganz nach Art des Kritikers –, aber da eilte er bereits davon und nahm den nächsten Gast in Empfang. Dabei musste es sich um den Marquis de Astarac handeln. Fortan ließ Mercy den Franzosen nicht mehr aus den Augen.

Er hatte den Blick eines Raubvogels, dunkel und stets auf der Lauer, und sein Lächeln erreichte nur selten seine Augen. Sein schwarzes Haar war zu lang für die vorherrschende Mode, einzelne Strähnen fielen ihm ins Gesicht und reichten bis auf die Wangen. Er grüßte förmlich und hatte für die meisten ein paar freundliche Worte übrig, oftmals Lob für die letzte Veröffentlichung in einer der großen Zeitungen. Mercy schien er zu ignorieren, vielleicht weil sie nicht zu denen gehörte, die über seine endgültige Aufnahme in die Loge des erlesenen Geschmacks entschieden. Dennoch hörte sie ihn aus einiger Entfernung sprechen und bemerkte verblüfft, dass sein Englisch akzentfrei war.

Sie erkannte seine Stimme auf Anhieb.

»Er spricht ein halbes Dutzend Sprachen ohne die leiseste Spur des Französischen«, sagte jemand, der schräg hinter Mercy stand. Seine bibliomantische Aura erzeugte ein Kribbeln auf ihrer Haut. Als sie sich umdrehte, lächelte er und deutete eine Verbeugung an. »Percival Faerfax. Unterstehen Sie sich, mich Percy zu nennen.«

Aus der Nähe wirkte er weniger jungenhaft als bei seinem Eintreten und auch nicht mehr ganz so unbeholfen.

»Ich wette«, fuhr er fort, »Sie fühlen sich in dieser Gesellschaft ebenso unwohl wie ich. Glauben Sie mir, wenn mir noch einer von dieser Kerlen erklärt, dass das letzte Buch, das er lesen musste, zweifellos das schlechteste der vergangenen Jahre war, dann werde ich mir mit einem Champagnerglas die Pulsadern aufschlitzen.«

Sie bot ihm ihres an. »Meins ist ohnehin leer, und als Frau bekommt man hier wohl erst wieder ein volles, wenn einer der anwesenden Herren die Diener darum bittet.«

»Ist das eine Aufforderung zum Suizid oder zur Einrichtung einer Nachschublinie?«

»Wählen Sie.«

Er angelte ein Glas vom Tablett des Butlers und reichte es ihr.

»Mercy Amberdale«, stellte sie sich vor.

»Edward Thorndykes Nichte. Man spricht über Sie.«

»Vermutlich wie von einem fremden Lesezeichen, das man unvermutet in einem langweiligen, alten Buch entdeckt.«

»Mit einem gewissen Erstaunen«, bestätigte er.

Sie nippte an ihrem Champagner. »Und wie geht diese ausgelassene Festivität nun weiter, Mister Faerfax? Werden wir eine Menge öder Reden über uns ergehen lassen müssen?«

»Sie haben keine Vorstellung, *wie* öde.«

Nun fiel ihr auf, dass sein Gehrock nicht mehr ganz modern und das Leder seiner Schuhe abgewetzt war. Zwischen all den anderen wirkte Percival Faerfax ein wenig wie ein verarmter Landjunker, der sich mit Hilfe einer List beim Ball der Königin eingeschlichen hatte.

Sie nickte hinüber zum Marquis de Astarac. Er hatte sich gerade zu einigen älteren Herren gesellt, die ihn eher höflich als erfreut in ihr Gespräch miteinbezogen. Der Franzose trug allerfeinste Stoffe, die an seiner makellosen Statur wie angegossen saßen. »Was ist mit ihm?«, fragte sie. »Zumindest ist er nicht so verschlafen wie der Rest.«

Es schien Percival nichts auszumachen, dass sie das Gespräch auf den einzigen Mann lenkte, der eine ernsthafte Konkurrenz um ihre Aufmerksamkeit darstellte. »Cedric Sebastien de Astarac«, sagte er. »Er gibt sich große Mühe, weil er noch kein vollwertiges Mitglied der Loge ist. Als Franzose ist er einigen der feinen Herren entschieden zuwider, und man erzählt sich, dass er seine berufliche und gesellschaftliche Position mit dem Geld seiner Familie erkauft hat.«

»Aber er veröffentlicht Kritiken, sonst wäre er nicht eingeladen, oder?«

»Er ist der neue Kulturkorrespondent des *Figaro* in London, deswegen darf er gelegentlich Gastbeiträge in den hiesigen Zeitungen veröffentlichen. Die *Times* hat einen Narren an ihm gefressen, und auch ein paar andere. Mag sein, dass auch sie alle bestochen wurden.« Percival sagte das leidenschaftslos und ohne persönliche Abneigung. »Man kann dem Marquis nicht übelnehmen, dass er das Beste für sich herausholt, solange seine Familie ihm unter die Arme greift.«

»Warum erwägt man dann überhaupt, ihn in die Loge aufzunehmen?«

Percival wollte antworten, doch erneut war Thorndyke leise an ihre Seite getreten und hatte die Frage mitangehört. »Der Marquis hat der Loge eine großzügige Schenkung versprochen.«

»So einfach ist das?«, fragte sie. »Man muss der Loge nur genug Geld anbieten?« Aus dem Augenwinkel bemerkte sie, dass Percival bei ihren Worten leise lachte.

Thorndyke blieb ernst. »Kein Geld, meine Liebe. Wohl aber ein Geschenk, das niemand hier ablehnen mag. Cedric de Astarac hat der Loge im Falle seiner Aufnahme eines der überaus seltenen Schlüssellochgläser versprochen.«

»Was ist das?«, erkundigte sie sich in gespielter Unwissenheit.

»Ein bibliomantisches Wunderwerk«, ergriff nun wieder Percival das Wort. »Man schaut durch das Schlüssellochglas auf ein Buch und erkennt die wahre Intention des Autors.«

»Was hat das mit einem Schlüsselloch zu tun?«

»Die Gläser wurden in den Klöstern des Mittelalters entwickelt, als es noch üblich war, die Bücher der Bibliothek mit Ketten und Schlössern zu sichern. Den meisten Mönchen war es nicht erlaubt, die Bücher aufzuschlagen, und die Äbte hüteten die Schlüssel mit Argusaugen. Vor allem Schriften, die als gefährlich oder aufrührerisch galten. Damals kam ein schlauer Mönch auf die Idee, ein bibliomantisches Wunderwerk zu erschaffen, mit dem sich trotz Schloss und Kette ein Blick in die Bücher werfen ließ. Mit dem Glas musste man nur außen am Regal entlanggehen, um zu erkennen, was der Verfasser sich dabei gedacht hatte. Ein Blick durchs Schlüsselloch, wenn Sie so wollen.«

»Und der Marquis besitzt ein solches Glas?«, fragte sie. »So etwas muss ungeheuer kostbar sein.«

»Allerdings«, bestätigte Thorndyke. »Die Loge wird es zerstören, sobald er es aushändigt.«

»Aber warum das, um Himmels willen?«

»Ach, meine Liebe. Die Loge des erlesenen Geschmacks ist eine Vereinigung von Kritikern. Wer will denn wissen, was sich ein Autor gedacht hat? Uns obliegt es zu entscheiden, was an einem Buch gelungen und wichtig ist – und was miserabel. Wir sind diejenigen, die den Wert eines Textes erkennen, nicht ein Stück Glas aus dem finstersten Mittelalter.«

Percival räusperte sich. »Die Loge hat schon zwei Gläser aufgespürt und unschädlich gemacht. Das von de Astarac wäre das dritte. Manch einer bezweifelt, dass überhaupt noch weitere existieren.«

Mercy sah zu dem Franzosen hinüber, nur um festzustellen,

dass der sich im selben Moment zu ihr umwandte. Ihre Blicke trafen sich, und da wusste sie, dass er sie längst entdeckt hatte. Er machte sich auf den Weg zu ihr.

»Wenn man vom Teufel spricht«, sagte Thorndyke ungehalten und ging davon.

»Percival«, sagte der Marquis, als er bei ihnen eintraf.

»Cedric.«

»Warum stellst du mir deine reizende Gesprächspartnerin nicht vor?«

»Mercy Amberdale«, kam sie ihm zuvor.

»Genießen Sie die Gastfreundschaft Ihres lieben Onkels?«

Percival hielt es offenbar für angebracht, sie diesen Kampf allein ausfechten zu lassen. »Sie entschuldigen mich«, sagte er zu Mercy, »ich bin sicher, wir sehen uns noch.« Damit wandte er sich ab und ließ sie mit dem Franzosen allein.

»Marquis –«, begann sie.

»Cedric. Bitte.«

»Monsieur de Astarac, erstaunlicherweise habe ich in Ihrer Anwesenheit plötzlich einen unangenehmen Geschmack im Mund. Beinahe wie von einem alten Lumpen. Einem Knebel, geradezu.«

»Das müssen Sie verzeihen.« Er senkte seine Stimme. »Ich war in Eile.«

»*Das* ist Ihre Entschuldigung?«

»Ich habe Sie nicht für jemanden gehalten, der Wert auf blumige Schwindeleien legt.«

»Ein wenig Bedauern hielte ich dennoch für angebracht.«

»Aber ich bedauere den Vorfall gar nicht. Ich konnte nicht zulassen, dass Sie mir in die Quere kommen. Und da wir gerade davon sprechen: Wo, bitte, ist mein Eigentum, das Sie mir gestohlen haben?«

»Ich erwäge gerade, es der Loge anzubieten, damit ich Teil dieser fröhlichen Runde werden kann.«

»Sie haben es nicht hier, nehme ich an.«

»Ich mag Ihnen ja manchmal im Weg stehen, aber gedanklich bin ich nicht ganz so schwerfällig.«

Er vergewisserte sich mit einem Blick, dass nicht doch jemand lauschte. »Hören Sie, es ist nicht schön, was geschehen ist. Aber ich bin kein Verbrecher, der Frauen fesselt und knebelt, und –«

»Warum tun Sie's dann?«

»Und«, fuhr er betont fort, »wenn ich es doch einmal tun muss, dann verabscheue ich es außerordentlich. Was bei Ihnen fraglos der Fall ist.«

»Ist das der französische Charme, von dem alle reden?«

Auf dem obersten Absatz der Freitreppe wurde ein Gong angeschlagen. Thorndyke stand am Geländer und blickte auf seine Gäste herab.

»Liebe Freunde«, verkündete er, »nun, da alle eingetroffen sind, möchte ich Sie bitten, sich in den großen Saal zu begeben. Dort wollen wir zum Vollzug der Weihe schreiten, auf die viele von Ihnen bereits mit Spannung warten.«

Mercy beugte sich zum Marquis hinüber. »Die weihen Sie?«

»Warum mich?«

»Ich dachte, es geht um Ihre Aufnahme.«

»Nicht ohne das Schlüssellochglas«, sagte er kopfschüttelnd. »Und darüber sollten wir uns dringend –«

Abermals schlug der Gong an und ließ das Gemurmel im Saal verstummen.

»Zuvor möchte dieser Gentleman von der *Times*« – Thorndyke zeigte auf einen kleinen, dicken Mann mit Fotografieausrüstung – »gerne ein Gruppenbild von uns allen für seinen Bericht in der morgigen Ausgabe aufnehmen. Wenn Sie so freundlich wären, sich zusammenzufinden, damit wir umso schneller zum Höhepunkt des Abends kommen können.«

Während sich die Mitglieder der Loge in zwei Reihen hintereinander aufstellten und der Mann von der Presse seine schwere Kamera auf dem Stativ einrichtete, verlor Mercy den Marquis für kurze Zeit aus den Augen.

Thorndyke winkte ihr zu. »Gesell dich doch zu uns, liebe Nichte. Du bist ebenso ein Gast wie alle anderen hier.«

Sie schüttelte den Kopf, doch da tauchte Percival auf, hakte sich kurzerhand bei ihr unter und zog sie mit sanftem Nachdruck an den Rand der Gruppe. Ehe sie widersprechen konnte, zischte und knallte es, ein heller Blitz blendete sie, dann war das Bild bereits im Kasten.

»Und nun«, sagte Thorndyke, »erlauben Sie mir, Ihnen ein wahrhaftiges Wunder in Aussicht zu stellen – ganz nach unserem erlesenen Geschmack.«

29

Im großen Saal, eingerahmt von Bücherregalen, war etwas errichtet worden, das Mercy auf den ersten Blick für eine Foltermaschine hielt.

Ein Sitz aus Holz und Leder wurde von zwei hohen Säulen aus Metall flankiert, bronzefarben und mit allerlei Rädern und Hebeln besetzt. Am oberen Ende der Rückenlehne war ein schalenartiger Helm angebracht, aus dem sich zahlreiche Drähte und Verbindungen bis zu den Säulen spannten, ein Fächer aus kupfernen Leitungen. Dicke Stränge aus Kabelwerk führten vom Fuß der Säulen zu einem der Fenster. Draußen wummerte eine Maschine, die Elektrizität in die bizarre Apparatur pumpte. Die Mitglieder der Loge versammelten sich in respektvollem Abstand um das gewaltige Gerät.

Mercy war gemeinsam mit Percival Faerfax in den Saal getreten. »Was ist das?«

»Ihr Onkel hat es nicht erwähnt?«

»Er hatte wohl Wichtigeres im Kopf.«

»Ich bin mir nicht sicher, ob es ihm recht wäre, wenn ich Sie in etwas einweihe, das er Ihnen bisher vorenthalten hat.«

»Kommen Sie, Percival. Ich bin mit seiner Erlaubnis hier und sehe in ein paar Minuten ohnehin, was passieren wird.« Ihr war aufgefallen, dass der Reporter der *Times* aus dem Haus geleitet worden war, augenscheinlich, um sicherzugehen, dass er das hier nicht mitansah.

»Warten Sie's einfach ab.«

Ein Junge, vielleicht zwölf und gutgekleidet, wurde von einem kauzigen Alten zum Sitz geleitet.

»Das ist der Konstrukteur des Geräts«, raunte Percival ihr zu, während um sie die Gespräche erstarben. »Professor Crickshaw.«

»Was macht er mit dem Jungen?«

»Keine Sorge. Falls die Maschine wie geplant funktioniert, geschieht ihm nichts.«

Der Junge nahm Platz. Crickshaw – weißhaarig, mit Ziegenbart und Brille – setzte dem Kind den Helm auf und redete leise auf es ein. Der Junge nickte und legte die Hände auf die Armstützen.

Thorndyke wartete, bis alles vorbereitet war, dann trat er erneut vor die Anwesenden. »Ihre großzügigen Spenden haben den Bau dieser Maschine ermöglicht.« Er applaudierte seinen Zuschauern, die einfielen und sich selbst beklatschten. »Wir haben auf unseren Versammlungen oft darüber gesprochen, was erlesenen Geschmack eigentlich ausmacht. Und unserem Ehrenmitglied Professor Crickshaw ist es gelungen, diese Kriterien in seiner Apparatur umzusetzen.«

Mercy beugte sich zu Percival hinüber. »Das ist keine Technik, sondern Bibliomantik.«

»Selbstverständlich. Aber es muss denjenigen, die keine Bibliomanten sind, als Technologie verkauft werden, deshalb all die Hebel und Anzeigen.«

»Eine Show, um all die Ausgaben zu rechtfertigen, sonst nichts.« Cedric de Astarac stand plötzlich wieder neben ihnen und brachte seine Lippen nah an Mercys Ohr. Sein Haar und seine Haut rochen intensiv nach Büchern. »Mit irgendwelchen Geldern muss dieses Anwesen schließlich unterhalten werden.«

»Es geht los«, sagte Percival.

Crickshaw legte einen Hebel um, und sogleich raste eine elektrische Entladung knisternd an den Kabelsträngen entlang vom Fenster zur Maschine. Gleich darauf glühten die Drähte am Helm des Jungen auf, er selbst wurde in goldenes Licht getaucht. Lautes Ah und Oh erklang aus dem Halbkreis der Zuschauer. Mercy spürte ein Brennen auf der Haut, und als sie auf ihren Unterarm blickte, standen die feinen blonden Härchen aufrecht.

Der Junge erbebte. Seine Augen waren geschlossen, aber für einen Moment sah es aus, als leuchteten seine Pupillen und warfen weiße Lichtpunkte von innen auf die Lider. Oberhalb des Helms schien sich ein Riss in der Wirklichkeit aufzutun, der geradewegs zwischen die Seiten der Welt führte, in das rätselhafte goldene Nichts, das Bibliomanten bei Buchsprüngen durchquerten.

Mercy warf einen Blick auf Percival Faerfax, dann auf Cedric de Astarac. Beide sahen konzentriert zur Apparatur hinüber, ihre Gesichter waren in das wabernde Goldlicht getaucht.

Der Schein erlosch, das elektrische Knistern brach ab, der Junge hörte auf zu zittern. Feiner weißer Rauch stieg aus einer der Säulen, ein hübsches Detail, falls es sich um einen Schwindel handelte. Draußen vor dem Fenster verstummte das Wummern.

Professor Crickshaw eilte zu dem Jungen, fühlte seinen Puls

und nahm ihm den Helm ab. Dann schüttelte er ihn leicht an der Schulter. Das Kind schlug die Augen auf und lächelte zaghaft.

Thorndyke trat vor das Publikum, in einer Hand mehrere Penny Dreadfuls, und reichte dem Jungen eines. Der zog eine Grimasse, als bereitete ihm die Berührung Schmerzen. Thorndyke forderte ihn auf, das Heft zu öffnen und einige Sätze zu lesen, was der Junge angewidert ablehnte. Er müsse sich dazu überwinden, sagte Thorndyke, die Zuschauer wollten sich schließlich davon überzeugen, dass die Behandlung erfolgreich verlaufen sei. Widerwillig schlug der Junge das Heft auf und ließ seinen Blick über die erste Seite wandern. Schon nach wenigen Zeilen rang er nach Luft, wurde totenbleich und schien sich übergeben zu müssen. Thorndyke riss ihm das Heft aus den Händen und hielt es triumphierend in die Höhe.

»Abscheulicher Schund!«, rief er aus. »Minderer, verdammenswerter Schmutz, der die Sinne betäubt, den Geist verwirrt und die Gesellschaft in den Abgrund führt. Worte der Gewalt führen zu Taten der Gewalt. Dummheit auf Papier infiziert die Gedanken der Massen mit noch größerer Dummheit. Schlichte Albernheiten potenzieren sich in den Gemütern der Ungebildeten zu Stumpfsinn und Aggression.« Er zeigte auf den Jungen, der sich benommen vom Sitz erhob und an Thorndykes Seite trat. »Damit wird es bald vorbei sein. Wenn unser Wunderwerk in Serie geht und in jeder Schule, jedem Waisenhaus Einzug hält, wird das Zeitalter der verblödeten Massen enden. Der erlesene Geschmack wird wie eine Sonne über einem neuen England aufgehen und vom starken Arm des Empire in alle Welt getragen werden!«

Für die Anwesenden gab es kein Halten mehr. Tobender Applaus und Bravorufe hallten durch den Saal, während sich Thorndyke und Crickshaw gegenseitig gratulierten. Der Junge grinste stolz und stand da wie am Ende einer Schulaufführung.

Mercy wandte sich kopfschüttelnd ab und verließ den Saal. Sie war nicht sicher, ob jemand ihren Abgang bemerkte – Thorndyke gewiss nicht, der war zu beschäftigt damit, sich bejubeln zu lassen. Sie wollte gerade den Weg zur Haustür einschlagen, als ihr auffiel, dass sich in der Eingangshalle keine Diener aufhielten. Kurzentschlossen nutzte sie die Chance und bog in einen Korridor ab, der in einen der Bibliotheksflügel des Anwesens führte. Die Chance, allein durch die Büchersäle zu streifen, wollte sie sich nicht entgehen lassen.

Ungestört durchquerte sie mehrere Räume. Regale bogen sich unter dem Gewicht der ledernen Gesamtausgaben und edlen Editionen. Mercy wanderte minutenlang durch eine eigentümliche Stille. Das alles hier trug Thorndykes Handschrift, sie spürte seine bibliomantischen Spuren überall.

Gerade überlegte sie, den Weg zum Verlies der Alexandrinischen Flamme zu suchen, als sie einen Durchgang in der Täfelung entdeckte, der ihr am Nachmittag nicht aufgefallen war. Die schmale Tür stand einen Spaltbreit offen.

Dahinter lag eine weitere Bücherkammer. Ihr Papiergeruch unterschied sich von dem der Säle. Grover hatte so gerochen, auch Philander und Tempest.

In den Regalen befanden sich keine Buchrücken, sondern lange Reihen aus schmalen Heften, viele Tausende, bräunlich verfärbt wie die Mauern eines Wüstentempels. Die Penny Dreadfuls standen so eng aneinander, dass die schiere Masse sie glättete und konservierte. Mercy betrachtete vier oder fünf nahe des Eingangs – zufällig stammten sie aus Florence' Verlag, die Titelbilder versprachen Wildwestgeschichten von Benjamin Cutter –, ging dann langsam an den Regalen entlang, fand Beschriftungen mit Reihentiteln und Jahrgängen, schließlich einen weiteren Durchgang in einen zweiten Raum. Er war nahezu identisch bestückt. Dahinter lag ein dritter, fensterlos wie die ersten beiden, doch darin befanden sich keine Hefte, sondern lange Reihen mit Büchern in schlichten Einbänden.

In diesen drei Zimmern musste sich die Sammlung des ungeliebten Cousins befinden, des Mannes ohne Vornamen, des missgestalteten Mister Malahide.

»Zweifellos wäre es nicht so weit gekommen, wäre diese Höllenmaschine schon ein paar Jahrzehnte früher erfunden worden«, sagte Cedric de Astarac lakonisch, als er hinter ihr ins Zimmer trat.

Sie hatte seine Schritte nicht gehört. Vielleicht war er geschwebt, denn er schlug gerade einen schmalen braunen Band zu und schob ihn in die Tasche seines Gehrocks. Mit einem Mal war sie neugierig, welchen Titel sein Seelenbuch trug.

»Wollen Sie mich wieder knebeln und fesseln, Marquis?«

»Dafür gibt es bessere Orte.«

»Warum sind Sie Malahide durch die Kanalisation gefolgt, wenn Sie doch freien Zugang zu seinem Allerheiligsten haben?«

»Ich war nicht sicher, ob er wirklich derjenige ist, den ich suche. Tatsächlich bin ich das noch immer nicht.« Er schob schwarze Strähnen aus seiner Stirn und musterte Mercy, als fiele es ihm schwer, sie einzuschätzen. »Eigentlich wollte ich

Ihnen nur vors Haus folgen, aber dort konnte ich Sie nicht finden. Also nahm ich die Gelegenheit wahr, mich auf eigene Faust umzusehen. Ich hätte mir denken müssen, dass Sie auf denselben Gedanken gekommen sind.« Er trat an eines des Regale und betrachtete kopfschüttelnd einige Titel. »Wer hätte gedacht, dass der gute Thorndyke einen Hang zu eben jener Sorte von Literatur hat, die er da unten gerade so lautstark verdammt.«

»Das sind nicht seine. Sie gehören seinem Cousin.«

Cedric stellte den Band zurück und wanderte weiter an den Buchrücken entlang. An der nächsten Wand blieb er stehen. »Schauen Sie hier – S wie Siebenstern. Das dürften die elf englischen Übersetzungen sein, die als gebundene Bücher erschienen sind.«

Sie trat neben ihn. »Das klingt, als wären Sie ein Experte in Sachen Siebenstern.«

»Ich glaube, Sie wissen sehr genau, was ich bin.«

»Ein Renegatenjäger der Adamitischen Akademie.«

Gelassen machte er einen Schritt nach rechts. »Hier wird es interessanter. Das sind deutsche Originalausgaben von Siebenstern, und zwar eine ganze Menge davon.« Er drehte sich zu ihr um und blickte ihr in die Augen. Seine waren nussbraun und trotzdem erstaunlich kühl. »Was denken Sie? Finden wir hier den Band aus Ptolemys Laden?«

»Nein.«

»Weil Sie längst wissen, wo er ist?«, fragte er.

»Ich wünschte, es wäre so. Verraten würde ich es Ihnen wohl kaum.«

»Sie nehmen mir noch immer den Knebel übel.«

»Ich würde es vorziehen, nicht laufend daran erinnert zu werden, Marquis.«

»Nennen Sie mich Cedric.«

»Ich bin nicht sicher, ob ich mit der Akademie per Du sein will. Man hört dieser Tage wenig Gutes über die Drei Häuser.«

In London gab es nur wenige Berührungspunkte mit der Adamitischen Akademie, aber Mercy hatte gehört, dass es in den bibliomantischen Refugien anders aussah. Dort spielte sich die Akademie zu einer Regierung auf, mit eigener Gesetzgebung und einer schlagkräftigen Miliz. Ein Grund mehr, sich von den Refugien fernzuhalten.

»Sie sind weder Thorndykes Nichte noch seine Geliebte. Bezahlt er Sie?«

Sie konterte mit einer Gegenfrage. »Warum sind Sie so versessen darauf, Mitglied seiner Loge zu werden?«

»Ich bin Bibliomant, genau wie Sie. Ich mag gute Bücher.«

»Dann haben Sie Malahide durch Londons Abwässer verfolgt, weil sie ein Verehrer seiner Kunst sind?«

Er seufzte. »Es hat wenig Zweck, wenn wir uns gegenseitig in einem fort Fragen stellen, ohne jemals Antworten zu geben.« Er blickte sich zur Tür um, dann sagte er: »Ja, ich bin seiner Spur gefolgt. Aber im Grunde ist er mir herzlich gleichgültig, ich suche nur das Buch, das Ptolemy ihm verkauft hat. Allmählich glaube ich, dass es nie bei Malahide angekommen ist, und ich frage mich, ob Sie das nicht längst wissen.«

»Ich bin Ihnen keine Rechenschaft schuldig.«

»Sie schulden mir sogar sehr viel mehr als das. Vor allem die bibliomantische Lupe, die Sie mir gestohlen haben.«

»Wir wissen beide, was diese *Lupe* in Wirklichkeit ist.«

Er legte den Kopf ein wenig schräg und betrachtete sie eingehender. »Bitte«, sagte er, »ich weiß, dass wir beide nicht den allerbesten Start hatten –«

»Ich sollte jetzt gehen. Leben Sie wohl, Marquis de Astarac.«

Er hielt sie am Arm zurück, als sie an ihm vorbei zur Tür gehen wollte. »Cedric. Und ich bin nicht Ihr Feind.«

Sie schüttelte ihn ab. »Nicht anfassen.«

Blitzschnell glitt er an ihr vorüber und versperrte den Durchgang. »Ich brauche das Schlüssellochglas. Vorher kann ich Sie nicht gehen lassen. Ich habe Monate gebraucht, um Zugang zur Loge zu bekommen, und ohne das Glas wäre alles umsonst gewesen.«

»Das bedauere ich sehr.«

»Sie tragen es nicht bei sich, nicht wahr? In Ihrem Mantel an der Garderobe steckt es auch nicht.«

»Möchten Sie mich vielleicht auch noch abtasten?«

»Ich bekomme das Glas, so oder so. Ich weiß, wo Sie wohnen, und ich kenne Ihre beiden Freunde. Andere haben Sie nicht, auch das weiß ich. Sie würden sich wundern, was man innerhalb weniger Stunden über einen Menschen herausfinden kann.«

»Ich habe keine Geheimnisse vor der Adamitischen Akademie.«

»Und ich erledige nur meine Arbeit, genau wie Sie. Sie suchen Ptolemys Mörder, und ich suche denjenigen, von dem Ptolemy die Siebenstern-Bände gekauft hat. Möglicherweise könnten wir ein gutes Stück des Weges gemeinsam gehen.«

Sie sah ihn voller Ablehnung an. »Schlagen Sie allen Ernstes eine Zusammenarbeit vor? Nachdem Sie mir –«

»Vergessen Sie doch mal diesen albernen Knebel.«

Sie schnappte nach Luft. »Ich würde eher Buchegel essen, als noch mehr Zeit mit Ihnen zu verbringen.«

»Sie helfen mir, indem Sie mir das Schlüssellochglas zurückgeben. Und ich helfe Ihnen, falls es einmal nötig sein sollte. Das wäre mein Angebot. Ich brauche das Glas spätestens am Wochenende, also in –«

»Drei Tagen.«

Er nickte. »Denken Sie darüber nach.«

Sie trat an ihm vorbei, und diesmal machte er keinen Versuch, sie aufzuhalten. Stattdessen folgte er ihr, bis sie das vordere Zimmer von Malahides geheimer Bibliothek erreicht hatten. Dort blieb Mercy stehen und wandte sich zu ihm um.

»Und Sie waren vorher noch nie allein in diesem Haus? Vielleicht im Keller?«

»Ich war zweimal zu Versammlungen der Loge hier. Aber niemals allein und ganz sicher nicht im Keller.«

Während sie gemeinsam zurück in die Eingangshalle gingen, sprach keiner ein Wort. Sie erreichten gerade die Haustür, als Thorndyke und sein Butler den Großen Saal verließen. Er entdeckte die beiden und gab dem Diener Anweisung, Mercys Mantel zu holen.

»Ich war so frei und habe Ihre Nichte zur Tür begleitet«, sagte Cedric. »Sie schienen so beschäftigt mit Ihrer vortrefflichen Erfindung, mein guter Thorndyke.«

»Zu freundlich, Marquis.« Thorndyke half Mercy in den Mantel, nahm sie beim Arm und trat mit ihr ins Freie. »Wenn Sie gestatten.«

Cedric blieb im Inneren zurück, während die beiden die

Stufen hinabstiegen. Erst auf halbem Weg zur Straße hielten sie an. Mit einem Blick zur Tür vergewisserte er sich, dass der Franzose fort war.

»Und?«, fragte er ungeduldig.

»Ich bin mir noch nicht sicher.«

»Ich bezahle Sie, damit Sie sich sicher sind.«

Das ärgerte sie, aber sie tat ihm nicht den Gefallen, es zu zeigen. »Keine Sorge, Mister Thorndyke. Ich finde denjenigen, der Fornax gestohlen hat. Falls der Marquis dahintersteckt, werden Sie es als Erster erfahren.«

»Lassen Sie mich nicht zu lange warten.«

»Beauftragen Sie jemand anderen, wenn Sie unzufrieden sind.«

Sekundenlang verhärtete sich sein Blick, doch dann trat ein Ausdruck von Milde in seine Augen. »Bitte entschuldigen Sie meine Ungeduld, Miss Amberdale.«

Wortlos ließ sie ihn auf dem Gartenweg stehen und stieg in eine der wartenden Droschken.

»Zum Cecil Court«, befahl sie dem Kutscher, lehnte sich zurück und schloss die Augen.

30

Es war nach Mitternacht, als Mercy durch das Fenster zum Hof in Ptolemys Laden kletterte. Sie hätte Arthur Gilchrist wecken und ihn um den Schlüssel bitten können, aber in dieser Nacht wollte sie lieber unbemerkt bleiben. Sie kannte noch immer die alten Schleichwege über die Innenhöfe, die geheimen Routen durch die Hinterhäuser, Anbauten und Kohlenklappen. Ihr neues Kleid würde danach ruiniert sein. Für gewöhnlich trug sie geeignetere Kleidung, wenn sie in fremde Häuser einstieg.

Während sie durch das dunkle Hinterzimmer zur Kellertreppe schlich, konnte sie nicht erkennen, ob nach ihr und Gilchrist noch einmal jemand hier gewesen war. Das typische Durcheinander aller Buchhandlungen am Cecil Court hätte ohnehin kaum Aufschluss darüber gegeben, ob jemand Ptolemys Laden durchsucht hatte. Sie fand eine Kerze mit Glas, entzündete sie und stieg die Stufen hinab bis ins zweite Untergeschoss.

Es knackte und knirschte zu allen Seiten, und mindestens einmal hörte sie etwas rascheln. Vielleicht gab es hier unten Origamis. Mäuse und Ratten hätte Ptolemy niemals in der Nähe seiner kostbaren Bücher geduldet.

Der Brandgeruch hing nach wie vor zäh in der Luft. Es würde Wochen dauern, bis er aus den unteren Räumen abgezogen war. Mercy fröstelte und versuchte, flacher zu atmen, ohne großen Erfolg. Die Finsternis, die diesen Keller für sich beanspruchte, war etwas anderes als ein Ableger der Londoner Nacht: etwas Kaltes, Stinkendes, verzweifelt und triumphierend zugleich.

Im Schein ihrer Lampe untersuchte Mercy die Ofenklappe, von der Gilchrist gesagt hatte, sie habe beim Eintreffen der Polizei offen gestanden. Sogleich stellte sie den Grund dafür fest. Der gusseiserne Riegel, mit dem sich die Klappe sichern ließ, war abgebrochen, möglicherweise abgeschlagen worden. Vielleicht war schon jemand vor dem Mord hier gewesen und hatte Fornax den Weg bereitet. Je länger sie darüber nachdachte, desto sicherer war sie, dass die Alexandrinische Flamme durch den Kamin gekommen war. Irgendwer musste sie aufs Dach gebracht und nach der Tat dort wieder abgeholt haben. Jemand, der die Schale bei sich getragen hatte. Die Möglichkeit, dass Fornax' Angriff vorbereitet worden war, legte den Verdacht nahe, dass Ptolemy seinen Mörder gekannt hatte.

Sie stieg wieder nach oben, und diesmal war ihr, als folgte ihr die Schwärze aus dem Keller und hielt nur inne, wenn Mercy einen Blick zurück warf. Sie war heilfroh, als sie draußen auf dem Hof stand und endlich wieder durchatmen konnte.

Eigentlich hatte sie in ihr Quartier zurückkehren wollen, aber die Turmuhr der St Martin's Church schlug bereits ein Uhr, und in Mercys Tasche steckte der Schlüssel zum *Liber Mundi*. Nach kurzem Zögern entschied sie, die Nacht dort zu verbringen.

Die Gasse lag verlassen da, auch der Wirt des *Ham* hatte die letzten Gäste längst hinaus in die Nacht getrieben. Hinter den schmalen Schaufenstern der Läden schliefen Tausende von Geschichten, Mercys Spiegelbild glitt in der Dunkelheit über zahllose Buchdeckel. Einmal jagten zwei Katzen übers Pflaster, aufgeschreckt von einer Gestalt, die sich in einem der Eingänge zusammengerollt hatte. Mercy erkannte den Feuerspucker Cristaldi und roch den billigen Schnaps, mit dem er sich in den Schlaf getrunken hatte.

Sie betrat das *Liber Mundi* und schloss hinter sich ab. Auch jetzt noch fand sie selbst im Finstern den Weg zwischen den eingestaubten Bücherstapeln hindurch. Sie tastete sich die Treppe hinauf bis auf den Dachboden und zu ihrem alten Bett. In der Kleiderkiste daneben lag das Kästchen, in dem ihr Seelenbuch und Valentines bibliomantische Seidenhandschuhe steckten.

Die wohlige Stille der Bücher umgab sie wie ein schützender Wall, als sie in ihrem schmutzigen Kleid und mit den Schuhen aufs Bett sank. Innerhalb weniger Minuten war sie eingeschlafen.

Das Erwachen war weniger sanft.

Es war wohl ein Laut, der sie geweckt hatte, aber ganz sicher war sie nicht. Selbst die Büchertürme waren im Dunkeln nahezu unsichtbar. Sie schreckte hoch, während ihre rechte Hand nach dem Revolver tastete, gleich neben ihr auf dem Bett.

Jemand riss ein Streichholz an und hielt es an einen Kerzendocht.

»Cedric?«, entfuhr es ihr.

»Wer ist Cedric?«

»Philander!« Sie ließ die Waffe sinken und schwang ihre Beine über die Bettkante. Sie war noch immer benommen, wahrscheinlich hatte sie nicht mal eine Stunde geschlafen.

Sein Gesicht tauchte im Kerzenschein auf, und sie dachte, wie schlecht er aussah, ganz eingefallen und grau, so als hätte er seit einer Ewigkeit nichts gegessen.

Etwas kam auf sie zugeflogen und fiel klirrend vor ihr auf die Bodenbretter. Es war ein kleines Stoffsäckchen. Sie ahnte, was darin war, und rührte es nicht an.

»Das ist alles, was ich habe«, sagte Philander. Er stand am anderen Ende des schmalen Gangs zwischen den Bücherstapeln, kurz vor der Treppe. »Die Tür war abgeschlossen, also bin ich über den Hof rein.«

»Was tust du hier?«

»Du hast gesagt, man muss dich für deine Arbeit bezahlen. Also bezahle ich dich.«

»Philander, ich –«

»Jez ist tot. Sie haben sie am Themsetunnel gefunden.«

Ebenso gut hätte er ihr im Schlaf in den Bauch treten können. »Was? … O Gott … Was ist passiert?«

Aber wusste sie das nicht längst? Jemand, der es auf das Siebenstern-Buch abgesehen hatte, hatte Jezebel ermordet. Plötzlich schämte sie sich, weil sie geschlafen hatte, statt mit Philander und Tempest die Viertel abzusuchen.

»Sie ist umgebracht worden«, sagte Philander tonlos.

Sie eilte zu ihm, wollte ihn umarmen, doch er wich einen Schritt vor ihr zurück. »Nimmst du den Auftrag an?«

»Was? … Philander, Mord, das ist etwas für die Polizei, nicht für –«

»Und Ptolemy?«

»Das ist etwas anderes.« Es war überhaupt nichts anderes, sie wusste das so gut wie er.

»Die werden ihren Mörder nicht finden«, sagte Philander. »Die werden nicht mal ernsthaft nach ihm suchen. Jezebel war eben *so ein Mädchen*, werden sie sagen. Dass sie es drauf angelegt habe. Dass solche Dinge passieren, wenn man mit den falschen Männern … Geschäfte macht.«

Sie versuchte noch einmal, ihm näher zu kommen, aber er schüttelte heftig den Kopf.

»Du musst ihn für mich finden, Mercy.«

Sie machte den Mund auf und wieder zu, weil es falsch war, ihm zu widersprechen, falsch, weil er einmal ihr Freund gewesen war. Blutsbrüder, hatten sie sich als Kinder geschworen. Jetzt waren sie Erwachsene, und Blutsbrüderschaft fühlte sich so erwachsen an wie Zuckerwatte und Versteckspiel. Aber Freundschaft, auch wenn sie Jahre zurücklag, war etwas anderes. Und sie würde seinen Blick nicht vergessen können, diese Mischung aus Verzweiflung, Vorwurf und einem tiefen, unheilbaren Schmerz.

»Finde ihn«, sagte er noch einmal.

»Und Tempest? Will sie das auch?«

»Das hier ist meine Entscheidung. Das hat nichts mit ihr zu tun. Oder mit Grover.«

Sie konnte ihm ansehen, dass er mit Tempest gestritten hatte, darüber, Mercy um Hilfe zu bitten, ihr sogar Geld vor die Füße zu werfen. Und Mercy war klar, dass sie diese Behandlung verdiente, nach dem, was sie zu ihm gesagt hatte. Genauso wie Tempests Verachtung.

»Ich kann dir nichts versprechen«, sagte sie. Wer immer Jezebel getötet hatte, hatte wahrscheinlich auch Ptolemy auf dem Gewissen. »Nur, dass ich tue, was ich kann.«

Philander zögerte und nickte dann kurz und ruckartig, als hätte ein Puppenspieler seinem Hinterkopf einen Stoß gegeben. Dann blies er die Kerze aus.

»Philander!«

Sie hörte seine Schritte auf der Treppe.

»Nimm das verdammte Geld wieder mit!«

Aber er war schon unten, und sie stand noch immer da wie versteinert, ganz allein in der Dunkelheit.

31

»Commissioner Sedgwick empfängt Sie jetzt«, teilte ihr die Vorzimmerdame mit, nachdem Mercy fast zwei Stunden lang auf dem Korridor gesessen und ihr durch die offene Tür beim Sortieren von Papieren zugesehen hatte.

Phileas Sedgwicks Büro befand sich im Obergeschoss eines Ziegelbaus, Whitehall Place 4, nur wenige Minuten südlich des Trafalgar Square. Längst platzte das Hauptquartier der Metropolitan Police aus allen Nähten, man hatte bereits Teile der benachbarten Gebäude übernommen und Räumlichkeiten in angrenzenden Straßen angemietet. Genau wie die Vorgänger in seinem Amt kämpfte Sedgwick seit Jahren für einen Neubau, der ihm von den Stadtvätern beständig verweigert wurde. Manchmal las Mercy in der Zeitung davon, und immer wenn sie auf Sedgwicks Namen stieß, fragte sie sich, wie er es mit seiner Position als Oberhaupt der Londoner Polizei vereinbaren konnte, jemanden wie sie mit der Beschaffung seltener Bücher zu beauftragen. Sie sprachen niemals darüber, auf welchem Weg sie die Bände besorgte, und vielleicht half ihm das, sein Gewissen zu beruhigen. Oder er besaß keines, was sie für wahrscheinlicher hielt.

»Miss Amberdale«, begrüßte er sie, als er sich hinter seinem Schreibtisch erhob. In Mercys Rücken schloss die Vorzimmerdame die Tür.

»Mister Sedgwick.« Die gleiche knappe Begrüßung wie bei

ihren früheren Begegnungen im Hotel Savoy. Sie bemerkte eine Spur von Verärgerung in seinem Blick.

»Ich hoffe, Sie sind zufrieden mit Ihrem Besserwisser.«

»Er ist ein wenig anstrengend.«

Sedgwick lächelte mit schmalen Lippen. »Ich habe Sie gewarnt.« Möglicherweise meinte er damit nicht nur seine Warnung vor dem Veterator.

»Verzeihen Sie«, sagte sie, »dass ich ungebeten hier auftauche.«

»Sie haben gewiss einen überzeugenden Grund dafür. Bitte, setzen Sie sich.«

Sie nahm ihm gegenüber Platz. Der Tisch zwischen ihnen war so breit wie der Atlantische Ozean. An der getäfelten Wand hinter Sedgwick hing ein Ölporträt in goldenem Rahmen, darunter eine Plakette: *Robert Peel, Gründer der Metropolitan Police*. Sie fragte sich, ob Sedgwick manchmal seinen vorwurfsvollen Blick im Nacken spürte.

»Kann uns jemand hören?«

»Die Tür zum Vorzimmer ist aus zweifach geschichtetem Eichenholz.«

»Dann lassen Sie mich gleich zur Sache kommen.« Mercy trug dasselbe Kleid wie bei ihrer Begegnung im Savoy, dazu den kleinen grünen Hut und eine Tasche mit harmlosem Krimskrams. Den Revolver hatte sie in ihrem Quartier gelassen, aus Sorge, sie könnte durchsucht werden, bevor man sie zum Commissioner vorließ. »Ich möchte Sie um einen Gefallen bitten.«

Er zog seine goldene Taschenuhr hervor und warf einen Blick darauf. Als er Mercy wieder ansah, war die Verärgerung noch immer nicht aus seinen Augen gewichen, aber nun schimmerte darin eine Spur von Neugier.

»Bitte«, sagte er, »ich höre Ihnen zu.«

»Gestern Abend ist am Zugang zum Themsetunnel die Leiche einer jungen Frau gefunden worden. Jemand hat sie übel zugerichtet. Ich würde sie mir gern ansehen.«

Sedgwick wusste offenbar gleich, von welchem Fall sie sprach. »Was haben Sie mit einer Prostituierten zu schaffen?«

»Sie wissen schon, wer sie ist?«

»Einer meiner Männer hat sie erkannt. Nicht ihr Gesicht, da hat sich jemand alle Mühe gegeben, es uns schwerzumachen. Sie nannte sich Penny, aber das war sicher nicht ihr richtiger Name.«

»Darf ich zu ihr, wenn ich Ihnen verrate, wie sie wirklich heißt?«

Sedgwick warf den Kopf zurück und lachte. Nicht lange und gewiss nicht amüsiert. Es war ein Lachen der Macht, und Mercy wusste, dass er nur ein einziges Angebot gelten lassen würde, um ihre Bitte zu erfüllen. Wahrscheinlich hätte er dasselbe von ihr verlangt, wenn sie nur nach einem Schnupftuch gefragt hätte. Männer wie er rückten nicht auf solche Posten vor, weil sie großzügig waren. Und letztlich war auch er nur eine Marionette der Adamitischen Akademie. Die Drei Häuser manövrierten immer häufiger linientreue Bibliomanten in die Führungspositionen des British Empire.

»Noch einmal, Miss Amberdale«, sagte er schließlich, ohne auf ihr Angebot einzugehen. »Was haben Sie mit einer toten Hure zu schaffen?«

»Wahrscheinlich ist sie die Schwester eines Bekannten. Ich muss sie sehen, um ganz sicher zu sein. Und ich brauche eine Information. Darüber, ob ein Buch bei ihr gefunden wurde.«

Seine Augen leuchteten auf. »Ich hätte es mir denken können.«

»Sie wissen, womit ich mein Geld verdiene, Mister Sedgwick.«

»Es geht Ihnen nicht um das Mädchen. Nur um das Buch.«

Sie zuckte mit den Achseln.

»Um welches Buch handelt es sich?«

»Um keines, das in Ihre Sammlung passen würde.«

»Sie kennen nur einen äußerst geringfügigen Teil dessen, was ich sammle.«

Sie musste jetzt sehr vorsichtig sein. »Eine Erstausgabe von Melvilles *Moby Dick*«, erklärte sie nach kurzem Zögern. »Die Bentley-Edition ist in drei Bänden erschienen, ich suche den ersten. Mit einer Widmung des Autors.«

»Davon wurden nur fünfhundert Exemplare gedruckt«, entgegnete Sedgwick wie aus der Pistole geschossen, und sie fragte sich, ob sein wachsendes Interesse tatsächlich dem Buch galt oder der Tatsache, dass er sie für eine Lügnerin hielt. »Möglicherweise ein lukrativer Auftrag.«

»Für meine Verhältnisse, ja.«

»Stapeln Sie nicht zu tief, meine Liebe.«

Sie zwang sich zu einem Lächeln. »Können Sie für mich in Erfahrung bringen, ob bei der Leiche ein Buch gefunden wurde?«

»Selbstverständlich.«

»Und verschaffen Sie mir Zutritt zum Leichenschauhaus?«

»Man dürfte dort noch mit der Verstorbenen beschäftigt sein.«

»Ich bin nicht empfindlich.«

Nachdenklich fixierte er ihren Blick. »Sie wissen, dass ich Ihnen jetzt einen Handel vorschlagen werde.«

»Das war mir klar, als ich hergekommen bin, Mister Sedgwick.«

»Ich werde Ihnen helfen. Aber dafür helfen Sie mir.«

»Sie wollen das letzte Kapitel des Flaschenpostbuchs. Madame Xus Kapitel.«

»Nicht heute. Nicht einmal morgen. Harpunieren Sie erst Ihren weißen Wal. Aber geben Sie mir Ihr Wort, dass Sie sich um das fehlende Kapitel in meiner Sammlung bemühen werden.«

»Nur bemühen?«

»Bringen Sie es mir.«

»Ich weiß nicht, ob ich –«

»Sie bringen es mir.« Sein Tonfall ließ keinen Widerspruch zu. »Dafür erhalten Sie Zugang zur Leiche und in Zukunft auch alle Informationen, mit denen ich Ihnen weiterhelfen kann. Sie sind überaus talentiert, und das hier wird nicht Ihr letzter Fall bleiben. Ich werde Ihr Helfer im Verborgenen sein. Sie wissen, dass ich dazu in der Lage bin. Ich bin der Mann, an den Sie sich wenden können, wenn Sie auf offiziellen Wegen nicht weiterkommen. Aber dafür, Miss Amberdale, will ich Xus Kapitel.«

»Nicht heute und nicht morgen«, wiederholte sie.

Er schüttelte den Kopf. »Aber auch nicht erst im nächsten Jahr.« Zum ersten Mal zeigte er beim Lächeln seine Zähne. Sie waren so weiß, als wären sie ihm gerade erst eingesetzt worden, Teil jener menschlichen Maske, hinter der er seine rote Teufelsfratze verbarg. Was er ihr vorschlug, war nicht weniger als ein Pakt.

»Sind wir uns einig, Miss Amberdale?«

Sie schwieg und kämpfte gegen Übelkeit an. Nie wieder Limehouse, hatte sie sich geschworen. Sie verkaufte ihm gerade mehr als nur ihre Dienste.

»*Sind* wir uns einig?«, fragte er noch einmal.

32

Als sie die Gewölbe der Leichenbeschauer betrat, stach ihr als Erstes der Gestank der Chemikalien in die Nase. Gleich darauf folgte der Geruch des Todes wie ein Luftzug von etwas Verwesendem, das unsichtbar an ihr vorüberglitt.

Philander ging wortlos neben ihr. Sie hatte ihn erst nicht mitnehmen wollen, auch weil sie nicht wollte, dass Sedgwick ihm begegnete. Doch ihre Befürchtung hatte sich als unbegründet erwiesen, denn der Commissioner war gar nicht da. Stattdessen waren sie am Eingang von einem Mann mit fleckigem Kittel erwartet worden, dessen Gesicht an das einer Fledermaus erinnerte. Sein Blick huschte nervös zwischen ihr und Philander hin und her, dabei stellte er ein paar Fragen zu Mercys Verfassung – *nur* zu ihrer, während er offenbar ganz selbstverständlich davon ausging, dass Philander als Mann gefestigt genug war.

Er führte die beiden durch mehrere Gewölberäume aus dunklen Ziegelsteinen, deren niedrige Decken schon auf Mercys Gemüt drückten, ehe sie die ersten Toten sah. Dass die Leichenbeschauer der Metropolitan Police an einem Ort wie diesem arbeiten mussten, war wohl auf den Mangel an Platz im Hauptquartier zurückzuführen. Die Räume befanden sich im Inneren einer Eisenbahnbrücke, unweit der South Eastern Railway Station. Alle paar Minuten donnerten Dampflokomotiven mit ihren Waggons über sie hinweg und ließen das Gemäuer erzittern.

»Ich muss Jezebel hier rausholen«, raunte Philander ihr mit wächserner Miene zu.

»Gar nichts wirst du tun«, entgegnete Mercy. »Du hast versprochen, keinen Ärger zu machen, wenn ich dich mitnehme.«

»Das hier ist kein Ort für –«

»Nein, ist es nicht«, fiel ihm Doctor Pendergast ins Wort, der Mann im schmutzigen Kittel. Sie hatten leise gesprochen, doch obwohl er einige Schritte vor ihnen ging, hatte er jedes Wort mit angehört. »Es ist kein Ort für die Toten und erst recht keiner für die Lebenden. Wenn wir eine Wahl hätten, wäre niemand von uns hier. Aber diese Arbeit muss erledigt werden, wo auch immer.«

Sie kamen jetzt in ein langgestrecktes Gewölbe, in dem Körper in Leinensäcken aufgereiht lagen, mindestens zwanzig. Es war eisig hier unten, so als strahlte die Kälte der Toten in den Raum aus.

»Das sind nur die Anonymen der letzten Woche«, sagte Pendergast. »Sie werden morgen abgeholt.«

Philander war noch blasser geworden. »Sie liegen hier eine Woche lang auf dem Boden herum?«

»Falls Sie zu Hause eine gemütliche Ecke frei haben, junger Mann, lassen Sie es mich wissen.« Pendergast hob die Schultern. »Die städtischen Friedhöfe sind hoffnungslos überfüllt, ständig müssen alte Gräber wiederverwendet werden. Dieser verrückte Architekt, Thomas Wilson, wollte vor Jahren auf dem Primrose Hill eine Friedhofspyramide errichten, viermal so hoch wie die St Paul's Cathedral. Platz für fünf Millionen Tote hat er der Stadt versprochen, vierzigtausend neu belegte Grüfte pro Jahr. Es gab sogar die nötigen Investoren, aber am

Ende ist das Vorhaben abgelehnt worden. Und nun weiß London nicht mehr wohin mit seinen Leichen.«

Schließlich kamen sie in einen Raum, in dem einige Körper auf Metalltischen lagen. Drei Pathologen waren hier beschäftigt, zwei Assistenten mit Schürzen erledigten Handreichungen.

»Der Tisch ganz am Ende«, sagte Pendergast.

Philander zögerte kurz, dann trat er mit Mercy vor den schmalen Körper, der unter einem dunklen Tuch lag.

»Wir sind eben mit ihr fertig geworden. Sie sollten lieber nicht versuchen, Sie anhand des Gesichts zu identifizieren.«

»Ich kann das auch allein machen«, sagte Mercy sanft zu Philander.

Er schüttelte den Kopf. »Zeigen Sie sie uns.«

Pendergast hob das eine Ende des Tuchs an.

»O Gott«, flüsterte Philander. »O lieber Gott im Himmel.«

Mercy stand da wie vom Blitz getroffen. Ihre Stimme versagte.

»Die Gewalteinwirkung war beträchtlich«, sagte Doctor Pendergast. »Zuletzt habe ich einen solchen Zustand gesehen, als ein Mann betrunken auf die Gleise der Victoria Station gefallen ist.«

Druckstöße, dachte Mercy. Zwei, drei äußerst brutale Druckstöße aus nächster Nähe. Wer immer das getan hatte, war ein Bibliomant. Er hatte auch dann nicht aufgehört, als Jezebel am Boden gelegen hatte. Vielleicht hatte sie um Hilfe gewimmert.

Mercy packte Philanders Hand. Es fühlte sich an, als hätte sie nach den Fingern der Toten gegriffen.

»Vielleicht versuchen wir es lieber mit besonderen Merkmalen«, schlug Pendergast vor.

»Eine Narbe am linken Oberschenkel. Wie ein … ein …« Philanders Stimme versagte.

»Wie ein Z«, sagte Mercy.

Pendergast trat an die gegenüberliegende Seite der Leiche und lüftete abermals das Tuch. Dann drapierte er den Saum in einem engen Bogen, damit nur eine kleine Stelle des Körpers zu sehen war. »Diese hier?«

Mercy und Philander umrundeten wie Schlafwandler den Tisch.

»Sie ist es«, presste Philander hervor. »Das ist Jezebel.«

Abrupt wandte er sich um und lief den Weg zurück, den sie gekommen waren.

Mercy wollte ihm folgen, musste aber Pendergast noch eine Frage stellen: »Wissen Sie, ob bei der Leiche etwas gefunden wurde? Ein Buch?«

»Der Commissioner bat mich, Ihnen auszurichten, dass da nirgendwo ein Buch war. Auch kein Geld, kein Schmuck. Jemand hat die arme Frau vollständig ausgeraubt.« Er hielt ihr ein Klemmbrett mit einem Formular entgegen. »Tragen Sie bitte hier Ihren Namen ein. Und Ihre Unterschrift.«

Sie tat es, ohne wirklich hinzusehen. Dann dankte sie ihm und eilte hinter Philander her. Aus dem Augenwinkel bemerkte sie einen Mann mit Kittel, der zu ihr herübersah, und eine Sekunde lang meinte sie, trotz Haube und Mundschutz sein Gesicht zu erkennen. Aber da senkte er den Blick schon wieder und schien ganz und gar vertieft in seine Arbeit an einer der Leichen.

»Cedric?«, flüsterte sie.

»Gehen Sie jetzt besser«, sagte Pendergast, der mit einem Mal wieder neben ihr stand.

Der Mann mit dem Mundschutz wandte ihr den Rücken zu. Sie hatte ihn nur einen flüchtigen Moment lang sehen können, und nun fragte sie sich, ob Cedric de Astarac wirklich so groß gewesen war. Wahrscheinlich hatte sie sich getäuscht.

Sie unterdrückte den Impuls, Pendergast abzuschütteln und zu dem Mann hinüberzugehen. Sie hätte sich nur lächerlich gemacht.

Kurz darauf verließ sie die Gewölbekeller und stand einige Atemzüge lang unschlüssig auf dem nassen Pflaster am Fuß der Bahnbrücke. Rundherum erhoben sich hohe Ziegelbauten, irgendwo kreischten die Bremsen eines Zuges. Schmutzige Papierfetzen wehten über die Straße, flattrige Schemen im Nebel, so als wären mit den Lebenden auch die Seelen der Toten aus den Gewölben entkommen.

Philander und Tempest standen engumschlungen ein wenig weiter die Straße hinunter. Er hatte sein Gesicht über ihre Schulter gebeugt und presste sich an sie. Er war fast einen Kopf größer als sie, doch in diesem Moment wirkte es, als sei er der kleinere, schmächtigere der beiden.

Mercy zögerte, zu ihnen hinüberzugehen. Da hob Philander den Kopf und schaute ihr entgegen. Auch Tempest sah zu ihr herüber, nur ganz kurz. Mercy hatte Ablehnung erwartet, entdeckte aber nichts als tiefe Trauer.

Mit steifen Schritten ging sie auf die beiden zu. »Es tut mir so leid«. Sie kannte sich mit seltenen Büchern aus, aber nicht mit Gefühlen anderer Menschen. Nicht mal mit ihren eigenen.

Philanders Augen glänzten.

»Ich hätte dir das gern erspart.« Sie hob eine Hand und berührte seine Schulter, noch immer so schrecklich unbeholfen.

»Ich musste sie sehen«, sagte er.

»Ich weiß.«

»Wirst du ihn finden?«

Er ging ganz selbstverständlich davon aus, dass der Mörder ein Mann war. Doch die Stärke von Druckstößen hatten nichts mit Körperkraft zu tun, nur mit bibliomantischem Talent. Sie sparte sich den Einwand und nickte, auch wenn sie das vielleicht noch bereuen würde.

Am Ende der Straße tauchte ein Zeitungsjunge auf, den Bauchladen vollgepackt mit druckfrischen Abendausgaben. Es war spät geworden. Über der Eisenbahnbrücke und den umliegenden Dächern ging der giftgelbe Himmel bereits in das wabernde Braun der Dämmerung über.

Tempest strich Philander übers Haar. »Was hast du jetzt vor?«, fragte sie Mercy, ohne sie dabei anzusehen.

»Wenn es derselbe Mörder war wie bei Ptolemy, dann gibt es jemanden, der ihn gesehen hat.« Sie verschwieg, dass dieser Jemand kein Mensch war, sondern eine lebende Flamme. Und dass es mit großen Risiken verbunden war, sie zu befragen. »Ich kümmere mich darum. Ihr hört von mir.«

Als sie sich abwandte und die Straße hinunterging, fühlte es sich an, als müsste sie dabei gegen den Nebel ankämpfen.

»Eine Zeitung, Miss?«, fragte der Junge.

»Hast du die *Times*?«

»Natürlich, Miss. Hier, Miss.«

Sie bezahlte, ging ein Stück weiter und schlug die Zeitung

auf. Es dauerte nicht lange, bis sie den kurzen Artikel entdeckte, nach dem sie gesucht hatte. Daneben befand sich ein graues, kontrastarmes Bild. Die großen Zeitungen druckten erst seit einigen Monaten Fotografien ab, die meisten waren verwaschen und unscharf. Dieses hier jedoch zeigte klar und deutlich die Gesichter jener Gruppe, die sich im Foyer von Thorndyke House versammelt hatte.

Mercy selbst stand ganz am Rand, schaute seitlich aus dem Bild hinaus, so als hätte sie im letzten Moment etwas entdeckt, das ihre ganze Aufmerksamkeit erforderte.

Ganz anders Cedric de Astarac.

Sie entdeckte ihn in der Mitte der Versammlung neben dem Hausherrn. Der Marquis hatte die Arme verschränkt, blickte genau in die Kamera, und Mercy war mit einem Mal sicher: Sein siegesgewisses Lächeln galt ihr.

33

Der Einbruch war einfacher, als sie erwartet hatte, und zugleich viel schwieriger. Einfacher, weil die Wachmänner im Garten gelangweilt und schwerfällig waren, wenn man ihnen nicht in die offenen Arme lief. Schwieriger, weil die Zahl der bibliomantischen Sperren im Inneren von Thorndyke House ihre Befürchtungen bei weitem übertraf.

Sie betrat das Anwesen durch einen Kellerschacht an der Rückseite, tastete sich durch dunkle Gänge und Vorratsräume. Sie trug eine schwarze Hose, darüber eine kurze schwarze Jacke mit mehreren Taschen. Beides hatte sie sich von ihren ersten Honoraren schneidern lassen. Ihre geschnürten Stiefel mit den flachen Sohlen waren aus geschmeidigem Leder, das durch kein Knarzen ihr Näherkommen verriet. Dazu hatte sie sich eine Maske aus dunklem Stoff übergezogen, die nur ihre Augenpartie unbedeckt ließ.

Immer wenn sie in diese Ausrüstung schlüpfte, um in fremde Bibliotheken und Sammlungen einzudringen, empfand sie ein Gefühl von Freiheit, das sie begeisterte und zugleich ein wenig ängstigte. Keine langen Kleider und Röcke, kein alberner Hut, ohne den man draußen schief angesehen wurde. Wenn sie hätte wählen können, dann hätte sie nie etwas anderes getragen als das hier. Es tat gut, sich von allen Zwängen loszusagen, tun und lassen zu können, was sie wollte, einfach unerkannt in der Nacht unterzutauchen wie eine Katze.

Lautlos schlich sie hinauf ins Erdgeschoss. Keine Minute später entdeckte sie ein erstes Origami, das durch die Flure und Säle flatterte. Sie musste darauf achten, in den Schatten zu bleiben und kein Geräusch zu verursachen. Origamis sahen nicht gut, und eine schwarze Gestalt bei Dunkelheit blieb für sie nahezu unsichtbar.

In einigen Zimmern waren gewisse Bücher unauffällig auf Lesepulten und Kommoden drapiert. Bei Tag waren sie geschlossen, doch bei seinem Abendrundgang hatte Thorndykes Butler sie aufgeschlagen, damit sie ihre bibliomantische Wirkung entfalteten. Bewegte sich etwas in ihrer Nähe, begannen sie zu toben und mit den Deckeln zu schlagen wie gefangene Tauben.

Sie wich den offenen Büchern aus und mied den breiten Teppichstreifen auf der Treppe, in den feine Buchstaben eingewoben waren. Dazu musste sie außen am Geländer entlangklettern, was ihr nicht schwerfiel. Im dritten Stock durchquerte sie die großen Bibliothekssäle, die Thorndyke ihr bei ihrem ersten Besuch gezeigt hatte, glitt eng mit dem Rücken an den Regalen vorüber. Unterwegs stieß sie auf weitere Alarmbücher, zweimal auch auf Origamis. Eines schnappte sie mit bloßer Hand aus der Luft, als es sie bemerkte und sich aufgeregt auf den Weg zu seinem Herrn machen wollte. Mercy sperrte es in einen der Glasschränke, in denen Thorndyke wertvolle Bände aufbewahrte.

Die Treppe zu Fornax' geheimem Keller war nur vom hinteren Saal im dritten Stock aus zugänglich. Sie entdeckte dort weder Origamis noch offene Bücher. Die einzige Bibliomantik, die sie wahrnahm, entströmte den zahllosen Bänden in den Regalen, und sie fragte sich, ob sie irgendeine Sicherung übersah. Die Stuckdecke war gleichförmig weiß, das Parkett wies keinen eingelassenen Buchstabenzauber auf. Möglicherweise hatte Thorndyke einige seiner wertvollen Bibliolithen zwischen den Büchern versteckt, aber auch die hätte sie eigentlich spüren müssen.

Draußen bellten Hunde. Im Garten hatte sie keine gesehen. Jemand rief etwas, dann herrschte wieder Stille.

Mercy setzte einen Fuß in den Saal, wartete angespannt, ob ein Alarm ausgelöst wurde, und ging dann weiter. Wieder blieb sie nah an den Regalen und mied die weite Fläche des Innenraums. Madame Xu hatte in ihrem Allerheiligsten Schnabelbücher als Wächter eingesetzt, aber Mercy bezweifelte, dass ein Gentleman wie Thorndyke sich mit den kleinen Schreihälsen abgab.

Wider Erwarten erreichte sie ungehindert die anderen Seite des Saals und den einzigen Zugang zum hinteren Treppenhaus. Sie zog Kerze und Streichhölzer aus einer Tasche und entzündete sie; ein Stück Stoff, das sie darumgebunden hatte, fing das herabtropfende Wachs auf.

Wenig später stand sie im vorderen der beiden Kellerräume. Wie sie es geahnt hatte, war Thorndykes Schlüssel reine Irreführung gewesen. Die wahre Sicherung der Verbindungstür wurde durch eine Reihe von Buchstaben deaktiviert, die sie neben dem Schloss in die Luft schrieb. Sie hatte sich jeden einzelnen eingeprägt und bewegte ihren Finger hochkonzentriert. Wenige Augenblicke später sprang das Vorhängeschloss mit einem Knirschen auf.

Im Saal der Bibliolithen ging die elektrische Beleuchtung

an. Mercy blies die Kerze aus und huschte zwischen den versteinerten Büchern und Pergamenten hindurch zur Eisentür auf der anderen Seite. Diesmal spürte sie die bibliomantischen Membranen noch stärker, aber keine davon hielt sie auf. Mehrmals blickte sie zurück zum offenen Durchgang. Dort war niemand zu sehen.

Vor dem Metallschott mit dem Guckloch blieb sie stehen. Sie zog ihren Revolver aus der Tasche und schlug dreimal mit dem Griff dagegen.

»Fornax«, sagte sie. »Kannst du mich hören?«

Thorndyke hatte behauptet, die Tür sei zu dick, um Stimmen hindurchzulassen. Aber das galt für menschliche Ohren. Mercy hoffte, dass die Alexandrinische Flamme über andere Sinne verfügte, mit denen sie ihre Anwesenheit wahrnehmen konnte.

Eine Weile lang geschah nichts. Dann glühte die winzige Öffnung auf. Mercy blickte hindurch und sah, wie die Flamme aus ihrer Schale emporzüngelte, anwuchs und zum Zerrbild eines brennenden Menschen wurde.

Sie trat einige Schritte zurück, steckte die Waffe ein und nahm stattdessen das Schlüssellochglas zur Hand. Damit trat sie an den Marmorsockel, auf dem Thorndykes kostbarster Bibliolith lag. Behutsam nahm sie die Glaskuppel herunter. Sie kannte niemanden, der die mesopotamische Keilschrift auf der Tafel hätte entziffern können, aber das war auch nicht nötig. Sie hob das Schlüssellochglas über den versteinerten Ton, blickte hindurch – und *spürte*, was der Verfasser niedergeschrieben hatte.

Je länger sie die winzigen Kerben durch das Glas betrachtete, desto deutlicher erkannte sie die Gedankengänge desjenigen, der sie vor Jahrtausenden festgehalten hatte. Es war, als schlüpfte sie in den Geist des Mannes, der Fornax einst mit einem Bann belegt hatte, und innerhalb von Sekunden strömten mehr Informationen auf sie ein, als sie in der kurzen Zeit verarbeiten konnte. Sie sah etwas vor sich, das die brennende Bibliothek von Alexandria sein mochte oder nur ein Phantasiegespinst jener Katastrophe, mit dem ihr eigenes Gehirn die Ereignisse bebilderte. Es ging zu schnell, als dass sie sich hätte orientieren können, da waren nur Denksplitter, fremde Emotionen, ein unfassbarer Zorn. Schließlich verdichtete sich die Bestürzung über das Feuer in dem Wunsch, seinen Verursacher dingfest zu machen, in einer Reihe von Silben, die Mercy jetzt deutlich hören konnte, so als riefe sie ihr jemand über den Abgrund der Zeit hinweg zu.

Sie hatte Mühe, auf den Beinen zu bleiben, während all das über sie hereinbrach, und sie kam in Versuchung, ihre Bibliomantik als Schutzwall einzusetzen. Doch dann ließ sie es geschehen, öffnete sich wie ein leeres Buch, in das ein Fremder jene machtvollen Sprüche niederschrieb, mit denen die Alexandrinische Flamme gebannt worden war.

Wahrscheinlich hätte sie stundenlang durch das Schlüssellochglas auf die Keilschrift blicken können und wäre dabei immer tiefer in die Gedankengänge ihres Verfassers eingedrungen, hätte Schicht um Schicht seines Wissens aufgedeckt, womöglich gar seine Identität enthüllt. Aber so viel Zeit hatte sie nicht. Sie bemerkte, wie der Sog der fremden Gedanken größer und zugleich ihr Wille, sich davon zu lösen, schwächer wurden. Mühsam riss sie ihren Blick vom Schlüssellochglas los, hätte es beinahe fallengelassen und taumelte rückwärts.

Da spürte sie die Hitze.

Die Eisentür zum Kerker der Alexandinischen Flamme glühte wie ein Rechteck aus flüssiger Lava.

Die Glut des Metalls schien sie zu packen und anzuziehen. Langsam trat Mercy auf die Tür zu. Das Glühen färbte sich von Orange zu Gelb zu Weiß, wurde so hell, dass sie kaum noch hineinsehen konnte.

Du kannst mir keinen Schaden zufügen, dachte sie, aber sie dachte es nicht in ihrer Sprache, sondern in jenem lange vergessenen Idiom, mit dem ein Weiser aus den Wüsten Arabiens, ein Gelehrter und Magier, die Verbindung zu dem Feuerwesen hergestellt hatte.

Komm zu mir, Flamme. Wenn ich es befehle, musst du es tun, und nichts kann dich aufhalten. Ich rufe, und du gehorchst. Der, der dich bannte, spricht aus mir. Er war der Erste, der dir Befehle gab, und nun tut er es wieder.

Sie schöpfte ihren begrenzten Wortschatz aus den Gedanken des Verfassers, und die Gefühle, die sie dabei überkamen, verwirrten sie. Sie hatte befürchtet, ihren Schwur brechen zu müssen, doch nun begriff sie, dass dies hier etwas sehr viel Fremderes, sehr viel Älteres war als Bibliomantik. Die Magie, die aus der Vergangenheit mit ihrer Stimme sprach, war nicht die Magie der Bücher gewesen, nicht einmal die Magie der ersten Schrift. Es war die Magie der *Worte*, vielleicht der wahre Ursprung der Bibliomantik.

Komm. Zu. Mir.

Vor ihren Augen zerschmolz die Tür zu flüssigem Stahl. Nicht das Metall hatte Fornax in der Kammer gehalten, sondern die Schale. Aber die Worte, die ihn jetzt riefen, waren stärker als der Bann, der ihn an das Gefäß band. Ptolemys Mörder musste einen eleganteren Weg gewählt haben, um die Flamme zu befreien, aber Mercy kannte nur diesen einen.

Sie sprang zurück, als ein Schwall des flüssigen Metalls über den Boden auf sie zuschwappte, sich teilte und einen Pfad bildete, eine breite Rinne zwischen zwei glühenden Seen aus Eisenschlacke.

Und Fornax kam, hatte gar keine andere Wahl, als dem Befehl zu gehorchen. Er musste sich vorbeugen, um durch die Tür zu treten, sieben Fuß hoch und klapperdürr wie eine Figur, die ein Kind aus goldenen Flammen gezeichnet hatte.

»Ich bin die Geißel der Großen Bibliothek!«, erklang seine Stimme. »Ich bin das Blitzgewitter des Zeus und der Flammenschweif der Walküren! Ich bin die Alexandrinische Flamme! Fürchtet euch, o Sterbliche, denn mein Zorn ist allesverzehrend, allesverbrennend, allesvernichtend!«

»Im Ernst?«, fragte Mercy.

Das Feuerwesen blieb inmitten der Stahlpfütze stehen und verschränkte die Arme. Es hatte kein Gesicht, sein Kopf war eine prasselnde Flamme. »Und wer bist du, Unverfrorene?«

»Mercy Amberdale. Das wird dir nichts sagen.«

»Was für ein Name!«, höhnte Fornax. »Einst hießen die Frauen Kleopatra, Theodora, Phaedra Herculanea! Und in diesem Zeitalter – Mercy? Schäbige, schnoddrige Zeiten sind das!«

»Von dir hab ich auch ein bisschen mehr erwartet«, sagte Mercy.

Die Gestalt plusterte sich zu einer Säule auf, die als lodernder Flammenpilz unter die Decke schlug. »Ich bin der Todeswind der Hölle, der Hitzesturm aus dem glühenden Herzen der Welt! Ich bin der Schrecken ungezählter Generationen! Ich verbrenne, ich verzehre, ich zerschmelze Fleisch und Knochen! Ich bin die Alexandrinische –«

»Ja, ja«, fiel Mercy ihm ins Wort, »das ist wirklich sehr furchterregend. Aber ich hab's gerade ein bisschen eilig, weil ich genau genommen gar nicht hier sein dürfte und du genug Lärm machst, um das halbe Viertel aufzuwecken.« Sie winkte ihn zur Seite. »Wenn du mich also durchlassen würdest, damit ich die Schale an mich nehmen kann? Und komm nicht auf dumme Gedanken – mich kannst du nicht verbrennen, weil ich *mit der Stimme deines Meisters spreche!*« Die letzten Worte formulierte sie in jener fremden Sprache, die sie nur in ihren Gedanken zustande brachte, und so kamen sie nicht über ihre Lippen, sondern trafen Fornax wie eine geistige Peitsche.

Das Flammenwesen erzitterte und trollte sich tatsächlich, stakste auf seinen lodernden Beinen aus dem Weg und verharrte stumm, bis Mercy die Kammer durch den glühenden Türrahmen betreten hatte. Die Luft brannte beim Einatmen in ihrer Nase und Lunge, trotzdem durchquerte sie zügig das Verlies und blieb vor dem Sockel im Zentrum stehen. Die Schale war kreisrund und sanft gewölbt, nicht größer als ein Suppenteller und silbergrau wie Zinn. Zögernd streckte Mercy einen Finger danach aus und tippte gegen den Rand. Das Metall war eiskalt.

»Was planst du, Unglückselige?«, zeterte Fornax im Vorraum.

Hatte sie ihn nicht gerade erst aus diesem Loch befreit? »Ein bisschen Dankbarkeit wäre angebracht.«

Mit beiden Händen nahm sie die Schale vom Sockel und

staunte darüber, wie leicht sie war. Mit gebührender Ehrfurcht trug sie sie hinaus in den Saal der Bibliolithen. Noch immer war niemand zu sehen. Sie fragte sich, ob Thorndyke sich überhaupt zu Hause aufhielt. Ihr war keine Zeit geblieben, um das Anwesen gründlich auszuspähen.

»Hopp«, rief sie und deutete mit dem Zeigefinger in die Schale.

Fauchend schoss Fornax auf sie zu, jetzt nicht mehr in menschlicher Gestalt, sondern als schwebender Feuerball. Sobald er die Schale berührte, schrumpfte er zu einer winzigen Flamme, nicht größer als die eines Streichholzes.

Gerade wollte Mercy die Frage stellen, wegen der sie hergekommen war, als ihre bibliomantischen Sinne Alarm schlugen. Fluchend rannte sie zur Tür und durch den vorderen Saal zur Treppe. Dort blieb sie stehen und horchte. Zu hören war nichts, aber sie spürte deutlich, dass irgendwo über ihr eine Woge von Bibliomantik durchs Haus gefegt war.

»Jetzt keinen Mucks«, flüsterte sie in die Flamme.

»Alles verkohlen«, grummelte Fornax übellaunig, »alles niederbrennen!«

Kurz fragte sie sich, ob sie diese Kreatur wirklich auf die Menschheit loslassen wollte. Sie hatte Fornax unter Kontrolle, glaubte sie zumindest, doch was, wenn er sie täuschte? Wenn sie mit der Schale ins Freie trat und er auf den nächstbesten Dachgiebel sprang, um eine Flammenhölle zu entfachen, wie es sie seit 1666 in London nicht mehr gegeben hatte?

Aber es war zu spät für Zweifel. Sie musste dringend verschwinden. Lieber hätte sie ihn hier unten befragt und danach wieder weggesperrt, doch sie konnte nicht riskieren, dass man sie stellte. Es gab keinen anderen Weg nach oben als über diese Treppe, und danach musste sie noch das ganze Haus durchqueren. Zwar mochte Fornax auch als Waffe taugen, aber sie wollte niemanden verletzen, schon gar nicht bei lebendigem Leib verbrennen.

In Windeseile rannte sie die Stufen hinauf bis in den dritten Stock. Die Flamme in der Schale spendete gerade genug Licht, um sich auf der dunklen Treppe zurechtzufinden. Der Weg zurück durch die Säle wurde zur Geduldsprobe, als sie alle Fallen und Sicherungen erneut umgehen musste. Jetzt nur nichts überstürzen.

Wieder hallte das Pulsieren mächtiger Bibliomantik durch das Haus wie ein Hornsignal. Die Hunde bellten erneut, einer jaulte auf, dann herrschte Stille.

»Das ist der Kerkermeister«, flüsterte Fornax kleinlaut, als sie das Treppenhaus mit den geschwungenen Marmorstufen erreichten.

»Was passiert, wenn ich die Schale einstecke?«, fragte sie leise.

»Ich kann mich in einem gewissen Abstand von ihr frei bewegen. Zum Beispiel auf deiner Schulter sitzen, wenn dir das lieber ist.«

»Von mir aus.«

Die Flamme hüpfte auf ihre linke Schulter, ein diffuser Lichtschein am äußeren Rand ihres Blickfelds. Mercy schob die Schale flach unter die Jacke und den Rand ihres Hosenbunds. Hitze spürte sie keine. Fornax konnte oder wollte ihr nichts zuleide tun. Vielleicht dämmerte ihm allmählich, dass sie seine Fahrkarte aus Thorndykes Gefängnis war.

Statt wieder außen am Geländer entlangzuklettern, drei Etagen über dem gekachelten Boden des Erdgeschosses, schwang Mercy sich auf den polierten Handlauf und rutschte rückwärts hinunter. So glitt sie in sicherem Abstand an dem bibliomantischen Teppich auf den Stufen vorüber und versuchte zugleich, nach unten zu blicken, um mögliche Gefahren rechtzeitig zu entdecken. Fornax, Zerstörer unschätzbarer Bibliotheken und antiker Metropolen, flackerte wie ein zartes Öllicht im Luftzug.

Sie hatte zwei Drittel der Freitreppe hinter sich gebracht, war gerade auf Höhe der ersten Etage, als ein gellender Schrei ertönte. Er drang aus dem Erdgeschoss herauf und hallte von den Wänden wider. Jemand röchelte und stohnte, dann erklang das Schreien erneut. Diesmal hielt es länger an.

Mercy verharrte, wartete kurz ab, beobachtete den weißen Fußboden im Parterre. Niemand tauchte dort auf, und doch meinte sie, dass der zweite Schrei näher geklungen hatte als der erste. Ein Mann schleppte sich stöhnend und brüllend durchs Haus.

Sie stieß sich ab und glitt das letzte Stück nach unten, landete sicher auf beiden Füßen. Die Eingangshalle am Fuß der Treppe hatte mehrere Zugänge, darunter die Tür des Großen Saals, in dem die Zusammenkunft der Loge stattgefunden hatte. Den Stufen gegenüber befand sich die Haustür.

Zum dritten Mal ertönte das Schreien und Wimmern, begleitet von Geräuschen, die Mercy an die Knochenmühlen in den Schlachthöfen von St Giles erinnerten. Ihre Neugier gewann die Oberhand. Sie musste einen Blick in den Saal werfen, aus dem die Geräusche erklangen.

»Was tust du denn?«, wimmerte Fornax an ihrem Ohr. »Er wird uns beide einsperren!«

»Hey, Zeus' Blitzgewitter«, flüsterte sie, »wie wär's mit ein bisschen Unterstützung?«

»Aber er ist der *Kerkermeister!*«

Das fremde Wissen in ihr verblasste bereits. Sie konnte sich kaum noch erinnern, was sie bei der Betrachtung des Bibliolithen durch das Schlüssellochglas empfunden hatte, geschweige denn an die Worte, die sie benutzt hatte, um Fornax zu bändigen. Immerhin hatte sie jetzt die Schale. Wenn Thorndyke die Wahrheit gesagt hatte, musste das Flammenwesen ihr weiterhin gehorchen.

Entschlossen näherte sie sich der doppelflügeligen Tür zum Saal. Die rechte Hälfte stand einen Spaltbreit offen, fahles Mondlicht fiel heraus ins Foyer. Fornax ging in ihrem Nacken in Deckung, sie konnte seine Bewegungen spüren, ein warmes Kitzeln auf ihrer Haut.

Eine geduckte Gestalt stolperte im Saal umher, lief von einer Seite zur anderen wie ein Raubtier in einem Zwinger. Der Mann raufte sich das Haar, schlug mit den Armen ins Leere, drehte sich schlenkernd im Kreis. Einmal trat er mit solcher Kraft gegen einen Stuhl, dass das Möbelstück durch den halben Saal flog und beim Aufprall zerbarst. In einem kleineren Raum hätte der Mann sich womöglich den Schädel an den Wänden eingeschlagen, hier aber hieb er nur dann und wann mit den Fäusten gegen die Täfelung und taumelte zurück in die Mitte des Saals.

Doch es war nicht allein seine Gewalttätigkeit, die Mercy schockierte, auch nicht der rasende Zorn, der sich mal gegen ihn selbst, mal gegen unsichtbare Gegner richtete. Vielmehr ging mit dem Körper des Mannes eine Veränderung vor, ein Pulsieren seiner Glieder, das sie im ersten Moment auf das Wechselspiel von Mondlicht und Schatten geschoben hatte.

Der Mann hatte helles Haar, ob blond oder weiß war in diesem Licht nicht zu erkennen. Sie konnte sein Gesicht kaum sehen, nur dann, wenn er durch eine der blassen Lichtbahnen taumelte. Seine Züge wirkten wie das unfertige Werk eines Bildhauers, der sich nicht hatte entscheiden können, welche Art von Antlitz er aus einem rohen Stück Stein erschaffen wollte. Die Wangenknochen waren zu breit, die Stirn zu hoch und klobig, das Kinn stach zu weit vor, und auch hier hatte sie den Eindruck, dass sich etwas unter der Oberfläche bewegte, nach außen wölbte wie Blasen in kochendem Porridge. Er schlug seine Finger vors Gesicht und schrie seinen Schmerz in die Nacht hinaus, fiel mitten im Saal auf die Knie, dann auf die Seite.

Als er die Hände herunternahm, blickte er genau in Mercys Richtung.

Eine Sekunde stand sie vollkommen starr. Dann wurde ihr klar, dass er durch sie hindurch sah, vielleicht gar nichts von seiner Umgebung wahrnahm.

Trotzdem trat sie schnell einen Schritt zurück und presste sich neben der Tür gegen die Wand. Fornax huschte wieder auf ihre Schulter.

»Malahide«, flüsterte sie.

Die Flamme wehklagte an ihrem Ohr in einer fremden Sprache.

Vorsichtig drehte Mercy sich um, schob das Gesicht zur Hälfte am Türrahmen vorbei und sah erneut in den Saal.

Der Mann hatte sich herumgerollt, lag zuckend mit dem Rücken zu ihr, während wieder diese entsetzlichen Laute erklangen. Etwas ging noch immer mit ihm vor, Krämpfe schüttelten seinen Körper. Unter seiner Kleidung schien sein ganzer Leib in Bewegung, als schlängelten sich Aale durch seine Ärmel und Hosenbeine.

Mercy starrte wie hypnotisiert über eine Distanz von zehn, fünfzehn Schritt hinweg auf seinen Hinterkopf und Rücken. Beides lag im Schatten. Das Zucken und Krampfen wurden heftiger, wieder schrie der Mann auf, doch jetzt klang es, als steckte da etwas in seinem Mund. Vielleicht war seine Zunge angeschwollen, und er erstickte. Einen Moment lang überlegte sie ernsthaft, ob sie ihm zu Hilfe kommen müsste, und sie wunderte sich, dass seine Schreie die Dienerschaft nicht alarmierten. Zumindest der Butler musste doch irgendwo im Haus schlafen. Und was war mit den Wächtern im Garten? Sie konnten dieses Spektakel schwerlich überhören.

Es sei denn, sie *wollten* es nicht hören. Weil sie entsprechende Anweisungen hatten. Weil das hier wieder und wieder geschah, so zuverlässig wie der Mitternachtsschlag der schwarzen Standuhr im Foyer.

Malahide rollte sich abrupt auf den Rücken, hieb und trat mit Armen und Beinen und wölbte den Oberkörper unnatürlich weit vom Boden auf. Sein Kopf schlug dabei von einer Seite zur anderen, so rasend schnell, dass die Bewegung zu einem verschwommenen Zucken verwischte.

»Nun lauf schon!«, flehte die Geißel der Großen Bibliothek, der Flammenschweif der Walküren.

»Ich muss das sehen.« Sie begriff, was hier passierte, hatte es vielleicht schon die ganze Zeit über geahnt, seit Thorndyke ihr zum ersten Mal das Ammenmärchen vom missratenen Cousin aufgetischt hatte.

Der Mann auf dem Boden hatte bislang keine bibliomantische Aura besessen, aber das änderte sich gerade. Noch ehe sie sah, dass er zu einem anderen geworden war, konnte sie es spüren, sogar über die Distanz hinweg. Plötzlich verharrte sein Kopf, hielt mitten in der Bewegung inne. Obwohl sein Gesicht im Schatten lag, erkannte sie an den Konturen, dass es nicht mehr dasselbe war.

Thorndyke setzte sich auf. Er schrie nicht mehr, auch sein rasselnder Atem beruhigte sich.

Mercy machte einen Schritt rückwärts ins Foyer, konnte den Blick dabei nicht von ihm abwenden. Sie fühlte seine bibliomantische Aura ganz deutlich – sie war zurückgekehrt, als sich der monströse Malahide wieder in Edward Thorndyke verwandelt hatte. Eine gefährliche Faszination hatte sich ihrer bemächtigt, fast wie ein fremder Wille, der sie dazu bewegen wollte, ihre Deckung zu verlassen.

Thorndyke erhob sich, noch immer angeschlagen, aber weit weniger geschwächt, als sie es erwartet hatte. Einige Herzschläge lang stand er reglos inmitten eines Fächers aus Mondlicht, der durch eines der hohen Fenster hereinfiel.

Mit einem Ruck drehte er sich zu ihr um.

»O nein«, heulte Fornax.

Thorndykes Stimme klang wie fernes Grollen, ganz leise noch, aber darin lag bereits die Androhung eines tobenden Unwetters: »Wer ist da?«

Mercy trug nach wie vor die Maske, doch Thorndyke war

kein Narr. Wenn er näher käme, würde er sie an ihrer bibliomantischen Aura erkennen.

Sie fuhr herum und rannte durchs Foyer zur Haustür.

Abgeschlossen.

»*Wer ist da?*«, ertönte es erneut aus dem Saal.

Der Schlüssel steckte von innen. Er ließ sich nicht drehen, der verfluchte Mechanismus klemmte.

Schritte drangen herüber ins Foyer, wurden schneller und schneller. Thorndykes Aura eilte ihm voraus wie eine Woge. Mercy spürte seinen Zorn und fragte sich, wie viel Malahide noch in ihm steckte. Vielleicht war er ja tief im Inneren schon immer Malahide gewesen.

Sie rüttelte an der schweren Tür und versuchte weiter, den Schlüssel zu drehen, während Thorndyke näher kam und sie jeden Augenblick sehen musste.

In ihrem Rücken flammte strahlende Helligkeit auf. Fornax war von ihrer Schulter geglitten und wuchs zu einer Feuersäule heran, einem Wall aus gleißenden Flammen, der sie vor den Blicken ihres Verfolgers schützte.

»Tu ihm nichts!«, befahl sie atemlos, weil sie fürchtete, Fornax könnte furchtbare Rache nehmen für die Jahre seiner Gefangenschaft.

Das Schloss gab nach. Der Schlüssel drehte sich.

Die Feuersäule tobte unmittelbar hinter ihr, fauchte und prasselte, aber Mercy spürte nicht einmal einen Hauch von Hitze.

Thorndyke brüllte etwas, das in all dem Tosen unterging, dann sprang sie die Stufen hinunter, lief den Weg entlang zum Tor, hörte wieder Hundegebell und Männerstimmen und war endlich auf der Straße. Als sie über die Schulter blickte, stand die Haustür in Flammen. Eine Feuerwand füllte den Rahmen aus und verhinderte, dass Thorndyke ihr folgen konnte. Jemand schrie nach Löschwasser.

Fornax zischte als glühende Kugel hinter ihr her, sprang auf ihre Schulter, schrumpfte zu einer zierlichen Flamme und verbarg sich in ihrem Kragen, während sie hinaus in den Nebel rannte, ein Schemen zwischen Gaslicht und Schatten.

34

Der Besserwisser beäugte die Alexandrinische Flamme voller Misstrauen. »Das ist eine sehr schlechte Idee, Mylady.«

»Ich hatte keine bessere«, sagte Mercy.

»Vielleicht sollten Sie mich deshalb in Zukunft mitnehmen zu Ihren … Einsätzen. Ich verfüge über Wissen und Erfahrungen aus mehreren hunderttausend Niederschriften in folgenden Sprachen: Latein, Sanskrit, Hebräisch, Englisch, Deutsch, Franzö–«

»Ja, vielen Dank. Ich denke drüber nach.«

Ihr war klar, dass sie kopflos gehandelt hatte, und das beschwor düstere Erinnerungen an Limehouse in ihr herauf. Vielleicht war es an der Zeit, sich einzugestehen, dass nicht die Bibliomantik ihr Problem war, sondern sie selbst.

Am Nachmittag, vor ihrem Aufbruch zu Thorndyke, hatte sie einen Koffer mit ihren wichtigsten Habseligkeiten aus ihrem Quartier herüber ins *Liber Mundi* geschafft. Neben Valentines altem Schlafzimmer gab es einen zweiten kleinen Raum, dessen Fenster hinaus auf den Cecil Court blickte. Valentine hatte hier vor Jahren einmal ein Schreibpult aufgestellt, aber die meisten Büroarbeiten dann doch lieber unten im Laden erledigt. Mercy hatte nicht viel ausräumen müssen, um sich hier häuslich einzurichten. Sie wusste noch nicht, wie lange sie bleiben wollte – sie würde sich bald um die Miete kümmern müssen –, aber aus irgendeinem Grund fühlte es sich richtiger an, hier zu sein als in ihrem Quartier am Covent Garden.

Nun hockte der Besserwisser vor dem Bücherregal an der Rückwand, während die beiden Origamis hinter ihm den Staub aus den Fächern pickten. Die Alexandrinische Flamme flackerte daumenhoch in ihrer Schale auf dem Fensterbrett. Mercy hatte die Metallschüssel aus Rücksicht auf den misstrauischen Besserwisser dort abgestellt, obwohl Fornax bestätigte, dass er seit dem Brand von Alexandria keine Bücher mehr verbrennen könne und dass dies zu seinem Leidwesen »auch für einen klugscheißenden Veterator« gelte.

Der rümpfte darüber seine knollige Nase. »Ich bin eine lebende Bibliothek«, ereiferte er sich in Mercys Richtung und trommelte nervös mit seinen dicken Zehen auf den Dielen. »Dieser Unhold hat die wunderbarste aller Bibliotheken in Schutt und Asche gelegt. Erwarten Sie nicht von mir, dass ich seine Anwesenheit länger als nötig ertrage.«

Mercy nickte ergeben. Sie hatte gerade keine Kraft mehr, um sich auf Diskussionen einzulassen. Erst einmal wollte sie Fornax' Geschichte hören.

»Ich kam im Jahr 1666 nach London, auf einem Handelsschiff aus dem Orient«, begann er. Durch das undichte Fenster drang ein leichter Luftzug und brachte ihn zum Flackern. »Zuvor war ich lange der Sklave eines gewissen Emirs gewesen, dreimal verflucht sei sein Name, und als der in einen Krieg mit den Engländern geriet, sandte er aus Rache einen seiner Spione nach London, mit mir im Gepäck, mitten ins Herz seiner Feinde. Wie man es mir aufgetragen hatte, steckte ich die Stadt in Brand. Ach, was für ein herrliches Feuer das war.

Tagelang ging ein Viertel nach dem anderen in Flammen auf, ich sprang von einer Straße zur nächsten und tanzte in den Ruinen. Endlich konnte ich wieder Menschen das Fürchten lehren. Das ist ein Gefühl, sage ich euch, wenn sie schreien und wimmern und sich –«

»Sehr schön«, fiel Mercy ihm ins Wort. »Wie ging es weiter?«

»Nun, unglückliche Umstände führten dazu, dass der Spion des Emirs selbst den Flammen zum Opfer fiel, und so kam ich frei.«

»Er hat ihn verbrannt!«, schimpfte der Besserwisser. »Man kann ihm nicht trauen. Er ist voller Arglist und Tücke. Er wird Ihnen in den Rücken fallen, Mylady, sobald Sie in die andere Richtung schauen.«

»O nein!«, ereiferte sich Fornax. »Das war nur ein Missgeschick.«

»Missgeschick!«, äffte ihn der Besserwisser nach. »Den eigenen Herrn ermorden, so einer ist er. Ich sag's Ihnen, Mylady, trauen Sie diesem Ding da nicht über den Weg.«

»Erzähl weiter, Fornax«, sagte Mercy.

»Die Schale, an die mich die Alchimisten des Emirs gebunden haben, wurde aus der Büchse der Pandora gefertigt.«

»Natürlich lügt er«, bemerkte der Besserwisser. »Die Büchse der Pandora ist ein Mythos, nichts als ein –«

»Lass ihn ausreden«, sagte Mercy.

»Ganz wie Sie wünschen, Mylady.«

Fornax loderte triumphierend auf. »Du bist nur ein Haufen zerfledderter Bücher, während ich all die Jahrhunderte *gelebt* habe. All meine Erfahrungen, all meine Wissen aus erster Hand, all mein Leiden im Dienste des reinigenden Feuers …«

»Ich geh gleich ins Bett«, verkündete Mercy, »und vorher sperre ich dich in eine Schublade, Besserwisser. Und dich, Fornax, lösche ich im Nachttopf.«

»Seiner würdig!«, stimmte der Besserwisser zu.

»Immer wollen alle mich nur löschen«, wehklagte die Alexandrinische Flamme. »Das ist die Qual, die ich zu ertragen habe, mein ganzes jammervolles Leben lang.«

»Wenn er nicht im Nachttopf ersäuft, dann in Selbstmitleid«, höhnte der Besserwisser.

»Schluss jetzt!«, fuhr Mercy die beiden an. »Ich möchte Fakten hören. Keine Klagen, keine Sticheleien, überhaupt keine albernen Kindereien mehr! Ist das klar?«

»Selbstverständlich, Mylady.«

Fornax zischte in die Richtung des Besserwissers, dann fuhr er fort: »Die Büchse der Pandora, also. Zeus war wütend auf die Menschheit, weil sie von Prometheus das Geschenk des Feuers angenommen hatte. Zur Strafe ließ er aus der Büchse der Pandora alle Krankheiten und Leiden entweichen, die den Menschen seither das Leben schwermachen.«

»Und das soll dein alter Blechteller gewesen sein?«, fragte der Besserwisser.

Mercy raufte sich die Haare. »Weiter!«

»Aus den Resten der Büchse wurde meine Schale gehämmert. Und das Feuer des Prometheus, das erste Feuer überhaupt, wurde hineingegeben.« Fornax bildete eine handgroße Flammenfigur mit Armen und Beinen, die sich in Mercys Richtung verbeugte. »Das wäre dann wohl ich. Die Alexandrinische Flamme nannte man mich erst später, nachdem ich viele Jahrhunderte lang die schönsten und größten Feuer entfacht, Festungen verwüstet und Flotten versenkt hatte.« Er seufzte. »Glorreiche Zeiten waren das, voller Ruhmestaten.«

»Ein Massenmörder«, sagte der Besserwisser. »Und ein Angeber.«

»Selbst Nero hat mich besungen, als ich für ihn das alte Rom niederbrannte«, erwiderte Fornax. »Wie viele Lieder sind wohl über *dich* geschrieben worden, du zeternder Komposthaufen?«

Der Veterator trampelte empört mit den Füßen, und all die Blätter, aus denen sich sein Körper zusammensetzte, sträubten sich wie Katzenfell.

»London«, sagte Mercy ungeduldig. »Was geschah nach dem Großen Feuer?«

»Ich war frei und genoss das Leben in dieser wunderbaren Stadt«, schwärmte die Alexandrinische Flamme. »Regelmäßig standen ganze Straßenzüge in Flammen, so dass man London bald im ganzen Land den *Feuerkönig* nannte.«

»Lieber löschen«, empfahl der Besserwisser. »Besser jetzt als gleich.«

Mercy runzelte die Stirn. »Vielleicht hast du recht.«

»Nein, nein!«, rief Fornax aus. »Ich mag die Menschen, wirklich. Aber wenn zu viele von ihnen auf einem Fleck leben, dann versinkt alles in Unrat und Hässlichkeit. Jemand muss dann aufräumen, alles wieder zurück zum Anfang bringen. Kaiser Nero hat das erkannt und viele andere vor und nach ihm. Ich bin nur ihr Werkzeug.« Er senkte seine Stimme und wurde fast kleinlaut. »Die Wahrheit ist, dass ich gar nicht immer alles zerstören mag. Manchmal bin ich nur durch die

Schlote der Häuser gefahren und habe eine Weile im Kamin gebrannt, ohne dass irgendwer mich bemerkt hat. Dann habe ich den Menschen zugehört und mich in ihrer Nähe wohl gefühlt. Jedenfalls bis sie mich mal wieder löschen wollten, und so endete es fast immer. Das macht mich sehr traurig.«

»Und dann hast du sie umgebracht«, sagte der Besserwisser.

»Nein! Ich bin wieder durch den Kamin verschwunden. Ganz ehrlich.«

»Apropos«, sagte Mercy. »Vor ein paar Tagen hat dich jemand aus Thorndykes Keller befreit. Demjenigen ist es gelungen, die Schale an sich zu bringen und dir seinen Willen aufzuzwingen, nicht wahr?«

»Daran erinnere ich mich nicht gern.«

»Wer ist es gewesen?«, fragte Mercy. »Und warum hat er dich wieder zurückgebracht?«

»Ein Mann war's, aber ich kenne seinen Namen nicht. Nicht einmal sein Gesicht, weil er maskiert war, so ähnlich wie du heute Nacht. Nur war die Maske nicht aus Stoff, sondern aus … aus Luft. Ganz verschwommen war er, nicht zu erkennen.«

Eine bibliomantische Maske wie Cedric sie bei ihrer ersten Begegnung getragen hatte. Keine große Überraschung.

»Und er hat dir befohlen, einen Mann zu töten, im Keller einer Buchhandlung. Hier am Cecil Court.«

»Er hat mich auf ein Dach getragen und die Schale auf den Rand des Kamins gesetzt.« Die Flamme zuckte, während Fornax sich sträubte, davon zu erzählen. »Dann hat er mir aufgetragen, durch den Schlot hinabzufahren und denjenigen … nun, denjenigen zu verbrennen, auf den ich dort treffen würde.

Ich hatte keine andere Wahl, ich musste ihm gehorchen. So wie dir.«

»Und anschließend hat er dich zurückgebracht? Vorbei an all den Sicherungen und Wächtern?«

Wieder wurde aus der Flamme eine züngelnde Strichgestalt, nicht einmal einen Fuß hoch. Aufgebracht riss sie die kleinen Arme in die Höhe. »Ich weiß nicht, warum er es getan hat! Er brauchte mich wohl nur für diese eine Angelegenheit und dachte vielleicht, ich wäre beim Kerkermeister besser aufgehoben.«

»Höchst dubios«, sagte der Besserwisser misstrauisch. »Wer gibt freiwillig eine solche Waffe her?«

»Jemand, der kein irrer Mörder ist, sondern ganz gezielt eine einzige Person aus der Welt schaffen wollte.« Mercy runzelte nachdenklich die Stirn. »Die eine Person, die hätte verraten können, woher die Siebenstern-Bände tatsächlich stammten. Darauf läuft es doch hinaus. Ptolemy hat die Bücher angekauft, und die halbe bibliomantische Welt ist ganz versessen darauf, weil sie womöglich zu den Überlebenden des Hauses Rosenkreutz führen.« Sie setzte sich auf die Schreibtischkante. »Nur ein Buch – Malahides Exemplar – war übrig, die anderen waren schon verkauft. Malahide selbst hätte kein Motiv gehabt, Ptolemy zu töten, er hätte das Buch ja so oder so bekommen. Thorndyke können wir ebenfalls ausschließen.« Sie schauderte bei der Erinnerung an die unheimliche Verwandlung. »Mal davon abgesehen, dass die beiden ein und dieselbe Person sind, hätte Thorndyke sich weder maskieren müssen, um Fornax zu befreien, noch hätte er mir den Auftrag gegeben, den Dieb ausfindig zu machen.«

Einen Moment lang war sie so in ihre Überlegungen vertieft, dass sie erst bemerkte, was geschah, als der Besserwisser zetermordio schrie.

»Er will fliehen!«, brüllte er mit flatternden Buchseiten. »Das Scheusal ergreift die Flucht!«

Erst beim zweiten Hinsehen begriff sie, was Fornax getan hatte. Ohne gegen einen ihrer Befehle zu verstoßen, hatte er den Riegel des Fensters hinter sich zum Schmelzen gebracht, so schnell wie kein gewöhnliches Feuer das vollbracht hätte. Als sie aufsprang, schwang das Fenster nach außen. Fornax, jetzt wieder eine faustgroße Feuerkugel, gab seiner Schale einen Stoß. Mercy wollte noch danach greifen und einen Befehl rufen, aber es war zu spät.

Die Schale fiel aus dem Fenster und prallte mit einem Laut wie ein Glockenschlag vor dem Haus auf das Pflaster. Fornax sauste hinterher, konnte womöglich auch gar nicht anders.

Der Besserwisser schimpfte wie ein Rohrspatz, als Mercy sich aus dem Fenster beugte und sah, wie eine Gestalt sich in einem Hauseingang auf der anderen Seite der Gasse regte. Cristaldi, der Feuerschlucker, war von dem Lärm erwacht, kam herüber und hob die Schale auf.

»Lass das liegen!«, brüllte sie in die Nacht hinaus. »Das gehört mir!«

Cristaldi, vielleicht sturzbetrunken, drückte die Schale an seine Brust, wohl weil er sie für etwas hielt, das er zu Geld machen konnte. Fornax stieß ein meckerndes Gelächter aus, dann fuhr er als winzige Flammenkugel zwischen die Lippen des Feuerschluckers.

»Cristaldi!«, rief Mercy. »Untersteh dich! Bleib gefälligst stehen!«

Aber der falsche Italiener hatte seine Entscheidung bereits getroffen. Mit wehendem Mantel wirbelte er herum und rannte los.

Mercy stürmte aus dem Zimmer, die Stufen hinunter und durch die Bücherdüfte des *Liber Mundi* hinaus auf die Gasse. Um diese Uhrzeit war sie verlassen, kein Mensch ließ sich blicken. Cristaldi war mit der Alexandrinischen Flamme in der Nacht verschwunden.

Eine Weile lang suchte sie alle Eingänge ab, dann die angrenzenden Gassen. Schließlich fiel ihr ein, dass die Tür des *Liber Mundi* offen stand, und sie machte sich notgedrungen auf den Heimweg.

Während sie sich ausmalte, was Cristaldi mit Fornax anstellen mochte – oder Fornax mit ihm –, entdeckte sie auf der Schwelle des Ladens einen Umschlag, den sie vorhin in ihrer Eile nicht bemerkt hatte. Mit zitternder Hand hob sie ihn auf.

Miss Mercy Amberdale, stand darauf.

Auf der Rückseite: *Cedric.*

35

Sie sind eine begabte Bibliomantin«, sagte Cedric de Astarac, als sie sich am Vormittag im Club der ausländischen Presse am Marble Arch gegenübersaßen. Ein Kellner hatte gerade ihren Tee gebracht. »In der Fetter Lane hätten Sie sich wehren können. Warum haben Sie es nicht getan?«

»Ich benutze keine Bibliomantik mehr. Und ich bin ziemlich sicher, dass Sie das längst wissen.«

Er betrachtete sie fast lauernd. Immerhin konnte sie so auch sein Gesicht beobachten. Sie traute sich zu, in seiner Mimik Zeichen eines bevorstehenden Angriffs erkennen zu können, auch wenn sie nicht glaubte, dass er das in aller Öffentlichkeit wagen würde.

»Warum gibt jemand wie Sie die Bibliomantik einfach auf?«, fragte er.

»Ich dachte, Sie hätten bereits alles über mich in Erfahrung gebracht? Mit wem haben Sie über mich gesprochen? Commissioner Sedgwick?«

»Ich vermeide es, mich von Menschen wie ihm abhängig zu machen.«

Schlauer als ich, dachte sie und ahnte, dass er nicht lockerlassen würde. »Die Bibliomantik hat nicht verhindern können, dass ein Mensch gestorben ist, der mir viel bedeutet hat.«

»Und das ist die Schuld der Bibliomantik oder desjenigen, der sie benutzt?«

»Sie wissen wirklich, wie man gleich zu Beginn eines Gesprächs für jede Menge gute Stimmung sorgt.«

Cedric lächelte, aber nur ganz schwach. Sein schwarzes Haar glänzte fast bläulich im Licht, das durch die hohen Fenster hereinfiel. Draußen auf dem Bürgersteig stand ein Handpuppentheater, in dem fahrende Gaukler ein Punch-and-Judy-Stück zum Besten gaben.

»Verzeihen Sie«, sagte er. »Ich wollte Sie nicht in Verlegenheit bringen.«

»Mache ich auf Sie den Eindruck eines Menschen, der schnell verlegen wird?«

»Den eines Menschen, der seine Verlegenheit gut verbergen kann.«

Sie beschäftigte sich einen Moment lang mit ihrem Tee, dann blickte sie wieder zu ihm hinüber. Er war ein Mann, der getötet hatte, erzogen in einer Agentenschule der Akademie. Sie hätte nicht nur verlegen, sondern vor allem vorsichtig sein müssen. Stattdessen war sie seiner Bitte um ein Treffen nachgekommen. Selbst die unheilschwangeren Warnungen des Besserwissers hatte sie ignoriert.

»Sie wollten mich sprechen«, sagte sie. »Ich nehme an, es geht mal wieder um das Schlüssellochglas.«

»Sie haben es dabei«, stellte er fest.

»Diesmal ja.«

»Dafür danke ich Ihnen.«

»Ich werde Ihnen das Glas geben – wenn Sie mir dafür alles erzählen.«

»Alles?«

»Warum Sie es so dringend brauchen. Was Sie von Thorndyke und seinem Zirkel von Spinnern wollen. Was Sie über Ptolemys Tod wissen.« Ob du ihn umgebracht hast, dachte sie, und warum Jezebel sterben musste.

»Ich könnte Ihnen ein paar Lügen auftischen.«

»Und ich bitte Sie höflich, das nicht zu tun.«

Er lehnte sich zurück und atmete tief durch. »Sie sind eine Art Detektivin, nicht wahr? Dann stellen Sie mir Ihre Fragen.«

»Ich bin keine –«, begann sie, brach aber ab. »Vielleicht bin ich jetzt eine. Oder werde noch zu einer. Ich weiß vermutlich nicht mal selbst, warum ich das hier mache. Ein Freund hat mich gebeten, die Wahrheit herauszufinden, und irgendwann fühlte es sich so an, als täte ich es nicht mehr für ihn, sondern für mich.«

»So funktioniert das Leben. Wir tun etwas wegen irgendwelcher Ideale, und mit einem Mal wird uns klar, dass wir es eigentlich längst für uns selbst tun.« Er zuckte mit den Achseln. »Ansonsten würden wir vermutlich nicht lange durchhalten.«

»Macht uns das nun zu Idealisten oder Egoisten?«

»Es ist nicht egoistisch, an etwas zu glauben.«

»Also jagen Sie Renegaten, weil Sie an etwas glauben?«

Cedric sah sie lange an, bis sie befürchtete, dass er ihr darauf keine Antwort geben würde. Dann aber sagte er: »Die Häuser Rosenkreutz und Antiqua tragen die Schuld am Untergang des Scharlachsaals. Sie sind Verräter, die der bibliomantischen Sache schweren Schaden zufügen wollten.«

»Sehen Sie, ich weiß nicht einmal, was das sein soll, diese bibliomantische Sache. Vielleicht ist es ganz gut, dass ich der Bibliomantik abgeschworen habe.«

Er trank einen Schluck von seinem Tee. »Wir sind beide noch nicht alt genug, um irgendetwas für alle Ewigkeit abzuschwören, Mercy. Und was die Sache angeht: Als sich die fünf Häuser zusammengetan haben, um der bibliomantischen Welt eigene Gesetze zu geben, eine Ordnung, eine Regierung der maßvollen Vernunft, da taten sie das, weil es nötig war. Es gab Jahr für Jahr mehr Bücher, und immer mehr Menschen entdeckten ihr bibliomantisches Talent. Jemand musste diese Entwicklung in geordnete Bahnen führen. Buchsprünge, Portale, Reisen durch die Seiten der Welt, dann erst die Refugien, ganz zu schweigen von der Möglichkeit, Einfluss auf andere zu nehmen. Wenn jeder mit all dem tun könnte, was ihm beliebt, dann wäre nicht nur die bibliomantische Welt längst im Chaos versunken, sondern das alles hier gleich mit ihr.«

»Stattdessen ziehen nun die verbliebenen Drei Häuser die Fäden hinter den Kulissen«, sagte Mercy. »Alles nur mit den besten Absichten für die Allgemeinheit?«

Sein Blick verhärtete sich. »Ich habe mit eigenen Augen gesehen, was in einem Refugium geschehen ist, das sich der Führung der Akademie verweigert hat. Es gab keine Ordnung mehr, niemanden, der die Gesetze vertrat, nur noch Anarchie. Sehr viele Menschen sind dabei ums Leben gekommen. Der Mann, der dafür verantwortlich ist, konnte entkommen und treibt noch immer sein Unwesen. Man muss nicht mit allem einverstanden sein, für das die Adamitische Akademie steht, aber bislang erfüllt sie ihren Zweck. Deshalb werde ich alles dafür tun, dass so etwas wie damals nicht noch einmal geschieht.« Gedankenverloren warf er ein drittes Stück Zucker in seine Tasse, was den Tee zweifellos ungenießbar machte. »Allein die

Gerüchte, dass irgendwo noch Rosenkreutz am Leben sind, untergraben die Autorität der Akademie. Falls also noch Abtrünnige existieren, unter welchem Namen auch immer, werde ich sie finden.«

»Und töten?«

»Ich werde sie unschädlich machen.«

»Haben Sie Ptolemy unschädlich gemacht?«

»Nein. Und ich weiß auch nicht, wer das getan hat. Aber ich bin überzeugt, dass Ptolemy sterben musste, weil er wusste, wem die Siebenstern-Bücher früher gehört haben. Er war Teil der Spur, die bis zu den letzten Rosenkreutz führt.« Cedric senkte seine Stimme. »In den letzten beiden Jahren sind fünf Agenten der Akademie ermordet worden, ohne dass der Täter je gefunden wurde. Sie alle waren auf der Suche nach den Renegaten der beiden Verräterhäuser.«

»Der *beiden* Häuser? Wollen Sie damit sagen, dass nicht nur Rosenkreutz überlebt haben, sondern auch Antiquas?«

»Es wäre möglich. Und ich glaube, dass jeder einzelne dieser Agenten etwas entdeckt hatte. Einen Hinweis. Eine Spur. Deshalb wurden sie umgebracht, genau wie Ihr Mister Ptolemy und die Schwester Ihres Freundes.«

»Aber Malahide ist nicht der Mörder. Zumindest glaube ich das nicht.«

»Eine Weile lang hatte ich ihn in Verdacht. Aber jetzt denke ich auch, dass er unschuldig ist. Wahrscheinlich ist er wirklich nur ein verrückter Sammler.«

Er schien nicht zu ahnen, dass Malahide und Thorndyke ein und dieselbe Person waren, und sie hatte nicht vor, es ihm auf die Nase zu binden.

»Und was hat Thorndykes Loge mit all dem zu tun?«, fragte sie.

»Es scheint eine Verbindung zwischen der Loge und den Renegaten zu geben. Deshalb ist es wichtig, dass diese Leute mir vertrauen und mich aufnehmen. Das alles hat mich fast ein Jahr gekostet, ganz zu schweigen von dem Aufwand, mich beim *Figaro* einzukaufen. Jetzt bin ich ganz nah an ihnen dran. Darum brauche ich das Glas.«

Mercy zog es unter ihrem Mantel hervor, wog es in der Hand und achtete dabei auf Cedrics Reaktion. Er betrachtete das Schlüssellochglas völlig leidenschaftslos, für ihn schien es tatsächlich nur die Eintrittskarte zur Loge zu sein.

Behutsam legte sie es zwischen ihnen auf den Tisch. »Dafür bezahlen Sie den Tee.«

Am Rand ihres Blickfelds bemerkte sie eine Bewegung, blitzschnell und schemenhaft. Eine fremde bibliomantische Aura rammte wie ein Keil zwischen sie. Auch Cedrics Augen weiteten sich in plötzlichem Begreifen.

Eine schwarze Gestalt huschte an ihnen vorbei. Ihr Gesicht war ein nebelhaftes Oval, verborgen hinter hauchfeinem Stoff. Keiner der übrigen Gäste schien sie wahrzunehmen – die Fremde beeinflusste sie im Vorübergehen mit einer Leichtigkeit, die verriet, wie atemberaubend mächtig sie war.

Dann war sie fort, und das Schlüssellochglas lag nicht mehr auf dem Tisch.

Das alles hatte nur zwei, drei Herzschläge gedauert. Mercy sah die Tür nach draußen ins Schloss fallen, dann einen Schatten wie von einer vorüberziehenden Wolke vor dem Fenster.

»Ich weiß, wer das –«

Aber Cedric hörte schon nicht mehr zu. Sein Stuhl kippte nach hinten um, als er aufsprang und wortlos die Verfolgung aufnahm.

36

Tempest kletterte auf allen vieren den steilen Hang hinauf und winkte Philander zu, ihr zu folgen. Sie meinte es gut, das wusste er, aber er war nicht in der Stimmung, sich ablenken zu lassen. Die Trauer um Jezebel lag wie ein Eisenring um seine Brust, zog seine Schultern nach unten und schnürte ihm die Kehle zu.

»Es ist gleich da drüben, auf der anderen Seite«, rief sie ihm zu. Sie hatte den Kamm fast erreicht. Am frühen Morgen war der Nebel für zwei, drei Stunden aufgerissen, doch nun wurde er wieder dichter, vermischte sich mit dem Qualm, der auf der anderen Seite der Erhebung aufstieg. Dort loderten Feuer, ihr Schein fiel von unten auf den treibenden Rauch.

»Tempest«, sagte er ungeduldig, »was zum Teufel tun wir hier?«

»Ich will dir was zeigen.«

»Eine brennende Müllhalde?«

»Besser.«

»*Noch* besser?«

»Sei kein Spielverderber und wart's ab.«

Sie waren als blinde Passagiere auf einem Güterzug hierhergekommen, aufgesprungen an einem Verladegleis und mitgefahren bis zur Endstation in den Hackney Marshes außerhalb von London. Es war keine weite Strecke, und sie konnten am späten Nachmittag wieder zu Hause sein, wenn er Tempest dazu brachte, sich nicht allzu lange hier aufzuhalten. Er musste sich um Jezebels Bestattung kümmern, um ein Armengrab auf einem der innerstädtischen Friedhöfe. Er hoffte, dass alles möglichst schnell gehen würde, sobald die Polizei ihm mitteilte, dass der Leichnam abgeholt werden konnte.

»Einer der Jungs hat mir davon erzählt«, sagte Tempest, als sie den höchsten Punkt des Erdwalls erreichte. Er war künstlich aufgeschüttet worden, vermutlich bestand er aus dem Aushub einer Grube auf der anderen Seite. »Es spukt hier, hat er gesagt. Dass da Gespenster sind. Ein Wunder, dass er überhaupt was bemerkt hat.«

»Ich hab keine Ahnung, wovon du redest.«

Sie lachte. »Komm schon her.«

Wie ein Schlafwandler schleppte er sich die letzten Yards hinauf. Tempests Jungs, das waren die anderen Penny-Dreadful-Verkäufer. Im Gegensatz zu Philander, der mit den meisten nichts zu tun haben wollte, versuchte Tempest, sich mit allen gutzustellen. Manch einer hatte das schon falsch verstanden und sich ein Veilchen eingehandelt, doch die meisten akzeptierten sie wie eine Schwester. Gute Verbindungen waren das A und O, wenn man in Londons Armenvierteln überleben wollte. Tempest hatte das sehr früh begriffen und ein Netz aus Bekannten geknüpft, die sie alle gern genug hatten, um ihr den einen oder anderen Gefallen zu tun. Manchmal dachte Philander, dass Madame Xus Laufbahn ganz ähnlich begonnen haben musste.

Er kletterte zu Tempest auf den Kamm und sah, dass sie sich tatsächlich am Rand einer Grube befanden, mindestens hundert Yards im Durchmesser und an die dreißig tief, umgeben von einem runden Erdwall. Rechts von ihnen, einen guten Steinwurf entfernt, gab es eine Lücke im Wall, durch die eine schlammige Zufahrt führte. Auf ihr schafften Fuhrwerke den Abfall aus den Güterwaggons in die Grube.

Große Teile der Halde standen in Flammen, der Rauch bildete eine wabernde, weißgraue Masse, die vom Wind stadtauswärts getrieben wurde.

»Ganz entzückend«, sagte Philander.

»Fällt dir was auf?«

»Wenn der Wind umschlägt, ersticken wir wahrscheinlich. Aber das war's dann ja auch wirklich wert.«

Sie verdrehte die Augen. »Was genau riechst du?«

»Rauch.« Er runzelte die Stirn, dann verstand er endlich. »*Nur* Rauch. Es stinkt nicht nach Müll.«

Tempest nickte zufrieden. »Sie verbrennen hier nichts als Papier. Die übrigen Abfälle aus den Fabriken und Schlachthäusern werden woanders hingebracht. Und jetzt sieh mal genau hin.« Sie deutete zur Schneise im Wall, wo gerade wieder ein Pferdekarren mit drei Mann Besatzung eine Ladung vom Bahngleis herüber in die Grube brachte. Die Männer trugen Tücher vor Mund und Nase wie die Wegelagerer in den Dick-Turpin-Geschichten, ein dürftiger Schutz vor dem beißenden Qualm. Als das Fuhrwerk haltmachte, stiegen sie ab und warfen gebündelte Papierstapel in die Flammen.

Philander hatte die Augen wegen des Rauchs leicht zusammengekniffen. »Sind das alles Penny Dreadfuls?«

Tempest nickte. »Hast du eine Vorstellung davon, wie viele jeden Tag unverkauft zurück zur Druckerei gebracht werden?«

»Wahrscheinlich 'ne ganze Menge.«

»Bei so vielen Verlagen und Reihen sind das täglich Zigtausende. Und fast alle landen früher oder später hier.« Sie deutete hinab in die brennende Grube. »Keine Zeitungen, kein anderes Papier. Nur Penny Dreadfuls.«

Er legte verwundert die Stirn in Falten. »Warum werden die getrennt verbrannt?«

»Das ist die Frage, nicht wahr?« Tempest setzte sich im Schneidersitz auf den Boden, mit dem Gesicht zur Grube, und klopfte neben sich. Er tat ihr den Gefallen und nahm Platz. Das Erdreich war mit einer feinen Schicht aus Ruß und Asche überzogen.

»Du hast die Antwort gefunden«, sagte er.

»Ich hab eine Vermutung. Die Einzigen, die irgendein Interesse daran haben könnten, sind Bibliomanten. Die meisten von denen hassen Penny Dreadfuls, weil sie sie für Schund halten. Zugleich aber wissen sie, dass es zwar keine Bücher sind, aber eben doch Geschichten und dass sie mit Büchern zumindest verwandt sind. Sonst könnten du und ich und ein paar andere keine Bibliomantik damit wirken.« Sie beobachtete mit angespannten Zügen, wie die Männer Bündel um Bündel in die Flammen warfen. Philander spürte ein leichtes Stechen bei diesem Anblick, doch Tempest musste es mit ihrem überlegenen Talent zehnmal schlimmer empfinden. Er legte einen Arm um sie und zog sie an sich, während sie von oben über das Flammenmeer blickten.

»Sie verbrennen sie an einem besonderen Ort«, sagte er nachdenklich. »Soll das ein Zeichen von Respekt sein? Weil Bibliomanten keine Bücher zerstören dürfen?«

»Möglich.« Sie hob den Kopf ein wenig und sah hinauf in

den Rauch. »Aber ich glaube, der wahre Grund ist ein anderer. Diese Deponie ist noch abgelegener als die übrigen rund um London. Niemand soll das hier sehen.«

Er folgte ihrem Blick hinauf zu der riesigen Qualmwolke, die wogend über der weiten Grube hing, getragen von unzähligen Rauchsäulen. Darin bewegte sich etwas, und es war nicht der Wind. Philander erkannte es erst nach einer Weile, ähnlich wie bei den Wolkengebilden an klaren Tagen, wenn weiße Pferde über die Welt galoppierten oder Drachen über den Dächern schwebten. Anfangs hielt er es für Einbildung, etwas, das er nur sah, weil er es sehen *wollte*. Doch dann bemerkte er, dass Tempest strahlte.

Da waren Gestalten in der Wolke, menschliche, haushohe Umrisse. Sie bewegten sich wie titanische Akteure einer Theateraufführung, fügten sich zu Szenen zusammen, wie er sie von den Titelbildern der Penny Dreadfuls kannte. Männer im Kampf miteinander, Frauen in Bedrängnis, Paare in inniger Umarmung – große Gefahren und große Gefühle. Auf den ersten Blick war es, als würden die Illustrationen der Geschichten geradewegs auf die Rauchschwaden projiziert, Bilder einer überirdischen Laterna magica. Erst bei genauerem Hinsehen sah er, dass der Rauch selbst die Figuren formte, für einige Momente innehielt, um dann zu zerfasern und eine neue Szene zu bilden.

»Das sind die Seelen der Geschichten«, flüsterte Tempest. »Sie nehmen noch einmal Gestalt an, bevor sie endgültig in alle Winde verwehen. Ich bin ziemlich sicher, dass nur Bibliomanten sie sehen können.«

Um wie vieles klarer mussten die Bilder für Tempest sein,

wenn sogar er mit seinem schwachen bibliomantischen Talent sie so deutlich sehen konnte? Manches an ihr blieb ihm selbst nach all den Jahren ein großes Rätsel.

»Das ist wunderschön«, sagte er, als sie aneinandergeschmiegt dasaßen, das phantastische Schauspiel im Rauch bewunderten und das Brennen in ihren Lungen und Augen ignorierten, während die lodernden Hefte ihnen einen letzten Gruß entsandten.

»Wenn es nach der Akademie geht, soll das niemand sehen«, sagte sie nach einer Weile. »Schon gar nicht irgendwer, der nichts von der Bibliomantik ahnt. Deshalb schaffen sie die Hefte hierher ins Nirgendwo, weit weg von allen, die dabei unverhofft ihr Talent entdecken könnten. Die Akademie will die Zahl der Bibliomanten so klein wie möglich halten und verhindern, dass Gerüchte über sie an die Öffentlichkeit gelangen. Leute wie wir sollen nicht plötzlich in ihren teuren Clubs und Herrenhäusern stehen und sagen: ›Seht her, Bibliomanten gibt es auch unter all denen, die nicht auf euren noblen Schulen und Universitäten waren.‹ Die da oben wollen uns nicht in ihrer Nähe haben, und deshalb verhindern sie, dass irgendwer das hier sieht. Sie halten die Bibliomantik für das Privileg der Reichen.«

Tempest redete anders als früher. Seine Ahnung, dass sie den Penny Dreadfuls entwachsen und bald eine vollwertige Bibliomantin sein würde, bestätigte sich von Woche zu Woche mehr. Und natürlich hatte sie recht: Die wahren Bibliomanten blieben gern unter sich, waren so borniert wie gebildet. Mercy mochte gerade noch tragbar für sie sein, eine Grenzgängerin zwischen beiden Welten. Doch ein Mädchen aus den Armenvierteln wie Tempest bedeutete ein Ärgernis, eine Schande für die bibliomantische Oberschicht.

Sie löste sich von seiner Schulter und sah ihn an, jetzt mit wachsendem Eifer und einer neuen Entschlossenheit. »Es gibt vielleicht noch einen Grund, warum das hier keiner sehen soll. Ich hab lange darüber nachgedacht, und ich glaube, die Magie der Bücher war ursprünglich einmal die Magie der Geschichten. Nur ist das allmählich verlorengegangen. Nach der Gründung des Scharlachsaals durch die fünf Verlegerfamilien drehte sich alles immer mehr um das Buch als Gegenstand, nicht mehr um die Geschichten, die darin erzählt wurden. Aber die Erscheinungen da oben im Rauch sind der Beweis, dass in Wahrheit die Geschichten die Seele des gedruckten Wortes sind. Die Akademie unterdrückt das, ihr geht es um kostbare Bände und feines Papier. Aber die Penny Dreadfuls haben dieselbe Daseinsberechtigung, sie erzählen genauso Geschichten wie jeder teure Lederband. Die Akademie und viele Bibliomanten wollen das nicht wahrhaben. Literatur soll wertvoll und für Menschen wie uns unerreichbar bleiben. Für sie geht es nicht um die Liebe zum Lesen, sondern allein um ihren Status.«

Sie klang jetzt wie die Rädelsführerin eines Aufstands gegen die Adamitische Akademie. Philander entdeckte ein neues Feuer in ihren Augen und war schrecklich stolz auf sie.

Die Heftigkeit, mit der er sie küsste, schien sie nach ihrem atemlosen Vortrag zu überraschen. Dann lachte sie mit ihren Lippen an seinen und schloss die Augen. Für eine Weile schien sie zu vergessen, dass sie gerade die Hierarchie der bibliomantischen Welt in Frage gestellt hatte. Über ihnen türmten sich die monumentalen Rauchgestalten zu neuen Szenen auf, vermischten sich wieder, bildeten Eindrücke der Geschichten, die gerade dort unten zu Asche zerfielen. Philander vergaß für einen Augenblick seine Trauer um Jezebel und dachte, wie glücklich er war, dass Tempest seine Gefühle erwiderte.

Wahrscheinlich spürte er deshalb zu spät, dass hinter ihnen jemand den Hang heraufschwebte.

Tempest öffnete die Augen – und wurde im selben Moment von Philander fortgerissen. Er sah sie einige Schritte entfernt auf den Rücken stürzen, noch immer oben auf dem Kamm, aber gefährlich nah an der steilen Schräge zur Grube.

Er schrie ihren Namen und wollte zu ihr, als eine Hand ihn im Nacken packte. Fremde Gedanken drängten in seinen Verstand, doch er konnte sie abschmettern, weil sein Gegner ihn unterschätzte. Er spürte den fremden Zorn wie Hagelschlag auf sich niederprasseln und versuchte, sich zu befreien. Dabei verlor er kurz Tempest aus den Augen, gerade als sie sich aufrappeln und nach dem gerollten Penny Dreadful in ihrer Jacke greifen wollte, ihrem armseligen Pendant zum Seelenbuch.

Philander wurde herumgerissen, verlor den Boden unter den Füßen und wurde in hohem Bogen den Hang hinuntergeschleudert, fort von der Grube und in Richtung der Bahngleise. Sekunden später raubte ihm der Aufprall fast das Bewusstsein.

Trotzdem kämpfte er darum, erneut auf die Beine zu kommen. Jeder Muskel tat ihm weh, und vielleicht hatte er gebrochene Knochen, aber darauf nahm er keine Rücksicht. Er stand auf, knickte ein, versuchte es abermals.

Hoch über ihm auf dem Erdwall, vor einem Reigen aus glutroten Riesen, standen sich zwei Silhouetten gegenüber, rechts die eines Mannes, links die sehr viel zartere des Mädchens.

Tempest schwankte leicht, aber sie legte all ihre Kraft in einen Druckstoß, dessen Ausläufer Philander selbst hier unten zu spüren bekam. Eine unsichtbare Welle packte ihn und riss ihn fast um.

Auch der Fremde schwankte sekundenlang und konterte den Angriff mit einem Stoß aus seinem Seelenbuch. Tempest wurde vom Boden gehoben und hing einige Augenblicke lang in der Luft, ehe sie mit enormer Wucht davongeschleudert wurde, über den Wall hinweg in das Inferno aus Flammen und Rauch.

Philander schrie seine Verzweiflung in den Qualm hinaus. Der Fremde rannte den Hang herunter auf ihn zu, ein zerfasernder Umriss, als wäre er selbst aus schwarzem Rauch geformt. Hinter ihm pulsierte die Qualmwolke über der Grube wie ein feuerrotes Herz.

Mit letzter Kraft schleuderte Philander einen Druckstoß, der seinen Gegner hart vor die Brust traf.

Er brüllte Tempests Namen, wollte nachsetzen und wurde sogleich von einem Gegenstoß erwischt, der ihm wie ein Hammerschlag vor die Stirn krachte, ihn rückwärts zu Boden rammte und auf der Stelle betäubte.

37

Unter den verdutzten Blicken des Kellners und der versammelten Journalisten stürmte Mercy hinter Cedric ins Freie.

Er lief die Park Lane entlang Richtung Süden. Rechts von ihnen lag ein grüner Wall aus Büschen und Bäumen, der die weiten Rasenflächen des Hyde Parks vom Trubel der Stadt abgrenzte.

Alles war so absurd schnell gegangen. Der Schemen zwischen den Tischen, der Griff nach dem Schlüssellochglas, ein Aufblitzen von stechenden Augen hinter dem Schleier. Mercy hatte noch nie erlebt, dass sich jemand so rasch bewegte, aber sie hatte davon gehört: Philander und Tempest hatten ihr damals vom Auftauchen der Schleierfrau in Madame Xus Hauptquartier erzählt und von der Geschwindigkeit, mit der sie die Handlanger der Chinesin besiegt hatte. Mercy hatte sie mehr als einmal in ihren Träumen von Grovers Tod gesehen, hatte ihre Stimme gehört, ihre Nähe gespürt, aber immer hatte sie die Erscheinung für ein Trugbild gehalten.

Der Diebstahl des Schlüssellochglases ließ sich nicht als Halluzination abtun. Die Schleierfrau war zurückgekehrt, war vielleicht niemals fort gewesen, und sie musste Mercy beobachtet haben, um sie ausgerechnet hier zu finden.

Cedric hatte einen Vorsprung von zwanzig Yards, der sich vergrößerte, weil sie ein elendes Kleid trug, das nicht für Verfolgungsjagden geschaffen war. Er wurde immer schneller, während sie damit beschäftigt war, nicht über ihren Saum zu stolpern und unter die nächstbeste Kutsche zu fallen.

Cedric bog nach links in eine Seitenstraße. Als Mercy die Ecke erreichte, sah sie ihn gerade noch in einem Hinterhof verschwinden. Ihre Schritte klapperten auf dem feuchten Pflaster, während sie die schmale Straße überquerte und fast von einem Boten niedergeritten wurde. Ihren Hut hatte sie im Presseclub liegen gelassen, sonst wäre der ihr wohl spätestens jetzt vom Kopf geflogen.

Als sie den Hof erreichte, entdeckte sie im Hinterhaus eine aufgebrochene Tür. Mercy raffte ihr Kleid und stürmte die Stufen hinauf. Weiter oben hörte sie Cedrics Schritte, dann ertönte ein fürchterliches Krachen. Putz prasselte zwischen den Treppengeländern herab, gefolgt von einer Staubwolke.

»Cedric?«

Er gab keine Antwort. Auch seine Schritte waren nicht mehr zu hören.

Im Dachgeschoss sah es aus wie nach dem Einschlag einer Kanonenkugel. Das Geländer war zerstört, einige der letzten Stufen fehlten, eine Wand war halb eingerissen. Mercy musste sich über die Lücke hinweghangeln und kletterte durch das Loch in ein Zimmer, das offenbar Teil eines Dienstbotentrakts war. Wahrscheinlich gehörte er zu dem Haus weiter vorn an der Straße. Die Gegend hier war eine der besten Londons, und so würde es vermutlich nicht lange dauern, bis die Polizei auftauchte.

Die nächste Erschütterung ließ das Dachgeschoss erbeben. Cedric und die Schleierfrau lieferten sich einen heftigen

Kampf, das bewies die Schneise der Verwüstung, auf die Mercy auf dem Korridor vor dem Zimmer stieß. Mit Hilfe der Bibliomantik ließen sich eine ganze Reihe von gefährlichen Angriffen tätigen, von Halluzinationen bis hin zu fatalen Beschwörungen, doch die meisten nahmen viel zu viel Zeit in Anspruch. Wenn es schnell gehen musste, kamen fast immer Druckstöße zum Einsatz, deren Wirksamkeit von den bibliomantischen Fähigkeiten des Verursachers abhing. Cedric und seine Widersacherin waren stark genug, um das ganze Haus in Schutt und Asche zu legen.

Staub trieb durch den Flur, von dem rechts und links die Zimmer der Dienerschaft abgingen. Mehrere Stöße waren durch den engen Schlauch gerast und hatten zu beiden Seiten die Wände bersten lassen. Risse zogen sich wie Blitze durch den Putz, mehrere Türen waren aus den Rahmen gebrochen.

Mercy erreichte ein weiteres Loch am Ende des Korridors. Einer der Kontrahenten hatte einen Durchgang zum Nachbarhaus in die Wand gesprengt. Überall lagen Schutt und verstreute Habseligkeiten aus den angrenzenden Zimmern.

»Mercy …«

Sie hätte ihn beinahe nicht gehört, während ihre Sohlen über Schmutz und Mauerreste scharrten. Die Staubwolken und das fehlende Licht hier oben machten sie fast blind.

»Mercy, hier drüben …«

Er lag einige Schritt rechts von ihr unter der Dachschräge, halbbedeckt von einem Trümmerhaufen aus alten Möbeln.

»Du liebe Güte!« Sie machte sich daran, ihn auszugraben, trieb sich Splitter in die Finger und fluchte gleich noch um einiges lauter. »Wie schwer verletzt sind Sie?«

Sie konnte jetzt sein Gesicht sehen, weiß gepudert vom Kalk. Aus seinem Haarsansatz rann Blut über seine Stirn.

»Nicht schlimm …« Er stemmte sich gegen die Trümmer, wenn auch nur mäßig überzeugend. »Den Rest schaffe ich allein.«

»Das seh ich.«

»Folgen Sie ihm. Ich komme hier schon klar.«

Ihm?

»Haben Sie ihn erkannt?«, fragte sie.

»Ich konnte sein Gesicht nicht sehen. Aber ich glaube, ich weiß, wer er ist.«

Cedric hatte keine Ahnung. Mercy war sicher, dass sie sich nicht getäuscht hatte: Es *war* die Schleierfrau gewesen, ohne jeden Zweifel.

»Ich kann nicht gegen ihn kämpfen«, sagte sie. »Nicht ohne Bibliomantik!«

»Dann reißen Sie sich zusammen und tun Sie, was getan werden muss.«

»Nein.«

»Wir brauchen das verdammte Glas!«

»*Sie* brauchen es! Ich hatte es schon und bin froh, es wieder los zu sein.«

Eine Tirade von Flüchen drang unter den Möbeltrümmern hervor. Während sich der Staub allmählich legte, erkannte sie, dass ihm Teile einer hölzernen Zwischenwand auf die Beine gestürzt waren.

»Ich flehe Sie an!«, sagte er. »Folgen Sie ihm, so gut Sie es eben können, und finden Sie heraus, wohin er geht.«

Sie stand auf. »Was macht Sie so sicher, dass Sie ihn kennen?«

»Wir verlieren nur Zeit!«, rief er ungehalten.

»Also?«

»Ich hab Ihnen doch von diesem Mann erzählt, der ein ganzes Refugium auf dem Gewissen hat. Sein Name ist Alexandre Absolon. Er ist so etwas wie ... meine Nemesis. Mein Erzfeind. Jemand, den ich in Frankreich schon mehr als einmal bekämpft habe.«

»Nicht sehr erfolgreich, wie es scheint.«

»Ich wusste, dass er hinter mit her war, aber ich hätte nicht gedacht, dass er mich in aller Öffentlichkeit angreift. Bisher war er diskreter.« Er fluchte, als er versuchte, eines seiner Beine zu befreien.

»Warum jagt er Sie? Sollte es nicht umgekehrt sein?«

»Das ist eine unschöne Geschichte von Rache und Gegenrache«, sagte er. »Er gibt mir die Schuld an verschiedenen Dingen, und er ist verantwortlich für den Tod meines Vaters. Reicht Ihnen das?«

»Warum hat er Sie dann nicht umgebracht?«

»Sein Plan ist viel perfider. Absolon will nicht meinen Tod, nur mein Unglück.«

»Ist er ein Renegat?«

»Etwas sehr viel Schlimmeres.« Cedric verlor die Geduld. »Hören Sie, ich muss wissen, wo er sich versteckt. Und ich brauche das Glas!«

Mercy blickte noch einmal auf seine Beine. »Sicher, dass Sie das schaffen?«

»Ja. Und nun laufen Sie endlich! Greifen Sie ihn nicht an. Beobachten Sie nur, wohin er geht.«

Widerstrebend ließ sie ihn zurück und nahm die Verfolgung

auf. Schon nach wenigen Schritten entdeckte sie Spuren im Staub, dann eine aufgebrochene Tür. Dahinter führten Stufen hoch zum Dach.

Die Treppe endete auf einer ebenen Fläche aus Teerpappe, die Verbindung zwischen dem schäbigen Hinterhaus und dem herrschaftlichen Gebäude vorn an der Straße. Noch ehe Mercy ins Freie trat, wusste sie, dass sie erwartet wurde.

Die Schleierfrau stand reglos am Rand des Daches vor den Giebeln und Schloten von London. Der Staub auf ihrem schwarzen Cape ließ sie wie eine steinerne Statue erscheinen. Unter ihrer Kapuze lag tiefer Schatten.

»Mercy«, sagte sie. »Ich hatte gehofft, dass du allein kommst.«

»Sie haben ihn fast umgebracht.«

»Wenn ich gewollt hätte, wäre er jetzt tot.«

Aus irgendeinem Grund hatte Mercy mit der verschleierten Erscheinung immer die Vorstellung einer älteren Frau verbunden, doch der Stimme nach war sie allenfalls dreißig. Im Chaos von Limehouse war ihr das nicht aufgefallen.

»Wer sind Sie?«

»Ich bin hier, um dich zu warnen. Dieser Mann dort unten arbeitet für die Adamitische Akademie. Seine Aufgabe ist es, Menschen zu jagen.«

»Ich habe keinen Streit mit der Akademie. Ich interessiere mich nicht für sie und sie sich nicht für mich.«

Die Hände der Frau waren unter ihrem Kapuzencape verborgen. »Sollten die Drei Häuser jemals erfahren, wer du wirklich bist, *werden* sie sich für dich interessieren.«

Mercy machte zwei weitere Schritte auf sie zu. Zwischen ihnen lagen mindestens fünf Yards, aber sie spürte die bibliomantische Aura der Fremden, als stünde sie unmittelbar vor ihr.

»Wenn Sie etwas über mich wissen, das ich nicht weiß, dann sagen Sie's mir.«

»Halte dich fern von Cedric de Astarac.«

Sie mochte ihn nicht einmal. Aber sie war nicht bereit, sich von einer Fremden Ratschläge geben zu lassen. Hätte die Frau ihr dasselbe unten auf der Straße gesagt, hätte sie sich einfach umgedreht und wäre gegangen. Hier oben aber fühlte sich diese Begegnung auf seltsame Weise unvermeidlich an.

»Noch einmal«, sagte Mercy. »Wer sind Sie und warum kümmert es Sie, was ich tue?«

Die Schleierfrau zog die rechte Hand unter dem Cape hervor. Darin hielt sie das Schlüssellochglas. Langsam kam sie auf Mercy zu. »Ich habe dir in Limehouse das Leben gerettet. Aber du bist misstrauisch, und das ist gut so. Nimm das hier als Vertrauensbeweis. Hüte es gut – und gib es auf gar keinen Fall dem Renegatenjäger. Vielleicht findest du noch eine Verwendung dafür.«

Langsam streckte Mercy die Hand nach dem Glas aus. Die Frau reichte es ihr mit dem Griff nach vorn, sie musste nur danach greifen. Aber noch zögerte sie.

»Sie verraten mir nicht, wer Sie sind. Und trotzdem behaupten Sie, mir helfen zu wollen. Ich brauche keinen Schutzengel.«

»Ein Engel bin ich ganz gewiss nicht.«

Der Schleier bewegte sich im Wind, doch alles, was Mercy sah, war ein schattiges Oval inmitten der Schwärze. Hinter dem Stoff trug die Fremde eine bibliomantische Maskierung.

»Ich bin keine Bibliomantin mehr«, sagte Mercy mit Blick auf das Glas.

»Wenn du dir einredest, du könntest das Kapitel Bibliomantik zuschlagen wie ein Buch, dann täuschst du dich.«

»Ich kann mich weigern, weiter darin zu lesen.«

»Bei deinem Talent? Die Bibliomantik wird dich niemals loslassen.«

Mercy zog ihre Hand zurück, ohne das Schlüssellochglas an sich zu nehmen. »Am Ende entscheide immer noch ich darüber.«

»Manche Dinge sind vorherbestimmt. Dass ich bin, was ich bin. Dass wir hier stehen, du und ich. Beides habe ich so nicht gewollt. Und doch … sieh uns an. Hier sind wir nun, wie Zeiger auf einer Uhr, deren Wege sich immer wieder berühren werden.«

»Ich glaube nicht ans Schicksal.«

»Weil du jung bist. In deinem Alter glaubt man vor allem an sich selbst, das ging mir nicht anders. An das, was man tun und bewegen möchte. Und dann trägt dich das Leben einfach davon, und die Dinge geschehen, ob du willst oder nicht.«

Wieder dachte Mercy, dass die Frau nicht so viel älter klang als sie selbst. Zehn, fünfzehn Jahre, allerhöchstens.

»Mercy?« Weit weg rief Cedric ihren Namen. Er musste sich befreit haben und kam die Treppe zum Dach herauf.

Die Frau hielt ihr noch immer das Glas entgegen. »Nimm es. Und verbirg es vor ihm. Ganz gleich, was er sagt, trau ihm nicht über den Weg. Er darf niemals die Wahrheit über dich erfahren.«

»Welche Wahrheit?«

»Wer du bist. Was du bist. Er würde dich auf der Stelle töten.«

»Ich bin keine Verräterin!«

»Und du glaubst wirklich, dass die Rosenkreutz und die Antiquas Verräter waren?« Die Schleierfrau stieß ein verächtliches Schnauben aus. »Vielleicht bist du doch naiver, als ich gehofft hatte.«

Wieder rief Cedric nach ihr. Er schien nur langsam voranzukommen.

»Er sollte uns nicht zusammen sehen«, sagte die Frau.

»Wenn Sie ihn für so gefährlich halten, warum haben Sie ihn dann nicht getötet?«

»Um deinetwillen. Hättest du mir dann noch zugehört? Es geht nicht nur um ihn. Du musst dich von jedem fernhalten, der mit der Akademie zu tun hat.«

Mercy dachte an Phileas Sedgwick und das Versprechen, das sie ihm gegeben hatte.

»Wenn ich ihn töte«, fuhr die Frau fort, »werden andere kommen. Vielleicht Schlimmere als er. Ich habe das schon erlebt.«

»*Sie* haben all diese Agenten ermordet?«

Die Fremde machte einen weiteren Schritt auf Mercy zu, jetzt hätten sie einander berühren können. »Du darfst ihm nicht trauen. Nicht ihm und keinem anderen Gefolgsmann der Akademie. Und jetzt nimm das verdammte Glas und steck es ein!« Sie presste es hart vor Mercys Brust.

Cedrics Schritte waren über den Wind hinweg auf den Stufen zu hören. Er humpelte.

»Ich bin keine Renegatin«, sagte Mercy noch einmal und griff nach dem Glas, eher aus Reflex als mit Absicht.

Die Frau lachte leise. Dann drehte sie sich um und ging auf die Dachkante zu. Ihre Hände waren leer, sie brauchte kein Seelenbuch, um unbeschadet hinaus in den Abgrund zu treten. Einen Augenblick lang verharrte sie, so als wartete sie darauf, dass Mercy sie zurückrief.

Doch Mercy schwieg. Stumm sah sie zu, wie die Fremde mit wehendem Gewand abwärtsschwebte, gemächlich beinahe, als wollte sie jeglichen Eindruck einer Flucht vermeiden.

Erst als sie hinter der Kante verschwunden war, stürmte Mercy vor und wäre beinahe vom eigenen Schwung in die Tiefe gerissen worden.

Wer bin ich?, wollte sie rufen. Aber die Frau war nicht mehr zu sehen, nicht in der Luft und nicht im dämmerigen Hof.

Hinter Mercy betrat Cedric das Dach. Hastig schob sie das Schlüssellochglas unter ihren Mantel und wandte sich nach kurzem Zögern zu ihm um.

»Er ist fort.« Sie ging ihm entgegen, nur äußerlich gefasst.

»Haben Sie mit ihm gesprochen? Ich habe Ihre Stimme gehört.« Er zog das linke Bein nach, aber sie entdeckte kein Blut.

»Nein, er war schon weg, als ich rauskam.« Madame Xu hatte sie einmal eine gute Lügnerin genannt, aber das hier klang ziemlich erbärmlich.

Cedric schien jedoch keinen Verdacht zu schöpfen, er war viel zu beschäftigt mit seinen Gedanken an Alexandre Absolon. Fluchend humpelte er an ihr vorbei und blickte von der Kante in den Hof hinab, dann über die angrenzenden Dächer.

Mercy berührte das Glas in ihrer Tasche, als müsste sie sich vergewissern, dass es wirklich da war. Dann drehte sie sich wortlos um und ließ ihn mit seinem Hass allein auf dem Dach zurück.

38

Die Tür zum Büro der Oakenhurst Publishing Company war nach dem Angriff der Scheren bemerkenswert schnell erneuert worden, ebenso der Eingang zur Wohnung auf derselben Etage.

Mercy klopfte erst am Büro. »Florence? Sind Sie da?«

Als niemand antwortete, spürte sie, wie sich ihr Pulsschlag beschleunigte. Sie hatte Florence geraten, die Stadt zu verlassen oder wenigstens für eine Weile eine Bleibe in einem anderen Viertel zu beziehen. Aber die Verlegerin hatte das abgelehnt und erklärt, sie werde sich notgedrungen auf Madame Xus Papierpreise einlassen müssen. Die Drohung der Chinesin hatte ihr Ziel erreicht, und Mercy hatte sich geschworen, sich kein zweites Mal in Florence' geschäftliche Querelen hineinziehen zu lassen.

Nach der Begegnung mit Cedric und der Schleierfrau war sie zum Cecil Court zurückgekehrt, nur um dort einmal mehr eine Nachricht vorzufinden. Darin wiederholte Florence die Einladung zum Tee und schlug vier Uhr am Nachmittag vor. Mysteriös war der Nachsatz, mit dem das Schreiben endete: *Ich bin auf etwas gestoßen, das Sie interessieren dürfte.*

Mercy hatte sich notdürftig abgestaubt, auf die Schnelle ihr Haar gerichtet und eine Droschke zur Fleet Street genommen. Nach allem, was geschehen war, wollte sie keine Zeit verlieren.

»Florence?«

Vom Büro aus ging sie den Flur entlang zur Wohnungstür. In den Bodendielen waren noch immer die Einstiche der Scherenbeine zu erkennen, hunderte winzige Kerben wie von stählernen Ameisen. Gerade hob sie ihre Hand, um anzuklopfen, als sie hinter sich ein Scheppern hörte.

Dann ein Röcheln.

»Florence!«

Sie rannte zurück, rüttelte an der Bürotür und warf sich mit aller Kraft dagegen.

Das Röcheln wiederholte sich nicht, dafür hörte sie nun einen Fluch. Eine Männerstimme.

Mercy trat einige Schritte zurück, um Anlauf zu holen. Sie erwog einen Druckstoß, war aber nicht sicher, wie gut sie den nach all der Zeit ohne Seelenbuch hinbekäme. Zum ersten Mal seit langem dachte sie nur kurz an ihren Schwur.

Ein Riegel klackte, dann öffnete sich die Tür einen Spaltbreit. Dahinter war das Licht gedämpft, womöglich die Vorhänge zugezogen.

Niemand erschien oder sagte ein Wort.

»Florence?« Mercy rechnete nicht ernsthaft mit einer Antwort. Langsam bewegte sie sich auf die Tür zu und zog dabei den kleinen Revolver aus ihrer Tasche.

Kein Geräusch mehr, absolute Stille, und das war schlimmer als Getöse oder Drohungen. Wer immer dort drinnen war, forderte sie auf hereinzukommen. Eine Einladung – aber gewiss nicht zum Tee.

Der Hahn der Waffe knirschte, als sie ihn spannte.

Ihre Sinne waren überreizt. Sie spürte den kühlen Luftzug im Treppenhaus, roch Zigarrenqualm aus einer tieferen Etage.

Behutsam streckte sie eine Hand aus und drückte die Tür nach innen.

Trüber Lichtschein fiel durch die roten Vorhänge ins Büro und hinaus auf den Gang.

»Florence? Können Sie mich hören?«

Wieder kein Ton.

Eine Silhouette wuchs aus den schwarzen Umrissen der Möbel und Heftstapel empor, erhob sich breit und schwer wie ein Homunkulus.

»Verschwinden Sie!«, sagte eine Stimme, die Mercy schon einmal gehört hatte, brüllend im Großen Saal von Thorndyke House. Sie hatte angenommen, dass er sich wie ein Werwolf nur bei Nacht verwandelte, aber das war offenbar ein Trugschluss.

»Mister Malahide.« Plötzlich fiel ihr das Atmen schwer. »Mister Malahide, wo ist Florence?«

»Hier bei mir. Hauen Sie ab.«

»Ich möchte mich vergewissern, dass es ihr gutgeht.«

»Geh'n Sie zum Teufel!«

»Ich habe eine Waffe.« Das war albern. Natürlich musste er den Revolver längst gesehen haben. Zum Glück hatte sie wenigstens den verflixten Hut nicht mehr auf, sonst hätte sie sich selbst nicht ernst nehmen können.

»Ich will keinen Ärger«, sagte er.

»Mister Thorndyke?« Den Versuch war es wert.

»Thorndyke ist ein alter Narr. Und jetzt geh'n Sie endlich!«

»Nicht ohne Florence.«

»Ich muss Ihnen weh tun, wenn Sie nicht gehen.«

»Die Polizei ist schon auf dem Weg hierher.«

Er lachte böse. Sein klobiger Unterkiefer sah aus, als hätte er etwas im Mund, das er nicht herunterschlucken konnte. »Den Satz hab ich selbst schon ein Dutzend Mal geschrieben. Und ich weiß, dass ihn nur diejenigen sagen, die keine Polizei gerufen haben. Gerade Sie sollten damit vorsichtig sein. Ich weiß, was Sie getan haben. Thorndyke war nicht erfreut über Ihren Einbruch.«

In der Vorstellung, die sie sich von Malahide gemacht hatte, war er weniger redselig gewesen. Ein stummes Ungeheuer, mehr Tier als Mensch. Dabei hatte sie gewusst, dass er die Nächte damit verbrachte, Worte niederzuschreiben und Geschichten zu erzählen. Ihre Idee von Thorndyke-Malahide war so gespalten wie er selbst. »Sie haben Jezebel getötet.«

»Ich kenn keine Jezebel. Wer soll das sein?«

»Die junge Frau am Themsetunnel. Sie hatte das Buch dabei, das Philander Ihnen bringen sollte. Jezebel war seine Schwester.«

»Ich hab das Buch nie zu sehen bekommen. Ptolemy wollte es mir schicken lassen, aber angekommen ist es nicht.«

»Tun Sie nicht so, als ob Sie –«

»Ich hab dieser Jezebel kein Haar gekrümmt.«

»Ich will mit Florence sprechen«, sagte sie.

»Aber sie will gerade mit niemandem sprechen.«

»Florence?«, versuchte sie es erneut.

Nicht einmal ein Stöhnen.

Als Malahide sich auf sie zubewegte, drückte sie, ohne nachzudenken, ab. Er wich der Kugel aus, so schnell, als hätte er Übung darin. Glas splitterte, dann wehte der rote Vorhang durch das zerbrochene Fenster ins Freie.

Ihr blieb keine Zeit für einen zweiten Schuss. Malahide packte ihren Arm, entwand ihr die Waffe mit einem brutalen Ruck und schleuderte sie hinter sich ins Büro. Plötzlich war sein Gesicht ganz nah vor ihrem. Falls überhaupt noch eine Ähnlichkeit mit Thorndyke bestand, verschwand sie hinter seiner wütenden Grimasse. Von nahem war sein Gesicht noch beängstigender, vielleicht weil die Deformation nicht den Gesetzmäßigkeiten menschlicher Anatomie folgte. Vielmehr sah es aus, als sei sein Gesicht zerlegt und falsch zusammengesetzt worden, so dass alle wichtigen Merkmale zwar *ungefähr* am richtigen Ort und doch subtil verschoben waren.

»Sagen Sie nicht, ich hätte Sie nicht gewarnt«, raunte er ihr zu, dann griffen seine Hände nach ihren Schultern.

Mercy tauchte darunter hinweg, huschte blitzschnell an ihm vorbei und war noch im selben Augenblick hinter ihm. Sie war immer flink gewesen, schneller als die meisten anderen, sonst hätte sie weder die Aktionen der Turpin-Brigade überstanden noch ihre nächtlichen Ausflüge in fremde Bibliotheken. Sie wirbelte auf der Stelle herum, noch während Malahide sich umdrehte. Mit gestrecktem Bein trat sie ihm in den Rücken – und wurde von ihrer eigenen Kraft zurückgeworfen, als wäre sie mit einer Felswand kollidiert. Sie verlor das Gleichgewicht, taumelte gegen den Schreibtisch und entdeckte im Halbdunkel Florence, die dahinter auf dem Boden lag, reglos und voller Blut.

Der wütende Aufschrei, der durch das Zimmer gellte, mochte ebenso gut ihr eigener sein wie seiner, ganz sicher war sie nicht. Ihr Tritt hatte ihn kurz schwanken lassen, aber jetzt warf er sich auf sie. Sie sprang ihm entgegen, wieder so geduckt wie möglich, um unterhalb seiner Pranken ihre Schulter in seinen Magen zu rammen. Schmerz raste durch ihren Oberkörper bis hinab in die Beine. Erneut entging sie seinen Händen, trat ihm dabei das linke Knie weg und sah einen Moment später, wie er einknickte.

Ehe er sich aufrappeln konnte, glitt sie hinter den Schreibtisch zu Florence. Neben ihr lag eine einzelne Schere. Ihre Bluse war oberhalb des Bauchnabels zerrissen, die Unterwäsche blutgetränkt. Um sie herum waren Penny Dreadfuls verstreut. Florence musste sie vom Schreibtisch gerissen haben, als sie sich gewehrt hatte.

Mercys Finger suchten Florence' Puls, als es hinter ihr polterte. Malahide wollte sie hinter dem Tisch einquetschen. Sie fuhr hoch, um auszuweichen, vielleicht die Waffe zu erreichen, die irgendwo hier sein musste. Doch Malahide war schneller. Breitbeinig sprang er auf den Tisch, packte sie von oben an den Haaren und riss sie daran herum, bis sie ihm den Rücken zuwandte. Seine Hände legten sich um ihre Oberarme und pressten sie an ihren Körper, während er Mercy wie ein Kind vom Boden hob.

Dann schleuderte er sie durch das Fenster.

Sie krachte durch das Holzkreuz, als wäre es aus Pappmaché. Splitter bohrten sich in ihre Haut, ihr Bein stieß gegen das Mauerwerk, ihre linke Hand streifte den Rahmen. Sie nahm all das wahr, als wäre die Zeit verlangsamt worden, sah die Fensterbank unter sich hinwegziehen wie ein Stück Treibholz, dann den gähnenden Abgrund des Innenhofs. Da waren Gesichter an den umliegenden Fenstern, zweifellos alarmiert durch den Schuss. Mercy war ein Bündel aus pulsierendem Schmerz und

Panik, sah das Pflaster unter sich, ein verschwommenes Meer aus Schatten und glänzender Nässe, und irgendwo in ihrem Kopf erwachte etwas zu neuem Leben, das sie lange verleugnet hatte. Ihr Selbsterhaltungstrieb übernahm die Kontrolle, Hitze raste durch ihren Körper, vielleicht ein Vorgeschmack des Aufschlags oder doch etwas vollkommen anderes, denn nun schien ein Lodern aus all ihren Poren zu brechen.

Weit entfernt, versteckt in einer Kiste, öffnete sich ihr Seelenbuch wie von Geisterhand. Sie konnte es spüren, fühlte seine Kraft über die Distanz hinweg, erkannte seine Präsenz in sich, so wie sie selbst immer Teil des Buchs gewesen war. Die Bibliomantik brach aus ihr hervor wie sprühendes Feuerwerk, das nur sie selbst sehen konnte.

Die Luft unter ihr gerann zu einer festen Säule, zu einer unsichtbaren Hand, zu Fingern, die sie packten und sanft in die Tiefe trugen. Die Berührung des Bodens war kein Aufprall, nur ein leichter Schlag.

Um sie herum lag Papier auf dem Pflaster, Dutzende Hefte, die vom Fensterbrett mitgerissen worden und viel schneller unten angekommen waren als sie. Mercy konnte sie riechen, den Duft der aufgeschlagenen Seiten. Sie hörte Türenklappern und Schritte und Stimmen in der Umgebung.

»Florence …«, flüsterte sie, »… ein Arzt zu ihr …«

Jemand schob etwas Weiches unter ihren Kopf, während sie hinauf zu dem blutroten Vorhang blickte, der wie eine Flamme aus dem Fenster schlug. Sie hob eine Hand, um danach zu greifen, und wunderte sich, dass ihre Finger nicht verbrannten.

39

Florence sei am Leben, sagte man ihr, nachdem Mercy darauf bestanden hatte, das Hospital zu verlassen, nur wenige Stunden nach ihrem Sturz und kurz nach Einbruch der Dunkelheit.

Wahrscheinlich werde Florence wieder auf die Beine kommen, aber versprechen könne er das nicht, erklärte ihr der Arzt. Und was sie selbst angehe, so habe sie mehr Glück als Verstand gehabt, einen solchen Sturz nahezu unversehrt zu überstehen. Ihre einzigen Verletzungen stammten vom Fensterkreuz, durch das Malahide sie geworfen hatte, ein paar Schnitte und Prellungen, die ungefährlich waren, solange sie sich nicht entzündeten.

Bevor sie gehen durfte, stellte ein Polizist ihr einige Fragen. Sie nannte ihm den Namen Malahide und gab ihm die Adresse in der Fetter Lane, erwähnte Thorndyke jedoch mit keinem Wort, weil sie keine Diskussion über ihren Geisteszustand gebrauchen konnte. Der Polizist blieb misstrauisch, wollte nachbohren, aber da reichte ihm jemand eine gefaltete Notiz, die zu einem raschen Ende der Befragung führte. Sedgwick, dachte Mercy unbehaglich. Er erfüllte seinen Teil der Abmachung und hielt seine Hand schützend über sie.

Gegen neun Uhr kehrte sie zurück zum Cecil Court und winkte Arthur Gilchrist zu, der reglos im Schaufenster seines Ladens stand und mit ernster Miene hinaus auf die Straße blickte. Falls er Mercy überhaupt wahrnahm, ließ er es sich nicht anmerken.

Gleich darauf betrat sie das *Liber Mundi.* Sie hatte noch nicht hinter sich abgesperrt, als sie den Luftzug eines geöffneten Fensters im hinteren Teil und die Aura eines Bibliomanten spürte.

Noch ehe Tempest zwischen den Büchern hervor ins Licht trat, konnte Mercy sie riechen. Der Geruch von Ruß und verschmortem Haar, von angebrannter Kleidung und Asche eilte ihr voraus.

»Philander«, sagte Tempest ohne Begrüßung. »Jemand hat ihn entführt.«

Sie sah furchtbar aus, auf den ersten Blick nur schmutzig, auf den zweiten wirklich übel zugerichtet. Ihre linke Wange war dunkelrot unter all der schwarzen Schmiere und ihr Haar versengt. Sie trug noch immer den viel zu großen Mantel mit Fellkragen, aber nun hatte er an vielen Stellen Brandlöcher. Auch ihre Hose war verschmort.

Mercy warf die Tür hinter sich ins Schloss und eilte zu ihr. »Du brauchst einen Arzt!«

Tempest schüttelte den Kopf. »Das heilt wieder. Sie haben Philander. *Er* hat Philander.«

»Was zum Teufel ist passiert?«

»Ein Bibliomant. Er muss uns gefolgt sein.«

Mercy schob sie auf einen Stuhl, dann eilte sie nach hinten und suchte einen sauberen Lappen und Wasser. Es dauerte einen Moment, bis sie beides fand, und als sie zurück in den Laden kam, stand Tempest hinter den Auslagen und blickte durchs Fenster auf die dunkle Gasse, ganz ähnlich wie Gilchrist vorhin, als zöge eine Prozession von Geistern vorüber, die nicht jedermann sehen konnte.

»Philander ist irgendwo da draußen. Wir müssen ihn finden.«

Mercy wollte sie sanft an der Schulter herumdrehen, um die Brandwunden abzutupfen, aber Tempest schüttelte ihre Hand ab.

»Der Mann hat mich vom Feuer weggezogen, damit ich dir eine Nachricht überbringe«, sagte sie tonlos. »Du sollst aufhören herumzuschnüffeln, sonst bringt er Philander um.« Sie nahm Mercy das Tuch ab und drückte es gedankenverloren auf ihre Wange.

»Wie hat er ausgesehen?«

»Er hatte was vor seinem Gesicht ... wie eine Maske.«

»Um wie viel Uhr war das?«

»Gegen eins. Vielleicht auch eine halbe Stunde früher. Draußen in Hackney ... da verbrennen sie die Hefte, die sich nicht mehr verkaufen lassen. Ich wollte Philander zeigen –« Sie brach mitten im Satz ab. »Ach, egal.«

»Hat er sonst noch was gesagt? Andere Bedingungen gestellt, gedroht, irgendwas?«

Tempest schüttelte den Kopf.

»Eine Idee, wo er ihn hingebracht haben könnte?«

Zum ersten Mal sah sie Tränen in Tempests Augen, ein leichtes Glitzern nur. »Nichts.« In ihrem Blick schwang wieder der Vorwurf mit, den Mercy schon kannte. Erst war Grover ihretwegen ums Leben gekommen, jetzt drohte jemand damit, Philander zu töten. »Du musst mir helfen, ihn zu befreien.«

Mercy nickte. »Aber allein schaffe ich das nicht.«

»Ich bin auch noch da.«

»Ich weiß. Trotzdem muss ich jemanden um Hilfe bitten.«

»Wieder die Polizei?«

Gott bewahre, dachte Mercy. »Nur einen Bekannten. Er ist Bibliomant.«

»Diesen Franzosen?«

Sie hatte Cedric zuvor nur kurz erwähnt, aber sie war offenbar leicht zu durchschauen. »Cedric de Astarac«, bestätigte sie. »Er ist ein Agent der Akademie.«

Tempest hob eine Augenbraue. »Mit denen hast du dich eingelassen?«

»Nein. Aber er ist mir was schuldig.« Das war gelogen, aber sie musste Tempest jetzt schnell dazu bringen, ihr zu helfen. »Er arbeitet für eine französische Zeitung, irgendwo an der Fleet Street. Aber ich weiß nicht, wo ich ihn um diese Uhrzeit erreichen kann. Ich hab eine Fotografie von ihm. Wenn du –«

»Gib sie mal her.«

In ihrer Tasche fand Mercy den Ausriss aus der *Times*, den sie nach dem Besuch im Leichenschauhaus eingesteckt hatte – der Artikel über die Versammlung der Loge in Thorndyke House mit dem Bild aller Anwesenden. Sie hielt ihn Tempest hin und legte den Finger unter Cedrics Gesicht.

In Tempests Miene lag nichts als Verachtung.

»Mir gefällt selbst nicht, ihn um etwas zu bitten«, sagte Mercy. »Aber er hat Verbindungen und allerlei Möglichkeiten.«

»Bist du sicher, dass er uns helfen wird?«

»Nein. Aber ich kenne sonst niemanden, der es könnte.«

Tempest sah sie durchdringend an, dann nahm sie den Zeitungsausschnitt. »Gib mir zwei Stunden. Vielleicht geht es schneller.«

Sie wandte sich zum Gehen, aber Mercy hielt sie noch einmal an der Schulter fest, an der rechten, weil sie befürchtete, dass sich unter dem verbrannten Stoff an der linken weitere Wunden verbargen.

»Wir holen Philander da raus«, sagte sie.

»Gib keine Versprechen, die du nicht halten kannst, Mercy.«

»Ich sehe nicht tatenlos zu, wie noch jemand stirbt, den ich gernhabe.«

Das Mädchen öffnete die Tür. Kalte Abendluft pfiff vom Cecil Court herein, kam aber nicht gegen den Duft der Bücher an. Tempest wickelte sich tiefer in ihren verbrannten Mantel und huschte hinaus in den vernebelten Schein der Gaslaternen. Mercy schloss die Tür und blickte ihr nach, als sie Richtung St Martin's Lane davonlief.

Tempests Verbindungen zu den Zeitungsverkäufern in der ganzen Stadt hatten ihnen schon früher oft geholfen. Hunderte Augen, die Tag und Nacht alle Straßen und Gassen im Blick behielten. Jemand musste gesehen haben, welches Haus Cedric am Morgen verließ und wohin er sich abends zurückzog.

Irgendwo draußen im Nebel war Malahide, und Mercy fragte sich zum zigsten Mal, ob er sie von Anfang an hatte umbringen wollen oder ob sie ihm erst mit ihrem Schuss den Anlass dazu gegeben hatte. Und hatte wirklich er den Anschlag auf Florence verübt? Ausgerechnet mit einer Schere?

Sie verschloss die Ladentür und löschte das Licht. Dann stieg sie hinauf auf den Dachboden, schlug den Deckel ihrer Kiste zurück, schob ihre alten Kleidungsstücke beiseite und zog das Kästchen mit ihrem Seelenbuch hervor.

40

Nach einer Stunde saß Mercy noch immer auf der Bettkante unter der Dachschräge.

Sie hatte Valentines weiße Seidenhandschuhe aus der Kiste gezogen und neben sich auf die Decke gelegt, das Buch jedoch nicht angerührt. Stattdessen starrte sie es an und grübelte. *Mother Damnables Geschenk an das junge Frauenzimmer* war in der Mitte aufgeschlagen, obwohl Mercy es geschlossen zurückgelassen hatte. Sie hatte sich nicht getäuscht: Als sie aus dem Fenster von Florence' Büro gestürzt war, hatte das Seelenbuch aus eigener Kraft ein Seitenherz gespalten und ihr bibliomantische Unterstützung gesandt. Ihre Verbindung war so eng wie eh und je. Mercy mochte ihr bibliomantisches Talent zwei Jahre lange verleugnet haben, doch zuletzt behielt die Schleierfrau recht: *Die Bibliomantik wird dich niemals loslassen.*

Vielleicht hatte sie wirklich keine Wahl und war vor etwas davongelaufen, das sie in Wahrheit die ganze Zeit über in sich getragen hatte. Gleich neben ihren Schuldgefühlen.

Schließlich hob sie die rechte Hand und bewegte sie über den Rand des Kästchens. Sie wollte die Fingerspitzen gerade auf das Buch legen, als unten am Haus der Türklopfer betätigt wurde. Jemand stand vor dem Laden.

Sie klappte das Kästchen zu, warf es aufs Bett und blies die Kerze aus. Dann hastete sie die dunkle Treppe hinunter; sie kannte noch immer jede Kante, jede Stufentiefe, als wäre sie niemals ausgezogen.

»Hier«, sagte Tempest atemlos, als Mercy öffnete. Sie hielt ihr ein Penny Dreadful entgegen, auf dem ein Ritter hoch zu Ross gegen einen dreiköpfigen Drachen kämpfte. Am oberen Rand hatte sie mit Kohlestift eine Adresse notiert. »Da wohnt er.«

»Das ging schnell.«

»Ich bin schnell gelaufen.«

Mercy umarmte sie. »Das hast du großartig gemacht.«

Das Mädchen löste sich ein wenig steif von ihr. »Ich will mitkommen.«

»Erst muss ich allein mit Cedric sprechen.«

»Dann warte ich draußen.«

Mercy schüttelte den Kopf. »Das ist zu gefährlich. Falls es ... nun, falls ich in Schwierigkeiten gerate, muss noch jemand da sein, auf den sich Philander verlassen kann.«

Tempest machte keinen Hehl aus ihrem Argwohn. »Ich hab vor zwei Jahren aufgehört, dich zu mögen, Mercy, und das hier ist nicht der beste Weg, das zu ändern.«

Mercy schenkte ihr den Anflug eines aufmunternden Lächelns. »Schließ hinter mir ab und warte hier. Wenn ich in zwei Stunden nicht zurück bin, ist irgendwas schiefgegangen. Dann bist du Philanders letzte Chance, also geh jetzt keine unnötigen Risiken ein.«

Damit ließ sie Tempest im Laden stehen und eilte hinaus. An der Mündung zur Castle Street erwischte sie eine leere Kutsche und nannte Straße und Hausnummer, die Tempest auf dem Heft notiert hatte.

Bald darauf hielt die Droschke in einer gepflegten Seitenstraße unweit des British Museum, vor einem der weißen Reihenhäuser, in denen vor allem reiche Geschäftsleute und Diplomaten residierten. Hier verschanzten sie sich hinter schmiedeeisernen Zäunen und bronzenen Namensplaketten.

Sie benutzte den Türklopfer und erwartete einen Butler, dem sie langwierig erklären musste, warum sie Cedric zu sprechen wünschte, doch der Hausherr öffnete persönlich. Er war makellos gekleidet, ganz anders als sie selbst in ihrem zerknitterten Kleid, und er lächelte nicht, als er ihr in die Augen sah. Etwas machte ihm zu schaffen, und da wusste sie, dass es ein Fehler gewesen war herzukommen.

»Vergessen Sie's«, sagte sie statt einer Begrüßung und wollte sich umdrehen. »Ich hätte hier nicht einfach so auftauchen sollen.«

»Reden Sie keinen Unsinn und kommen Sie rein.«

»Ich will Sie nicht belästigen.«

»Ich habe Sie geknebelt, im Gegenzug ist ein wenig Belästigung völlig in Ordnung.« Er trat beiseite. »Rein mit Ihnen, sonst zwingen Sie mich, noch länger auf dieser Sache herumzureiten.«

Sie atmete seinen Bücherduft ein, als sie an ihm vorüberging. Die Tür fiel hinter ihr ins Schloss.

»Sie sind ziemlich überstürzt von diesem Dach verschwunden«, sagte er. »Da hielt ich es für angebracht, ein paar Nachforschungen über Sie anzustellen.«

»Nachforschungen«, wiederholte sie leise.

Er darf niemals die Wahrheit über dich erfahren, hatte die

Schleierfrau gesagt. *Wer du bist. Was du bist. Er würde dich auf der Stelle töten.*

»Also doch Sedgwick«, sagte sie. »Er dürfte längst alles über mich herausgefunden haben, was es herauszufinden gibt.«

Cedric schüttelte den Kopf. »Die Akademie hat eine Menge mehr Möglichkeiten. Es gibt einige Personen, die Sedgwick nicht trauen und ihn lieber heute als morgen loswerden würden.«

Sie hätte ihm vom Flaschenpostbuch erzählen können und von Sedgwicks Obsession, alle Kapitel in seinen Besitz zu bringen. Auch wenn es wohl nur eine Legende war, dass mit Hilfe des Buchs die Grenze zwischen Realität und Literatur durchdrungen werden konnte, mochten sich die Drei Häuser fragen, warum Sedgwick einem bloßen Gerücht mit solcher Verbissenheit nachjagte.

Sie standen in einem schmalen Foyer, in dem es keinerlei Möbel gab, nicht einmal Teppiche. Die Türen der angrenzenden Räume waren bis auf eine geschlossen. Aus ihr fiel der flackernde Schein eines Feuers.

»Was also haben Sie herausgefunden?«, fragte sie nach einem Augenblick unangenehmen Schweigens. Er hatte offenbar nicht die Absicht, sie in das Zimmer zu bitten.

»Sie sollten sich hier nicht lange aufhalten, Mercy.«

»So schlimm ist es, dass Sie Angst haben, mit mir gesehen zu werden?«

Er schien erst etwas Ungehaltenes erwidern zu wollen, doch dann fragte er nur: »Warum sind Sie hier?«

Für gewöhnlich wusste sie mit Unhöflichkeit umzugehen, aber in seinem Fall spürte sie wachsende Verunsicherung. Wieder warf sie einen Blick zu dem hellen Türspalt. »Ist noch jemand bei Ihnen?«

»Nein.«

»Dann ist es Ihnen einfach so unangenehm, mit mir allein zu sein?«

Seine Augenbrauen rückten verärgert zusammen. »Mercy, das ist kein Spiel. Sedgwick, die Loge – Herrgott, sogar ich –, wir alle kennen nur einzelne Teile des großen Ganzen. Geben Sie sich damit zufrieden und gehen Sie Ihrer Wege.«

»Es ist noch keinen Tag her, da haben Sie mir eine Zusammenarbeit angeboten.«

»Das war ein Fehler.«

»So einfach wollen Sie es sich machen? Ein verdammter Fehler?«

»Sie sind in Gefahr, Mercy.«

»Und wer ist so gefährlich? Sie?«

Er presste die Lippen aufeinander, und sie glaubte schon, er wollte ihr die Antwort schuldig bleiben. Schließlich jedoch schüttelte er erneut den Kopf. »Nein.«

»Dann dieser Absolon? Ihr *Erzfeind*?« Sie betonte das Wort so sarkastisch, als ginge es um einen Bandenkrieg auf dem Schulhof. Teils wollte sie ihn aus der Reserve locken, teils ärgerte sie sich über seine Geheimnistuerei. In ihren Gedanken aber hallte noch immer die Warnung der Schleierfrau nach.

»Absolon ist schon in London oder auf dem Weg hierher. Womöglich wissen Sie besser als ich, ob wirklich er das da oben auf dem Dach war. Vielleicht schützen Sie jemanden.«

»Wen sollte ich Ihrer Meinung nach schützen wollen?«

Wieder dieser Blick, der ihr durch und durch ging. »Sie wissen es wirklich nicht?«

»Was denn nur, um Himmels willen?« Ihr Zorn traf ihn, galt aber ebenso sehr der Fremden auf dem Dach mit ihren rätselhaften Andeutungen.

Er musste spüren, dass er einen Nerv getroffen hatte, denn plötzlich trat er einen Schritt auf sie zu, war ihr jetzt so nah wie nur das eine Mal zuvor in der Fetter Lane, wenn auch unter anderen Bedingungen. »Vertrauen Sie mir, wenn ich Ihnen sage, dass ich nur Ihr Bestes will?«

»Natürlich nicht«, antwortete sie, »sonst würden Sie mir erklären, um was es hier eigentlich geht.«

Er packte sie an den Oberarmen und zog sie heran, bis sich ihre Gesichter fast berührten. Seine Stimme war nur noch ein Flüstern. »Ich glaube Ihnen, dass Sie die Wahrheit nicht kennen. Deshalb lassen Sie es gut sein, und hören Sie auf mit Ihren Nachforschungen.«

»Sie sind schon der Zweite, der das heute von mir verlangt.«

»Thorndyke?«

Sie schüttelte ihn ab und trat einen Schritt zurück. »Ich habe mich in Ihnen getäuscht, Cedric. Ich bin hergekommen, weil ich Sie um Ihre Hilfe bitten wollte. Aber das war dumm von mir.«

Sie wollte sich umdrehen und die Tür öffnen, als er nachsetzte und sie erneut festhielt. Diesmal spürte sie seinen Körper an ihrem Rücken.

»Es tut mir leid«, sagte er. »Aber glauben Sie mir, die größte Hilfe, die ich Ihnen anbieten kann, ist die, mich in Zukunft von Ihnen fernzuhalten.«

»Das wäre sicher das Beste.« Ihre Hand lag auf der Türklinke, hatte sie aber noch nicht heruntergedrückt.

»Ich bin genau der, für den Sie mich halten«, sagte er. »Aber umgekehrt bin ich mir da bei Ihnen nicht sicher.«

Sie musste sofort hier weg. Mit einem entschiedenen Ruck öffnete sie die Tür, ohne sie ganz aufzuziehen.

Cedric drehte sie zu sich um, sanft genug, dass sie sich hätte wehren können. Sie war wegen Philander hier, Tempest erwartete sie. Das alles hier war nicht geplant, nicht erhofft und ganz und gar nicht gut.

»Mercy, hören Sie mir zu. Es gibt Hinweise in Dokumenten, vielleicht noch mehr, als ich bisher gefunden habe. Jemand müsste gezielt danach suchen, so wie ich es getan habe, und es gibt nicht viele, die Zugang dazu haben. Derjenige müsste einiges über die Hintergründe wissen, sonst würde er vielleicht einfach darüber hinweglesen oder nicht die richtigen Schlüsse ziehen. Trotzdem sollten Sie –«

Er hielt plötzlich inne, und sie glaubte schon, er hätte etwas gehört. Ihr Blick huschte nervös an ihm vorüber zur offenen Tür des Zimmers, in dem das Kaminfeuer prasselte. Sie fragte sich, was sie zu sehen bekäme, wenn sie sich von ihm lösen und einen Blick hineinwerfen würde.

Dann begriff sie, was ihn wirklich hatte verstummen lassen. Er hatte etwas gespürt. In ihrem Mantel.

»Sie haben mich angelogen«, sagte er.

»Cedric, ich –«

»Haben Sie es die ganze Zeit über gehabt?«

Zögernd griff sie in ihre Tasche und zog das Schlüssellochglas hervor; bei ihrem überstürzten Aufbruch hatte sie vergessen, es herauszunehmen. Kurz war sie versucht zu behaupten, dass sie es ihm ohnehin hatte geben wollen. Und tatsächlich hatte sie darüber nachgedacht, ungeachtet all dessen, was die Schleierfrau gesagt hatte.

Jetzt hielt sie es ihm hin und wusste, dass es zu spät war. In seinen Augen sah sie eine Enttäuschung, die tiefer ging als ein simpler Vorwurf.

Er nahm das Glas entgegen, mit einem Kopfschütteln und einer Kälte im Blick, die ihr weh tat. »Sie hatten nie vor, es mir zu geben. Obwohl Sie wussten, wie wichtig es für mich ist.«

»Ich weiß nicht mal selbst, was ich vorhatte.« Dabei wusste sie es doch ganz genau. Und er hatte recht.

Die Zweifel, die ihm bei seinen Nachforschungen über sie gekommen waren, schienen sich zurückzumelden, stärker und entschiedener als zuvor.

»Ich habe mich in Ihnen getäuscht, Mercy.«

Sie gab keine Antwort.

»Es ist besser, wenn Sie jetzt gehen.«

Noch immer schwieg sie. Erwiderte nur seinen Blick.

»Vielleicht habe ich mich lächerlich gemacht, weil ich Ihnen unbedingt vertrauen wollte«, sagte er. »Falls dem so ist, kann ich es nicht mehr ändern. Aber ich kann vermeiden, dass es noch peinlicher wird. Also, bitte ...« Er trat an ihr vorbei, schob ihre Hand von der Klinke und zog die Tür weit auf. »Leben Sie wohl.«

Sie bemerkte, dass er das Glas bereits in der Tasche seines Gehrocks hatte verschwinden lassen. Genauso, wie er sie selbst nun verschwinden ließ, aus seinem Haus und seinen Gedanken.

»Alles Gute, Cedric«, hörte sie sich sagen, nicht so matt wie sie sich fühlte, sondern beinahe trotzig. »Ich wünsche Ihnen viel Erfolg mit Ihrem kostbaren Glas.«

Äußerlich um Würde bemüht ging sie die drei Stufen hinunter und über den kurzen Weg zur Straße.

»Passen Sie auf sich auf«, sagte er, und noch ehe sie sich umschauen konnte, hörte sie schon hinter sich die Tür ins Schloss fallen. Durch die Vorhänge fiel kein Licht nach draußen. Das Haus hätte ebenso gut unbewohnt sein können.

Als sie auf den Bürgersteig trat, sah sie im Schein der Gaslaterne am Ende der Straße eine Gestalt im langen Kapuzencape, verschwommen im giftigen Nebel. Leichtfüßige Schritte entfernten sich. Womöglich wusste die Schleierfrau jetzt, dass Mercy ihre Warnung in den Wind geschlagen hatte.

Es hätte schlimmer kommen können. Aber nicht viel schlimmer.

Sie war auf sich allein gestellt, wie so oft, und zum ersten Mal tat ihr der Gedanke weh.

41

Und dann war sie doch nicht allein und wünschte sich, sie wäre es.

Tempest hatte den Veterator gefunden, ihn ins Hinterzimmer des Ladens getragen und geöffnet. Nun stand er auf demselben Schemel, auf dem Valentine früher zu seinen höchsten Regalbrettern hinaufgeklettert war, und hielt einen vollmundigen Vortrag über etwas, für das Mercy gerade kein Interesse aufbrachte. Er hatte bereits geredet, als Tempest ihr die Ladentür aufgesperrt hatte, und er hörte nicht auf, als sie zusammen ins Hinterzimmer traten.

»Das war ein Reinfall«, sagte Mercy über das Gebrabbel des Veterators hinweg. »Ich kann's nicht mal beschönigen. Und es gibt niemanden sonst, der uns helfen könnte.«

Tempest schnippte vor dem Gesicht des Besserwissers mit dem Finger, und zu Mercys Erstaunen verstummte er auf der Stelle. »Was hat der Franzose gesagt?«

»Dass er in meiner Vergangenheit rumgeschnüffelt hat, in irgendwelchen Dokumenten, auf die nur wenige Leute Zugriff haben.«

»Über Madame Xu und Limehouse?«

Mercy schüttelte den Kopf. »Sedgwick weiß längst Bescheid über das, was damals passiert ist. Das ist nun wirklich kein Geheimnis mehr. Aber es spielt jetzt auch keine Rolle. Wir müssen Philander finden.« Erneut hatte sie Tempest gegenüber ein schlechtes Gewissen. Letztlich hatte sie sich ihr Scheitern selbst zuzuschreiben. Sie hätte Cedric das verflixte Glas schon oben auf dem Dach geben sollen.

Sie war kein Idiot, sie konnte zwei und zwei zusammenzählen. In ihrer frühen Kindheit gab es einen großen, weißen Fleck wie am Rand der alten Landkarten, die überall in den Läden am Cecil Court verkauft wurden. *Hier sind Drachen*, stand dort oft geschrieben, eine Warnung an Seeleute, sich nicht ins Unbekannte vorzuwagen. Bis heute wusste sie kaum etwas über ihre Geburt und Herkunft, und es stand zu befürchten, dass der Renegatenjäger diesbezüglich fündig geworden war. *Hier sind Drachen.* Keine freundlichen, so wie es aussah.

Um sich abzulenken, sagte sie: »Philanders Entführer wird zu mir kommen. Früher oder später wird er auftauchen und sagen, was er zu sagen hat.«

»Vielleicht tötet er uns einfach. Mächtig genug ist er. Du hättest ihn erleben sollen.«

»Dann hätte er sich nicht die Mühe machen müssen, Philander mitzunehmen. Er hätte euch beide auf der Stelle umbringen können – so wie Jezebel.«

In Wahrheit wusste sie viel zu wenig über das, worum es hier wirklich ging. Der Mord an Ptolemy. Siebensterns Bücher. Die Adamitische Akademie. Das Auftauchen eines Renegatenjägers. Thorndykes Loge und seine Verwandlung in Malahide. Sie konnte nur dort ansetzen, wo alles begonnen hatte, und sie glaubte, dass der Beginn ganz woanders lag, nicht hier am Cecil Court. Als sie mit Arthur Gilchrist in Ptolemys Laden gewesen war, hatte sie etwas entdeckt. Vielleicht gab es einen Weg, um Philanders Entführer aus seiner Höhle zu locken.

Aber vorher war da noch etwas anderes, was sie tun musste.

»Warte kurz auf mich«, sagte sie zu Tempest und stieg allein die Treppe zum Dachboden hinauf.

Das Kästchen mit ihrem Seelenbuch lag auf dem Bett. Sie setzte sich und klappte den Deckel hoch. Diesmal nahm sie das Buch ohne Zögern heraus, strich mit dem Finger an den Seiten entlang und hob es an ihre Nase. Der Geruch war ihr so vertraut wie ihr eigener, der Duft von Buchbinderleim, vergilbtem Papier und Druckerschwärze.

Sie flüsterte eine Begrüßung, blätterte darin herum und nahm wahllos eine Seite zwischen beide Handflächen. Als sie die Finger zurückzog, stand das Blatt aufrecht. Einen Atemzug später teilte es sich in zwei Lagen, als hätten zwei Seiten aneinandergeklebt. Licht glühte inmitten der Bindung auf, schob sich langsam am Papier herauf. Das Seitenherz hieß Mercy willkommen. In seinem hellen Schein konnte sie die geheimen Buchstaben lesen, die wahre Quelle der Bibliomantik.

Sie spürte die vertraute Wärme durch ihren Körper fließen, fühlte das Kribbeln auf ihrer Haut, das sanfte Ziehen der Muskulatur. Sie und ihr Seelenbuch waren wieder eins. Vielleicht waren sie niemals getrennt gewesen.

Sie legte es neben sich auf die Decke, griff noch einmal in die Kiste und zog Valentines weiße Handschuhe hervor. Sein gesamtes Bücherwissen würde auf Mercy übergehen, sobald sie den Seidenstoff überstreifte.

Vorsichtig schob sie ihre Finger in den rechten Handschuh – und stieß auf Widerstand. Da steckte etwas gerollt im Zeigefinger, ein kleines Stück Papier. Überrascht zog sie es hervor und strich es auf ihrem Knie glatt.

Auf dem Zettel stand nur ein einziges Wort, und als sie es las, wusste sie, was sie zu tun hatte.

Anonymus.

DRITTER TEIL

Die Seiten der Welt · Die Erfindung der jungen Miss Amberdale · Zwei Besucher oder einer · Enttäuschungen · Bücher im Ödland · Masken und Wahrheiten · Nicht heute, nicht hier

42

Als Mercy leise die Treppe hinabstieg, fand sie Tempest schlafend im Hinterzimmer. Völlig erschöpft hatte sie sich auf einem Lager aus Büchern zusammengerollt, während der Besserwisser ihr mit sonorer Stimme einen Vortrag über den Scharlachsaal und den Streit der bibliomantischen Häuser hielt. Endlos leierte er Namen und Daten herunter, scheinbar unbeeindruckt davon, dass seine Zuhörerin längst entschlummert war.

Er zwinkerte Mercy grinsend zu, als er sie auf der Treppe bemerkte. Da verstand sie, dass er seinen Vortrag nur fortsetzte, damit Tempest nicht erwachte. Nach den Strapazen brauchte das Mädchen Ruhe, und er verhalf ihr auf seine Weise dazu.

Mercy schenkte ihm ein dankbares Lächeln und pirschte leise die weiteren Stufen hinunter, bis sie das tiefere der beiden Kellergeschosse erreichte. Sie öffnete die verborgene Falltür mit dem Haken und schwang sich über den Rand auf die Leiter, die an der Mauer entlang ins Dunkel führte.

Am Ende der Sprossen angekommen, öffnete sie ihr Seelenbuch und erschuf aus einem Seitenherz eine glühende Lichtkugel, die zitternd vor ihr in der Luft schwebte und das vordere Stück des Tunnelgewölbes beschien.

Mit dem aufgeschlagenen Buch in der Hand machte sie sich auf den Weg, lief zügig den langen Gang hinunter und achtete diesmal nicht auf die Schatten in den Nischen, das Rascheln und Zucken am Rand des Lichtscheins. Bald erklang wieder das feine Rauschen einer der unterirdischen Flüsse, die Londons Fundamente umspülten.

Vor ihr tauchte in einer Seitenwand der Torbogen auf, in dem ihr die Schleierfrau erschienen war. Das Licht flackerte ein wenig stärker, vielleicht weil auch das Buch in Mercys Fingern bebte. Als sein Schein durch den steinernen Bogen fiel, wehte ihr ein Schwall feuchter Luft entgegen. Entschlossen ging sie weiter, dem lauter werdenden Rauschen nach.

Dass dies der Fleet sein könnte, hielt sie immer noch für unwahrscheinlich. Vielmehr schien sich ein Verdacht zu bestätigen, den sie schon bei ihrem ersten Besuch hier unten gehabt hatte. Der Cranbourn, der geheimnisvollste der geheimen Londoner Flüsse, existierte tatsächlich. Unter Bibliomanten hielt sich das Gerücht, dass der Cranbourn ein Zweig des Anonymus war, jenes Stroms, der sich durch die Seiten der Welt und jedes Buch zog, in dem ein Fluss erwähnt wurde. In der Literatur tauchte der Anonymus als Mississippi, als Rhein, als Wolga oder Amazonas auf, aber zwischen den Seiten der Welt, dem mysteriösen goldenen Nichts, das nur Bibliomanten bereisen konnten, war er etwas vollkommen anderes. Dass sich schmale Verästelungen von ihm abgespalten und ihren Weg in die Außenwelt gefunden hatten, war oft behauptet worden. Wenn Mercy Valentines letzte Nachricht richtig interpretierte, dann musste sie den Anonymus finden – und etwas, das er dort für sie versteckt hatte.

Der Gewölbegang hinter dem Torbogen endete abrupt an einer Kante. Das Gewässer, das dort entlang durch einen niedrigen Tunnel floss, war auf den ersten Blick nur ein schmaler

Bach, nicht breiter als zwei Schritt. Sein Wasser war ungewöhnlich klar für Londons Unterwelt, im Schein der Lichtkugel konnte Mercy bis hinab auf den Grund blicken. Das Gestein dort unten schien mit feinem Goldstaub überzogen, was eine Täuschung sein musste. Erst nach einem Augenblick beschlich sie die Ahnung, dass der Cranbourn ein wenig von dem Goldlicht in sich trug, das sich zwischen den Seiten der Welt auf der Oberfläche des Anonymus spiegelte.

Das Wasser schien nicht tief zu sein, doch als Mercy hineinstieg, reichte es ihr fast bis zu den Hüften und war wärmer als erwartet. Sie stapfte gegen die sanfte Strömung den Tunnel hinauf und trug ihr Seelenbuch weit über der Oberfläche. Der weiße Schein der Kugel wanderte mit ihr über die Gewölbedecke, ehe er von einer neuen Lichtquelle hinter der nächsten Biegung überlagert wurde. Mercy ließ die Kugel im Seitenherz verschwinden.

Mit weiten, watenden Schritten folgte sie der Kurve nach rechts. Im Flussbett schien es keine Algen zu geben, nichts, das den Grund eines Gewässers rutschig machte. Sicher setzte sie einen Fuß vor den anderen.

Jenseits der Biegung strömte das Wasser durch einen gemauerten Bogen, in dessen Innerem es golden flimmerte und flirrte. Mercy hatte nur einen kurzen Sprung durch die Seiten der Welt erlebt, vor Jahren bei den Übungen mit Valentine, und nie ein Refugium besucht. Darum bebten ihre Knie, als sie zum ersten Mal mit eigenen Augen ein Portal sah.

Jemand, der kein Bibliomant war, hätte hier kein goldenes Licht gesehen, kein überirdisches Wabern, nur einen düsteren Kanal, wie es unzählige gab unter Londons Straßen. Mercy aber wurde in flirrendes Licht getaucht, als sie unter dem Bogen hindurchging, und da wusste sie mit letzter Gewissheit, dass die Bibliomantik sie nie verlassen würde.

Einige Herzschläge lang überlagerte das Goldlicht ihre Wahrnehmung. Selbst als sie blinzelte, leuchtete es grell durch ihre Lider. Dann, von einem Schritt zum nächsten, gewann die Umgebung wieder an Kontur. Mercy stand inmitten einer schmalen Wasserader, die etwa zwanzig Yards vor ihr von einem silbernen Strom abzweigte. Darüber wölbte sich ein Himmel aus purem Gold.

Ufer gab es nicht, denn der Anonymus floss durch keine Landschaft. Vielmehr schien er sich wie ein silberner Schlauch durch ein Vakuum zu ziehen, durch das Nichts zwischen den Seiten der Welt. In diesem Abgrund waren die bibliomantischen Refugien verankert, auch wenn Mercy von hier aus keine erkennen konnte. Einzig den Anonymus sah sie, der nach links und rechts in gewaltigen Spiralen verlief, wie eine Sprungfeder vom Durchmesser eines Gebirges.

Der Wasserarm, in dem Mercy stand, verschwand hinter ihr in einem kupferfarbenen Nebel, jenseits davon wurde der schmale Fluss wieder zum Cranbourn. Sie musste nur durch die Schwaden treten und wäre wieder zurück in London.

Erst einmal aber ging sie weiter in Richtung des großen Stroms. Ein Gefühl großer Einsamkeit überkam sie, ein beängstigender Gegensatz zu ihrem bisherigen Hochgefühl. Weit und breit gab es keine Menschen, keine Besiedlung, nur diese grenzenlose goldene Weite.

»Oh, Valentine«, flüsterte sie und blieb stehen. Das Silberwasser schwappte gegen ihren Körper, und sie hatte das Gefühl, dass die Strömung stärker wurde, als wollte der Anonymus sie davon abhalten, ihm zu nahe zu kommen.

Vielleicht war das gar nicht nötig. Vielleicht war sie längst am Ziel.

»Valentine.« Diesmal sprach sie lauter. »Ich bin es, Mercy.«

Valentine war tot und natürlich glaubte sie nicht, dass er sie hören konnte. Aber irgendetwas musste es hier geben, das auf ihre Ankunft reagierte. Sicherungen, die einen Bibliomanten an seiner Aura erkannten, waren nichts Ungewöhnliches, und es war denkbar, dass Valentine solch einen Schutz für sie eingerichtet hatte.

»Ich bin Mercy Amberdale«, rief sie noch einmal. »Ich bin gekommen, um zu holen, was hier für mich abgelegt wurde.«

Keine drei Schritt vor ihr stieg etwas aus dem Wasser empor, eine silberne Kugel, nicht größer als ein Tischglobus. In dieser Umgebung wäre sie Mercy kaum aufgefallen, hätte sie nicht ihr verzerrtes Spiegelbild darauf entdeckt.

Wie eine Boje schaukelte die Kugel auf der Oberfläche, ohne von der Strömung mitgerissen zu werden. Etwas hielt sie fest, ein Gegengewicht auf dem Grund.

Mercy watete darauf zu, tastete mit ihrer freien Hand an der Kugel entlang zur Unterseite und fand, was sie vermutet hatte. Eine fingerdünne Kette führte von der Kugel abwärts. Als sie mit ihrem Fuß den Grund abtastete, stieß sie auf Widerstand. Aufgeregt zog sie das Ding an der Kette nach oben.

Es war ein kleines Holzfass mit geteerten Fugen, wasserdicht und fest versiegelt. Mercy klemmte es unter ihren linken Arm, nachdem sie – jetzt mit dem Seelenbuch zwischen den Zähnen – den Haken der Kette gelöst hatte. Sofort wurde die

Bojenkugel von der Strömung fortgetragen und verschwand im Nebelportal nach London.

Auch Mercy machte sich auf den Weg dorthin zurück. Sie rieb ihre rechte Hand an der Schulter trocken und nahm das Buch aus ihrem Mund. Das kleine Fass presste sie mit dem linken Arm fest gegen ihre Rippen, es war ganz leicht.

Bevor sie den Nebel durchquerte, schaute sie noch einmal zurück in das goldene Nichts und auf die Spiralen des Anonymus. Vielleicht sah sie den Strom nicht zum letzten Mal.

Augenblicke später stand sie wieder im klaren Wasser des Cranbourn, in seinem Ziegelbett unter den Kellern von London. Der Wechsel aus der goldhellen Weite in die Enge der Unterwelt war ein größerer Schock, als sie erwartet hatte.

Im Schein des Portals watete sie zurück zur Tunnelmündung, stellte das Fass auf der Kante ab und kletterte ins Trockene. Ihr Seelenbuch dankte es ihr mit einem warmen Pulsieren. Mercy musste lächeln, weil es sich so gut anfühlte.

Eigentlich hatte sie das Fass erst nach oben tragen wollen, bevor sie es öffnete, aber nach ein paar Schritten hielt sie es vor Neugier nicht mehr aus. Sie setzte sich mit dem Rücken zur Tunnelwand auf den Boden, ließ aus einem Seitenherz eine Lichtkugel aufsteigen und legte das Buch neben sich ab. Dann klemmte sie das Fass zwischen ihre Knie, betastete das Siegel und legte beide Hände flach auf das Holz.

Abermals wurde sie erkannt.

Der Deckel verschob sich wie von Geisterhand um eine halbe Drehung nach links. Rundum riss die Teerschicht auf. Mercy hob ihn von der Öffnung und blickte im Schein der Kugel ins Innere.

43

Im Fass steckten drei große, flache Umschläge, außerdem ein zusammengelegtes Kleidungsstück. Als sie es hervorzog, entpuppte es sich als Kleid eines kleinen Mädchens, schwarz und schlicht geschnitten. Das Kind, das es getragen hatte, konnte nicht älter als drei gewesen sein. Sie betrachtete es eine ganze Weile lang und hatte einen Kloß im Hals, als sie es beiseitelegte.

Als Nächstes nahm sie einen der Umschläge aus dem Fass und las darauf ihren Namen in Valentines schmaler Handschrift, darunter die Ziffer Eins. Ein rundes Wachssiegel auf dem Verschluss war unversehrt. Mercy zerbrach es und zog mehrere Blätter Papier hervor.

Es war ein Brief, den Valentine mit zitternder Hand für sie niedergeschrieben hatte. Sie konnte nur ahnen, wie viel Kraft ihn das gekostet haben musste. Die Tränen, die ihr schon beim Anblick des Kleides in die Augen gestiegen waren, rannen über ihre Wangen.

Mercy, mein Engel, mir bleibt nicht viel Zeit, darum entschuldige, dass ich nicht alles aufschreibe, was mir seit langem durch den Kopf geht. Seit deinem letzten Besuch hier im Laden – und es war ein viel zu kurzer Besuch, erinnerte Mercy sich schuldbewusst – *sind einige Wochen vergangen, und nun fehlt mir die Kraft, zu dir zu gehen und dich um*

Verzeihung zu bitten. Ich hätte dir viel früher die Wahrheit sagen sollen, spätestens bei deiner Entscheidung, den Büchern den Rücken zu kehren. Ich hatte Angst, dass du mich verachten würdest, wie es dein gutes Recht wäre. Ich bin zu einem Schatten meiner selbst geworden, zu gebrechlich, um dich aufzusuchen, und zu schwach, um dir in die Augen zu sehen. Ich würde deine Abscheu nicht ertragen und will dich so im Gedächtnis behalten, wie ich dich all die Jahre erlebt habe: stur, aber prinzipientreu, leichtsinnig, aber wagemutig, fähig, mit Leidenschaft zu hassen, aber auch voller Wärme gegenüber allen, die dir wichtig sind. All das zusammen ergibt meine Mercy, und ich will nicht erleben, wie sich Sturheit, Leichtsinn und Hass gegen mich richten, so wie du sie nach Grovers Tod gegen dich selbst gerichtet hast. Verzeih meine Aufrichtigkeit, aber wenn dieser Brief einen Zweck hat, dann ist es genau der – endlich ehrlich zu sein.

Ich habe dir immer erzählt, dass du in einem Waisenhaus aufgewachsen bist, und zu einem Teil entspricht das der Wahrheit. Aber nicht ich habe dich herausgeholt, sondern deine Mutter. Sie hatte dich nach deiner Geburt dort abgegeben und es später bereut. Sie suchte jemanden, der dich den Umgang mit Büchern und der Bibliomantik lehren würde. Auf Umwegen kam sie zu mir. Ich nahm dich bei mir auf, aber nicht, weil ich mir so sehr ein Kind wünschte, sondern weil sie mich gut dafür bezahlte. Der Laden hat nie Reichtümer abgeworfen, das weißt du, ich saß auf einem Haufen Schulden, und da kam mir ihr Angebot gerade recht. Sie wollte keine erfahrene Pflegefamilie, erst recht keine Ersatzmutter für dich, sondern jemanden, der etwas von Büchern verstand. Das konnte ich ihr bieten, und nach den ersten drei Jahren waren die Schulden abbezahlt, der Laden besser bestückt und unser Auskommen passabel. Den anderen am Court habe ich erzählt, dass du das Kind einer entfernten Verwandten bist. Ihnen hat das genügt, und die meisten haben dich immer sehr gerngehabt. In gewisser Weise habe ich dich erfunden wie eine Romanfigur, eine arme Waise aus dem Norden, die junge Mercy Amberdale. Auch wenn anfangs das Geld der Grund dafür gewesen sein mag, dass ich dich aufnahm, so bist du mir doch schon nach kurzer Zeit lieb und teuer geworden. Bald warst du für mich wie eine eigene Tochter, und ich hätte dich nie mehr hergeben mögen. Verurteile mich nicht zu harsch, Mercy, denn ich habe nichts vorgetäuscht. Deine Mutter wollte nicht, dass du von ihr erfährst, aber das war nicht der Grund für mein Schweigen. Ich konnte spüren, dass sie kein guter Mensch ist, deshalb habe ich nie von ihr gesprochen – und aus Scham, wegen des Geldes, das ich von ihr angenommen habe. Irgendwann blieben die Zahlungen aus, doch das spielte für mich keine Rolle mehr. Ich wollte kein Geld mehr von dieser Frau, sondern war zufrieden mit dem, was ich hatte: dich, Mercy, und das Liber Mundi. Nur meine Neugier machte mir mehr und mehr zu schaffen, und als du ausgezogen bist, nach Grovers Tod, habe ich begonnen, Nachforschungen anzustellen.

Ich sprach mit den Nonnen vom Waisenhaus, mit anderen Buchhändlern, deren Läden deine Mutter über die Jahre aufgesucht hatte – sie war eine äußerst belesene Frau, musst du wissen, und eine mächtige Bibliomantin –, und nach und nach erfuhr ich mehr über sie. Mir wurde klar, wie gefährlich

sie ist und wie groß das Risiko war, meine Nase in Dinge zu stecken, die mich nichts angehen.
Sie selbst habe ich nie gefunden, natürlich nicht, dazu war sie viel zu vorsichtig. Heute weiß ich, dass die Drei Häuser auf der Suche nach ihr sind, die Akademie-Agenten und die Milizen in den Refugien. Wie hätte ihr da ein einfacher Buchhändler auf die Schliche kommen können? Aber nichtsdestotrotz fand ich manches heraus. Das Wichtigste steckt in dem dritten Umschlag, den ich für dich im Anonymus deponiere. Wenn du das hier liest, hast du alles gefunden und bist hoffentlich bereit, dich der Wahrheit zu stellen. Nichts wünsche ich mir mehr, als bei dir zu sein und dir all das selbst zu sagen, statt es aufzuschreiben, doch dafür ist es zu spät.
Sie hat bemerkt, dass ich ihr nachspioniert habe, ich bin wohl doch kein so geschickter Spürhund wie du. Alle werden glauben, dass es zu guter Letzt die Krankheit war, die mich dahingerafft hat, und vielleicht ist es am besten so. Aber ich bin mir sicher, dass deine Mutter mich vergiftet hat. Jemand war in den Nächten hier, und ich fürchte, dass sie das war. Sie hat meine Medizin mit etwas versetzt, das ich nicht schmecken und riechen konnte. Dabei begannen die Tinkturen gerade anzuschlagen, und ein paar Wochen lang ging es mir besser, zum ersten Mal seit Monaten.
Ich weiß, du hast keine hohe Meinung von Ptolemy, aber lass dir gesagt sein, dass er im Herzen kein schlechter Kerl ist. Er hat mir die Medizin bezahlt, ganz ohne Gegenleistung – du weißt ja, er hat immer windige Geschäfte gemacht und damit ein kleines Vermögen angehäuft. Dass es dieselbe Medizin sein würde, die deine Mutter heimlich vergiftet hat,

entbehrt nicht einer gewissen Ironie. Aber such die Schuld nicht bei ihm, er wollte nur das Beste und meinte einmal auf seine mürrische Art, er hätte etwas gutzumachen. Ich habe die Befürchtung, dass du besser weißt als ich, was er damit gemeint haben könnte.
Nun geht es dem Ende zu. Ich habe Fehler gemacht, das ist gewiss, aber auch wenn deine Mutter mein Untergang sein wird, so bin ich bis zuletzt voller Dankbarkeit dafür, dass du ein Teil meines Lebens warst. Du bist der größte Segen, der über einen weltfremden Büchernarren wie mich kommen konnte, und sterben müssen wir alle irgendwann. Schau dir an, was in den beiden anderen Umschlägen steckt und verzeih einem alten Dummkopf, dass er nicht von Anfang an aufrichtig zu dir war. Es wäre schön, wenn du meine Entschuldigung annimmst, so wie du als Kind meine Zuneigung angenommen hast.
Ich habe dir meinen Nachnamen gegeben, auch wenn du mit einem anderen geboren wurdest, und für mich wirst du immer meine Tochter bleiben, die mir wertvoller ist als irgendetwas sonst auf der Welt. Ich wage zu hoffen, dass du auch nach all dem hier noch gelegentlich im Guten an mich denken magst, an die schönen Jahre, die wir im Liber Mundi hatten, an das Lachen, das wir geteilt, und die Bücher, die wir gemeinsam gelesen haben. Wenn ich gehe, dann nehme ich die Gedanken an dich mit, so dass etwas von dir bei mir ist, wo immer ich dann auch sein werde. Meine Liebe zu dir könnte nicht größer sein, und sie wird dir auch dann erhalten bleiben, wenn ich nicht mehr bin.
Leb wohl, Mercy.
Auf immer Dein Valentine

Lange saß sie da und starrte die gegenüberliegende Wand des Tunnels an, horchte auf das Rauschen des nahen Cranbourn, dann las sie das Schreiben ein zweites und drittes Mal. Ihre Finger zitterten, ihre Augen waren geschwollen, und manchmal konnte sie kaum atmen, bis sie sich zwang, ihren Blick von den Zeilen zu lösen.

Sie legte den Brief auf dem schwarzen Kleid ab, damit er nicht schmutzig wurde, und öffnete den zweiten Umschlag. Darin steckte nur ein einzelnes Dokument, ein handgeschriebener Vertrag, mit dessen Unterzeichnung Valentine sich bereiterklärt hatte, sie im Sinne der Bibliomantik aufzuziehen. Dafür wurde ihm monatlich ein gewisser Betrag versprochen, längst nicht so üppig, wie sie aufgrund seines Briefes geglaubt hatte, gerade mal ein besseres Zubrot. Ganz unten standen zwei Unterschriften, *Valentine Amberdale* und ein unleserliches Gekritzel ohne weiblichen Schwung, eher kantig und hart. Das also war die Handschrift ihrer Mutter, die Signatur jener Frau, von der Valentine getötet worden war.

Letztlich musste er um meinetwillen sterben, dachte sie. Ptolemy hatte Valentines Heilung finanziert, obwohl Mercy seinen Auftrag nicht erfüllt hatte, und gerade als alles gut zu werden schien, hatte ihre Mutter zugeschlagen.

Ohne einen Beweis wusste Mercy, dass die Frau hinter dem Schleier ihre Mutter war. Es war ein Gefühl in ihrem Bauch und ihrem Herzen, eine Gewissheit, die jeden Zweifel wie auf einem Amboss zerschlug. Und die Fremde hatte nicht nur Valentine ermordet, sie hatte auch Grover sterben lassen, um Mercys Leben zu retten.

Der dritte Umschlag war schwerer als die beiden anderen.

Darin steckten fünf Fotografien auf dickem Karton, verblichen und an den Rändern angestoßen.

Bei dreien handelte es sich um verschwommene Reproduktionen von Gemälden, Ölporträts finsterer Herrschaften, zu deren Füßen Kinder saßen und wie zu klein geratene Erwachsene aussahen. Auf einem Bild lag ein Wolfshund vor dem gestrengen Hausherrn.

Haus Antiqua, stand in Valentines Schrift auf der Rückseite. Dazu drei Jahreszahlen: *1799*, *1821* und *1834*.

Auf dem vierten Bild stand vor einem eingeschneiten Gebäude eine junge Frau mit langem schwarzen Mantel und hochgestecktem Haar, attraktiv auf unnahbare Weise. Hinten hatte Valentine einen Namen notiert.

Annabelle Antiqua, Petersburg, 1858

Das war drei Jahre vor Mercys Geburt gewesen, fast zweieinhalb Jahrzehnte nach dem Fall des Scharlachsaals und dem Massaker an den Antiquas und Rosenkreutz.

Das fünfte und letzte Bild zeigte dieselbe Frau hochschwanger, eine grobkörnige Straßenszene in einer Großstadt, die London oder auch eine andere Metropole irgendwo in Europa sein mochte. Die Frau schien zufällig vor die Linse des Fotografen geraten zu sein, sie blickte im Vorbeigehen zu ihm herüber, ihre Züge waren verwischt. Sie hätte ebenso gut eine andere sein können, die lediglich Ähnlichkeit mit Annabelle Antiqua besaß. Doch auch auf dieses Bild hatte Valentine ihren Namen geschrieben, dazu die Jahreszahl *1861*. Mercys Geburtsjahr.

Also war auch sie selbst auf diesem Bild zu sehen, verborgen unter dem schwarzen Mantel. Annabelle Antiquas Fleisch und Blut.

Sie sortierte das erste Porträt wieder nach oben und blickte lange in das schöne, entschlossene Gesicht ihrer Mutter. Sie hatte diese Züge schon einmal gesehen, ganz kurz nur, ein Aufblitzen hinter dem Schleier. Damals in Limehouse. Sie hatte nicht älter ausgesehen als auf dem zwanzig Jahre alten Bild.

Ihre Mutter war eine Antiqua.

Sie selbst war eine Antiqua. Eine Renegatin.

Und sie war nicht die Einzige, die davon wusste.

44

Als Mercy im Keller des *Liber Mundi* die Falltür über dem Zugang zur Unterwelt schloss und sich im Schein der Lichtkugel aufrichtete, spürte sie, dass etwas nicht stimmte.

Oben im Haus herrschte Stille, der Besserwisser hatte seinen Vortrag beendet. Sie legte das Kinderkleid und die drei Umschläge auf einem Bücherturm neben der Treppe ab und ließ die Lichtkugel mit einem geflüsterten Befehl verschwinden. Ihr Seelenbuch behielt sie in der Hand, während sie langsam die Stufen hinaufstieg. Der Revolver steckte in ihrem Mantel, irgendwo im Erdgeschoss, aber den würde sie nicht mehr brauchen.

Flach atmend erreichte sie den oberen Keller. Auch hier war alles voll mit Büchern und zu vielen Schatten, der einzige Lichtschein fiel über die Treppe herab. Mercy ging ihm entgegen und probierte, keinen Laut zu verursachen. Sie hätte versuchen können zu schweben, aber dann hätte das Licht des Seitenherzens sie verraten. Und sie wusste nicht einmal, ob sie noch in der Lage dazu war.

Bis zur Mitte ging alles gut, dann quietschte eine Stufe ganz erbärmlich unter ihrem Gewicht. Die letzten drei überwand sie mit einem Satz und stürmte hinauf ins Hinterzimmer.

Die Lederkladde des Besserwissers lag geschlossen auf dem Boden, er selbst war darin verschwunden. Auch Tempest war nicht mehr dort, wo Mercy sie zurückgelassen hatte, sondern saß gefesselt und geknebelt in einer Ecke, halbversteckt hinter Bücherbergen. Es gab keine Spuren eines Kampfes, der Angreifer musste sie im Schlaf überrascht haben. Als sie Mercy sah, deutete sie mit aufgerissenen Augen nach vorn zum Laden.

»Seien Sie so gut und befreien Sie die junge Dame bitte nicht«, sagte eine Männerstimme. »Ich müsste sie sonst doch noch töten.«

Mercy fuhr zur Tür herum und spaltete in derselben Bewegung ein Seitenherz. Hätte sie ihn nicht bereits an seiner Stimme erkannt, hätte ihn die Intensität seiner Aura verraten.

»Miss Amberdale.« Erst jetzt blickte Edward Thorndyke von einem Buch auf, das er aus einem der Regale gezogen hatte. »Verzeihen Sie mein Eindringen, aber damit sind wir wohl quitt. Jedenfalls, was das Einbrechen angeht.«

»Ich muss unsere Geschäftsbeziehung leider beenden«, entgegnete sie. »Aber das haben Sie sich vermutlich schon denken können.«

»Trotzdem hätte ich Fornax gern zurück. Das mag Ihnen besitzergreifend erscheinen, aber ich habe mich an den Quälgeist in meinem Keller gewöhnt.«

Also hatte er Tempest als Druckmittel am Leben gelassen. Er musste sich seiner sehr sicher sein, wenn er glaubte, Mercy ließe zu, dass er noch einmal das Hinterzimmer betrat.

»Sie haben Angst vor Fornax«, stellte sie fest.

»Die sollten Sie auch haben.« Er schlug das Buch zu und zeigte ihr dessen schmalen Rücken. »Haben Sie das gelesen? Ich hoffe, Sie wissen zu schätzen, was ihr Ziehvater hier für Kostbarkeiten zusammengetragen hat.«

»Er wäre sicher überaus geschmeichelt.«

Er schob den Band zurück ins Regal. Als er sich ganz zu ihr umdrehte, sah sie, dass sein Seelenbuch aus der linken Tasche seines Gehrocks ragte. »Wo also steckt Fornax? Ich habe nach ihm gesucht, konnte ihn aber nirgends finden.«

»Er ist nicht mehr hier.«

»Ach, ich bitte Sie.«

»Das ist die Wahrheit.«

Etwa vier Schritt lagen zwischen ihnen, und im Halbdunkel des Ladens war es schwierig, sein Mienenspiel zu deuten. »Ist das Ihr Ernst?«

»Fornax ist fort.«

Das schien ihm einen Moment lang tatsächlich die Sprache zu verschlagen. Nicht ganz zu Unrecht, dachte sie schuldbewusst.

»Sie haben die Alexandrinische Flamme *entkommen* lassen? Mitten in London?«

»Hören Sie auf, Thorndyke. Sie sind nicht wegen Fornax hier. Sie wissen das, und ich weiß es auch.«

»Nein, nein, nein«, sagte er ungehalten, »lenken Sie nicht ab. Sie haben dieses Wesen tatsächlich auf die Stadt losgelassen?«

Fornax hat mich ausgetrickst wie den letzten Tölpel, hätte sie sagen müssen. Stattdessen log sie ihn an: »Ich habe ihn freigelassen. Damit er Sie findet. Er war ganz erpicht darauf, Rache an Ihnen zu nehmen.« Vielleicht konnte sie ihn aus der Fassung bringen. Ihr war klar, dass sie auf jede Verunsicherung angewiesen war, wenn sie gegen ihn bestehen wollte.

Wortlos starrte er sie an, und einen Augenblick lang schien er ihr beinahe zu glauben. Dann jedoch schüttelte er langsam den Kopf. »Sie sind nicht so skrupellos, wie Sie vorgeben. Absichtlich hätten Sie ihn niemals laufenlassen. Ich vermute, er war einfach klüger als Sie.«

Sie ließ ihren Blick über die Umgebung wandern, all die Buchreihen und wackligen Stapel, die seit Valentines Tod niemand mehr angerührt hatte. Thorndyke war nicht hier, um mit ihr ein zivilisiertes Gespräch zu führen. Und sie wollte ihn nicht im Laden bekämpfen müssen, inmitten von Valentines Lebenswerk.

Langsam bewegte sie sich vorwärts, ohne ihn aus den Augen zu lassen. Er stand vor der rechten Seitenwand, sie hielt sich weiter links. Vielleicht schaffte sie es bis zur Tür, dann konnte sie ihn hinaus auf die Gasse locken.

Sie befand sich noch nicht einmal auf seiner Höhe, als ihr klarwurde, dass er sie niemals so weit kommen lassen würde. Er war so viel erfahrener als sie, und im Gegensatz zu ihr wusste er die Nähe der zahllosen Bücher zu nutzen. Er war stark genug, um ihre Macht anzuzapfen, etwas, das Mercy erst noch lernen musste. Wie so vieles. Sie hatte zwanzig Monate verschenkt, in denen sie eine sehr viel mächtigere Bibliomantin hätte werden können.

»Versuchen Sie's nicht«, sagte er. »Ich lasse nicht zu, dass Sie durch diese Tür gehen. Ich habe keineswegs die Absicht, es mit ihren Freunden vom Cecil Court aufzunehmen. Gewiss nicht mit allen zugleich.«

Er legte eine Hand auf sein Seelenbuch in der Tasche, ohne es zu öffnen. Mit der anderen machte er eine kurze Bewegung in der Luft. Da erkannte sie, wem er die Schuld an ihrem Tod in die Schuhe schieben wollte, so wie er es schon einmal bei Florence versucht hatte.

Thorndyke hatte sämtliche Scheren, die er im Laden und im Hinterzimmer gefunden hatte, mit gespreizten Klingen in den Regalen verteilt. Die Spitzen wiesen von mehreren Seiten in den Raum hinein. Mercy zählte vier, aber es mochte noch mehr geben. Manche Winkel des *Liber Mundi* lagen im Dunklen.

Auf Thorndykes Geste hin veränderten einige leicht ihre Position, drehten sich ein wenig, bis die Spitzen genau auf Mercy zeigten. Mit einem Wink würde er sie dazu bringen, wie Geschosse in ihre Richtung zu jagen. Jemand würde Mercy und Tempest am Morgen finden, von Scheren durchbohrt, und der Verdacht würde auf Madame Xu fallen. Weil sogar die Polizei die Chinesin fürchtete – oder von ihr geschmiert wurde –, würden die Ermittlungen rasch im Sande verlaufen. Sehr bequem für Edward Thorndyke, den seriösen Kritiker und verschrobenen Bibliophilen, dem gewiss niemand einen Mord zutraute.

»Wollen Sie meinen Tod wegen Fornax?«, fragte sie. »Oder weil ich weiß, dass Sie und Malahide ein und dieselbe Person sind?«

»Oh, da täuschen Sie sich.«

»Hören Sie auf mit dieser albernen Cousin-Geschichte!«

»Wir teilen uns denselben Körper. Aber wir *sind* zwei Persönlichkeiten. Und gewiss nicht, weil wir uns freiwillig dafür entschieden haben.«

»Erzählen Sie mir, wie es dazu gekommen ist.« Sie hatte bisher kaum Zeit gehabt, sich Gedanken darüber zu machen, und am ehesten mit einem jener missratenen bibliomantischen Experimente gerechnet, von denen man gelegentlich hörte.

Für einen Moment machte Thorndyke auf sie den Eindruck

eines Mannes, der so sehr auf der Hut vor etwas war, dass er sich bei jedem Schritt umschaute –, so als wollte er sich vergewissern, dass Malahide nicht hinter ihm stand.

»In Ihrem Schatten«, sagte Mercy.

»Wie bitte?«

»Ich glaube, dass er dort ist. Nicht in Ihnen. Malahide folgt Ihnen überallhin, ob Sie wollen oder nicht. Sie haben doch längst versucht, ihn loszuwerden, nicht wahr? Aber das geht nicht. Er wird selbst noch im Grab an Ihrer Seite liegen, so lange, bis nichts mehr übrig ist, das einen Schatten werfen könnte.«

»Höchst poetisch«, spottete er, aber sie sah ihm an, dass ihn die Vorstellung beschäftigte. Es war nur eine winzige Ablenkung, und Mercy würde wahrscheinlich trotzdem sterben.

»Malahide ist ein Resultat schlechter Romane«, sagte er nach einem Augenblick, »kein Fluch und kein Gespenst. Als ich aufwuchs, war ich von ihnen umgeben, ganz ähnlich wie Ihre Freundin Florence Oakenhurst. Mein Vater war einer der ersten Verleger dieser Art von Schund, und das zu einer Zeit, als sich noch viel Geld damit verdienen ließ. Er hielt nichts von Büchern oder Lyrik oder auch nur von gutem Geschmack. Er war ein brutales Ungeheuer, so grob wie der Dreck, den er den Lesern zum Fraß vorwarf, und er gestattete mir nicht, irgendetwas anderes zu lesen. Wenn er mich mit echter Literatur erwischte, schlug er mich und wusch mir die Augen mit Seife aus, weil er glaubte, ich würde mich für etwas Besseres halten. Vieles von dem, was er veröffentlicht hat, schrieb er selbst unter verschiedenen Namen. An den Abenden zwang er mich zu lesen, was er am Tag geschrieben hatte, den ganzen Schmutz, der da aus ihm hervorquoll. Er befragte mich zu jedem Absatz, zu jeder einzelnen Scheußlichkeit, und wenn ich nicht antworten konnte, weil ich nur so getan hatte, als würde ich lesen, schlug er mich.« Thorndyke hielt kurz inne, ein kaum merkliches Stocken. Erst dann fuhr er fort: »Allmählich begann ein Teil von mir, Gefallen an der Gewalt in seinen Geschichten zu finden, weil ich mir vorstellen konnte, all das eines Tages ihm selbst anzutun. Der andere Teil aber schämte sich dafür, und so entstand schleichend ein Riss in mir. Ich wusste damals nicht, dass ich ein Bibliomant bin – mein Vater war ganz sicher keiner –, aber es war wohl die Bibliomantik, die dafür sorgte, dass dieses andere, abscheuliche Ich Gestalt annahm. Mein Körper wurde auch zu seinem. So kam es, dass Malahide geboren wurde.«

Er schien sich sammeln zu müssen, während Mercy versuchte, im Halbdunkel der Regale weitere Scheren ausfindig zu machen.

»Malahide verdanke ich meinem Vater und seinen Geschichten, aber ebenso gut verdanke ich ihn der Bibliomantik. Ich hatte sie nicht unter Kontrolle, und es gab niemanden, den ich um Rat fragen konnte. Erst nach dem Tod meines Vaters begriff ich, dass es andere gab wie mich, und ich fand einen Mentor, der mich lehrte, mein Talent zu steuern und zu nutzen. Ich wurde geübter, besser, maßvoller. Einzig Malahide wurde ich nicht mehr los, und deshalb erscheint er noch heute und tut, was einer wie er eben tun muss. Träumt von Gewalt und von Hass und Erniedrigung, und er schreibt all das auf und gibt es an jene weiter, die danach lechzen: den Massen im Sumpf ihrer geistigen Erbärmlichkeit.«

Mercy suchte in sich nach Mitleid, fand aber nur Abscheu.

Auf seine Art war er nicht besser als sein Vater, wenn er sich anmaßte, den Menschen sein Ideal von Literatur aufzuzwingen. Deutlich sah sie wieder die Schreckensmaschine im Saal von Thorndyke House vor sich und den kleinen Jungen, hörte den Beifall der Loge.

»Und Sie wollten Florence töten, weil sie mit Malahides Geschichten Geld verdient hat, so wie ihr Vater mit seinen eigenen?«

Thorndyke schüttelte den Kopf. »Sie ist über die Wahrheit gestolpert. Sie selbst, Miss Amberdale, haben ihr den Floh ins Ohr gesetzt, sie müsse herausfinden, wer Malahide wirklich ist, und sie hat begonnen, alle Schriftstücke, alle Verträge, jeden noch so kleinen Hinweis zu überprüfen. Sie ist eine gründliche Frau, diese Miss Oakenhurst, und überaus effizient. Sie stieß auf gewisse Verbindungen zwischen Malahide und mir. Er ist nie besonders vorsichtig gewesen, müssen Sie wissen. Er liebt die Gefahr und das Risiko, und ich glaube, es wäre ihm nur recht, wenn irgendwann alles herauskäme. Er wünscht sich, dass ich leide, so wie ich ihm die Pest an den Hals wünsche.«

War es das gewesen, was Florence ihr hatte mitteilen wollen, als sie Mercy zum Tee eingeladen hatte?

»Ich konnte nicht zulassen, dass Miss Oakenhurst alles durchschaut und an die große Glocke hängt.« Thorndyke lächelte fast ein wenig niedergeschlagen. »Und was Sie angeht, nun, Sie sind Augenzeugin unserer Verwandlung geworden. Niemand hätte je davon erfahren dürfen. Darum, so sehr ich es bedauere, müssen Sie beide sterben. Sie hier und jetzt, Florence Oakenhurst in ihrem Krankenbett. Ich verspreche Ihnen, sie wird nichts davon spüren, falls sie darauf verzichtet, sich zur Wehr zu setzen. Was ich mir in Ihrem Fall nicht so recht vorstellen kann.«

»Und Ptolemy?«, fragte Mercy.

»Was ist mit ihm?«

»Warum haben Sie ihn umgebracht?«

Thorndyke legte die Stirn in Falten. »Ich habe Ptolemy nicht getötet. War Ihnen das nicht längst klar?«

»Dann haben Sie auch Jezebel nicht ermordet und Philander entführt?«

»Gewiss nicht. Eine Person namens Jezebel ist mir gänzlich unbekannt.« Seine Miene hellte sich auf. »Ach, Miss Amberdale, Sie glauben, weil ich hier bin, müsste ich die Antwort auf alle Ihre Fragen sein?«

Seine linke Hand lag auf seinem Seelenbuch, mit der rechten gab er einer der Scheren einen Wink. Mercy warf sich zur Seite, als sie aus dem Regal auf sie zuraste, ein silberner Blitz, fast zu schnell für ihre Augen. Mit einem dumpfen Laut und vibrierendem Hall bohrten sich die Spitzen in einen Buchrücken in der Regalwand hinter ihr.

Thorndyke zuckte zusammen wie unter einem plötzlichen Schlag – Bibliomanten, die Büchern Schaden zufügten, gingen das Risiko ein, ihre Macht zu verlieren. Jedes beschädigte Exemplar würde Thorndyke körperliche Schmerzen bereiten.

Die nächste Schere verfehlte Mercy nur um eine Handbreit. Überall um sie herum standen und lagen Bücher, manchmal Türme von fünfzehn, zwanzig übereinander, und Mercy blieb keine andere Wahl, als sie als Schutzschild zu missbrauchen. Die Zerstörung weiterer Bücher würde damit auch auf sie zurückfallen. Zudem waren das alles Bände, die Valentine selbst ausgewählt hatte. Auch wenn es um ihr Leben ging, fühlte es sich an, als würde sie sein Andenken mit Füßen treten.

Thorndyke ließ zwei weitere Scheren in kurzen Abständen auf Mercy zuschießen. Mercy wehrte sie mit leichten Druckstößen ab, die sie aus ihren Flugbahnen warfen, zugleich aber die Bücher von einem der Tische zu Boden fegten. Keines wurde ernsthaft beschädigt, dennoch spürte sie einen heftigen Rückschlag wie einen Hieb vor die Brust.

Auch ihr Gegner schien jetzt Skrupel zu haben, in dieser Umgebung seine volle Macht auszuspielen. »Es wäre schade, hier unnötige Zerstörung anzurichten«, sagte er und klang dabei, als böte er ihr an, sich freiwillig von ihm töten zu lassen. Zum ersten Mal fragte sie sich, ob nicht Malahide, sondern er der Wahnsinnige war. Thorndyke musste mit einer Schere auf Florence eingestochen und sich dabei unerwartet in Malahide verwandelt haben. Womöglich war der bei Mercys Auftauchen eher verwirrt als zornig gewesen. Malahide hatte sie angegriffen, doch das war wohl vor allem Selbstschutz gewesen, kein geplanter Mord wie die Attacke auf Florence.

Thorndyke verliert die Kontrolle, dachte sie. Aber wäre eine Verwandlung hier und jetzt von Vorteil für sie? Malahide war kein Bibliomant, darum kannte er auch keine Scheu, das *Liber Mundi* zu verwüsten. Sie käme nur vom Regen in die Traufe.

Mercy hob eine der Scheren vom Boden auf und hielt sie wie einen Dolch vor sich. Dann bewegte sie sich seitwärts wieder in Richtung Hinterzimmer, ohne Thorndyke aus den Augen zu lassen.

»Sie können nicht entkommen, Miss Amberdale.«

»Was wollen Sie jetzt tun?«, fragte sie. Noch drei Schritt bis zum Durchgang. Sie hörte Rascheln und Stöhnen. Dort drinnen versuchte Tempest verzweifelt, sich zu befreien.

»Zuerst Sie töten. Dann das Mädchen. Was bleibt mir anderes übrig?«

»Und Sie glauben, niemand wird Sie damit in Verbindung bringen?«

»Sie haben mächtige Feinde. Der Arm der Chinesin reicht weit über Limehouse hinaus. Jedermann weiß das.«

Sie war fast an der Tür, als etwas mit ihm geschah. Keine vollständige Metamorphose, nur ein Aufblitzen von jemand anderem, eine Ankündigung, dass etwas bevorstand. Und, vielleicht, eine Einflussnahme, ein Ausbruch jenes Zorns, den Thorndyke bändigen wollte, sein anderes Ich jedoch nicht. Seine Augen schienen tiefer einzusinken, als sich ein Schatten über seine Züge legte.

»Sie sind ein Narr, Thorndyke. Glauben Sie wirklich, Malahide sei ein schlechterer Mensch, nur weil er in seinen Geschichten von Gewalt träumt und sie mit Feder und Tinte auslebt? Was ist dann mit demjenigen, der mit Scheren auf Menschen einsticht? Reden Sie sich tatsächlich ein, Ihre Weste sei weiß, weil Sie einen guten Grund für das haben, was Sie hier tun?« Sie stieß verächtlich die Luft aus. »Malahide weiß, wer er ist, und steht dazu. Sie sind nur ein verlogener alter Mann, der sich selbst etwas vormacht.«

Er zückte sein Seelenbuch und schlug es in der Mitte auf. Kraft seiner Gedanken spaltete er ein Seitenherz. Licht fiel daraus auf sein Gesicht und verlieh ihm einen diabolischen Glanz. Er war noch immer Thorndyke, aber Malahide war nicht mehr weit entfernt. Vermutlich war es auch Malahide, der Thorndyke dazu brachte, inmitten der Bücher einen Druckstoß zu wagen.

Mercy warf die Schere durch die offene Tür in die Richtung, in der Tempest gefesselt am Boden saß. Dann packte sie ihr Seelenbuch mit beiden Händen und beschwor im letzten Moment eine Abwehr.

Thorndyks Stoß fräste durch das *Liber Mundi*, ließ Büchertürme einstürzen und wirbelte Dutzende Bände umher. Mercy konnte den Aufprall nicht verhindern, nur abschwächen. Trotzdem wurde sie wie von einer Abrissbirne getroffen und nach hinten geschleudert. Beinahe wäre sie durch die Tür ins Hinterzimmer geflogen, krachte aber mit dem Rücken gegen den Türrahmen. Ihre ganze Wahrnehmung wurde zu Schmerz. Für Sekunden wurde ihr schwarz vor Augen.

Als sich ihre Sicht wieder klärte, versuchte sie panisch, auf die Beine zu kommen. Sie hatte ihr Seelenbuch verloren, aber es lag nur eine Armlänge entfernt zwischen vielen anderen Büchern, die Thorndykes Stoß durch den Laden geworfen hatte. Äußerlich unterschieden sich die meisten kaum, fast alle hatten braune Einbände mit winziger Aufschrift. Aber ihr Seelenbuch hätte Mercy unter Tausenden gefunden, als stieße es einen stummen Ruf aus, den nur sie hören konnte.

Mit dem Buch in der Hand kämpfte sie sich taumelnd auf die Beine, mit schmerzendem Rücken und wackeligen Knien. Thorndyke hockte auf allen vieren. Rund um ihn liefen Rinnsale aus vielfarbigem Licht und schattenhaften Buchstaben aus den Büchern, die sein Stoß getroffen hatte, schillernde Kaskaden in gleißendem Blau und Weiß, in Rot und Türkis. Der Angriff auf Mercy war ein Angriff auf die Bücher gewesen, und nun bekam er selbst die Auswirkungen zu spüren. Atemlos fragte sie sich, ob nicht genau das Malahides Absicht gewesen war – kein Angriff auf sie, sondern auf Thorndyke, auf sein anderes Ich, das ihn so sehr verachtete.

Thorndykes Gesicht war verzerrt vor Schmerz und Wut, seine Augen blutunterlaufen. Trotzdem blieb sein Blick auf Mercy gerichtet.

Sie hätte ihn mit einem Druckstoß erledigen können, aber dann wäre ihr dasselbe widerfahren wie ihm. Hastig wog sie ab, ob ihr Zeit blieb für komplexere Bibliomantik, Halluzinationen, mit denen sie ihn schwächen könnte. Doch das alles hätte viel zu lange gedauert.

Stattdessen gab sie ihm eine letzte Chance. »Lassen Sie es gut sein, Thorndyke. Niemand muss hier sterben.«

Er richtete sich auf, und noch während er sich auf sie zubewegte, jetzt mit bloßen Händen, schien der Raum um ihn zu schrumpfen. Thorndyke war ein Mann von unscheinbarer Statur, doch nun schien er zu wachsen, breiter zu werden, seine Kleidung auf eine Weise auszufüllen, die den Stoff jeden Augenblick sprengen musste.

Mercy stieß einen Fluch aus, weil sie begriff, dass ihr keine andere Wahl blieb, als Bibliomantik gegen ihn einzusetzen, wenn er erst zu Malahide geworden war.

Es war die Umkehrung jener Verwandlung, die sie in Thorndyke House mitangesehen hatte. Im Halbdunkel des Ladens verschoben sich die Proportionen seiner Silhouette, blähten sich seine Gesichtszüge auf und gerannen zu einer neuen Form. Malahide explodierte regelrecht in Thorndykes Gestalt hinein.

Er streckte die Hände in Mercys Richtung aus, zwei grobe Pranken wie Astgabeln. Als er nur noch zwei Schritt entfernt war, fand sie in seinen blutroten Augen die Bestätigung ihrer Vermutung: Sein Blick war ein stummer Hilfeschrei, ein Ausdruck enthemmter Verzweiflung.

Ihre Instinkte befahlen ihr, dem heranschnellenden Koloss auszuweichen, doch da war etwas, das sie innehalten ließ. Wie hypnotisiert blickte sie in das Rot dieser Augen.

»Mercy!«, schrie Tempest hinter ihr in der Tür. »In Deckung!«

Mercy wirbelte herum, wollte etwas rufen, irgendetwas, das Tempest aufhalten würde, doch es war zu spät. Das Mädchen hielt Mercys Revolver mit beiden Händen, damit der Schuss nicht fehlging, und so traf die Kugel sicher ihr Ziel.

Malahide wurde zurückgeschleudert. Stumm stürzte er hinterrücks zu Boden, auf einen Teppich verstreuter Bücher. Das Mädchen spannte erneut und drückte ein zweites Mal ab, feuerte mitten hinein in den finsteren Umriss. Diesmal drang ein Stöhnen aus der Kehle des Mannes.

Tempest stand breitbeinig in der Tür, zitternd von Kopf bis Fuß. Um ihren Hals hing eine Schlaufe des Seils, mit dem Thorndyke sie gefesselt hatte, und ihre Finger waren voller Blut; sie hatte sich offenbar die Nägel abgebrochen und die Haut aufgerissen, bis sie die Schere endlich packen und sich vollständig befreien konnte.

Mercy lief zu dem Mann am Boden. Sein Oberkörper lag im Dunkeln, halb unter einem Tisch. Sie rückte das Möbelstück beiseite und ließ sich auf die Knie fallen.

»Pass ja auf!« Tempest spannte die Waffe und kam näher.

»Nicht nötig«, sagte Mercy leise. »Er stirbt.«

Beide Schüsse hatten ihn in die Brust getroffen, die eine Kugel musste nah am Herzen stecken. Mercy konnte den Blick nicht von seinem Gesicht abwenden, dem Beben und Pulsieren, das dort vor sich ging, während sich die Züge von Thorndyke und Malahide überlagerten, er mal zum einen, mal zum anderen wurde.

»Sie wissen, wer Ptolemy getötet hat, nicht wahr?«

Er röchelte etwas, und erst als er es wiederholte, verstand sie das Wort »Siebenstern …«

»Siebenstern ist seit vielen Jahren verschollen.«

Ein brutales Lächeln flackerte über das Gesicht, als Malahide für einen Moment die Oberhand gewann. »Siebensterns Bücher … haben Ptolemy getötet …«

»Ptolemy hat sie verkauft, eines an Sie – und den Rest? Ist der Käufer der anderen Bücher der Mörder?«

Blut lief aus Malahides Nase und seinem Mund. »Faerfax«, flüsterte er mit erstickter Stimme. »Er hat sie von einem Faerfax gekauft … Sie sind ihm begegnet … Percival Faerfax hat Spielschulden, mehr, als er je begleichen könnte … Sein Stadthaus verloren, alles andere, die Unterstützung seiner Familie … Er hat die Bücher aus der Familienbibliothek gestohlen, irgendwo in Gloucestershire, und Ptolemy zum Kauf angeboten … Aber dann hat er es bereut, als ihm klarwurde … ihm klarwurde …«

Thorndyke kehrte zurück und ließ Malahide verstummen. Er schüttelte den Kopf, schien Mercy auslachen zu wollen, aber dann verlor er den Kampf erneut. Malahides scheußliche Visage rammte sich von innen in Thorndykes schmales Gesicht, spreizte seine Wangenknochen und Kiefer weit auseinander. »Faerfax hauste zuletzt auf der Straße, er hat alles verspielt ... Irgendwo einen Unterschlupf ... Er wollte seinen Fehler wiedergutmachen, die Bücher zurückholen ... Aber Ptolemy hatte sie schon verkauft, alle bis auf das letzte, bis auf meines ... Drohte Faerfax damit, zur Akademie zu gehen, wenn er sich nicht an ihre Vereinbarung hält ...«

»Dann hat Percival Faerfax Fornax gestohlen und ihn auf Ptolemy gehetzt? Aber wenn Sie das die ganze Zeit über wussten, warum sollte ich dann den Dieb finden?«

Die beiden Gesichter wechselten jetzt Schlag auf Schlag, manchmal war es nur ein Aufblitzen des einen, ehe das andere sich durchsetzte und nach ein paar Sekunden wieder verschwand.

»Wusste es nicht«, sagte Thorndyke röchelnd.

»Ich schon ...«, sagte Malhide mit verzerrtem Grinsen. »Hab es die ganze Zeit über gewusst, weil ich mehr als nur das eine Buch wollte und Ptolemy schwach war ... Hat es mir verraten, nicht freiwillig, war schon ein bisschen mehr nötig ... Aber ich war's nicht, der ihn umgebracht hat ... Auch das Mädchen nicht ...«

Noch einmal verformten sich die Züge zu etwas, das einer groben Karikatur Edward Thorndykes glich. »Der Marquis ... Sie hätten ihm niemals trauen dürfen ...«

Ein letztes Zucken lief wie eine Welle durch den Körper, den sich die beiden ungleichen Männer teilten, dann entwich seinem Mund ein Laut, der erst wie ein Fauchen klang, dann wie ein erleichtertes Seufzen.

Tempest ging auf der anderen Seite des Körpers in die Hocke, den Revolver noch immer im Anschlag. »Ist er tot?«

Mercy nickte.

»Und der Mörder –«

»Wo er ist, da ist auch Philander.«

»Aber wie sollen wir ihn finden?«

Mercy war schwindelig, sie musste sich mit einer Hand am Boden abstützen. In der anderen hielt sie ihr Seelenbuch, das sein Möglichstes tat, ihr neue Energie zu spenden. »Malahide hat von einem Unterschlupf gesprochen.«

Tempest blickte sie fragend an.

»Ich glaube, ich weiß jetzt, wo wir ihn finden.«

45

Der Kutscher, der sie nach Holborn brachte, murmelte während der ganzen Fahrt vor sich hin. Als er sie zweihundert Yards vor dem Ziel aussteigen ließ, musterte er Mercy und Tempest von oben bis unten.

»Ganz sicher, Ladys, dass alles in Ordnung ist? Und dass Sie wirklich *hierher* wollen?«

Beide sahen aus, als kämen sie von einer Wirtshausschlägerei, schmutzig und mit zerrauftem Haar. Sie hatten Thorndykes Leiche in den Keller geschafft, Mercy würde sich später darum kümmern müssen. Hastig hatte sie ein Buch aus dem Laden eingesteckt und ein identisches Exemplar – derselbe Titel, dieselbe Auflage – im Hinterzimmer deponiert; im Notfall würde sie versuchen, Tempest und sich durch einen bibliomantischen Sprung in Sicherheit zu bringen. Dann hatten sie das *Liber Mundi* in aller Eile verlassen, weil sie fürchteten, einer der Nachbarn könnte wegen des Lärms nach dem Rechten sehen.

Mercy bezahlte den Kutscher und blickte angestrengt in die Dunkelheit. Das Gelände glich einem Schlachtfeld – ein Labyrinth aus Schutthaufen und Löchern, in dem es für die Kutsche kein Durchkommen gab. Der Nebel war aufgerissen, aber im Mondlicht waren kaum mehr als zerklüftete Mauerreste und tiefschwarze Schatten zu erkennen.

»Hier müssten wir richtig sein«, sagte Mercy. Als sie die Notiz in Ptolemys Geheimfach gefunden hatte, hatte Gilchrist ihr erzählt, dass die Eagle Street Library dem Erdboden gleichgemacht worden war. Trotzdem traf sie die desolate Atmosphäre dieses Ortes mitten ins Herz.

Aller Vernunft nach hätten sie bis zum Morgengrauen warten müssen, selbst bei Tageslicht war dieser Irrgarten zu unübersichtlich und gefährlich. Die Arbeiter der Untergrundbahn waren noch nicht bis hierher vorgerückt, die Baustelle lag gut dreihundert Yards weiter westlich. Dafür hatten die Abrissmannschaften bereits ganze Arbeit geleistet und eine Bresche von fünfzig Schritt Breite durch die alten Viertel geschlagen. Es sah aus, als wäre eine Lawine aus Ziegelsteinen, Holz und Metall durch das Herz von London gerollt. Zahlreiche Häuser waren darunter verschwunden.

Nur die Grundmauern waren übrig von dem Gebäude, das noch vor kurzem die Bibliothek von Holborn beherbergt hatte. Ein paar Dutzend Yards entfernt lag das unversehrte London, brannten Gaslaternen, leuchteten Öllampen hinter vereinzelten Fenstern. Das Trümmerfeld jedoch, durch das man bald den Tunnel der Untergrundbahn graben würde, war graues, totes Niemandsland.

Mercy wartete, bis die Kutsche in einer Straßenmündung verschwunden war, dann ließ sie aus ihrem Seelenbuch eine Lichtkugel aufsteigen. Tempest hätte das Gleiche auch mit Hilfe ihres Penny-Dreadful-Hefts tun können, aber es war besser, wenn sie sich ihre Kräfte einteilten. Mercy selbst war noch nicht so sicher im Umgang mit der Bibliomantik wie damals, und wenn sie Philander retten wollten, würden sie Tempests Reserven womöglich bitter nötig haben.

Sie ließen die gepflasterte Straße hinter sich und folgten einem Pfad zwischen die Trümmerberge. Der Boden war zerfurcht von Räderspuren und Pfützen. Die Überreste der Bibliothek lagen im Zentrum der Verwüstung, einen Steinwurf voraus in der Finsternis.

»Die ganze Zeit über dachte ich, dass Ptolemy bei der Auflösung der Bibliothek auf die Bücher gestoßen wäre«, sagte Mercy. »Aber in Wahrheit war das wohl der Ort, an dem er sich mit Percival Faerfax getroffen hat.«

Tempest ging immer schneller. »Was macht dich so sicher, dass er noch hier ist?«

»Percival muss Philander an einem Ort verstecken, wo niemand ihn zufällig entdecken kann.« Falls er noch am Leben ist, setzte sie im Stillen hinzu, hütete sich aber, das auszusprechen. »An einem Ort, an den es keinen Bibliomanten verschlägt, der zufällig seine Aura wahrnehmen könnte. Ein Ort, an dem so viele Bücher missachtet und zerstört worden sind, dass jeder Bibliomant instinktiv einen Bogen darum macht.«

Etwa eine altehrwürdige Bibliothek, die etwas so Zweckmäßigem wie einer Untergrundbahn weichen musste. Selbst hier, am Rand des Abbruchgeländes, spürte Mercy den Aufschrei der Bücher wie ein Echo, das nur Bibliomanten wahrnehmen konnten. Vermutlich war ein Großteil des Bestandes fortgebracht worden, gewiss aber nicht alles. Unter den Trümmern mussten zahllose Bände begraben liegen, aussortierte Bücher, die den Transport nicht mehr wert gewesen waren, ein Massengrab der ungeliebten Literatur.

Der Gedanke bereitete Mercy Übelkeit, trotzdem verzichtete sie darauf, ihre Gefühle durch Bibliomantik im Zaum zu halten. In dieser Dunkelheit waren ihre Empfindungen wie Fühler, die ihr den Weg zum Standort der Bibliothek wiesen.

Manchmal schien es, als ob um sie herum ganze Schollen aus Schwärze in Bewegung gerieten, bis ihnen klarwurde, dass es Ratten waren, gewaltige Rudel, die sich aus den umliegenden Straßen hierher zurückgezogen hatten. Es mit ihnen aufnehmen zu müssen war keine erbauliche Aussicht.

Schließlich sagte Mercy: »Hier muss es sein.«

Etwas sauste lautlos über ihre Köpfe hinweg.

»Waren das Origamis?«, fragte Tempest.

»Nur Fledermäuse, glaube ich.«

Vor ihnen breitete sich im Boden ein Labyrinth aus verwinkeltem Mauerwerk aus, die ehemaligen Keller der Bibliothek. Manche Räume besaßen keine Decke mehr, andere waren verschüttet unter Hügeln aus losen Ziegelsteinen, Balken und zerbrochenen Dachschindeln. Der blasse Mondschein krönte die Mauern mit silbrigem Schimmer und schuf ein Muster, das wie ein Spielbrett vor ihnen lag. Von Westen her zog neuer Nebel herauf, drängte als haushohe Walze auf das Gelände zu und würde bald wieder alles in Finsternis hüllen.

Mit jedem Schritt war die Umgebung unwirklicher geworden, so als wäre London nicht hinter dem letzten Schuttberg, sondern in einer anderen Welt zurückgeblieben. Vielleicht fühlte es sich so an, wenn man ein Refugium betrat.

»Ich spüre etwas«, sagte Tempest.

Mercy hatte es schon einen Moment früher bemerkt, ein schwaches Vibrieren von Bibliomantik, der ferne Hall einer Aura. Sie waren nicht die einzigen Bibliomanten in den Ruinen.

»Philanders Aura ist nicht so stark«, sagte Mercy.

»Nein«, sagte Tempest mit nervöser Stimme, »das ist jemand anderes.«

Sie entdeckten eine Treppe, die sich früher einmal im Inneren des Gebäudes befunden hatte, nun jedoch offen unter dem Nachthimmel lag. Sie führte zu einem ehemaligen Korridor, der heute einem Schützengraben glich. Mercy schickte die Lichtkugel voraus, bis sie erkennen konnte, dass die Stufen dort unten um eine Ecke führten. Wie am Cecil Court gab es auch hier mindestens eine tiefere Kelleretage, durch die bald die Bautrupps der Untergrundbahn ihre Trasse schlagen würden. Spätestens dann würde man auch die umliegenden Räume und Gänge zuschütten. Das alles hier war dem Untergang geweiht.

Vorsichtig begannen sie den Abstieg, hielten an der Treppenkehre inne und hörten in der Tiefe ein Plätschern und Rauschen, das Mercy an den Cranbourn erinnerte.

»Und wenn alles unter Wasser steht?«, fragte Tempest. »Vielleicht haben sich die Arbeiten deshalb verzögert.«

»Er ist da unten«, sagte Mercy. »Percival Faerfax. Ich erkenne seine Aura wieder.«

Tempest blickte verbissen in die Finsternis. Die Unterscheidung verschiedener Auren war eine diffizile Angelegenheit, gerade für einen unerfahrenen Bibliomanten.

»Wenn wir Philander hier rausgeholt haben«, sagte sie zu Mercy, »bringst du es mir dann bei? Alles, meine ich.«

Trotz der Umstände verspürte Mercy einen Anflug von Zuneigung. Sie schenkte Tempest ein flüchtiges Lächeln. »Versprochen.«

Sie ließen das offene Kellergeschoss hinter sich und stiegen tiefer hinab in die Dunkelheit. Die Lichtkugel pulsierte leicht. Die bibliomantischen Energien, die bei der Zerstörung der Bibliothek freigesetzt worden waren, nisteten noch in den Kellern. Vermutlich hatte sich Percival Faerfax auch deshalb hierher zurückgezogen.

Die Kugel aus dem Seitenherz schien davon zugleich angezogen und abgestoßen zu werden, sie zitterte und schwankte immer stärker. Mercy hoffte, dass das Licht sie nicht im Stich lassen würde, doch ihre Befürchtung erwies sich als unbegründet. Tatsächlich wuchs die Kugel mit jedem Schritt ein wenig mehr an bis aufs Doppelte ihrer ursprünglichen Größe. Absorbierte sie die fremde Bibliomantik oder bäumte sie sich dagegen auf?

Sie kamen durch mehrere Kammern. In manchen standen Kisten mit gewellten Papierstapeln und Karteikarten, in anderen lagen ausgemusterte Bücher. Die Lichtkugel ließ ihre Konturen kurz aufleuchten, dann verschwanden sie wieder im Dunkeln.

Percivals Aura wurde stärker, schien von mehreren Seiten zugleich zu kommen, so als wäre er eins geworden mit dem alten Mauerwerk. Die Gewissheit seiner Anwesenheit wehte durch die Gänge wie ein Spuk.

Sicherlich spürte er ihr Näherkommen. Tempest hatte nun ebenfalls ihr Heft geöffnet und ein Seitenherz gespalten.

»Tu nichts Unüberlegtes«, bat Mercy. »Egal, was wir gleich sehen werden.«

»Wenn Philander irgendwas passiert ist –«

»Musst du trotzdem einen klaren Kopf bewahren. Sonst kommen wir alle hier nicht mehr lebend raus.«

Ein Lachen erklang in der Dunkelheit, wurde aber gleich wieder eins mit dem allgegenwärtigen Rauschen. Einer der unterirdischen Flüsse musste ganz in der Nähe sein, und vermutlich hatte Tempest recht: Das Wasser mochte der Grund sein, warum der Bahntunnel noch nicht bis hierher vorgestoßen war. Der schwefelige Geruch des Londoner Nebels war ihnen anfangs gefolgt, aber hier unten war nichts mehr davon zu spüren. Vielmehr roch es nach Mörtel und Gestein, und immer wieder drang auch der Duft von Büchern an ihre Nasen, in satten wohligen Schüben aus Nebenräumen und lichtlosen Abzweigungen.

Schließlich mündete der Hauptkorridor in einer Halle, die wie viele Kammern des unteren Kellers älter sein musste als das Bibliotheksgebäude, das auf ihr errichtet worden war. Ihr grobes Mauerwerk erinnerte an die antiken Kanäle unter der Stadt. Nach einigen Schritten führten ausladende Stufen auf der vollen Breite des Raumes abwärts in einen größeren, tiefer gelegenen Teil.

»Was ist das?«, flüsterte Tempest.

»Jedenfalls nichts, das für die Bibliothek gebaut worden ist. Das hier ist viel älter.«

Niedrige Mauern, an vielen Stellen zerfallen, unterteilten den rückwärtigen Bereich der Halle in ein Muster aus Rechtecken. In einigen waren die Böden aus Steinfliesen eingebrochen und offenbarten darunter knietiefe Hohlräume.

»Das war mal ein römisches Bad«, sagte Mercy. »Ich hab so was schon mal gesehen. Wahrscheinlich gibt es noch alte Schächte und Zuläufe, die in die Kanalisation führen. Irgendwie müssen sie all diese Becken ja mit Wasser gefüllt haben.«

Das Rauschen des Flusses war jetzt sehr nah, so als strömte er hinter den Wänden vorüber. Kisten mit Büchern waren im vorderen Teil der Halle gestapelt worden, rechts und links an den Wänden, einige auch mitten im Raum.

»Tempest!« Mercy deutete nach vorn. Der Schein der Kugel reichte kaum bis in die letzten Ecken, aber ihre Augen gewöhnten sich allmählich an das Halbdunkel. In einem der ausgetrockneten Becken war vage eine zusammengesunkene Gestalt zu erkennen.

»Philander?« Ehe Mercy sie zurückhalten konnte, lief Tempest los, sprang die Stufen hinunter und rannte den Mittelgang zwischen den zerfallenen Beckenmauern entlang.

Die Gestalt hob langsam den Kopf, als erwachte sie aus einem tiefen Schlaf. Ketten klirrten. Percival musste Philander betäubt haben. Tempest rief erneut seinen Namen, und da wandte er ihr langsam das Gesicht zu. Wortlos bewegte er den Mund, schien ihr etwas zurufen zu wollen, aber aus seiner Kehle drang nur ein Ächzen.

Mercy blieb wachsam am Eingang stehen und ließ ihren Blick durch die Halle wandern. Die Lichtkugel schwebte auf Augenhöhe, und ihr Gleißen überlagerte einen Teil der Umgebung. Mercy ließ sie mit einem Gedankenbefehl bis zur Decke aufsteigen, um bessere Sicht zu haben.

Nur wenige Schritt entfernt verdichteten sich die Schatten, zogen sich zur Kontur eines Menschen zusammen. Percival Faerfax schien aus dem Nichts aufzutauchen, gab seine bibliomantische Maskierung auf und trat Mercy entgegen. Er musste so viel stärker sein als sie, um diese Art von Tarnung zustande zu bringen.

»Nicht die besten Umstände für ein Wiedersehen«, sagte er.

Weit im Hintergrund zerrte Tempest vergeblich an Philanders Ketten. Licht glomm auf, als sie ein Seitenherz spaltete.

Percival lächelte. »Das wird sie für eine Weile beschäftigen.« Er blickte sich nicht einmal zu den beiden um, war ganz auf Mercy konzentriert. »Was habe ich übersehen, dass Sie mich hier finden konnten?«

»Ptolemy«, sagte sie. »Und Malahide. Zusammen haben sie den entscheidenden Hinweis gegeben.«

Er nickte, als hätte er es geahnt. »Ich hätte den ganzen Laden niederbrennen sollen.«

»Mit all den Büchern?« Sie lächelte kalt. »Ich denke nicht. Die Bibliomantik hätte Ihnen das übelgenommen.«

»Vermutlich.« Er seufzte. »Ich hätte es gern vermieden, Sie zu töten.«

»Dann hätten Sie Philander und Tempest in Frieden lassen sollen.«

»Bisher ist den beiden nichts geschehen. Ich könnte sie laufenlassen.«

»Aber das werden Sie nicht tun.«

»Ich bin ein Spieler. Ich gehe Risiken ein. Bringen Sie mich dazu, den Einsatz zu erhöhen.«

»Wie viele Menschen wollen Sie noch ermorden, um diese Dummheit zu vertuschen? Wer weiß mittlerweile noch, dass es eine Verbindung gibt zwischen der Familie Faerfax und dem Haus Rosenkreutz?«

»Nur Sie drei.«

»Und da sind Sie ganz sicher?«

»Ich hoffe das Beste.« Er zuckte die Achseln, machte nun

aber eine halbe Drehung, damit er Tempest und Philander im Auge behalten konnte. »Seit ich denken kann, bin ich das schwarze Schaf der Familie. Sie haben ja keine Ahnung, wie sich das anfühlt. Ich hätte hundert Gründe, mich aus dem Staub zu machen und die Dinge ihren Lauf nehmen zu lassen. War es ein Fehler, die Bücher an Ptolemy zu verkaufen? Gewiss, ja. Aber vor allem war es meine *Rache*, Mercy. Für all die Erniedrigungen, die Verletzungen, all die Niederlagen, die ich von Kind an ertragen musste. Meine Eltern könnten von mir aus zum Teufel gehen, und meine Geschwister … Da liegt das Problem, wissen Sie? Meine jüngere Schwester … Fiona … Sie war der einzige Mensch, der je gut zu mir war. Ich tue das hier für sie. Wenn die anderen untergehen, würde ich ihnen keine Träne nachweinen. Aber meine Schwester …«

Das Lächeln war längst aus seinem Gesicht gewichen, und Mercy nahm ihm ab, dass er bedauerte, was er da in Gang gesetzt hatte. Trotzdem fand sie sein Selbstmitleid schwer zu ertragen.

»Meiner Schwester darf kein Leid geschehen, nur weil ich in einem, sagen wir, Augenblick der Verzweiflung meine Rache über alles andere gestellt habe. Ptolemy die Bücher zu überlassen war in der Tat eine Torheit, und ich kann nicht zulassen, dass meine Schwester den Preis dafür zahlt. Nicht sie.«

Hätte es einer letzten Bestätigung bedurft, dass er Tempest und Philander nicht gehen lassen würde, dann war es dieser Satz: *Ich kann nicht zulassen, dass meine Schwester den Preis dafür zahlt.* Jedes Argument, das Mercy vorbringen mochte, konnte dagegen nur verblassen. Er ließ ihr keine andere Wahl, als ihn zu besiegen. Oder es zumindest zu versuchen, obwohl er ihr weit überlegen war.

Dass er sich gern reden hörte, verschaffte ihr Zeit für ein letztes Atemholen. In Gedanken ging sie jeden möglichen Angriff durch, den Valentine ihr beigebracht hatte. Gegen das, was Percival zustande bringen konnte, waren das wohl nur Nadelstiche.

»Als ich Sie bei Thorndyke traf«, sagte er, »da wusste ich, dass Sie etwas im Schilde führen. Erst dachte ich, Sie stecken mit dem Marquis unter einer Decke. Dass sie eine Agentin der Akademie sind, genau wie er.« Sein Blick verdunkelte sich. »Ohne das Auftauchen Cedric de Astaracs in London hätten sich die Dinge vielleicht anders entwickelt. Wahrscheinlich hätte kein Hahn nach der Herkunft der Bücher gekräht. Aber ein Renegatenjäger ... Wie lange hätte der wohl gebraucht, bis er die richtigen Schlüsse gezogen hätte? Verstehen Sie, ich *musste* etwas unternehmen. Cedric hat mir gar keine andere Wahl gelassen, als Ptolemy zu töten und alle Spuren zu verwischen.«

»Ich kannte den Marquis nicht einmal, bis wir uns bei Thorndyke begegnet sind.«

»Heute weiß ich das. Es war nicht schwer, die Wahrheit über Sie herauszufinden. Eine Menge Leute kennen Sie, auch Mitglieder der Loge wussten, dass Mercy Amberdale ihren Lebensunterhalt damit verdient, seltene Bücher aufzuspüren. Natürlich hätten Sie trotzdem Thorndykes Verwandte sein können, aber mir schien das nicht sonderlich glaubwürdig. Manch einer erinnerte sich sogar an das kleine Mädchen vom Cecil Court, das jahrelang zwischen den Büchern herumhopste und irgendwann von dort verschwand, von einem Tag auf den anderen. Wollen Sie mir nicht verraten, was –«

Ein Schuss peitschte. Die Kugel verfehlte ihn knapp, schlug in eine der Kisten und wirbelte Staub auf. Percival richtete die rechte Hand mit seinem offenen Seelenbuch auf Mercy, seine linke wies in die Richtung der beiden dort unten im Becken. Seine Lippen bewegten sich stumm. Tempest wollte gerade zum zweiten Mal feuern, als sie von einem Druckstoß gepackt und gegen die Ummauerung in ihrem Rücken gerammt wurde. Das Gefüge der Ziegelsteine zerbarst unter dem Aufschlag, der Revolver verschwand im Dunkeln. Tempest flog bis ins nächste Becken und blieb verdreht dort liegen. Philander schrie ihren Namen, wollte auf allen vieren hinüberkriechen, aber da spannte sich die Kette an seinem Fußgelenk und hielt ihn zurück.

Mercy spürte Percivals Abwehr, noch ehe sie ihrerseits einen Stoß in seine Richtung sandte. Die Attacke brachte ihn nicht einmal zum Schwanken, seine Macht stand wie eine unsichtbare Wand zwischen ihnen. Herrgott, sie hätte Tempest den verdammten Revolver abnehmen müssen.

»Was wollen Sie denn hören?«, fragte sie wütend, damit er keine zweite Attacke gegen das Mädchen schleuderte.

»Das mit dem Risiko nehme ich zurück«, sagte er und jagte einen mörderischen Stoß über die berstenden Becken hinweg. Die Mauern kippten wie Dominosteine. Ein Sturm aus Ziegeln und Mörtelstaub ging auf Tempest und Philander nieder.

»Percival, warten Sie!«

Er schüttelte den Kopf. Ein dritter Stoß walzte durch die Trümmer und schlug wie ein Komet in die Rückwand der

Halle. Da begriff Mercy, dass er genau das von Anfang an geplant hatte.

Der Staub war jetzt dichter als Nebel, sie konnte die beiden nicht mehr sehen. Irgendwo dort unten tat sich etwas. Ein Knirschen und Krachen ertönte, dann ein Scheppern, als sich einzelne Steine aus der Wand lösten und zu Boden fielen. Nicht mehr lange, bis die Mauer gänzlich nachgeben und der unterirdische Fluss in die Halle strömen würde.

»Philander!«, brüllte sie in den grauen Dunst, aber das zunehmende Tosen des Wassers schluckte jede Antwort. »Tempest!«

Percival Faerfax drehte sich zu ihr um, und das Seitenherz seines Buches glühte so hell, dass es sie blendete.

Bedauern lag in seiner Stimme und nicht die leiseste Spur von Triumph. »Nun zu Ihnen.«

46

Tempest hörte Stimmen. Flüstern und Wehklagen lagen im Rauschen des Wassers, als sprächen die Geister all jener zu ihr, die in Londons unterirdischen Strömen ertrunken waren. Mit wachsender Klarheit begriff sie, dass sie bald ebenfalls dazugehören würde, dass dies ein Ruf war, der sie willkommen hieß. *Bleib liegen. Wehr dich nicht. Es wird schnell gehen und nicht weh tun. Nicht sehr.*

»Tempest!«

Keine Geisterstimme mehr.

»Tempest, verdammt!«

Etwas Eiskaltes sprühte ihr ins Gesicht, und als sie die Augen aufriss, erkannte sie, dass das Wasser die Ummauerung des Beckens gesprengt hatte, in dem sie lag. Durch den Spalt schoss ein breiter Strahl herein, und er war nur ein Vorbote jener Flut, die jeden Moment die Rückwand der Halle eindrücken würde. Schon jetzt beulte sich die Ziegelmauer nach innen, während die Wassermassen sich durch einen mannsgroßen Spalt zwängten und immer neue Stücke von den Rändern rissen. Selbst wenn die Wand nicht gänzlich zerbrach, würde der untere Teil der Halle innerhalb weniger Minuten überschwemmt sein; gab sie nach, war es nur eine Sache von Sekunden.

Tempest wollte aufspringen, aber ihre nasse Kleidung war mit einem Mal doppelt so schwer. Ihr Körper war geschunden von dem Druckstoß, und da war Blut im Wasser, von dem sie nicht wusste, woher es kam. Wahrscheinlich betäubte die Kälte den schlimmsten Schmerz.

Und dann fiel ihr die Kette ein. Die Kette an Philanders Bein.

Sie stemmte sich vom Boden hoch, erst auf alle viere, stand schließlich schwankend auf und erkannte entsetzt, wie viel Wasser sich bereits in der Halle angesammelt hatte. Der Lärm war ohrenbetäubend, und nun sah sie auch Strömungen und kleine Strudel, die sehr schnell stärker und gefährlicher werden würden. Morsche Ummauerungen brachen oder wurden kurzerhand fortgespült, ein Becken nach dem anderen füllte sich und lief über. In anderen, deren Böden schon vor langer Zeit zerfallen waren, lief das Wasser in die niedrigen Hohlräume darunter; wahrscheinlich war dort einmal Wärme erzeugt worden, um das Wasser in den Bädern aufzuheizen.

Im Hintergrund pulsierte die Mauer wie eine Membran, als stemmte sie sich gegen den Strom, der von außen gegen sie drückte und sie jeden Moment zerstören musste. Immer mehr Fugen platzten auf, Mörtelstücke flogen wie Geschosse durch den Raum.

Philander war nur eine Mannslänge von ihr entfernt. »Gott sei Dank!«, rief er, als sie endlich aufrecht stand. »Ich dachte schon –« Den Rest verstand sie in all dem Getöse nicht mehr.

Sie watete zu ihm hinüber, umarmte ihn, weil sie vor Erleichterung gar nicht anders konnte, dann wandte sie sich wieder der Kette zu. Sie war nicht länger als ihr Arm, was bedeutete, dass das Wasser nicht einmal bis auf halbe Höhe der Halle ansteigen brauchte, ehe Philander ertrinken würde. Sie musste die Kette irgendwie losbekommen. Vielleicht würde ihr das Wasser dabei helfen.

Kurz warf sie einen Blick zum vorderen, erhöhten Teil der Halle, und was sie dort sah, versetzte ihrer Hoffnung einen Dämpfer. Die Staubschwaden waren vom einströmenden Wasser gebunden worden und hatten sich weitgehend gesetzt, trotzdem waren Mercy und Percival Faerfax kaum zu erkennen. Ein Wall aus zuckenden Lichtern umtoste sie, ein Chaos aus Illusionen und bibliomantischem Feuer. Die Luft selbst schien in Aufruhr, verwirbelt von Druckwellen, die die beiden einander aus ihren Seelenbüchern entgegenschleuderten. Mercy hatte bereits bis zum Eingang zurückweichen müssen, stemmte sich daneben gegen die Wand und hielt den Angriffen ihres Gegners, so gut es eben ging, stand. Ihre eigenen Attacken verschafften ihr Zeit, schienen ihn aber kaum zu schwächen.

Tempest ließ sich neben Philander auf die Knie fallen und zerrte wieder an der Kette. Das Ende war mit einem Vorhängeschloss an einem rostigen Eisenring verankert, der tief in eine Fuge zwischen den Steinplatten getrieben worden war. Auch unter diesem Becken musste ein Hohlraum existieren. Wenn es ihr gelang, den Boden zu zerstören, dann bekäme sie den Ring samt Kette frei.

Sie tastete nach dem gerollten Penny-Dreadful-Heft unter ihrer Jacke, aber noch ehe ihre Hand ins Leere griff, ahnte sie, dass es fort war. Es trieb ein paar Yards entfernt auf dem Wasser, wurde von einer Strömung erfasst und unter die Oberfläche gerissen.

»Hast du …?«, begann sie, aber Philander schüttelte den Kopf. Natürlich hatte er kein Heft mehr, Faerfax musste es ihm gleich nach der Entführung abgenommen haben.

Verzweifelt stampfte sie unter Wasser mit dem Fuß auf,

zweimal, dreimal, und tatsächlich schien der Boden leicht zu vibrieren. Aber er hielt stand, wie schon all die Jahrhunderte zuvor.

Wild entschlossen zog sie am Kettenring, und Philander half ihr, so gut er es inmitten des tobenden Wassers konnte. Nässe spritzte ihr in die Augen, sie sah jetzt immer verschwommener, und dann schrie sie vor Wut, schrie all ihre Verzweiflung in die Halle hinaus, während ein neues Stück aus der Rückwand brach, das größte bisher, und aus dem breiten Strahl ein Wasserfall wurde. Eine neue Strömung entstand und warf sie von den Füßen, hätte sie wohl fortgespült, wenn sie sich nicht an der Kette und Philander festgehalten hätte. Er brüllte auf, als die Eisenfessel an seinem Knöchel ins Fleisch schnitt und ihm beinahe das Bein brach.

Tempest nahm all ihre Kraft zusammen und stand noch einmal auf. Das Wasser umspülte ihre Oberschenkel, stieg immer schneller. Vielleicht, mit viel Glück, brachte sie ohne Heft einen Druckstoß zustande, nicht so kräftig wie die von Mercy und Faerfax, doch vielleicht würde er ausreichen, um den Boden zu sprengen.

Es war schier unmöglich, sich inmitten des Chaos zu konzentrieren, aber sie versuchte es mit aller Macht, stellte sich Bücher vor, endlose Reihen von Büchern, und sie bettelte und flehte, dass sie ihr Macht verleihen würden, nur ein wenig, gerade genug, um Philanders Leben zu retten.

Der Druckstoß war der stärkste, den sie je geschleudert hatte. Er teilte das Wasser vor ihren Füßen, hieb wie eine Riesenfaust hinein und erschütterte das gesamte Becken. Der Boden wölbte sich nach unten, dann nach oben, aber er zerbrach nicht. Strudel entstanden, womöglich ein neuer Riss, aber er genügte nicht, um alle Fugen zu sprengen und den Kettenring freizugeben.

Tempest sackte zusammen und hätte wohl ihren Halt verloren, wenn Philander sie nicht aufgefangen hätte. Sie klammerte sich an ihn, und dann hörte sie über den Lärm hinweg seine Stimme.

»Du musst gehen!«, rief er ihr ins Ohr. »Lass mich hier und verschwinde!«

»Vergiss es!«

Sie versuchte, ihm in die Augen zu sehen, trotz des schäumenden Wassers und der sprudelnden Fontänen. Dabei fiel ihr Blick über seine Schulter zum Eingang der Halle.

Dort zuckten keine Lichter mehr, und selbst das Pulsieren in der Luft um die Kontrahenten war verebbt. Percival Faerfax stand unweit der Treppe, jetzt merkwürdig starr. Seine Arme lagen eng am Körper an, als würden sie von etwas an seine Seiten gepresst, und Tempest meinte eine Art wabernden Ring um seinen Oberkörper zu erkennen, eine Fessel aus gehärteter Luft.

Mercy stand schwankend neben ihm, doch sie sah nicht ihn an. Ihr Blick war, genau wie der seine, auf den Eingang der Halle gerichtet.

Dort stand eine dritte Person, eine Gestalt ganz in Schwarz. Obwohl Tempest einen Steinwurf entfernt war und kaum noch klar sehen konnte, erkannte sie die Schleierfrau.

Plötzlich setzte Mercy sich in Bewegung.

»Philander!«, rief Tempest. »Da ist –«

Ein anschwellendes Krachen und Bersten in ihrem Rücken

ließ sie zusammenfahren. Philander versteifte sich, sie wirbelte herum, dann sah sie es mit eigenen Augen.

Die Wassermassen sprengten die Rückwand und ergossen sich unter brüllendem Lärm in die Halle.

47

Kurz bevor die Wand zerbarst und die Hölle über sie alle hereinbrach, kämpfte Mercy gegen ihre Schwäche an und versuchte, die Gestalt in der Tür mit Blicken zu fixieren.

Unter anderen Umständen hätte sie die Aura der Frau schon gespürt, lange bevor sie die Halle erreichte. Aber Mercy konnte sich kaum noch aufrecht halten, ihre Kräfte waren so gut wie aufgezehrt. Percivals letzten Angriff hatte sie nur mit viel Glück abwehren können, den nächsten hätte sie vermutlich nicht überlebt. Annabelle Antiqua hatte sie einmal mehr gerettet, doch Mercy fehlte der Enthusiasmus, um sich darüber zu freuen. Und sie fragte sich, ob ihre Mutter nicht absichtlich bis zum letzten Augenblick gewartet hatte.

»Was soll das sein?«, fragte sie mit brechender Stimme. »Eine verdammte Lektion?«

Hinter dem Schleier konnte sie jetzt ein Gesicht erahnen, schmal und hoheitsvoll.

Percival stand vor der Treppe, um seinen Oberkörper lag ein wabernder Ring. Das pulsierende Ding schien sich langsam und zäh um sich selbst zu winden und wirkte auf gefährliche Weise lebendig. Ein zweiter Reif rotierte gemächlich um seinen Hals und schnürte ihm die Luft ab.

»Worauf wartest du?«, fragte Mercy. »Du hast Valentine getötet, warum dann nicht ihn?«

Während sie die Worte aussprach, wurde ihr klar, dass sie

auf der Suche nach dem Mörder eines Mannes, der ihr nichts bedeutet hatte, auf die Mörderin des einen Menschen gestoßen war, den sie geliebt hatte wie keinen anderen. Valentine.

Bis vorhin hatte sie geglaubt, dass Percivals Tod sie mit grimmiger Genugtuung erfüllen würde. Nun aber begriff sie, dass sie ihn nicht einmal hasste. Ihre Konfrontation war nur der Endpunkt paralleler Wege – sie waren beide Kinder der gefallenen bibliomantischen Häuser –, so als hätten sie Rollen gespielt, die lange vorher festgeschrieben worden waren. Dagegen fühlte sich die Begegnung mit der Frau, die sie geboren und die ihren Ziehvater ermordet hatte, wie ein Schicksalsschlag an.

»Geh zur Hölle!«, brüllte sie ihre Mutter an. »Ich will deine Hilfe nicht!«

»Ohne meine Hilfe wärest du jetzt tot. Willst du mir das zum Vorwurf machen?« Die Frau sprach nicht laut, aber Mercy verstand trotz des tosenden Lärms jede Silbe, so als würden die Worte wie Nadeln in ihr Hirn getrieben.

Sie zwang sich, den Blick von ihr abzuwenden, und sah an Percival Faerfax vorbei in die Halle. Tempest und Philander kämpften noch immer mit der Kette, das Wasser stieg jetzt immer schneller.

»Tu, was du willst«, sagte sie, stieß sich von der Wand ab und taumelte in Richtung der Treppenstufen, um ihren Freunden zu Hilfe zu eilen.

Sie hatte kaum die ersten Schritte gemacht, da sagte ihre Mutter: »Ich kann ihn nicht töten. Und genauso wenig lasse ich zu, dass du dein Leben für zwei zerlumpte Herumtreiber opferst.«

Mercys Blick huschte zurück zu Percival, der kaum noch bei Bewusstsein war. Seine zugeschnürte Kehle war rot angelaufen, seine Augen halbgeschlossen, der Kopf leicht zur Seite geneigt.

»Mach mit ihm, was du für richtig hältst. Mir soll's gleich sein.« Mit letzter Kraft setzte Mercy ihren Weg fort.

»Ich kann nicht zulassen, dass du da runtergehst«, sagte ihre Mutter.

Mercy taumelte weiter, doch jetzt spürte sie, dass da vor ihr ein Widerstand war, eine Wand aus Luft, die ihr den Weg versperrte.

»Lass das!«, schrie sie ihre Mutter an, ohne sich für die Tränen zu schämen, die ihr über die Wangen liefen. »Die beiden sterben, wenn ich ihnen nicht helfe!«

»Ich habe dich zu lange beschützt, um zuzusehen, wie du in dein Verderben läufst.«

Mercy war jetzt auf einer Höhe mit Percival. Sie sah seine Lider flattern, dann trafen sich ihre Blicke. Noch immer empfand sie keinen Hass, obwohl er doch nicht nur Ptolemy, sondern auch Jezebel getötet hatte.

Schlagartig blieb sie stehen.

Etwas an diesem Gedanken kam ihr mit einem Mal falsch vor. *Hatte* er Jez getötet? Denn wenn nicht er, dann –

»*Du* warst das!« Sie wandte sich zu ihrer Mutter um. »Du hast Jez umgebracht, um an das letzte Buch zu kommen. Weil es das einzige war, das dir noch fehlte. Ptolemy hat *dir* die anderen Bücher verkauft ... Nur das eine nicht. Deshalb musste Jez sterben!« Und da war dieser Satz, den ihre Mutter gerade eben fast beiläufig gesagt hatte: *Ich kann ihn nicht töten.* Mercy sprach laut aus, was sie dachte: »Weil du nicht nur mich beschützt, sondern auch *ihn*! Schon die ganze Zeit über!«

Die Frau hob eine Hand und strich den Schleier zurück. Ihr Gesicht war schön und schrecklich zugleich, viel zu jung, um Mercys Mutter zu sein, dabei auf unheilvolle Weise vertraut. Eine Erinnerung, bisher vergraben in Mercys Kindheit, kehrte zurück. Dieses Gesicht, diese Stimme. Annabelle Antiqua *war* ihre Mutter. Und seit vor Jahrzehnten die vergilbten Fotografien entstanden waren, war sie kaum gealtert.

»Ist es wahr?«, fragte Mercy. »Warst du das in der Kutsche, in die Jezebel eingestiegen ist?«

»Das dumme Ding hatte keine Ahnung, was es da bei sich trug. Ich wollte ihr das Buch abkaufen, aber sie hat sich geweigert. Das könne sie ihrem Bruder nicht antun, hat sie gesagt. Sie müsse es unbedingt beim rechtmäßigen Käufer abliefern.«

Mercys Lippen fühlten sich taub an. »Und da hast du sie umgebracht.«

»Ich konnte sie nicht laufenlassen.«

Erst Valentine. Dann Jezebel. Und nun wollte ihre Mutter tatenlos zusehen, wie Philander und Tempest ertranken. Mercy brüllte auf und ballte all ihre aufgestaute Wut zu einem Druckstoß.

Annabelle Antiqua wehrte den Angriff ohne jede Mühe ab. »Hör auf damit.«

Mercy versuchte es erneut.

Diesmal lag Zorn in der Stimme ihrer Mutter. »Ich sagte, hör auf!«

»Sag mir eines«, verlangte Mercy. »Hättest du Grover damals retten können? Hast du ihn absichtlich sterben lassen?«

»Er war nicht wichtig. Du bist meine Tochter, Mercy. Ich halte meine schützende Hand schon über dich, seit Valentine dich bei sich aufgenommen hat.«

»Deine *schützende Hand*?« Mercys Verzweiflung ließ beinahe ihre Stimme brechen. »Du hast jeden getötet, der mir etwas bedeutet hat. Jeden einzelnen Menschen!«

»Du bist mein Kind. Die anderen spielen keine Rolle.«

»Und die Faerfax?«

»Die Familie Faerfax ist das, was vom Haus Rosenkreutz übrig geblieben ist. Sie sind Gejagte wie wir, Mercy. Du und ich, wir sind die letzten Überlebenden des Hauses Antiqua. Die Adamitische Akademie hat die Rosenkreutz und Antiquas fast ausgerottet, und ich lasse nicht zu, dass noch mehr von uns sterben.«

»Aber warum beschützt du sie? Warum ihn?« Sie nickte hinüber zu Percival.

Zum ersten Mal sah sie ihrer Mutter an, dass sie nach den richtigen Worten suchte. »Das ist eine lange Geschichte. Ich und Severin Faerfax, Percivals Großonkel … Wir waren vor langer Zeit …« Sie brach mit einem Kopfschütteln ab. »Es ist wichtig, dass die Faerfax weiterleben. Sogar dieser Dummkopf hier.« Sie zögerte kurz, dann setzte sie hinzu: »Er könnte der Vorfahr sein von jemandem, der einmal sehr wichtig werden wird.«

Mercy verstand wenig von all dem, und es war ihr auch gleichgültig. Sie hatte mit ihren Fragen nur Zeit gewinnen wollen, um neue Kraft zu schöpfen. Noch immer war sie geschwächt, selbst das Seelenbuch lag angeschlagen in ihrer Hand.

Trotzdem war da etwas, das sie tun konnte. Mit einem Aufschrei warf sie sich zwischen ihre Mutter und Percival. Ihre Bibliomantik sprengte die unsichtbare Fessel, die ihn festhielt, und noch während sie vor Erschöpfung in die Knie ging, riss Percival sich los.

Mercy hörte den wütenden Aufschrei ihrer Mutter. Percival schien nicht gehört zu haben, was sie gesagt hatte, und ging sofort zum Gegenangriff über. Darauf hatte Mercy spekuliert. Er würde Annabelle Antiqua nicht besiegen können, aber seine Attacke lenkte sie ab.

Über Mercy krachten die bibliomantischen Kräfte der beiden ineinander. Sie rollte sich zur Seite, sprang auf und lief zur Treppe.

Tempest und Philander standen eng umschlungen im tobenden Wasser, gut zwanzig Schritt entfernt. Ihr Anblick brach Mercy fast das Herz. Tempest sah zu ihr herüber, während die Wogen gegen ihre Hüften schlugen.

Mercy erreichte die Stufen. Ihr blieb nur eines zu tun. Sie musste es wenigstens versuchen.

Die große Halle schien aufzustöhnen. Ein furchtbares Knirschen und Bersten ertönten – nur das Vorspiel zu weit größerem Getöse.

Blitzschnell spaltete Mercy ein Seitenherz, stieß sich ab und sprang. Noch während sie begriff, dass es nach all der Zeit funktionierte, dass ihre Füße das Wasser nicht berührten, dass sie tatsächlich *schwebte*, sprengte der Fluss die Rückwand.

48

Das Wasser rammte in Tempests Rücken und riss sie von den Füßen. Die Flutwelle, die durch die zerstörte Wand schoss, wollte sie schäumend mit sich reißen, aber Philander hielt ihren Arm fest. Er selbst verlor seinen Halt und hing nur noch an der Kette, während er Tempest davor bewahrte, fortgespült zu werden. Beide wurden unter die Oberfläche gedrückt, wieder nach oben gepresst und abermals untergetaucht. Die Lichter des bibliomantischen Kräftemessens im vorderen Teil der Halle reichten nicht bis ins Wasser, dort unten herrschte Dunkelheit.

Blasen sprudelten um Tempests Gesicht, sie verlor jegliche Orientierung. Einzig Philanders Hände an ihrem Arm waren ein Fixpunkt, aber auch er wurde an der Kette hin und her geschleudert. Tempest fürchtete, dass er sie loslassen würde, in der Hoffnung, dass sie zum Ausgang getrieben würde, auch wenn sich dort die Schleierfrau und Percival Faerfax bekämpften. Ohne Tempest aber käme er nie von der Kette los. Sie musste durchhalten, irgendwie überleben. Vielleicht beruhigte sich das Wasser wieder, vielleicht –

»Tempest!«

Sie hörte ihren Namen schwach durch das Tosen, riss die Augen auf und erkannte einen verschwommenen Umriss, beschienen von fernem Flackern.

Mercy stand über ihr in der Luft, in einer Hand ihr Seelenbuch, die andere leicht abgespreizt, als müsste sie so ihr Gleichgewicht halten.

»Hilf ihm!«, schrie Tempest, schluckte Wasser und war nicht sicher, was da tatsächlich über ihre Lippen gekommen war. Sie sah noch, wie Mercy ihre Position veränderte, offenbar einen besseren Winkel wählte, dann wurde Tempest wieder nach unten gezogen. Eine Strömung wirbelte sie herum. Noch einmal trafen sich ihre und Philanders Blicke – und sie verstand, was er tun würde.

Nein!, wollte sie rufen, aber ihr Mund war voller Wasser, sie spuckte und hustete, drohte zu ertrinken. Dann spürte sie, wie seine Hände sich von ihrem Arm lösten.

Die Flut riss sie fort von ihm, so schnell, dass Tempest kaum daran denken konnte, was das bedeutete. Das Wasser trieb sie quer durch die Halle, hinüber zur Tür, dem Irrlichtern bibliomantischer Entladungen entgegen und den Gestalten, die sich auf dem erhöhten Teil des Raumes bekämpften. Auch dort war jetzt Wasser, aber die beiden kümmerte das nicht, sie standen sicher wie Steinstauen inmitten der Fluten.

Mit strampelnden Beinen und rudernden Armen schrammte Tempest über die Stufen, nur wenige Schritt neben den zwei Bibliomanten. Eine Woge warf sie gegen die Wand der Halle, der Aufprall war fürchterlich. Sie wollte nach Luft schnappen, wurde von der nächsten Welle erwischt und abermals gegen die Mauer gedrückt. Dann spürte sie einen Sog, der sie zur Seite zerrte, wurde zur Tür getrieben und zugleich von einer Bücherkiste gerammt, die von den Wassermassen umgestoßen und mitgerissen worden war. Instinktiv hielt sie sich daran fest, prallte erneut gegen die Wand, brüllte vor Schmerz und spürte das Holz zerbersten. Plötzlich trieben Dutzende Bücher um sie im Wasser, eines schlug ihr vor die Stirn, ein anderes gegen die Unterlippe. Ein drittes berührte ihre Hand, drängend fast, und in einem Reflex griff sie danach, hielt es ganz fest und spürte, wie ein Aufwallen von Wärme durch ihren Arm raste und die Schmerzen verdrängte. Sie bekam wieder Luft, spürte festen Boden unter ihren Füßen und blieb, ehe sie es vollends begreifen konnte, einfach stehen.

Ihre Füße schienen an den Steinfliesen zu haften, trotz des wirbelnden Wasserchaos um sie herum. Es war dasselbe Phänomen, das sie bei der Schleierfrau und Percival Faerfax gesehen hatte: Die Bibliomantik verlieh ihnen Halt und ließ sie gegen die Strömung bestehen. Tempest reckte das Buch mit beiden Händen über ihren Kopf, damit es nicht länger im Wasser trieb, und stand breitbeinig da, während ihr die Wellen gegen die Brust schlugen. Verzweifelt versuchte sie, sich zu orientieren, aber da waren kein Licht mehr, keine zuckenden Blitze von bibiomantischen Angriffen.

Die Schleierfrau stand aufrecht in der Luft und glitt über Wellen und Strudel auf Mercy zu, begleitet von einer kopfgroßen Kugel aus Glut, der einzigen Lichtquelle im Raum. Mercy befand sich kurz vor der geborstenen Wand, durch die das Wasser nun mit weniger Gewalt drängte als zuvor. Die Flut hatte sich in der Halle verteilt wie in einem Überlaufbecken, die Urgewalt des Durchbruchs verebbte allmählich.

Im ersten Moment konnte Tempest Philander nicht sehen. Dann bemerkte sie, dass ein lebloser Körper auf sie zutrieb. Ehe sie sich wappnen konnte, prallte er schon gegen sie.

Sie packte ihn mit einer Hand, riss ihn herum – und blickte

in die toten Augen von Percival Faerfax. Sein Gesicht war eingefallen und weiß, beinahe mumifiziert, so als wäre ihm auf einen Schlag alles Leben entzogen worden. Angewidert ließ sie ihn los.

»Tempest … Hier …«

Philanders Stimme war schwach, doch sie hätte ihn selbst über das Grollen eines Vulkans hinweg gehört. Sie streckte eine Hand aus und bekam ihn zu fassen. Im nächsten Moment hielt er sich an ihr fest, und es gelang ihr, ihn noch näher heranzuziehen. Vergeblich versuchte er, sich aufzurichten, aber immerhin befand sich sein Gesicht über der Wasseroberfläche, und er konnte wieder atmen.

»Mercy hat …«, begann er, der Rest ging in heftigem Husten unter.

Tempest begriff auch so, was geschehen war. Während sie selbst abgetrieben worden war, musste Mercy den Boden des Beckens mit einem Druckstoß zerstört haben. Philanders Kette hatte sich aus der Verankerung gelöst, dann war er von der Strömung mitgerissen worden, genau wie sie selbst nur Sekunden zuvor.

In ihre Erleichterung über Philanders Rettung mischte sich ein zweites Hochgefühl. Eines der aussortierten, ungeliebten Bücher hatte sie erwählt – sie war von ihrem Seelenbuch gefunden worden. Auch jetzt noch verlieh es ihr neue Kraft, obwohl es durchnässt war. Seine Seiten würden nie wieder makellos sein. Auch das passte gut zu ihr.

Die Halle war zu einem Teil des unterirdischen Flusses geworden, erfüllt von Strudeln und Strömungen. Philander richtete sich mit Tempests Hilfe auf. Eng umschlungen wichen sie einige Schritte zurück, bis sie die Wand im Rücken hatten. Dort standen sie unweit des Ausgangs, durch den das Wasser hinaus in den Keller geströmt war; die gesamte Anlage musste mittlerweile hüfthoch überschwemmt sein. Tempest fragte sich besorgt, wie lange die morschen Fundamente und Lehmziegelmauern dem Druck und der Nässe noch standhalten konnten. Sie mussten schleunigst hier raus.

Erst aber blickte sie wieder zu der schwebenden Lichtkugel am anderen Ende der Halle. In ihrem Schein wirkte das klaffende Loch des Durchbruchs wie der Eingang zu einer Grotte. In der Schwärze dahinter strömte der unterirdische Fluss in seinem uralten Tunnel vorüber.

Vor der Öffnung, eine Armlänge über dem Wasser, standen sich Mercy und die Schleierfrau in der Luft gegenüber. Nur einzelne Wortfetzen waren im Getöse der Wellen zu verstehen, »Siebenstern« und »Antiqua«, dann »Jezebel«.

Gerade wollte Tempest Mercys Namen rufen, sie auffordern, von hier zu verschwinden, als die beiden Bibliomantinnen aufeinander zurasten. Um sie verästelte sich ein Lichtgespinst, ein dichter Kokon aus Glut, dann jagten sie glühend wie ein Komet durch die geborstene Wand in den nachtschwarzen Tunnel und verschwanden.

Tempest und Philander sahen einander im letzten Schimmer der Helligkeit an. Im nächsten Augenblick versank alles in Finsternis.

49

Winzige Buchstaben, wie mit Feuer geschrieben, wirbelten in blitzschnellen Bahnen um Mercy und ihre Mutter. Hunderte waren es, vielleicht tausende, die um sie ein Netz aus gleißenden Lichtfäden spannen. Inmitten dieser Blase aus Bibliomantik standen sich die beiden gegenüber, keine Armlänge voneinander entfernt, Mercy mit ihrem Seelenbuch und gespaltenem Seitenherz, ihre Mutter mit bloßen Händen und dennoch überlegen.

Mercys Hass wurde von der Bibliomantik nach außen getragen. Ihre Mutter hatte Valentine vergiftet, hatte Jezebel getötet, und gerade eben in der Halle hatte sie ihr weismachen wollen, dass dies alles nur um Mercys willen geschehen war. Nur zu *deinem Besten*.

Sie waren beide erschöpft, und Mercy fehlte es an Erfahrung. Sie hatte gespürt, wie der Zorn förmlich in ihr explodiert war, und ihre Mutter hatte sich nur mit einem Gegenangriff zu helfen gewusst. Es war wie bei jedem Streit, der sich hochschaukelte, nur hundertmal stärker, und so rasten sie nun in einem Glutball durch die Dunkelheit eines Tunnels, verbunden in lodernder Abneigung, unter ihnen tosendes Wasser, über ihnen eine Gewölbedecke aus Ziegelsteinen.

»Willst du Rache?«, fragte ihre Mutter. »Genugtuung? Du kannst mich nicht besiegen, und das hier dulde ich nur, weil du meine Tochter bist.«

»Valentine war mein Vater. Meine Mutter ist schon lange tot.«

Die Blase aus glühenden Buchstaben zerbarst, und beide wurden von der freigesetzten Energie voneinander fortgeschleudert. Mercy prallte mit dem Rücken gegen eine Mauer, fiel ein Stück nach unten und kam auf einem schmalen Sims auf. Benommen erkannte sie, dass sie sich unter einer Kuppel befand, in einem kreisrunden, höhlenartigen Raum, in dessen Zentrum drei unterirdische Flüsse aufeinandertrafen und einen schäumenden Strudel bildeten. Wohin das Wasser verschwand, war ungewiss – vielleicht hinaus in die Themse, vielleicht in noch tiefere, vergessene Tunnel unter der Stadt.

Der gemauerte Sims lief an der Wand entlang rund um den Strudel, oberhalb der drei Zuflüsse. Schäumende Gischt stieg wie Nebel von den kreisenden Wassermassen auf, und so dauerte es einen Moment, bis Mercy entdeckte, dass ihre Mutter zum Sims auf der gegenüberliegenden Seite der Kuppelgrotte geschleudert worden war. Dort stemmte sie sich auf die Beine und stand schließlich mit wehendem Mantel am Rand des Abgrunds, während Mercy noch immer erschöpft am Boden hockte, kaum in der Lage, den Kopf zu heben.

Beide schauten sich über den tosenden Mahlstrom hinweg an. Die Entfernung zwischen ihnen mochte zehn Yards betragen, aber Mercy hatte das Gefühl, dass zwischen ihnen ein Kontinent aus unterschiedlichen Ansichten lag.

»Wir sind die letzten Überlebenden des Hauses Antiqua«, rief ihre Mutter. »Du und ich, wir sind vom selben Fleisch und Blut, und die Adamitische Akademie ist unser beider Feind. Du hast keine Ahnung, was nach dem Fall des Scharlachsaals wirklich geschehen ist, nicht wahr? Ich kann dir die Wahrheit erzählen, wenn du sie hören willst.«

»Die Wahrheit ist, dass du eine Mörderin bist! Dich und mich verbindet überhaupt nichts, nicht einmal derselbe Name.«

Die gefährliche Schönheit ihrer Mutter bekam einen Riss, darunter zeigte sich hässliche Überheblichkeit. »Du kannst dir hundert falsche Namen geben, unter hundert Identitäten leben, aber es ändert nichts an dem, was du bist, Mercy. Glaub mir, ich habe mehr Namen verschlissen als Kleider, und doch bin ich noch immer dieselbe. Auch du bleibst eine Antiqua, und früher oder später wird dich die Verantwortung für diesen Namen einholen. Spätestens wenn dein französischer Freund erfährt, wer du wirklich bist.«

Mercy behielt ihre Befürchtung für sich, dass Cedric eben das längst wusste. »Ich habe Fotografien von dir gesehen, zwanzig, dreißig Jahre alt, auf denen du aussiehst wie heute. Wie ist das möglich?«

»Ich altere langsamer als andere Menschen.« Ihre Mutter sagte das mit einer Selbstverständlichkeit, als spräche sie von einer ungewöhnlichen Haarfarbe. »Das habe ich Severin Rosenkreutz zu verdanken. Dem Mann, den alle Siebenstern nennen.« Sie schien weiter ausholen zu wollen, überlegte es sich dann aber anders und sagte nur: »Er war kein gewöhnlicher Bibliomant. Tatsächlich war er so viel mehr als das.«

»Ist er mein leiblicher Vater?«

»Severin? O nein. Ich habe ihn zuletzt vor über dreißig Jahren gesehen, lange vor deiner Geburt.« Sie hielt kurz inne. »Damals ist er ums Leben gekommen. Aber seine Familie existiert noch heute, und ich wache über sie. Ich lasse nicht zu, dass die Akademie sie tötet und ihre Bücher in alle Winde verstreut. Die Faerfax waren jahrzehntelang vorsichtig, ihr wahrer Name fast vergessen – bis dieser Narr Percival die Bände aus der Familienbibliothek gestohlen und über Ptolemy zum Kauf angeboten hat. Es wäre nur eine Frage der Zeit gewesen, ehe sie die Akademie auf die Spur der Rosenkreutz geführt hätten. Also kaufte ich sie Ptolemy ab, alle bis auf ein einziges, das er nicht herausgeben wollte, weil er es diesem Malahide versprochen hatte. Ganz gleich, wie viel Geld ich ihm auch dafür bot, er lehnte immer wieder ab. Mir wurde klar, dass ich das Buch nur bekommen würde, wenn er mehr Angst vor mir hätte als vor Malahide. Am nächsten Tag wollte ich noch einmal mit ihm sprechen, ihm drohen, falls nötig, doch Percival ist mir zuvorgekommen. Dieser Dummkopf hat Ptolemy umgebracht, aber da war das Buch bereits unterwegs zu Malahide. Ich fürchtete, dass der es in irgendeinem Tresor verschwinden lassen könnte, sobald er von dem Mord erfahren würde. Es erschien mir unkomplizierter, den Boten abzufangen, damit das Buch gar nicht erst in Malahides Hände gelangte.« Mit ihrem stechenden Blick sah sie Mercy über den tosenden Schlund hinweg an. »Nun sind alle sieben Bücher verbrannt und die Faerfax vorerst in Sicherheit. Das Ganze hat mich eine Menge Kraft gekostet, aber das musste ich in Kauf nehmen.«

»Genau wie den Tod von Unschuldigen«, sagte Mercy. »Valentine ist dir zu nahe gekommen, aber Jezebel … Sie hat niemandem je etwas Böses getan.«

»Ein Menschenleben ist ein geringer Preis für das Überleben einer Dynastie. Was zählt schon eine tote Hure, wenn man sie gegen eine Familie mit all ihren Kindern und Kindeskindern aufwiegt?«

So vieles war falsch an dieser Behauptung, aber da war noch etwas anderes, das ihr keine Ruhe ließ. »Nie im Leben hast du die Faerfax einzig aus Nächstenliebe beschützt. Wenn sie wirklich die Nachfahren der Rosenkreutz sind, dann erhoffst du dir doch irgendwas von ihnen. Was ist es, das nur sie dir geben können? Und warum nimmst du es dir nicht einfach und bringst alle um, die sich dir in den Weg stellen? Damit hast du doch genug Erfahrung.« Während sie das sagte, schob sie sich langsam mit dem Rücken an der Wand hinauf, bis sie unsicher auf beiden Füßen stand. Mit bebenden Händen spaltete sie ein Seitenherz ihres Seelenbuchs. Es flackerte schwächlich.

Ihre Mutter schüttelte bedauernd den Kopf. »Ich werde nicht mit dir kämpfen, Mercy, ganz gleich, wie wütend du auf mich bist. Nicht heute und nicht hier. Irgendwann wirst du mich vielleicht verstehen.«

»Was hast du vor?« Mercy schrie gegen den Lärm an, aber mehr noch gegen ihren Zorn und die Hilflosigkeit.

»Vielleicht sehen wir uns wieder, irgendwann. Wenn du meine Hilfe brauchst.«

»Ich pfeife auf deine Hilfe! Ich pfeife auf dich, Mutter!«

»Ja. Schon möglich.«

Mercy verlor ihre Konzentration, das Seitenherz erlosch. »Du kannst jetzt nicht einfach abhauen! Mach es dir nicht so leicht … Du hast all diese Menschen ermordet, alle meine –« Sie brach ab, als sie sah, dass Annabelle Antiqua etwas mit ihren Händen tat. »Das ist feige, hörst du? … *So gottverdammt feige!«*

»Leb wohl, mein Kind.«

Ein Licht blitzte auf, so grell, dass Mercy geblendet die Augen schloss. Sie hörte ein Rascheln von Stoff, und als sie wieder sehen konnte, war der Sims verlassen. Der schwarze Mantel verschwand im Zentrum des Strudels wie ein Schwall Tinte in einem Abfluss.

Nicht eine Sekunde lang glaubte sie, dass es tatsächlich ihre Mutter war, die dort unten versank. Die Kuppelgrotte hatte drei Zuflüsse, drei Tunnel, die irgendwo ans Tageslicht führten. Drei mögliche Wege, um von hier zu entkommen.

Trotzdem blieb da die Erinnerung an den schwarzen Stoff im schäumenden Wasser. Ein letzter Abschiedsgruß, um sie zu verwirren.

Sie suchte in den Tunnelmündungen nach fernem Lichtschein und lauschte auf verräterische Geräusche, starrte dann wieder in die Spirale aus kreiselndem Wasser. Nirgends eine Spur von ihrer Mutter.

Schließlich spaltete sie erneut ein Seitenherz, diesmal gelang es besser. Sie trat über den Rand des Simses und schwebte taumelnd in den Tunnel, der zurück zum Keller der zerstörten Bibliothek führte. Eine zittrige Lichtkugel stieg aus dem Buch auf, ihr Schein reichte nur wenige Schritt weit und geisterte matt über die gewölbten Ziegelwände.

Irgendwann zeichneten sich die Ränder des Durchbruchs in der Finsternis ab, ein gezahntes Maul aus Stein über einer dunklen Wasseroberfläche.

»Tempest? Philander?«

Niemand antwortete. Aufs Schlimmste gefasst hielt sie Ausschau nach treibenden Körpern und schaffte es gerade noch bis zum Ausgang der Halle, ehe ihre Kräfte sie verließen. Stolpernd sank sie ins Wasser. Es reichte ihr bis zur Hüfte und war eiskalt. Während sie sich durch den überfluteten Keller schleppte, presste sie ihr Seelenbuch mit der linken Hand an ihre Brust. Mit der anderen stützte sie sich an der Wand ab, wenn sie innehalten und durchatmen musste.

Sie hörte watende Schritte. Im Schein einer winzigen Lichtkugel kamen ihr zwei Gestalten entgegen.

Tempest lachte erleichtert auf und umarmte sie, dann war auch Philander bei ihr. Gemeinsam stützten sie Mercy auf dem Weg ins Freie, hinaus in die pergamentgelbe Nebelnacht.

NACHSPIEL

50

Selbst an klaren Tagen blieb es am Cecil Court düster. Die beiden Häuserzeilen standen so eng beieinander, dass das Sonnenlicht nur flüchtig über das Pflaster und die brüchigen Fassaden strich, durch die Scheiben der schmalen Erkerfenster fiel und die Regale dahinter berührte. Sobald die Sonne hinter Giebeln und Schloten versank, zog am Cecil Court wieder Halbdunkel ein. Die Buchhändler waren froh darüber, begrüßten sogar den stinkenden Nebel, damit nur ja kein Lichtstrahl ihre kostbaren Bücher beschädigte und die empfindlichen Seiten bräunte.

An einem Vormittag, drei Tage nach den Ereignissen in Holborn und kurz bevor die Sonne die Gasse streifte, nahm Mercy sich den nächsten der zahllosen Stapel vor, die sie nach Thorndykes Verwüstungen aufgeschichtet hatte. Sie trug Valentines weiße Seidenhandschuhe, während sie darüber entschied, welche Bücher bleiben durften und welche sie schweren Herzens aussortieren musste.

Philander und Tempest suchten drüben in St Giles ihre Habseligkeiten zusammen und würden wohl erst in einigen Stunden auftauchen. Mercy hatte ihnen angeboten, auf dem Dachboden einzuziehen und so lange zu bleiben, wie sie wollten. Dafür würden die beiden ihr beim Aufräumen und Entrümpeln, beim Abstauben und Katalogisieren helfen.

Der Laden öffnete offiziell erst übermorgen, aber sie hatte

die Tür nicht abgeschlossen, und so läutete die Glocke gegen zehn Uhr vormittags zum ersten Mal an diesem Tag.

Arthur Gilchrist schob sein graues Haupt herein. »Darf man eintreten?«

»Du doch immer.«

Er schaute sich mit dem Blick des erfahrenen Buchhändlers um. »Sieht schon recht ordentlich aus. Alle Achtung.«

»Du schwindelst.«

»Nein, wirklich.«

Mit einem Seufzen streifte sie die Handschuhe ab und legte sie auf einen Bücherturm. »Ich hab noch gar nicht richtig angefangen. Ich will erst mal nur das Nötigste verändern, ein bisschen Platz schaffen, wenigstens so tun, als gäbe es eine Ordnung, die auch ein Kunde durchschauen kann.«

»Der gute Valentine hat Bücher lieber besessen als verkauft«, sagte Gilchrist schmunzelnd.

»Du etwa nicht?«

Er seufzte leise. »Ich fürchte, der Einzige, der hier wirklich was vom Geldverdienen verstanden hat, war Ptolemy.«

Sie und Gilchrist hatten bereits vor zwei Tagen über das Schicksal des ermordeten Buchhändlers gesprochen. Mercy hatte die Wahrheit ein wenig zurechtbiegen müssen und ihm verschwiegen, woher die verschwundenen Siebenstern-Bücher stammten, die Ptolemy das Leben gekostet hatten. Es sei zu einem Streit unter Sammlern gekommen, hatte sie behauptet, habe Verwicklungen bis in höhere Kreise gegeben, und zu guter Letzt habe Edward Thorndyke persönlich sie hier im Laden angegriffen, nachdem sie ihn als Ptolemys Mörder enttarnt hatte. Damit Gilchrist ihr glaubte, hatte sie ihm

Thorndykes Leiche präsentiert, ehe sie den Toten gemeinsam mit Philander durch die Tunnel und Kanäle zur Themse geschafft hatte. Wenige Stunden später war er dort entdeckt worden. Die *Times* hatte gestern einen Nachruf auf ihren hochgeschätzten Literaturkritiker gebracht. Laut Metropolitan Police war er von Straßendieben überfallen und ermordet worden.

Gilchrist schob sich zwischen Mercys Bücherstapeln hindurch und näherte sich der offenen Tür zum Hinterzimmer. »Darf ich ihn noch mal sehen?«

»Tu dir keinen Zwang an. Aber stell ihm keine Frage, sonst findet er wieder kein Ende.«

»Das habe ich gehört«, erklang die empörte Stimme des Besserwissers aus dem Zimmer. »Und ich muss gestehen, Mylady, dass ich ein wenig verschnupft bin über den Mangel an Respekt, der meinem enzyklopädischen Wissen entgegengebracht wird.«

Sie hörte ihn auf seinen dreizehigen Füßen umherwatscheln, aber er kam nicht nach vorn in den Laden, weil sie ihm das verboten hatte. Gilchrist vertraute sie, war aber nicht sicher, ob alle anderen Buchhändler am Cecil Court ebenfalls Stillschweigen bewahren würden. Dem Besserwisser schien es nichts auszumachen, und so vertrieb er sich die Zeit außerhalb seiner Kladde damit, leise Selbstgespräche zu führen oder die beiden Origamis zu ärgern.

Der alte Buchhändler blieb in der offenen Tür stehen und schüttelte beeindruckt den Kopf. »Herrschaftszeiten! Das nenn ich wirklich ein Wunderwerk.«

»Herzlichen Dank«, sagte der Veterator. »Es ist überaus erbaulich, dass zumindest irgendjemand hier meine Anwesenheit zu schätzen weiß.«

»Keine Frage stellen!«, ermahnte Mercy Gilchrist noch einmal.

Er druckste herum. »Vielleicht eine einzige?«

Mercy verdrehte die Augen, winkte ab und wandte sich wieder den Büchern zu. Gilchrist trat zum Besserwisser ins Hinterzimmer und erkundigte sich nach den historischen Wurzeln einer Nebenfigur aus Shakespeares *Cymbeline*. Er kam täglich vorbei, um nach Mercy zu sehen und ihr seine Hilfe anzubieten, aber sie hatte den heimlichen Verdacht, dass es ihm vor allem einen Heidenspaß bereitete, die unerschöpflichen Kenntnisse des Veterators auszuloten. Keine Information schien zu nebensächlich, kein Buch zu obskur.

Mercy hörte nicht hin, während der Besserwisser zu einem neuerlichen Vortrag ansetzte und ohne Unterlass schwadronierte. Erst nach einer halben Stunde wurde es auch Gilchrist zu viel, er verabschiedete sich und überließ Mercy dem Wörterschwall, den er da angezettelt hatte.

Sie rief »Veterator recedite!« ins Hinterzimmer und hörte, nach erheblichem Widerspruch, wie sich die Seiten des Besserwissers zusammenlegten und in der Lederkladde verschwanden. Als die Deckel in lautstarkem Protest aufeinanderknallten, atmete Mercy erleichtert auf.

Gerade wollte sie sich wieder ihrer Arbeit zuwenden, als die Türglocke zum zweiten Mal an diesem Morgen anschlug.

Eine schwarze Kutsche hatte vor dem Fenster haltgemacht, und ihr Besitzer betrat gerade den Laden.

»Miss Amberdale«, sagte Phileas Sedgwick, »verzeihen Sie

die Störung. Ich habe das *Geschlossen*-Schild gesehen, aber die Tür war nur angelehnt. Ich will Sie auch gar nicht lange aufhalten.«

Innerlich gefror sie ein wenig, aber sie sagte: »Kommen Sie rein, Commissioner. Sie dürfen gern etwas kaufen.«

»Ganz sicher beim nächsten Mal.«

Sie erhob sich zwischen den Stapeln und ging ihm zwei Schritte entgegen. Dabei fiel ihr Blick auf den Kutscher, ein Hüne mit buschigem Backenbart und Schultern so breit wie die Deichsel. Mit winzigen Augen blickte er zu ihr in den Laden herein.

»Ihr Leibwächter?«, fragte sie.

»Er kutschiert. Er bewacht. Er trägt schwere Dinge. Ein überaus praktischer Mensch.«

Sedgwick schloss die Tür, lehnte seinen Gehstock an den Rahmen und nahm seinen Hut ab. »Sie haben sich also tatsächlich entschlossen, das Geschäft wiederzueröffnen.«

»Buchhändler ist ein anständiger Beruf. Seltsamerweise ist mir in den letzten beiden Jahren nie der Gedanke gekommen, Bücher und Anstand in meinem Leben zu verbinden.«

Er schmunzelte. »Aber immer noch recht ungewöhnlich für eine Frau, nicht wahr? Sie sind die einzige Buchhändlerin hier am Cecil Court, und auch die Läden in der Holywell Street werden allesamt von Männern geführt.«

»Dann ist es wohl an der Zeit, mit gewissen Traditionen zu brechen.«

»Da bin ich ganz auf Ihrer Seite.«

»Was kann ich für Sie tun, Mister Sedgwick?«

»In erster Linie ist das hier ein Höflichkeitsbesuch. Sie

hatten in den letzten Tagen alle Hände voll zu tun, glaube ich.«

»Es ist eine Menge Arbeit, so einen Laden auf Vordermann zu bringen. Valentine Amberdale hatte recht exzentrische Ansichten zum Thema Ordnung.«

»Vermutlich.« Er schaute sich um. »Und dann sind Ihnen auch noch ein paar Dinge dazwischengekommen, nicht wahr?«

»Ich bin nicht sicher, ob ich weiß, was Sie meinen.«

Er ging an den Regalen entlang und ließ seinen Blick über die Buchrücken wandern. »Lesen Sie Literaturkritiken, Miss Amberdale?«

»Bislang kaum. In Zukunft wohl etwas häufiger.«

»Dann sind Ihnen vielleicht die gehaltvollen Texte eines gewissen Edward Thorndyke entgangen.« Er stand noch immer mit dem Rücken zu ihr. »Ein kluger Mann, wenn auch ein wenig steifbeinig in seinen Ansichten, wenn Sie mich fragen. Aber Sie kannten ihn ja persönlich.«

»Ich habe ein paar Bücher für ihn besorgt. Genau wie für Sie, Commissioner Sedgwick.«

Er wischte ihre Bemerkung mit einer Handbewegung beiseite. »Ich war höchst überrascht, als ich hörte, dass er Sie seinen Freunden von der Loge als seine Nichte vorgestellt hat.«

»Er hat wohl befürchtet, man könnte falsche Schlüsse ziehen, wenn eine jüngere Dame an seiner Seite auftaucht.«

»Sein Ruf war ihm überaus wichtig.« Er drehte sich zu ihr um. »Bestimmt haben Sie von seinem unglücklichen Schicksal gehört.«

Sie nickte. »Tragisch, wo doch die Polizei so sehr um unser aller Sicherheit bemüht ist.«

»Haben Sie den Artikel in der *Times* gelesen?«

»Nein«, log sie.

»Dort stand, die Polizei gehe davon aus, dass Thorndyke einer Bande von Straßenräubern zum Opfer gefallen ist. Und dass er den Verletzungen erlegen ist, die ihm mit einem Messer zugefügt wurden.«

Darüber hatte sie sich in der Tat gewundert. Und Böses befürchtet.

»Tatsächlich wurde Edward Thorndyke durch eine Schusswaffe getötet«, fuhr er fort, »was allerlei unangenehme Fragen aufgeworfen hätte. Darum habe ich mich entschlossen, die Todesursache nach außen hin ein wenig zu, sagen wir, proletarisieren. Die allermeisten Raubmorde werden mit Messern begangen. Und irgendjemand hätte gewiss die Schüsse hören müssen, dort, wo Thorndyke gefunden wurde. Die Leiche lag unter der Charing-Cross-Eisenbahnbrücke am Wasser, nicht weit vom Charing-Cross-Bahnhof entfernt, und Sie wissen, wie viele Leute dort ein und aus gehen, sogar in der Nacht. Aber offenbar hat keiner von denen Schüsse gehört oder hielt es für nötig, sie zu melden.«

»An einem Bahnhof ist es laut. Unter einer Eisenbahnbrücke erst recht.«

»Selbstverständlich.« Sein Lächeln wirkte noch immer überaus großherzig. »Anders liegt der Fall in einer ruhigen Seitenstraße, in der vor allem friedliebende Buchhändler leben. Man wundert sich, dass dort gleich drei Personen in der fraglichen Nacht Schüsse gehört haben wollen. Glücklicherweise scheint es aber zu keiner Gewalttat gekommen zu sein, denn niemand hat die Polizei gerufen. Und eine Leiche ist dort auch nicht aufgetaucht. Nicht einmal Blutspuren.« Wieder schaute er sich im Laden um, ging hinüber zur anderen Seite und betrachtete weitere Buchrücken. »Nun, wie dem auch sei, die Sache ist geklärt. Meine Leute haben einen stadtbekannten Messerstecher festgenommen, der mehr Morde auf dem Kerbholz hat als Sie und ich Schwindeleien. Wir haben schon länger nach einer Möglichkeit gesucht, ihn dingfest zu machen, und da ist es doch erfreulich, dass er gleich von mehreren Polizisten in der Nähe der Brücke gesehen wurde.«

Er zog einen Band mit edlen Verzierungen aus dem Regal, blätterte interessiert darin und schob ihn wieder zurück.

»Ein anderes Verbrechen in Ihrer Nachbarschaft wurde ebenfalls zu den Akten gelegt. Wir mussten die Ermittlungen im Fall Ptolemy einstellen. Unsere Fachleute sind sicher, dass es sich um einen bedauernswerten Unfall gehandelt hat. Sie wissen schon, eine grobe Fahrlässigkeit mit dem Ofenfeuer.«

»So was soll vorkommen«, sagte Mercy.

»Es gab da ja diese kuriose Verbindung zwischen Ihnen und Mister Ptolemy. Ich hörte, dass er viele Monate lang die Miete für dieses Geschäft bezahlt hat, offenbar weil er fest davon überzeugt war, dass Sie eines Tages hierher zurückkehren und den Laden übernehmen würden. Ich bin sicher, er wäre überaus erfreut, wenn er diese glückliche Wendung der Dinge noch hätte miterleben dürfen.«

»Überaus erfreut«, wiederholte sie mit tauben Lippen.

»Sie sehen, alles fügt sich zum Besten. Furchtbar, all diese Pessimisten, die man den lieben langen Tag ertragen muss, wenn man doch weiß, dass vieles gut ausgeht, solange man nur auf die richtigen Verbündeten setzt. Wahre Freundschaften sind nicht die guten, sondern die nützlichen, sage ich immer.«

»Sie sagten, Sie hätten keine Freunde.«

Er lächelte. »Touché.«

Mercy hatte einen bitteren Geschmack im Mund, zwang sich aber, neben ihn an das Regal zu treten. »Suchen Sie einen bestimmten Titel?«

»Immer. Dieses und jenes Buch fehlt mir in meiner Sammlung, und wenn man erst einmal ganz genau hinsieht, fallen einem gleich noch ein paar mehr Lücken im Regal auf. Was ich Sie aber eigentlich fragen wollte: Haben Sie Ihre Erstausgabe von *Moby Dick* gefunden?«

»Noch nicht.«

»Keine neuen Erkenntnisse durch die Leiche der jungen Dame mit der lockeren Moral?«

Sie schüttelte den Kopf. »Dieses spezielle Buch wird mir wohl ein wenig länger zu schaffen machen, fürchte ich.«

»Lassen Sie sich nicht zu viel Zeit. Sie wissen ja, wie ungeduldig manche Kunden werden können.«

»Hier im *Liber Mundi* sind wir bemüht, Kundenwünsche prompt und zur größten Zufriedenheit zu erfüllen.«

»Da sehen Sie's: Auch Sie haben einen Ruf zu verlieren. Genau wie der gute Mister Thorndyke.« Er setzte seinen Hut auf und klemmte sich den Gehstock unter den Arm. »Ich bin sicher, ich werde zum Stammkunden in Ihrer wunderbaren Buchhandlung. Einen schönen Tag, Miss Amberdale.«

»Den wünsche ich Ihnen auch, Mister Sedgwick.«

Sie begleitete ihn zur Tür und wollte gerade hinter ihm verriegeln, als er sich bückte und zwei Briefumschläge von der Stufe aufhob.

»Post für Sie!«, rief er. »Sie sollten schleunigst einen Briefkasten anbringen.«

Sie trat zu ihm vor den Laden und nahm die beiden Umschläge entgegen. »Werd ich tun. Vielen Dank.«

Er deutete eine Verbeugung an und stieg in seinen Wagen. Der Kutscher schenkte ihr noch einen düsteren Blick, dann ließ er das Gefährt den Cecil Court hinabrollen.

Zurück im Laden betrachtete sie die Briefe, aber es dauerte einen Moment, ehe sie sich gänzlich darauf konzentrieren konnte. Fröstelnd spürte sie das Echo von Sedgwicks Anwesenheit. Ihre Finger zitterten, und sie musste sich zusammennehmen, um sich zu beruhigen.

Der eine Umschlag war schlicht und aus grobem Papier. Er stammte von Florence Oakenhurst. Mercy öffnete ihn und fand darin zwei Blätter. Das eine war eng mit Florence' zarter Schrift bedeckt.

Liebe Mercy,
das Hospital hat mich nach Hause geschickt, und ich werde noch eine Weile ans Bett gefesselt sein, aber das soll mich nicht davon abhalten, Ihnen meinen außerordentlichen Dank zukommen zu lassen. Ich vermute, Ihr Vorhaben einer Malahide-Buchausgabe dürfte sich erledigt haben, möchte aber trotzdem erwähnen, dass ich angesichts der Umstände gerne bereit gewesen wäre, aus der Oakenhurst-Amberdale-Edition eine Amberdale-Oakenhurst-Edition zu machen. Ehre, wem Ehre gebührt.

Neben dem Ausdruck meiner Dankbarkeit und dem Wunsch, unseren Plausch beim Tee so schnell wie möglich nachzuholen, hat dieses Schreiben einen weiteren Grund. Beim Durchsehen alter Verträge und Übereinkommen, die mein seliger Vater mit unseren Autoren geschlossen hat, bin ich auf das beiliegende Dokument gestoßen. Sie erinnern sich an Benjamin Cutter, von dem ich Ihnen erzählte? Der Mann, der sich seit Jahren auf einer Odyssee durch die Saloons des amerikanischen Westens befindet und bisweilen neben dem Trinken noch die Zeit findet, mir die eine oder andere Geschichte über Revolverhelden und blutrünstige Eingeborene zu schreiben? Nun, schauen Sie sich an, was in der Übereinkunft zwischen ihm und meinem Vater steht. Es wird Sie überraschen, denke ich. Ich hatte Ihnen dies eigentlich persönlich mitteilen wollen an dem Tag, an dem Sie mein Leben gerettet haben, aber nun muss es eben erst einmal auf diesem Wege geschehen.
Bitte besuchen Sie mich, sobald es Ihnen gelegen kommt, ansonsten sehe ich mich gezwungen, mich in meinem desolaten Zustand in Ihr neues Geschäft zu schleppen und Ihre Bücher vollzubluten.
Ich verbleibe mit zugeneigten Grüßen
Ihre Florence Oakenhurst

Mercy schüttelte lächelnd den Kopf, dann entfaltete sie das zweite Blatt. Es handelte sich um einen vergilbten Vertrag zwischen Florence' Vater und Benjamin Cutter, in dem festgelegt wurde, dass Cutter in Zukunft exklusiv für die Hefte der Oakenhurst Publishing Company schreiben würde. Im

Gegenzug erhöhte der Verleger das Honorar, das er seinem Autor pro Wort bezahlte. Darunter standen ein Bankkonto in London und ein Postfach in San Francisco. Ganz unten gab es einen Zusatz, der festlegte, dass im Falle von Cutters Tod alle zukünftigen Honorare für Nachauflagen und Wiederverwertungen auf ein weiteres Konto eingezahlt werden sollten.

Der Name, auf den dieses Konto eingetragen war, lautete Mercy Amberdale.

Sie machte zwei wackelige Schritte bis zu einem Hocker und setzte sich. Laut Datum war die Vereinbarung vor fünfzehn Jahren geschlossen worden, zu einem Zeitpunkt, als Mercy erst wenige Monate in Valentines Obhut gewesen war.

Nachdem sie es leid war, ihren eigenen Namen anzustarren und dabei immer wieder zu denselben absurden Schlussfolgerungen zu gelangen, legte sie die beiden Blätter mit bebenden Händen beiseite, musste sich zwingen, den Blick davon abzuwenden, und betrachtete stattdessen den zweiten Umschlag, den Sedgwick vor ihrer Tür gefunden hatte.

Er war rosé, aus feinstem Papier und mit einem roten Wachssiegel verschlossen, in dem zwei Buchstaben prangten:

FF

Mercy brach das Siegel und zog samtiges Briefpapier hervor. Die Nachricht darauf war mit tiefblauer Tinte in der Handschrift einer jungen Frau verfasst.

Miss Amberdale,
ich möchte Sie treffen. Bitte teilen Sie mir mit, wann es Ihnen möglich wäre, mich zu besuchen. Wir haben Dinge zu besprechen.
In Erwartung Ihrer Antwort
Fiona Faerfax

Faerfax Manor
Winchcombe, Gloucestershire

51

Wie sie es mit vielen Dingen tat, die sie beschäftigten, behielt Mercy die Neuigkeiten aus den beiden Briefen vorerst für sich. Es war wohl am einfachsten, sich Benjamin Cutter über seine Geschichten zu nähern, und so hatte sie sich vorgenommen, Florence in den nächsten Tagen einen Besuch abzustatten und sie um einige Hefte mit Cutters Texten zu bitten. Zudem würde Florence ihr alles erzählen müssen, was sie über ihn wusste.

Was die Einladung in die Residenz der Faerfax anging, so hatte sie sich entschieden, sie anzunehmen. Morgen würde sie ein Antwortschreiben aufsetzen und gespannt alles Weitere abwarten.

An diesem Abend aber half sie erst einmal Tempest und Philander dabei, auf dem Dachboden Platz zu schaffen, um dort ein Lager für die beiden aufzuschlagen. Sie zerlegten Mercys altes Bett und luden die Teile im Hof ab, trugen ihre Kiste in ihr neues Schlafzimmer im ersten Stock und schoben Dutzende Büchertürme beiseite. Für beide war es das erste Mal, dass sie ein Zimmer nicht mit ihren Familienmitgliedern teilen mussten. Mercy mochte aufgrund der Enge ein schlechtes Gewissen haben, aber für die beiden war es die beste Unterkunft ihres Lebens.

Tempests Seelenbuch war getrocknet, hatte steife Seiten und einen gewellten Deckel, aber sie trug es immer bei sich und übte sich in kleinen bibliomantischen Kunststücken. Einmal gelang es ihr, Bilder, die sie beim Lesen eines Buchs vor sich sah, auf der Innenseite der Dachschräge erscheinen zu lassen. Ein anderes Mal ließ sie die Stimmen der Figuren so laut aus dem Buch sprechen, dass Mercy alarmiert von unten hinaufrannte, in einer Hand ihr Seelenbuch, in der anderen ein Küchenmesser.

Philanders bibliomantisches Talent würde stets auf die Penny Dreadfuls beschränkt bleiben, aber das machte ihm nichts aus. Ganz im Gegenteil: Er glühte vor Stolz, als Tempest zwei Bücherstapel kraft ihrer Gedanken Pirouetten tanzen ließ. Der Spuk endete nach wenigen Minuten in einem Chaos aus zusammenbrechenden Türmen und Staubwolken, aber Mercy gestand ihr, dass sie selbst Monate gebraucht hatte, um denselben Trick unter Valentines Aufsicht zustande zu bringen.

Es war fast Mitternacht, als Mercy den beiden eine gute Nacht wünschte und die knarrende Treppe vom Dachboden hinabstieg. Tempests Spielereien hatten sie ein wenig von dem abgelenkt, was sie seit Stunden beschäftigte, aber sie war nicht sicher, ob sie in dieser Nacht Schlaf finden würde. Bevor sie sich hinlegte, überprüfte sie alle Ofenklappen im Haus, auch wenn ihr bewusst war, dass es keinen Schutz vor der Alexandrinischen Flamme gab, sollte diese beschließen, Mercy noch einmal aufzusuchen, ob in guter oder schlechter Absicht.

Zuletzt sah sie sich noch einmal gründlich im Laden um. Gerade rüttelte sie an der verriegelten Tür, als sie auf der anderen Seite der Gasse eine Gestalt bemerkte. Niemand sonst war zu sehen, nur der Mann im langen Mantel, der ohne Hut an der Mauer lehnte und zu ihr herüberblickte.

Mercy schloss die Tür auf und trat ins Freie. Es war empfindlich kalt geworden, und schon in kurzer Entfernung versank der Cecil Court zu beiden Seiten in dichten Nebelschwaden. *The Ham* war längst geschlossen. Aus angrenzenden Straßen drangen gedämpftes Hufgeklapper und das Lallen eines Betrunkenen.

»Guten Abend, Cedric«, sagte sie, als sie die Gasse halb überquert hatte. In der linken Hand trug sie ihr Seelenbuch.

Er löste sich von der Mauer, kam ihr aber nicht entgegen. Seine Augenpartie lag im Schatten, nur auf die untere Hälfte seines Gesichts fiel jetzt schwach das Licht der Gaslaterne. »Guten Abend, Mercy.«

»Haben Sie Ihre Akademie-Freunde mitgebracht, um mich festzunehmen?«

»Haben Sie das ernsthaft angenommen?«

»Ganz sicher war ich mir nicht.«

Er wirkte ein wenig schockiert, aber dann zeigte er sein Lächeln, das bei Nacht und Nebel noch eine Spur rätselhafter wirkte. Sein langes schwarzes Haar war strähniger als sonst.

Sie musterte ihn argwöhnisch. »Falls Sie gekommen sind, um sich für die Szene auf Ihrem Fußabtreter zu entschuldigen –«

»Ich bin hier, um mich von Ihnen zu verabschieden.«

»So«, sagte sie leise.

»Und um Ihnen das hier zu geben.« Er griff in seine Manteltasche, zog etwas hervor, das in ein Seidentuch gewickelt war, und hielt es Mercy entgegen.

Sie spürte, was es war, obwohl sie nicht die Hand danach ausstreckte. »Sie brauchen es dringender als ich.«

»Nicht mehr. Die Loge des erlesenen Geschmacks ist zur Nebensache geworden. Ich werde in der nächsten Zeit anderweitig beschäftigt sein.«

Sie dachte an den Brief von Fiona Faerfax, der nur wenige Schritt von ihnen entfernt lag, und fragte sich, ob sie Cedric unwissentlich auf die Fährte des Hauses Rosenkreutz geführt hatte.

Weil sie nicht sicher war, ob es sein Misstrauen wecken würde, wenn sie ihn direkt auf seine Pläne ansprach, sagte sie: »Edward Thorndyke war der Gründer der Loge. Heißt das, sie wird sich ohne ihn auflösen?«

Sein linker Mundwinkel zuckte flüchtig. »Zumindest dürfte den anderen ohne ihren Großmeister ein wenig die Lust abhandenkommen. Ich glaube nicht, dass sie ihre Höllenmaschine in nächster Zeit allzu häufig in Betrieb nehmen werden.« Er hielt ihr noch immer das Seidenbündel entgegen. »Nehmen Sie das Ding schon.«

Sie ergriff es und wickelte das Schlüssellochglas aus. »Nun denn«, sagte sie zögernd, »herzlichen Dank.«

»Ihnen schien etwas daran zu liegen.«

»Vielleicht weil ich wusste, wie viel Ihnen daran lag. Jetzt hat es ein wenig an Reiz verloren.«

»Sie sind nicht leicht zufriedenzustellen.«

»Sie haben mich aus Ihrem Haus geworfen.«

Er holte tief Luft. »Sie haben recht, dafür sollte ich mich wirklich entschuldigen.«

»Lassen Sie's. Sollten wir uns wider Erwarten noch einmal über den Weg laufen, werde ich Ihnen vermutlich den einen oder anderen Grund geben, wütend auf mich zu sein. Da ist es ganz gut, diese Sache in der Hinterhand zu haben: ›Sie wissen doch noch, damals in Ihrer Eingangshalle.‹«

Diesmal zeigte er ein Lächeln, das aufrichtig sein mochte. Sicher war sie bei ihm nie. Am Ende des Tages blieb er ein Agent der Adamitischen Akademie. Jemand, der vorgab, etwas zu sein, das er nicht war.

Als er einen Schritt auf sie zumachte, fiel der blasse Lampenschein aus einem anderen Winkel auf sein Gesicht. Da sah sie, dass seine Augen blutunterlaufen waren und sich die Adern an seiner Schläfe fast schwarz unter der Haut abzeichneten.

»Liebe Güte, was ist denn mit Ihnen passiert?«

»Gar nichts. Machen Sie sich keine Gedanken.«

»Kommen Sie rein!« Sie ergriff seine Hand und wollte ihn zur offenen Ladentür ziehen. »Das muss gekühlt werden und –«

»Danke. Wirklich, ich danke Ihnen.« Er entzog ihr seine Finger, sehr sanft, aber bestimmt. »Das ist nicht nötig.«

Rasch ließ sie das Schlüssellochglas in einer Tasche ihres Kleides verschwinden. »Sie verdammter französischer Sturkopf! Sie kommen hierher, sehen aus wie durch die Mangel gedreht und erwarten, dass ich mir keine Sorgen mache?«

»Sie können mich nicht mal leiden.«

»Ich würde mich auch um einen bissigen Straßenköter sorgen, wenn er hinkt.«

Nun lachte er leise und hob abwehrend beide Hände. Die linke war voller Brandblasen, was ihm einen Augenblick zu spät einfiel. Als er sie in die Manteltasche schob, hatte Mercy sie bereits gesehen.

»Verraten Sie mir, was Ihnen zugestoßen ist. Und, noch wichtiger, was Sie vorhaben.«

Er schien nachzudenken, dann sagte er nur: »Absolon.«

»Ist er wirklich hier in London?« Sie zögerte kurz, dann fügte sie hinzu: »Das auf dem Dach, das war nicht er. Aber das wissen Sie vermutlich schon.«

»Ich hab's von ihm selbst erfahren.«

Sie fluchte leise. »Sehen Sie, da ist dieser Moment schon: ›Sie wissen doch noch, damals in Ihrer Eingangshalle.‹«

»Damit wären wir quitt. Einverstanden?«

»Sie behandeln mich nicht mehr wie eine dumme Gans, und ich tische Ihnen keine Lügen mehr auf, die Sie, na ja, vielleicht umbringen könnten.«

»Klingt nach einem fairen Geschäft.«

»Ich eröffne gerade eines. Ich sollte mich damit auskennen. Oder zumindest so tun als ob.«

»Sie werden das bestimmt ganz hervorragend machen.«

»Danke. Aber ich bin nicht sicher, ob Sie diese Sache mit Alexandre Absolon genauso gut hinbekommen werden.«

»Treffen wir uns einfach irgendwann wieder und wägen wir ab, wer erfolgreicher war.«

»Wahrscheinlich hat es keinen Zweck, Ihnen meine Hilfe anzubieten, nicht wahr?« Sie wusste selbst nicht, was sie ritt, so etwas zu sagen. Zumal ihr klar war, wie seine Antwort ausfallen würde.

»Ich weiß das Angebot zu schätzen, aber das ist ein Kampf, den ich selbst führen muss.«

»Stimmt ja. Ihr Erzfeind.« Heute ließ sie es nicht mehr spöttisch klingen wie beim letzten Mal, vielleicht weil sie in den vergangenen Tagen eigene Erfahrungen mit Feinden gemacht hatte.

Cedric blickte wachsam in den Nebel, dann wieder zu Mercy. »Ich freue mich darauf, Sie wiederzusehen.«

Lange sah sie ihn schweigend an, dann nickte sie bedächtig. »Natürlich.« Sie trat zwei Schritte zurück, ehe sie sich fast widerwillig umdrehte und zum Laden hinüberging. »Passen Sie auf sich auf, Cedric de Astarac.«

»Sie auch, Mercy Amberdale.«

Mit einem Ruck blieb sie stehen, weil sie fand, dass dies nicht der richtige Abschluss für ihre Begegnung war. Cedric hatte den Auftrag, Renegaten wie sie zu töten. Sie hätte ihn dafür hassen müssen. Sie hasste ihn ein wenig. Aber nicht sehr.

»Hören Sie …«, begann sie, während sie sich umdrehte.

Vor der Wand stand niemand mehr. Die Gasse war verlassen.

Mercy wartete einen Augenblick, horchte in die Nacht hinaus und hörte ferne Stimmen und Räder auf Kopfsteinpflaster. Schließlich trat sie durch die Tür des *Liber Mundi* und schob den Riegel vor.

Sie atmete ein paarmal tief ein und aus, dann löschte sie die Kerze. Nur von draußen fiel noch ein Hauch von Gaslicht herein. Sie sah ihre Bücher in der Dunkelheit versinken und fühlte das Leben in jedem einzelnen, den stillen Trost und die Ruhe, die sie ihr spendeten.

Langsam strich sie mit den Fingern über die Rücken in den Regalen, las flüsternd die Titel wie Zaubersprüche und summte leise, als die Worte zu Geschichten erwachten.

Kai Meyer

Der Pakt der Bücher

Roman

Londons Straße der Buchhändler – Mercy Amberdale führt hier das Antiquariat ihres Stiefvaters und praktiziert die Magie der Bücher. Als man sie zwingt, das letzte Kapitel des verschollenen Flaschenpostbuchs an den undurchsichtigen Mister Sedgwick zu übermitteln, gerät das Reich der Bibliomantik aus den Fugen. Vergiftete Bücher, ein magisches Luftschiff und ein mysteriöser Marquis reißen Mercy in einen Strudel tödlicher Intrigen. Denn wer alle Kapitel des Flaschenpostbuchs vereint, kann die Grenze zwischen Wirklichkeit und Fiktion niederreißen. Wenn Mercy ihre Gegner nicht aufhält, droht ihrer Welt der Untergang – und die Invasion der Antagonisten.

400 Seiten, broschiert

Kai Meyer
Die Seiten der Welt
Nachtland

Furia rief die Bücher aus den Regalen herbei. Hunderte lösten sich von den Brettern, flogen durch den Raum auf sie zu und bildeten einen kreisenden Schutzwall, einen rotierenden Panzer aus Papier. Einige öffneten sich, mehrere Seitenherzen spalteten sich inmitten des Büchertornados. Licht strahlte in alle Richtungen. Wütend setzte Veit zu einer Attacke an und stieß eine Flammenlanze mitten in die schwebenden Bände. Feuer raste auf Furia zu …
Der zweite Teil des Bestsellers »Die Seiten der Welt«

608 Seiten, broschiert

Weitere Informationen finden Sie auf
www.fischerverlage.de

AZ 596-19853/1